BUR

ÉMILE ZOLA nella BUR

Émile Zola

La bestia umana

introduzione di ROLAND BARTHES
traduzione di FRANCESCO FRANCAVILLA

Biblioteca Universale Rizzoli

ISBN 88-17-12082-0

Titolo originale dell'opera:
LA BÊTE HUMAINE

prima edizione: giugno 1976
sesta edizione: giugno 1995

CRONOLOGIA DELLA VITA E DELLE OPERE

1840 Émile Zola nasce a Parigi il 12 aprile. Il padre è ingegnere, di origine veneziana, la madre, Émile Aubert, è francese. Trascorre l'infanzia e l'adolescenza ad Aix-en-Provence, dove compie gli studi e diviene amico di Paul Cézanne, suo compagno di liceo.

1862 Si trasferisce a Parigi, abbandonando la scuola alle soglie del diploma e viene assunto alla Casa editrice Hachette, dove diventa direttore della pubblicità.

1864 Esordisce nel campo della narrativa con i *Racconti a Ninon* (o *Racconti a Ninetta*), di impronta ancora romantica.

1865 Pubblica il lavoro a sfondo autobiografico *La confessione di Claudio*.

1866 Lascia l'impiego e decide di dedicarsi al giornalismo. Pubblica *Il voto di una morta*. Intraprende inoltre una intensa attività in campo critico; comincia a delinearsi il suo orientamento naturalista, volto alla creazione di una letteratura di analisi, dove le passioni e i conflitti umani sono visti in chiave scientifica. Il «determinismo biologico», metodo esposto da C. Bernard in *Introduzione allo studio della medicina*, lo conferma definitivamente in questa sua concezione.

1867 Esce il suo primo romanzo naturalista, *Teresa Raquin*, che rappresenta la tragedia del rimorso, analizzato appunto più come fenomeno nervoso e fisiologico che come problema morale. Escono anche *I misteri di Marsiglia*.

1868 Pubblica *Madeleine Férat*. Intraprende l'opera ciclica intitolata *I Rougon-Macquart, storia naturale e sociale di una famiglia sotto il secondo Impero*, vasto « affresco storico-sociale » – costituito da venti romanzi – dove il filo conduttore viene offerto dalla presenza, nei vari volumi, dei personaggi di una stessa famiglia, tutti implacabilmente sottomessi alle rigide leggi dell'ereditarietà e della fisiologia delle passioni, secondo una recente acquisizione della medicina.

1869 Scrive il primo romanzo di tale ciclo, *La fortuna dei Rougon* – quadro di costume della borghesia di una piccola sottoprefettura meridionale, Plassans (Aix-en-Provence) –, che verrà però pubblicato solo nel 1871, causa la guerra.

1872 Appare il secondo romanzo del ciclo, *La cuccagna (La curée)*.

1873 Esce il terzo, *Il ventre di Parigi*, ispirato alla Parigi popolare dei mercati generali.

1874 Viene pubblicato *La conquista di Plassans*, quarto romanzo del ciclo.

1875 Esce *Il fallo dell'abate Mouret*.

1876 Il ciclo dei « Rougon-Macquart » prosegue con la pubblicazione di *Sua eccellenza Eugenio Rougon*.

1877 Determinante per la notorietà dell'autore si rivela *L'assommoir* (noto in Italia anche con il titolo di *L'ammazzatoio*), uno dei suoi romanzi più significativi, i cui protagonisti, abbrutiti dall'alcool e dalla miseria non trovano scampo alla rovina fisica e morale.

1878 Acquista una casa a Médan, divenuta poi celebre nelle cronache letterarie per la raccolta di novelle *Le serate di Médan*. Esce *Una pagina d'amore*.

1880 Con *Nanà*, che dipinge la viziosa società parigina, rinnova il successo dell'*A ssommoir*, aggravando tuttavia la reazione scandalistica e l'accusa di immoralità già suscitate da quel romanzo, alle quali oppone la validità del suo orientamento: trascrizione veridica e intensa di tutti gli aspetti della realtà, nessuno escluso, fino ai più sordidi.

1882 Esce *Pot-Bouille*, sempre del ciclo « I Rougon-Macquart ».

1883 Il ciclo prosegue con la pubblicazione del romanzo *Al paradiso delle signore*.

1884 Esce *La gioia di vivere*.

1885 Viene pubblicato *Germinale*, uno dei documenti più importanti della corrente naturalista. Ambientato tra i minatori di un paese del Nord della Francia, il romanzo, che suscitò vastissima eco, riflette le aspirazioni sociali e politiche di Zola con un linguaggio di straordinaria forza espressiva.

1886 Esce *L'opera* (o *Vita d'artista*) che provoca la rottura dell'amicizia, del resto già compromessa, con Cézanne, vistosi riflesso nel protagonista del romanzo.

1887 Con la pubblicazione della *Terra* si accende una violenta polemica: il libro viene accusato di diffamare la classe contadina e un gruppo di giovani scrittori attacca Zola in un manifesto.

1888 Ha inizio l'unica avventura sentimentale dello scrittore, che – pur sposato – si lega alla ventenne Jeanne Rozerat. Ne nasceranno due figli, poi legittimati. Esce *Il sogno*.

1890 Prosegue con ritmo costante l'intensa attività dello scrittore: viene pubblicata *La bestia umana*.

1891 Esce *Il denaro*.

1892 Appare *La disfatta*, la cui azione si svolge durante la guerra 1870-1871 e la Comune.

1893 Si conclude il ciclo dei « Rougon-Macquart » con *Il dottor Pasquale*, ventesimo romanzo.

1894 La pubblicazione di *Lourdes*, in cui sono rappresentate con accenti di profonda pietà le folle spinte dalla speranza del miracolo, dà inizio alla serie intitolata *Le tre città*, con la quale lo scrittore è deciso a difendersi da talune critiche circa la sua propensione a rilevare solo le tare della società.

1896 Segue *Roma*, ove sono descritti Leone XIII e il suo seguito e gli sforzi della Chiesa per adattare la propria azione all'evoluzione della società moderna.

1897 Il breve ciclo termina con *Parigi*, dove è esaminata la

crisi della Repubblica Francese (questione di Panama, gli a-
narchici, ecc.).

1898 Partecipa vivamente all'«Affaire Dreyfus» e lancia
sul giornale l'*Aurore* un infuocato manifesto, «J'accuse» a
favore del condannato. La straordinaria risonanza del gesto
si rivela determinante per la revisione del processo a Dreyfus. Lo scrittore è condannato a un anno di prigione e a
un'ammenda. Si rifugia in Gran Bretagna e vi rimane fino
al giugno del 1899.

1899 Intraprende con *Fecondità* una nuova serie di opere
intitolata *I quattro vangeli* (cui appartengono ancora *Lavoro*
[1901], *Verità*, postumo, *Giustizia*, incompiuto).

1902 Muore il 29 settembre a Parigi, in circostanze apparentemente accidentali (asfissia per esalazioni del camino)
ma in realtà poco chiare. Sorgerà in seguito il sospetto che si
sia trattato di assassinio.

1908 Le sue ceneri vengono trasferite al Panthéon.

NOTA INTRODUTTIVA

La Bestia Umana esce nel 1890; ma quella del treno era una vecchia storia nella vita di Zola. Suo padre, ingegnere, aveva infatti costruito tra Linz e Gmünden una delle prime linee ferroviarie d'Europa. A 18 anni, nel 1858, Zola si ammala di tifo e, in preda al delirio provocatogli dalla febbre, sogna di un incidente in un tunnel; vent'anni più tardi scrive un racconto, « La morte d'Olivier Bécaille », in cui alcuni viaggiatori agonizzano bloccati in un tunnel che ha entrambe le uscite ostruite.

A questa ossessione personale, si aggiungono poi alcune considerazioni più vaste: storico della società del II Impero, Zola s'impone d'includere nel suo affresco romanzesco un episodio ferroviario poiché il treno rappresenta il grande affare (economico e simbolico) di questo periodo; nel 1878, conversando con Edmondo De Amicis, gli parla di una sua idea a proposito di un romanzo « su una rete ferroviaria ». Dunque, il treno è sempre presente nella sua vita; dalla sua casa di Médan, egli vede passare i treni di Le Havre; li fotografa; nel 1889 fa il viaggio da Parigi a Mantes su una locomotiva: buon romanziere realista, si documenta; ma la ferrovia è qualcosa di ben più importante che un soggetto di romanzo: è un fantasma, e multiforme: qui potente e angosciante, là infantile e ludico. Si consideri il quadro con cui si apre il romanzo: dalla finestra, dove un personaggio si affaccia (e noi con lui), si vede la stazione Saint-Lazare come in una miniatura, con i binari sottili come fil di ferro, le piccole macchine, i giardinetti degli scambi; lo si direbbe un plastico; *La Bestia Umana* comincia con questo gioco per bambini, ma così amato dai grandi al punto che esiste persino, credo, un nome per designare questi maniaci dei trenini in miniatura: vengono chiamati « ferroviaristes ». Nessun dubbio: Zola non fu un « ferroviariste », un amatore dei treni. Per lui il treno ha queste due funzioni: storica e ludica. Si tratta, se si può dirlo, di un gadget, di un oggetto di civiltà.

A questo oggetto, così ricco di significati simbolici, Zola impone una trasformazione propriamente letteraria: tratta il treno in forma epica: lo annette a una mitologia e lo inserisce in un racconto.

L'epoca era all'insegna del ferro, Eiffel lo aveva usato al posto della pietra in architettura, e il treno, non bisogna dimenticarlo, è la « strada ferrata ». Ora si sa che nella mitologia il ferro è prodotto da Vulcano, il dio del fuoco; dagli abissi esce oscuro e infiammato ed è contemporaneamente profondità e fuoco, desiderio (per la sua incandescenza originaria) e delitto (per i colpi che lo forgiano); è fatalità (per il suo indurirsi).

La *macchina* (per una sineddoche significativa si dà generalmente il nome di macchina alla locomotiva) racchiude tutta questa simbologia: *La Bestia Umana* è il romanzo del Desiderio (non a caso Fritz Lang ha intitolato il suo film « Human Desire »), del Delitto, del Destino (che in questo caso è la tara ereditaria di cui Lantier è vittima). Zola vi aggiunge un'immagine; la macchina rappresenta la femmina, chimera che riunisce in sé la donna e la bestia. Questa metafora pervade tutto il libro: Zola se ne compiace, la sfrutta, la varia, la esaurisce e *La Bestia Umana* risulta così, alla lettera, un grande poema: un discorso che non smette mai di inventare nuovi significanti per un unico e sempre uguale significato; la femmina-animale che col suo odore provoca il maschio, come una cagna. Lo stesso titolo è doppiamente metaforico: *La Bestia Umana* è da un lato la macchina (oggetto antropomorfo) e dall'altro l'uomo (desiderio abbrutito).

Non esiste epopea senza racconto: qui la metafora si sostiene grazie a una narrazione; ed è anche ciò che si ritrova nella *Bestia Umana*: un romanzo che ha le apparenze di un sur-romanzo e che è allo stesso tempo realista e poliziesco. Affinché vi sia realismo nel senso letterario del termine, occorre che il racconto possegga due elementi pertinenti: da una parte, un'imitazione rinforzata del « reale » (ottenuta grazie all'abbondanza della descrizione e alla crudezza dei « particolari »); dall'altra, l'impostazione di relazioni sociali differenziate; il mondo umano della ferrovia permette questo inventario sociale; il personale segue un preciso ordine gerarchico, è sottomesso a promozioni, a « protezioni », a differenze di istruzione (Lantier ha frequentato una scuola tecnica, il suo conduttore no), a rivalità di piccolo prestigio (vedi la disputa fra i Roubaud e i Lebleu a proposito dell'appartamento della stazione di Le Havre); dall'altra parte, i viaggiatori (il pubblico) hanno una stessa rilevanza sociale; non dimentichiamo che i treni di allora mettevano in evidenza le differenze sociali molto più distintamente che ai nostri giorni: non avevano rivali (né aerei, né automobili) e tutta la società ne usufruiva e vi rifletteva le proprie contraddizioni interne (non esclusa quella dei sessi: allora c'erano degli scompartimenti per signore sole): tre classi, tre prezzi, tre servizi, tra i quali nessuna comunicazione era materialmente possibile: nessun corridoio, solo scompartimenti chiusi, dove tutto è preparato per il delitto o l'adulterio (in seguito, si trasformerà nel vagone letto, anch'esso diviso e chiuso, che prenderà il rilievo romanzesco e poliziesco del treno arcaico); tutto ciò rientra molto bene in un oggetto feticcio che lo si ritrova in ogni pagina del romanzo: il *coupé* del presidente Grandmorin: un *coupé* è uno scompartimento chiuso, solitario, con un unico sedile; è uno spazio di lusso, riservato ai potenti, ai protettori (e al delitto).

Quanto poi all'aneddoto poliziesco, esso è sufficiente (si dirà d'altronde che è la sua sola funzione) a garantire al romanzo un seguito di rimarchevoli « suspenses »: gli assassini del presidente Grandmorin sono noti, ma saranno scoperti? Jacques Lantier riuscirà a resistere alla sua pulsione ereditaria? Ucciderà Séverine, nonostante l'ami? Per la verità, non vi è nessun dubbio sul secondo delitto già fin dall'inizio; per Zola l'ereditarietà ha la stessa funzione della necessità antica: nulla può sfuggirle; e benché se ne conosca già la fine, tutto genera passione come nella tragedia greca: e così si può leggere *La Bestia Umana* con il più grande interesse, anche se sappiamo che Jacques sgozzerà Séverine. Il piacere derivante dalla suspense è perverso come il soggetto diviso descritto da Freud: noi sappiamo, ma ci comportiamo (per far piacere a noi stessi) come se non sapessimo. Questo non è il solo aspetto tragico del romanzo: vi si aggiunge una nota shakespeariana per l'accumulazione barocca dei mali: tutto crolla, nessuno è risparmiato; da un estremo all'altro circola nell'opera un senso di catastrofe che trova la propria assunzione (tutto il libro vi è indirizzato) nell'apocalisse finale: il meccanico e il conduttore che lottano a morte sulla stretta piattaforma della locomotiva spingendosi l'un l'altro fino al bordo, mentre la macchina, lanciata nella sua corsa folle, brucia velocemente le stazioni conducendo il treno gremito di viaggiatori ignari e innocenti verso la grande catastrofe.

Ironia della letteratura: gli scrittori non sono mai letti per quello che vogliono dire, per quello che essi credono di aver detto. La grande idea di Zola consisteva nell'ereditarietà dei crimini, dei vizi, delle tare, delle passioni: idea antica, rinnovata dalle tesi apparentemente scientifiche di due medici, Lucas e Letourneau. Al giorno d'oggi nessuno ci crede, nessuno ci pensa: Zola è letto (e abbondantemente, forse è il romanziere più letto al mondo), ma senza che si abbia alla fine la minima coscienza del messaggio a cui egli teneva tanto, dal momento che egli ne fa la base di un'opera ciclica di venti romanzi. Fortunatamente esiste una sorta di dialettica della lettura e del talento; poiché egli aveva saputo guardare, leggere e decifrare il testo sociale della propria epoca, Zola, credendo di descrivere una catastrofe fisiologica, ha invece descritto il crollo storico di una società; per la forza del racconto realista, la fatalità del sangue passa in secondo piano e la trama reale della storia (della Storia?) si manifesta; il dispotismo protettore dei grandi borghesi, le manovre per l'eredità, i compromessi del potere giudiziario; e l'apocalisse che trascina l'eroe tarato verso la morte è anche quella del treno carico di soldati, orbi, impotenti, alienati, trasportati verso la carneficina del 1870, e il crollo di tutto un regime.

ROLAND BARTHES

(trad. di Sergio Pautasso)

I ROUGON-MACQUART
Storia naturale e sociale di una famiglia
sotto il secondo Impero

LA BESTIA UMANA

I

Entrato nella stanza, Roubaud posò sulla tavola il pane da
una libbra, il pasticcio e la bottiglia di vino bianco. Si soffocava dal caldo; la mattina, prima di andare al lavoro,
mamma Victoire doveva aver coperto il fuoco della stufa di
molta polvere di carbone.

Il sottocapo stazione aprì una finestra e si appoggiò
al davanzale.

Era l'ultima casa di impasse* d'Amsterdam, a destra, un
alto fabbricato dove la Compagnia dell'Ovest alloggiava alcuni suoi impiegati. La finestra del quinto piano, sull'angolo
rientrante del tetto a mansarda, si affacciava sulla stazione
ferroviaria, un largo trincerone che tagliava in due il quartiere dell'Europe con un'improvvisa apertura dell'orizzonte,
reso ancor più vasto, quel pomeriggio, da un cielo grigio
di metà febbraio, di un grigio umido e tiepido, attraversato dal sole.

Di fronte, sotto quel pulviscolo di raggi, le case di rue de
Rome si confondevano, scolorivano, leggere. A sinistra, le
pensiline dei piazzali coperti aprivano le loro gigantesche
arcate dai vetri affumicati, quella delle grandi linee, immensa, a perdita d'occhio, che i fabbricati della posta e dei servizi per il riscaldamento separavano dalle altre, più piccole, di
Argenteuil, di Versailles e della Ceinture; mentre il ponte
dell'Europe, a destra, tagliava con la sua raggiera di ferro, il
trincerone, che riappariva e proseguiva al di là, fino al tunnel delle Batignolles. E, proprio sotto la finestra, per tutto il
vasto campo visivo, i tre doppi binari, all'uscita dal ponte,
si ramificavano, aprendosi in un ventaglio le cui aste di me-

* In francese, vicolo cieco. [N.d.R.]

tallo, moltiplicate, innumerevoli, andavano a perdersi sotto le pensiline. Davanti alle arcate, le tre cabine degli scambi mostravano i loro giardinetti spogli. Nel nero groviglio dei vagoni e delle locomotive che ingombravano i binari, un grande segnale rosso macchiava il pallore del giorno.

Per un po' Roubaud stette a guardare con interesse, facendo paragoni e pensando alla sua stazione di Le Havre. Ogni volta che veniva per caso a trascorrere una giornata a Parigi e si recava da mamma Victoire, le cose del mestiere lo riprendevano. Sotto la tettoia delle grandi linee, l'arrivo di un treno da Mantes aveva animato la banchina; con lo sguardo egli seguì la locomotiva di manovra, un piccolo *tender* con tre coppie di ruote basse, che cominciava a smistare il treno, pronta e diligente, conducendo o facendo retrocedere i vagoni verso le rimesse. Un'altra macchina, assai più potente, una locomotiva di direttissimo con due grandi ruote divoratrici, stazionava isolata, emettendo dal fumaiolo un denso fumo nero, che saliva dritto, lentissimo nell'aria calma. Ma tutto l'interesse di Roubaud fu rivolto al treno delle tre e venticinque, diretto a Caen, già stipato di viaggiatori e in attesa della locomotiva. Egli non la vedeva, perché era ferma al di là del ponte dell'Europe; la sentiva soltanto chiedere via libera con fischi leggeri, insistenti, come chi non ne può più dall'impazienza. Fu gridato un ordine, e con un breve fischio essa rispose di aver compreso. Poi, prima di mettersi in moto, vi fu un silenzio, vennero aperte le valvole e il vapore sibilò rasoterra in un getto assordante. E allora vide traboccare dal ponte quella massa bianca che si gonfiava, subito turbinando come una nevicata attraverso le armature di ferro. Tutta una zona dello spazio s'era fatta bianca, mentre il fumo sempre più denso dell'altra macchina allargava il suo velo nero. Da dietro, giungevano soffocati e prolungati suoni di cornetta, grida di comando, scatti di piattaforme girevoli. Attraverso uno squarcio prodottosi nel fumo, egli distinse, in fondo, il treno di Versailles e quello di Auteuil, l'uno che saliva e l'altro che scendeva, incrociandosi.

Roubaud stava per allontanarsi dalla finestra, quando una voce che pronunciava il suo nome lo indusse a sporgersi. Riconobbe Henri Dauvergne, un capotreno di circa trent'anni, giù, sulla terrazza del quarto piano che abita col padre, sottocapo delle grandi linee, e con le due sorelle, Claire e Sophie, due adorabili biondine di diciotto e vent'anni, che, tra continui scoppi d'allegria, mandavano avanti la casa con i seimila franchi di stipendio dei due uomini. Ora si sentiva ridere la maggiore, mentre l'altra gareggiava nel canto con degli uccellini esotici in gabbia.

« Guarda un po'! Signor Roubaud, è qui a Parigi?... Ah, già, per la sua faccenda del sottoprefetto! »

Il sottocapo stazione si riappoggiò al davanzale e disse che era dovuto partire da Le Havre quella mattina col direttissimo delle sei e quaranta per una convocazione del capomovimento di Parigi che gli aveva appena fatto una bella ramanzina. Comunque si riteneva fortunato di non averci rimesso il posto.

« E la signora? » domandò Henri.

La moglie era voluta venire anche lei per fare delle compere. Il marito l'aspettava lì, in quella camera di mamma Victoire. A ogni viaggio, la brava donna cedeva loro la chiave ed essi potevano fare colazione tranquilli mentre lei era occupata giù, ai gabinetti igienici. Quel giorno, volendo sbrigare prima le loro faccende, avevano mangiato un panino a Mantes. Ma adesso erano già suonate le tre, ed egli moriva dalla fame.

Volendo essere gentile, Henri domandò ancora:

« E pernottate a Parigi? »

No, no! Sarebbero tornati a Le Havre la sera, col direttissimo delle sei e trenta. Ah, proprio una bella vacanza! Ti scomodano solo per una lavata di capo, e poi subito a cuccia!

Per un momento i due impiegati, guardandosi, scossero la testa. Ma non riuscivano più a capirsi, era esploso lo strepito indiavolato di un pianoforte. Le due sorelle dovevano essersi messe a pestarlo insieme ridendo più forte, eccitando gli uccellini esotici. Allora, il giovane, che a sua volta si divertiva, salutò e rientrò in casa. Il sottocapo, rimasto solo, se ne stette un po' a guardare la terrazza da cui saliva tanto allegro bailamme. Poi, alzando lo sguardo, scorse la grossa locomotiva che aveva chiuso le valvole e che l'addetto agli scambi avviava verso il treno per Caen. Gli ultimi fiocchi di vapore bianco si disfacevano tra i densi sbuffi di fumo nero che imbrattavano il cielo. Anche lui rientrò in camera.

Davanti alla pendola a cucù che segnava le tre e venti, Roubaud ebbe un gesto di sconforto. Che diavolo poteva aver trattenuto Séverine fino a quell'ora? Quando entrava in un negozio, non ne usciva più. Per ingannare la fame, che gli faceva venire i crampi allo stomaco, pensò di apparecchiare la tavola. La grande stanza a due finestre, gli era famigliare. Serviva nel contempo da camera da letto, da sala da pranzo e da cucina. I mobili erano di noce: un letto con coperta di cotonina rossa, una credenza con mensola, una tavola rotonda, un armadio di Normandia. Dalla credenza prese i tovaglioli, i piatti, le forchette, i coltelli e due bicchieri. Era tutto pulitissimo, ed egli si divertiva a eseguire quei lavori da massaia; li considerava un gioco e si rallegrava del candore della tovaglia; innamorato cotto di sua moglie, se la rideva pensando alla fresca risata di lei quando avrebbe aperto la porta. Ma, dopo aver posato il pasticcio su un piatto e collocata a fianco la bottiglia di vino bianco, si guardò attorno preoccupato. Poi, con gesto brusco, tirò fuori dalle tasche due involti dimenticati; una scatoletta di sardine e un po' di formaggio gruviera.

Suonò la mezz'ora. Roubaud camminava in lungo e in largo, girandosi al minimo rumore, l'orecchio teso alle scale. Nell'attesa oziosa, passando davanti allo specchio, si fermò a guardarsi. Non invecchiava affatto, la quarantina era alle porte senza che il rosso fulvo dei capelli ricciuti si fosse sbiadito. Anche la barba, che faceva crescere tutta intera, restava folta, d'un biondo acceso. Era di media statura, ma di straordinario vigore, e si compiaceva del suo aspetto, soddisfatto della testa un po' piatta con fronte bassa, del collo robusto, della faccia tonda e sanguigna, illuminata da due grandi occhi vivi. Le sopracciglia si congiungevano, incespugliandogli la fronte col segno tipico dei gelosi. Avendo sposato una donna più giovane di lui di quindici anni, quei frequenti sguardi rivolti allo specchio lo rassicuravano.

Ecco uno scalpiccio. Roubaud corse a socchiudere la porta. Ma era una giornalaia della stazione che rincasava, lì a fianco. Tornò sui suoi passi, si interessò a una scatola di madreperla, sulla credenza. La conosceva bene, quella scatola, un regalo di Séverine a mamma Victoire, sua nutrice. E bastò quell'oggettino, perché tutta la vicenda del suo matrimonio gli ribalzasse in mente. Fra poco sarebbero stati tre anni. Nato nel Mezzogiorno, a Plassans – suo padre faceva il carrettiere –, congedatosi dal servizio militare con i galloni di sergente maggiore, per lungo tempo era stato fattorino tuttofare alla stazione di Mantes, per passare poi fattorino capo in quella di Barentin; lì aveva conosciuto la sua cara moglie, un giorno che lei veniva da Doinville per partire in treno in compagnia della signorina Berthe, figlia del presidente Grandmorin.

Séverine Aubry era la figlia minore di un giardiniere, morto al servizio dei Grandmorin; ma il presidente, suo padrino e tutore, l'aveva talmente viziata da farne la compagna della figlia, inviandole tutte e due allo stesso pensionato di Rouen; e lei stessa aveva una tale innata distinzione, che per molto tempo Roubaud s'era dovuto accontentare di desiderarla da lontano, con la passione di un operaio dirozzato per un delicato gingillo, da lui considerato prezioso. Questo l'unico romanzo della sua vita. L'avrebbe sposata senza un soldo per la gioia di ottenerla, e quando infine aveva osato, la realtà aveva sorpassato il sogno: oltre a Séverine e a una dote di diecimila franchi, il presidente, già a riposo, membro del consiglio d'amministrazione della Compagnia dell'Ovest, gli aveva accordato la sua protezione. Già dal giorno seguente il matrimonio, era stato nominato sottocapo stazione di Le Havre. Certo, le sue note erano quelle di un buon impiegato, assiduo al lavoro, puntuale, onesto, d'intelligenza limitata, ma assolutamente retto, tutta una serie di ottime qualità che potevano spiegare il pronto accoglimento della sua domanda e la rapidità dell'avanzamento. Egli preferiva credere di dover tutto a sua moglie. E l'adorava.

Dopo aver aperto la scatola delle sardine, Roubaud decisamente si spazientì. Si sarebbero dovuti incontrare alle tre. Dove poteva essere andata? Non gli avrebbe mica raccontato che per comprare un paio di stivaletti e sei camicie occorreva una giornata. Nel passare di nuovo davanti allo specchio s'accorse delle sopracciglia ispide e della fronte segnata da una linea dura. Mai a Le Havre gli era accaduto di sospettare di lei. A Parigi invece immaginava ogni sorta di pericoli, di inganni, di trappole. Un fiotto di sangue gli salì alla testa, serrò quei suoi pugni da ex uomo di fatica, come al tempo in cui spingeva i vagoni. Ridiveniva il bruto incosciente della propria forza; l'avrebbe schiacciata, in un impeto di cieco furore.

Séverine spinse la porta, e apparve tutta fresca e gioiosa.

« Eccomi... Ehi! Non dirmi che credevi mi fossi persa! »

Nel fulgore dei suoi venticinque anni sembrava alta, snella, e tuttavia formosa a causa dell'ossatura piccola. A prima vista non era affatto una bellezza: il viso lungo, la bocca larga, rischiarata però da magnifici denti. Ma a guardarla bene, seduceva per la grazie, la stranezza dei grandi occhi azzurri sotto la folta capigliatura nera.

E siccome il marito non le rispondeva e continuava a esaminarla con quel suo sguardo cupo e incerto che lei ben conosceva, aggiunse:

« Ah, quant'ho corso... Non c'è stato verso di trovare un omnibus. Così, non volendo sprecar quattrini per una carrozza, ho corso... Guarda come sono accaldata. »

« Senti » disse lui con violenza « non vorrai farmi credere che arrivi dal Bon Marché! »

Ma all'improvviso, con infantile dolcezza, lei gli si gettò al collo, passandogli sulla bocca la graziosa manina un po' grassoccia.

« Cattivo, cattivo, taci!... Sai bene che ti amo. »

La sincerità sembrava scaturire da tutta la sua persona, ed egli la sentì ancora così candida e onesta che se la strinse perdutamente tra le braccia. Tutte le volte i suoi sospetti sfumavano così. Lei gli si abbandonò, le piaceva essere coccolata. Lui la coprì di baci che non furono ricambiati; da qui nasceva appunto l'oscura inquietudine di Roubaud: in quella bambinona passiva, di una tenerezza filiale, non si risvegliava ancora l'amante.

« Allora, hai svaligiato il Bon Marché? »

« Oh, sì. Ti racconterò... Ma prima mangiamo. Ho una fame!... Ah, senti, ho un piccolo regalo per te. Di': Il mio piccolo regalo. »

Gli era molto vicina, gli rideva sul viso. Aveva portato la mano destra nella tasca dove nascondeva un oggetto che non tirava fuori.

« Di' subito: Il mio piccolo regalo. »

Cominciò a ridere anche lui, bonariamente. E si decise.

« Il mio piccolo regalo. »

Gli aveva comperato un coltello per sostituire l'altro che aveva perduto e che da quindici giorni rimpiangeva. Roubaud ne fu entusiasta e giudicò magnifico il coltello nuovo, che aveva il manico d'avorio e la lama lucente. Subito lo adoperò. E lei fu felice della gioia di lui, anzi, sempre per scherzo, si fece dare un soldo perché la loro amicizia non ne fosse incrinata.

« Mangiamo, mangiamo » ripeteva lei. « No, no, te ne prego, non chiudere ancora. Ho tanto caldo. »

Raggiunse il marito accanto alla finestra, e se ne stette lì, appoggiata alla sua spalla, a guardare il vasto spazio della stazione. Ora il fumo s'era dileguato; il sole calava nella bruma, dietro le case di rue de Rome, come un disco di rame. Una locomotiva di manovra si trascinava dietro il treno per Mantes, già formato, delle quattro e venticinque. Lo portò fino alla banchina, sotto la tettoia, poi si sganciò. In fondo, nel deposito della Ceinture, l'urto dei respingenti annunciava l'agganciamento non previsto di vetture aggiunte. E, tutta sola, in mezzo ai binari, col macchinista e il fuochista neri per la fuliggine del viaggio, una pesante locomotiva di un treno omnibus, immobile, come stanca e senza fiato, senz'altro vapore se non un filino che usciva da una valvola, aspettava che le dessero via libera per ritornare al deposito delle Batignolles. Balenò e scomparve un segnale rosso. La locomotiva partì.

« Sono allegre queste piccole Dauvergne! » disse Roubaud allontanandosi dalla finestra. « Senti come pestano sul pianoforte?... Poco fa ho visto Henri, mi ha detto di porgerti i suoi omaggi. »

« A tavola, a tavola! » gridò Séverine.

Si gettò sulle sardine, divorava. Ah, ne era passato di tempo dal panino di Mantes! Venire a Parigi la inebriava. Era ancora vibrante dalla contentezza di aver corso per le strade e agitata per le compere fatte al Bon Marché. Ogni primavera spendeva le economie fatte durante l'inverno, preferendo comprare tutto in una volta; diceva che così risparmiava il prezzo del viaggio. Parlava, parlava, ma intanto non perdeva un boccone. Un po' confusa, arrossendo, finì col confessare il totale della somma spesa, più di trecento franchi.

« Accidenti! » esclamò Roubaud, colpito « come moglie di un sottocapo non badi a spese!... Ma non dovevi comperare sei camicie e un paio di stivaletti? »

« Oh, caro, delle occasioni straordinarie!... Uno scampolo delizioso di seta a righe! Un cappellino di un tal gusto, un sogno, ti dico. Gonne già confezionate, gli orli ricamati! E tutto questo per niente. A Le Havre avrei speso il doppio... Me li spediranno, vedrai che bella roba! »

Era tanto graziosa nella sua contentezza, con quell'aria confusa e supplicante, che egli s'era messo a ridere. E poi, era così deliziosa la colazioncina improvvisata, soli in quella camera, assai meglio che al ristorante. Lei, che abitualmente beveva acqua, si lasciava andare, vuotava il bicchiere di vino bianco, così, senza accorgersene. Esaurita la scatola delle sardine, divisero il pasticcio con il bel coltello nuovo. E fu un successo, talmente tagliava bene.

« Ma tu, dimmi, la tua faccenda? » domandò lei. « Mi fai chiacchierare, e non mi dici come s'è conclusa, col vice-prefetto. »

Allora egli raccontò con tutti i particolari come era stato ricevuto dal capomovimento. Oh, una lavata di testa in piena regola! Egli s'era difeso, aveva riferito la pura verità, come quel bellimbusto sfaccendato e ridicolo del viceprefetto s'era ostinato a salire nella vettura di prima classe col suo cane, mentre c'era apposta una vettura di seconda riservata ai cacciatori e ai loro animali, e la lite che ne era seguita, e le parole scambiate. Insomma, il capo gli dava ragione per aver voluto far rispettare il regolamento; ma la frase che lui spontaneamente aveva confessato di aver detto rimaneva grave: « Voi non sarete sempre i padroni! ». Lo si sospettava di essere repubblicano. I dibattiti che contrassegnavano l'apertura della sessione 1869, e la sorda paura delle prossime elezioni generali, rendevano diffidente il governo. Così, senza la valida raccomandazione del presidente Grandmorin, l'avrebbero certamente trasferito. Aveva dovuto firmare una lettera di scuse consigliata e redatta da quest'ultimo.

Séverine l'interruppe, esclamando:

« Che ti dicevo? Ho avuto ragione di scrivergli e di fargli visita con te, stamattina, prima che andassi a prenderti la strigliata... Lo sapevo che ci avrebbe aiutati. »

« Sì, ti vuole molto bene » riprese a dire Roubaud « e ha le braccia lunghe nella Compagnia... Vedi un po' a che cosa serve essere un buon impiegato. Ah, non mi ha lesinato gli elogi: non molta iniziativa, ma la condotta, l'obbedienza, il coraggio, tutto insomma! Ebbene, mia cara, se non fossi stata mia moglie, e se Grandmorin non avesse perorato la mia causa, per amicizia verso di te, ero spacciato; per punizione mi avrebbero sbattuto in chissà quale stazioncina. »

Lei guardava fisso nel vuoto, e mormorò come se parlasse a se stessa:

« Oh, certamente, è un uomo dalle braccia lunghe... »

Vi fu un momento di silenzio, e lei, smesso di mangiare, se ne stava con gli occhi spalancati, sperduti in chissà quale lontananza. Certamente ricordava i giorni dell'infanzia, laggiù, al castello di Doinville, a quattro leghe da Rouen. Non aveva conosciuto la madre. Quando il padre, il giardiniere Aubry, era morto, entrava nel tredicesimo anno; ed era stato allora che il presidente, già vedovo, l'aveva allevata insieme a sua figlia Berthe, sotto la guida di sua sorella, la signora Bonnehon, moglie di un industriale, anch'essa vedova, alla quale ora apparteneva il castello. Berthe, maggiore di due anni, maritata sei mesi dopo di lei, aveva sposato il signor di Lachesnaye, consigliere di corte a Rouen, un ometto giallo e secco. L'anno prima, il presidente, ancora capo di quella corte, nel suo paese natale, dopo una brillante carriera, era andato a riposo. Nato nel 1804, sostituto a Digne subito dopo il '30, poi a Fontainebleau, quindi a Parigi, in seguito procuratore a Troyes, avvocato generale a Rennes, infine primo presidente a Rouen. Milionario, faceva parte dal 1855 del Consiglio generale ed era stato insignito dell'onorificenza di commendatore della Legion d'onore lo stesso giorno del collocamento a riposo. Anche riandando molto indietro nel tempo, Séverine lo rivedeva tale e quale era adesso, atticciato e vigoroso, canuto anzitempo, con i capelli arricciati di un bianco dorato di ex biondo, senza barba e senza baffi, un viso quadrato, che occhi duri e azzurri e un grosso naso rendevano severo. A prima vista aveva un aspetto rude e faceva tremare tutti intorno a lui.

Roubaud dovette alzare il tono di voce e ripetere per due volte:

« E allora, a che pensi? »

Lei trasalì, con un leggero brivido, come sorpresa e scossa dalla paura.

« Ma a niente. »

« Non mangi più, non hai più fame, adesso? »

« Oh, sì... Stai a vedere. »

Bevuto un bicchiere di vino bianco, Séverine finì di mangiare la fetta di pasticcio che aveva nel piatto. Ma poi rimasero male, quando si accorsero che la libbra di pane era finita e che non ne restava neppure un boccone per mangiare il formaggio. Rovistando dappertutto, scoprirono in fondo alla credenza di mamma Victoire un pezzo di pane raffermo, e allora gridarono e risero. Pur con la finestra aperta, continuava a far caldo, e la giovane, avendo alle spalle la stufa, non riusciva a rassettarsi, accaldata ed eccitata anche per l'imprevisto della vivace colazione in quella camera. E a proposito di mamma Victoire, Roubaud era tornato a parlare di Grandmorin: anche lei doveva accendergli una candela! Ragazza sedotta, con un bimbo che le era morto, balìa di Séverine, che era costata la vita di sua madre, poi moglie di un fuochista della Compagnia, viveva male a Parigi, lavorando un po' da sarta, mentre il marito le mangiava tutto, allorquando nel rincontrare la figlia di latte, riannodati i rapporti di una volta, anche lei era diventata una protetta del presidente, che ora le aveva fatto ottenere un posto di guardiana ai gabinetti di lusso per signore, quel che v'ha di meglio. La Compagnia la compensava con soli cento franchi l'anno, ma lei ne raggranellava, con le mance, circa mille e quattrocento, senza contare l'alloggio, quella camera, e il riscaldamento. Insomma, una situazione molto vantaggiosa. E Roubaud calcolava che se Pecqueux, il marito, avesse aggiunto i suoi duemila e ottocento franchi di fuochista, tanto per i premi e tanto per il fisso, invece di far bagordi ai due capilinea, la famiglia avrebbe riunito oltre quattromila franchi, il doppio cioè di quel che lui, sottocapo stazione, guadagnava a Le Havre.

« Certo » concluse « non tutte le donne si assoggetterebbero a far la guardia ai gabinetti. Del resto, ogni mestiere è buono. »

Intanto la loro gagliarda fame s'era chetata, e ora mangiavano con aria svogliata, tagliando il formaggio a piccoli bocconi. Anche le parole si facevano più lente.

« A proposito » esclamò lui « ho dimenticato di domandarti... Perché ti sei rifiutata, col presidente, di andare a trascorrere due o tre giorni a Doinville? »

Con la mente, nel benessere della digestione, riandava alla visita di quella mattina al palazzo di rue du Rocher, vicinissimo alla stazione; e si rivedeva nel grande severo studio, sentiva ancora il presidente dire che sarebbe partito il giorno dopo per Doinville. Poi, come sotto l'assillo di un'improvvisa decisione, aveva offerto, partendo con loro la stessa sera col direttissimo delle sei e trenta, di accompagnare la figlioccia laggiù, da sua sorella che desiderava vederla da tanto tempo. Ma la giovane aveva accampato mille ragioni che, diceva, glielo impedivano.

« Sai, quanto a me » continuò a dire Roubaud « non vedevo niente di male in questo viaggetto. Saresti potuta restare sino a giovedì, e io me la sarei cavata da solo. Non ti pare? data la nostra situazione, abbiamo bisogno di loro. Non è mica ben fatto rifiutare le loro gentilezze, tanto più che il tuo rifiuto pareva che gli cagionasse un vero dispiacere... Ho smesso di farti segno di accettare, solo quando hai tirato un lembo del mio paltò. Allora ho ripetuto quel che dicevi, ma senza rendermene conto... Be', perché non hai voluto? »

Séverine lo guardò irresoluta, ed ebbe un gesto di impazienza.

« Posso forse lasciarti completamente solo? »

« Non è una buona ragione... Da quando ci siamo sposati, in tre anni, sei pur andata due volte a trascorrere una settimana a Doinville. Niente ti impediva di ritornarci una terza volta. »

Il fastidio di lei aumentava, e volse il capo.

« Insomma, non ne avevo voglia. Non puoi forzarmi a fare delle cose che non mi vanno. »

Roubaud spalancò le braccia come per dire che non la costringeva a niente. E intanto riprese a dire:

« Be', tu mi nascondi qualche cosa... Forse l'ultima volta la signora Bonnehon ti accolse male? »

Ah, no, la signora Bonnehon l'aveva sempre accolta benissimo. Così simpatica, grande, forte, con magnifici capelli biondi, ancora bella nonostante i suoi cinquantacinque anni! Da quando era rimasta vedova, e anche prima, quando viveva il marito, si raccontava che avesse spesso il cuore in subbuglio. A Doinville le volevano bene, aveva trasformato il castello in un lungo di delizie, tutta la società di Rouen andava a farle visita, soprattutto i magistrati. Era appunto tra la magistratura che la signora Bonnehon si era fatta tanti amici.

« Allora, confessa, sono i Lachesnaye che ti hanno accolta freddamente? »

Certo, dopo il matrimonio col signor di Lachesnaye, Berthe aveva smesso di essere con lei quella che era stata una volta. Non era diventata affatto migliore, la povera Berthe, tanto insignificante, col suo naso rosso. A Rouen le signore vantavano molto la sua distinzione. Perciò un marito come il suo, brutto, rigido, avaro, sembrava fatto apposta per influenzare la moglie e renderla cattiva. Ma no, Berthe s'era mostrata corretta verso la vecchia compagna e lei non aveva alcun rimprovero da rivolgerle.

« E allora, è dunque il presidente che non ti va, laggiù? »

Séverine, che fino a quel momento aveva risposto con monotona lentezza, fu riassalita dall'impazienza.

« Lui? che idea! »

E continuò con piccole frasi nervose. Lo si vedeva appena. S'era riservato nel parco un padiglione la cui porta dava su un viottolo deserto. Usciva, entrava senza che nessuno se ne accorgesse. Del resto, la sorella non sapeva mai con precisione il giorno del suo arrivo. Noleggiava una carrozza a Barentin e si faceva condurre di notte a Doinville; trascorreva intere giornate nel padiglione, ignorato da tutti. Ah, non era certo lui che dava soggezione, laggiù.

« Te ne parlo perché tante volte mi hai detto che quando eri piccola, ti metteva una paura terribile. »

« Oh, una paura terribile! Tu esageri, come sempre... Certo, non era un tipo allegro! Ti guardava fisso con quei grandi occhi, e così costringeva gli altri ad abbassare la testa. Ho visto persone confondersi, non riuscire a rivolgergli neppure una parola, talmente erano intimiditi dalla sua fama di severità e saggezza... Ma, a me, non ha rivolto mai un rimprovero, anzi, ho sempre sentito che per me aveva un debole... »

Di nuovo il suo parlare s'era fatto lento, e lo sguardo si perdeva lontano.

« Ricordo... Quando ero bambina e giocavo con le amiche nei viali, si nascondevano tutte se lui appariva, anche sua figlia Berthe, che tremava sempre per paura di essere in colpa di qualcosa. Io l'aspettavo, tranquilla. Passava, e vedendomi lì, sorridente, il musetto in alto, mi dava un buffetto sulle guance... Più tardi, a sedici anni, quando Berthe voleva ottenere da lui un favore incaricava sempre me di chiederglielo. Gli parlavo senza abbassare gli occhi, e sentivo i suoi che mi scrutavano dentro. Non me ne curavo, ero sicura che avrebbe acconsentito a tutto quel che chiedevo!... Ah, sì, ricordo, ricordo! Laggiù non c'è un boschetto nel parco, non un corridoio o una stanza del castello che non possa rivedere chiudendo gli occhi. »

Tacque, le palpebre abbassate; e sul viso accaldato, paffuto, pareva che si ripercuotesse il brivido degli eventi di una volta, quelle cose di cui non parlava. Se ne stette così per un poco con un lieve tremolìo sulle labbra, come un involontario tic che le faceva storcere dolorosamente un angolo della bocca.

« Certo, era molto buono con te » riprese a dire Roubaud, accendendo la pipa. « Non solo ti ha allevata come una signorina, ma ha amministrato con grande saggezza i tuoi quattro soldi, arrotondando la somma in occasione del nostro matrimonio... Senza contare che ha intenzione di lasciarti qualcosa, lo ha detto in mia presenza. »

« Sì » mormorò Séverine « la casa della Croix-de-Maufras, quella proprietà spaccata dalla ferrovia. Certe volte andavamo a passarci otto giorni... Oh, io non ci faccio assegnamento, i Lachesnaye se lo staranno lavorando perché non mi lasci niente. E poi, preferisco niente, niente! »

Queste ultime parole le aveva pronunciate con tono talmente tagliente, che lui ne rimase stupito, tirò la pipa di bocca, la guardò meravigliato.

« Sei curiosa! Sanno tutti che il presidente ha dei milioni! che male ci sarebbe se comprendesse nel testamento la sua figlioccia? Nessuno se ne meraviglierebbe, e ciò accomoderebbe parecchio le nostre faccende. »

Poi, un'idea gli balenò in mente e rise.

« Non avrai mica paura di passare per sua figlia?... Perché, sai, sul conto del presidente, nonostante la sua aria compassata, se ne dicono delle belle. Pare che, anche quando era viva la moglie, tutte le cameriere gli pagassero il pedaggio. Insomma, un uomo in gamba, e anche adesso se la fa con una donna... Dio mio! Quand'anche fossi sua figlia! »

Séverine s'era alzata di scatto, il viso in fiamme e un guizzo come di spavento negli occhi azzurri sotto la pesante massa dei capelli neri.

« Sua figlia, sua figlia!... Non voglio che tu scherzi su queste cose, hai capito? Come potrei essere sua figlia? Gli somiglio, forse?... Ma sì, basta, parliamo d'altro. Non voglio andare a Doinville perché non voglio, perché preferisco ritornare con te a Le Havre. »

Roubaud scosse la testa e, con un gesto, la calmò. Buona, buona! Dal momento che ciò la rendeva nervosa. E sorrideva: mai l'aveva vista tanto nervosa. Il vino bianco, senza dubbio. Volendo farsi perdonare, riprese il coltello, lo ammirò di nuovo, lo asciugò con cura, e per mostrare che aveva il filo di un rasoio, cominciò a tagliarsi le unghie.

« Già le quattro e un quarto » mormorò Séverine in piedi davanti alla pendola « devo sbrigare ancora qualche commissione... Bisogna pensare al nostro treno. »

Ma come per cercare di calmarsi del tutto, prima di mettenere un po' in ordine la camera, ritornò ad affacciarsi alla finestra. Lui, allora, abbandonati coltello e pipa, a sua volta si alzò dalla tavola e si accostò a lei prendendola per le spalle e tenendola poi stretta dolcemente tra le braccia. Le aveva posato il mento sulla spalla e poggiata la testa contro la sua. Stettero entrambi immobili, così, a guardar fuori.

Sotto di loro le piccole locomotive di manovra andavano e venivano senza sosta; si avvertiva appena quando si mettevano in moto, come buone massaie attive e prudenti, le ruote ronzanti, il fischio discreto. Una di esse passò, disparve sotto il pont de l'Europe, convogliando al deposito le vetture staccate da un treno di Trouville; oltre il ponte, sfiorò un'altra locomotiva uscita tutta sola del deposito, passeggiatrice solitaria luccicante di acciaio e di ottone, fresca e gagliarda, pronta al viaggio. Questa si fermò, chiese con due brevi fischi via libera allo scambista, e quasi subito fu inoltrata verso il suo treno già formato lungo la banchina sotto la pensilina delle grandi linee. Era il treno delle quattro e venticinque per Dieppe. Una folla di viaggiatori si affrettava, si sentiva il rotolìo dei carretti carichi di bagagli, alcuni uomini trasportavano nelle vetture gli apparecchi metallici con l'acqua calda. Ma la locomotiva e il carro scorta avevano raggiunto il bagagliaio con un urto sordo, e si vide il capo manovratore stringere da solo il gancio di trazione fra i respingenti. Verso Batignolles il cielo s'era oscurato; una cenere crepuscolare, inghiottendo i caseggiati, sembrava già effondersi sul ventaglio spiegato dei binari, mentre lontano, in quel trascolorare, si incrociavano senza sosta le partenze e gli arrivi della « banlieue » e della Ceinture. Oltre la cupa distesa dei mercati coperti, su Parigi abbuiata fluttuavano brandelli di fumi rossastri.

« No, no, lasciami » mormorò Séverine.

A poco a poco, senza una parola, lui l'aveva avviluppata in una più salda carezza, eccitato dal tepore e dall'odore di quel giovane corpo che si stringeva contro e reso pazzo di desiderio dal fatto che la donna inarcava le reni per svincolarsi. Con uno strattone l'allontanò dalla finestra, e col gomito ne chiuse i vetri. La sua bocca trovò quella di lei, e così, sempre premendo sulle sue labbra, la trascinò verso il letto.

« No, no, non siamo a casa nostra » ripeteva Séverine. « Te ne prego, non in questa camera. »

Ma anche lei era come ubriaca, stordita dal cibo e dal vino, ancora tutta vibrante della corsa febbrile attraverso Parigi. La camera surriscaldata, la tavola in disordine, l'imprevisto del viaggio che si concludeva in convegno galante, tutto le accendeva il sangue, infondendole un brivido. E tuttavia si rifiutava, resisteva, inarcata contro il legno del letto, in una disperata ribellione che lei stessa non avrebbe saputo spiegarsi.

« No, no, non voglio. »

Roubaud, col sangue agli occhi, non allentava la presa delle sue grosse mani brutali. Tremava, l'avrebbe spezzata.

« Stupida, chi verrà a saperlo? Poi rifaremo il letto. »

Di solito, a casa loro, a Le Havre, dopo colazione, lei si abbandonava con docile compiacenza, quando lui alla notte era di servizio. La cosa pareva non le desse piacere, però lei mostrava una felice indolenza, un affettuoso consenso al piacere di lui. E ciò che in quel momento lo rendeva folle, era di sentirla come mai l'aveva posseduta, ardente, fremente di passione sensuale. Il cupo riflesso dei suoi capelli ombreggiava i dolci occhi di pervinca, la bocca forte, rossa nel suadente ovale del viso. Era una donna diversa, che non conosceva affatto. Perché si rifiutava?

« Di', perché? Abbiamo tutto il tempo. »

Allora, in un'inesplicabile angoscia, in un contrasto interiore nel quale pareva non potesse chiaramente giudicare le cose, come se avesse smarrita la cognizione di se stessa, emise un grido di autentico dolore che riuscì a tranquillizzarlo.

« No, no, te ne supplico, lasciami... Non so, solo a pensarci in questo momento mi sento soffocare... Non sarebbe bene. »

Entrambi erano piombati sull'orlo del letto. Lui si passò una mano sul viso come per smorzare il calore bruciante. Nel vederlo ritornato calmo, lei, gentile, si chinò su di lui, e imprimendogli un grosso bacio sulla guancia, volle dimostrargli che lo amava pur sempre. Per un istante rimasero immobili, senza parlare, a ripigliar fiato. Lui le aveva ripreso la mano sinistra, e giocherellava con un vecchio anello d'oro, un serpentello con la testa di rubino che lei portava allo stesso dito della fede. Glielo aveva visto sempre lì.

« Il mio serpentello », disse Séverine in tono involontariamente trasognato, credendo che lui stesse guardando l'anello, e provando un imperioso bisogno di parlare. « Me lo regalò per i miei sedici anni alla Croix-de-Maufras. »

Roubaud, sorpreso, levò il capo.

« Chi? Il presidente? »

Quando il marito l'aveva fissata negli occhi, lei si era risvegliata bruscamente. Sentì un soffio freddo gelarle le guance. Cercò di rispondere e non trovò parole, soffocata da una specie di paralisi.

« Eppure » continuò lui « mi avevi sempre detto che quest'anello te lo aveva lasciato tua madre. »

A questo punto avrebbe ancora potuto rimangiarsi le parole sfuggitele in un momento di abbandono. Sarebbe bastato ridere, fingere di essere stordita. Ma si impuntò, non era più padrona di se stessa.

« Caro, io non ti ho mai detto che questo anello me l'abbia lasciato mia madre! »

Di colpo, Roubaud la fissò, impallidendo a sua volta.

« Come? Non me l'hai mai detto? Me lo hai ripetuto tante volte!... Niente di male che sia stato il presidente a dartelo... Ti ha regalato ben altro... Ma perché me lo hai nascosto? Perché hai mentito, parlando di tua madre? »

« Non ho mai parlato di mia madre, caro, ti sbagli. »

Quell'ostinazione era stupida. Si accorgeva che stava per perdersi, che lui leggeva chiaramente nei suoi occhi, e adesso sì, avrebbe voluto rimangiarsi le parole; ma non era più in tempo, sentiva che i suoi lineamenti si alteravano, che la confessione, suo malgrado, prendeva il sopravvento. Il senso di freddo provato sulle gote s'era propagato sull'intero viso, un tic nervoso le faceva tremare le labbra. E lui, terribile, ridivenuto all'improvviso paonazzo, da far dubitare che il sangue potesse sprizzargli dalle vene, le aveva afferrato i polsi e la guardava dappresso allo scopo di poter meglio interpretare, nel pauroso sgomento dei suoi occhi, quel che non diceva ad alta voce.

« Perdio! » farfugliò « perdio! »

Lei ebbe paura, abbassò il viso per nasconderlo sotto il braccio, temendo d'essere percossa. Un piccolo fatto insignificante, la dimenticanza di una bugia a proposito di quell'anello, per lo scambio di poche parole, rendeva tutto evidente. Era bastato un minuto. Con uno strattone egli la gettò di traverso il letto, e, alla cieca, la colpì con tutte e due le mani. In tre anni non le aveva dato neppure un buffetto, e ora, accecato, folle, la massacrava in un impeto brutale con quelle grosse mani che una volta avevano spinto i vagoni ferroviari.

« Perdio, sgualdrina! sei andata a letto con lui... a letto con lui!... a letto con lui! »

E diventava una furia nel ripetere quelle parole, e colpiva con i pugni ogni volta che le pronunciava, come per fargliele penetrare nella carne.

« Un rudere di vecchio, lurida cagna, andare a letto con lui!... a letto con lui! »

La voce era soffocata da una tal collera, che, stridendo, non veniva più fuori. E solo allora sentì che, cedendo ai colpi, lei diceva di no. Non trovava altra difesa, negava perché non l'uccidesse. E quel grido, quell'ostinazione nella menzogna finivano col renderlo pazzo.

« Confessa che sei andata a letto con lui. »

« No! no! »

Lui l'aveva riagguantata, la sosteneva tra le braccia, le impediva di ricadere col viso nella coperta, da povero essere che si nasconde. La forzava a guardarlo.

« Confessa che ci sei andata a letto! »

Scivolando via da lui, essa scappò verso la porta. Ma con un balzo lui le fu di nuovo addosso, il pugno proteso; e, in preda alle furie, con un sol colpo la scaraventò in terra presso la tavola. Si era gettato al suo fianco, l'aveva afferrata per i capelli, per immobilizzarla sull'impiantito. Per un istante se ne stettero così in terra, faccia a faccia, senza muoversi. E, nel pauroso silenzio, si sentivano salire i canti e le risate delle signorine Dauvergne, e per fortuna il rumore della lotta era soffocato dal fracasso del pianoforte di sotto. Claire cantava una filastrocca infantile, mentre Sophie l'accompagnava pestando a tutta forza.

« Confessa che sei andata a letto con lui. »

Lei non osò più dire di no, se ne stette zitta.

« Confessa che sei andata a letto con lui, o ti sventro, perdio! »

L'avrebbe uccisa, glielo si leggeva chiaro negli occhi. Nel cadere aveva scorto il coltello aperto sul tavolo; e nel rivedere il riflesso della lama, temette che lui allungasse il braccio. Fu presa da una spossatezza, da un senso di abbandono di tutta la persona, e desiderò solo farla finita.

« Ebbene! sì, è vero, lasciami andare. »

Allora quel che successe fu terribile. La confessione che lui aveva preteso con tanta violenza, lo colpì in pieno viso, come cosa assurda e mostruosa. Pareva che mai avrebbe potuto supporre una simile infamia. L'afferrò per il capo, la scaraventò contro il piede del tavolo. Lei si dibatteva e lui la trascinò per i capelli attraverso la stanza, rovesciando le sedie. E ogni volta che lei faceva uno sforzo per rimettersi in piedi, con un pugno la faceva ricadere sul pavimento. E si affannava, con i denti serrati, in un accanimento selvaggio e balordo. Il tavolo, smosso, poco mancò non rovesciasse la stufa. Un ciuffo di capelli e un po' di sangue s'appiccicarono a un angolo della credenza. Quando ripresero fiato, storditi, non potendone più dall'orrore, stanchi di dar colpi e di riceverne, si trovarono di nuovo vicino al letto, lei sempre in terra, riversa, lui accovacciato, serrandola ancora alle spalle. Respiravano a fatica. Giù la musica continuava, mescolandosi alle sonore e giovanili risate.

Con uno scossone, Roubaud sollevò Séverine addossandola contro il legno del letto. Poi, restando in ginocchio e premendo su di lei, riuscì infine a parlare. Aveva smesso di picchiarla, ma la torturava con le domande per un insaziabile bisogno di sapere.

« Così, sei andata a letto con lui, puttana!... Ripeti, ripeti che sei andata a letto con quel vecchio... E, di', quanti anni avevi? Piccolina, piccolina, non è vero? »

All'improvviso lei proruppe in lacrime, e i singhiozzi le impedivano di rispondere.

« Perdio, vuoi parlare?... Di' non avevi ancora dieci anni e lo facevi già divertire, quel vecchio, eh? È per questo che t'aveva allevata a zuccherini, per le sue porcherie; insomma rispondi, perdio, o ricomincio! »

Lei piangeva, non riusciva a pronunciare una parola, e lui alzò la mano e la stordì con un altro ceffone. E per tre volte, non avendo ottenuto alcuna risposta, la schiaffeggiò, ripetendo la domanda.

« Insomma, quanti anni avevi, puttana, parla, dunque! »

Perché lottare? Tutto cedeva in lei. Con le sue grosse mani di ex operaio, lui le avrebbe strappato il cuore. E l'interrogatorio continuò, Séverine rivelava ogni cosa in una tale prostrazione di vergogna e paura, che le sue parole, pronunciate a bassa voce, erano appena percettibili. E lui, all'evocazione di quelle scene che lo straziavano, morso dall'atroce gelosia, nella sofferenza diveniva furioso: non s'accontentava mai di sapere, l'obbligava a ritornare sui particolari, a precisare i fatti. L'orecchio posato sulle labbra della sventurata, esulcerato dalla sua confessione, continuava a minacciare, alzando la mano, pronto a colpire ancora, se lei si fosse interrotta.

Di nuovo tutto il passato a Doinville fu rievocato: l'infanzia, la giovinezza. Era stato in fondo alla macchia del grande parco? o in qualche angolo remoto di un corridoio del castello? Dunque, il presidente già pensava a lei quando, alla morte del suo giardiniere, l'aveva accolta facendola allevare insieme con sua figlia! Di sicuro tutto era cominciato nei giorni in cui le altre bambine si nascondevano sul più bello dei loro giochi al suo apparire, mentre lei, sorridente, il musetto in aria, aspettava che lui, passando, le desse un buffetto sulla guancia. E più tardi, se osava parlargli a viso aperto, ottenendo tutto quel che voleva, non era forse perché si sentiva padrona di farlo, mentre lui, così imponente e severo con gli altri, l'adescava con le sue compiacenze di collezionista di cameriere? Ah, che luridume quel vecchio che si faceva sbaciucchiare come un nonno, mentre guardava crescere questa bambina, tastandola, contaminandola ogni ora un po', non avendo nemmeno la pazienza di attendere che fosse matura!

Roubaud ansimava.

« Insomma, quanti anni avevi?... ripeto, quanti anni? »

« Sedici anni e mezzo. »

« Menti! »

Mentire, mio Dio, e perché? Scrollò le spalle, invasa da un avvilimento e da una stanchezza indicibili.

« E la prima volta dove è stato? »

« Alla Croix-de-Maufras. »

L'uomo ebbe un attimo di esitazione; le labbra gli tremavano, una fiammella giallognola gli intorbidava gli occhi.

« Voglio sapere che cosa ti fece. »

Lei non rispose. Ma poi, nel vedere che agitava il pugno:

« Tu non mi crederesti. »

« Continua... Non poté combinare nulla, eh? »

Lei assentì con un cenno della testa. Proprio così. E allora lui si accanì sulla scena, volle conoscerla sino in fondo, trascese con le parole crude, con le immonde domande. Séverine non apriva più bocca, continuava a dire di sì, di no, con un cenno del capo. Forse tutto questo avrebbe arrecato sollievo all'uno e all'altra, quando avesse confessato. Ma a soffrire di più a quei particolari era lui, mentre lei credeva che costituissero un'attenuante. Dei rapporti normali, completi, l'avrebbero ossessionato con una visione meno torturante. Quella depravazione rendeva tutto marcio, e gli si affondavano nella carne, straziandolo, le lame avvelenate della gelosia. Era finita, non sarebbe più stato capace di vivere senza evocare l'esecrabile immagine.

Un singhiozzo gli lacerò la gola.

« Ah, perdio... ah, perdio!... non può essere, no, no! è troppo, non può essere! »

Poi, all'improvviso, le dette uno scossone.

« Ma, perdio, puttana, perché mi hai sposato?... Sai che è ignobile avermi ingannato in tal modo? Ci sono delle ladre in carcere che non hanno un peso simile sulla coscienza... Tu, dunque, mi disprezzavi, non mi volevi neppure un po' di bene?... Di'! perché mi hai sposato? »

Lei fece un gesto vago. Che poteva saperne ora di preciso? Sposandolo, era stata felice, sperando di finirla con l'altro. Vi sono tante cose che non si vorrebbero fare e che si fanno perché sono le più ragionevoli. No, lei non l'amava; e quel che evitava di dirgli era che, senza quella storia, mai avrebbe acconsentito a diventare sua moglie.

« Lui, non è vero? desiderava darti marito. Ha trovato il minchione... Non è così? desiderava che ti accasassi perché tutto continuasse meglio. E voi, naturalmente, avete continuato, durante i tuoi due viaggi laggiù. Era per questo che ti ci portava? »

Con un cenno, lei di nuovo confessò.

« Ed era per questo che anche stavolta ti invitava?... Sino alla fine, allora sarebbe continuata questa lurida tresca. E se io non ti strangolo, tutto ricomincerà! »

Le sue mani convulse brancolavano per serrarla alla gola. Ma questa volta, lei si ribellò.

« Ma via, tu sei ingiusto. Sono stata io a rifiutare di andare. Tu mi avresti mandata; mi sono rifiutata fino ad arrabbiarmi, ricordati... Vedi bene che non volevo più. È finita. Mai più, mai più avrei voluto. »

Lui sentiva che diceva la verità, ma non ne provò alcun sollievo. L'atroce dolore, il pugnale affondato in pieno petto, ciò che era avvenuto tra lei e quell'uomo era irreparabile. Soffriva terribilmente della sua impotenza di fare che tutto ciò non fosse avvenuto. Senza mollarla ancora, s'era accostato al viso di lei, e sembrava affascinato, attratto, bramoso di ritrovare le tracce, nel sangue di quelle sottili vene azzurre, di tutto quello che lei gli aveva confessato. E, allucinato, ossessionato, mormorò:

« Alla Croix-de-Maufras, nella camera rossa... Conosco la finestra che dà sulla ferrovia, il letto è di fronte. Ed è stato lì, in quella camera... Capisco perché dice di volerti lasciare la casa. L'hai ben guadagnata. Poteva vegliare sui tuoi quattrini e farti la dote, una cosa compensava l'altra... Un giudice, un milionario, così rispettato, così istruito, così in alto! Certo, c'è da perdere la testa... E di', adesso, e se fosse tuo padre? »

Séverine, con uno sforzo, si alzò in piedi. Lo aveva respinto con una forza straordinaria, data la sua debolezza di povero essere vinto. Protestò con violenza.

« No, no, questo no! Per il resto, tutto quello che vuoi. Picchiami, ammazzami... Ma non dire una cosa simile, tu menti! »

Roubaud l'aveva trattenuta per una mano.

« Ne sai forse qualche cosa? Ti ribelli così perché ne dubiti anche tu. »

E mentre lei liberava la mano, lui sentì l'anello, il serpentello d'oro con la testa di rubino, dimenticato al suo dito. Glielo strappò, lo schiacciò sotto i piedi, in un nuovo accesso di rabbia. Poi si mise a camminare in su e in giù per la stanza, muto, smarrito. La donna, piombata a sedere sull'orlo del letto, lo guardava fisso con quei suoi grandi occhi. E il pauroso silenzio si prolungò.

Il furore di Roubaud non diminuiva. E quando sembrava che un poco si attenuasse, subito si riaccendeva, come l'ubriachezza, con grandi ondate accavallate, che lo trascinavano nel loro gorgo. Non era più padrone di se stesso, si dibatteva nel vuoto, scagliato con violenza e flagellato a ogni raffica di vento, ricadendo col solo bisogno di placare la bestia che urlava nel profondo del suo essere. Era un bisogno fisico, immediato, come la sete di vendetta che gli torceva il corpo e che fin quando non avesse soddisfatto non gli avrebbe accordato un attimo di requie.

Senza fermarsi, con i pugni si colpì le tempie, e con voce angosciata farfugliò:

« E che farò, adesso? »

Non avrebbe più ucciso quella donna, ormai, non avendolo fatto subito. La viltà di lasciarla vivere esasperava la sua collera, e se era vile era perché, non avendola strangolata, era ancora attaccato alla sua pelle di sgualdrina. E, tuttavia, non poteva tenersela così. Allora avrebbe dovuto scacciarla, spingerla sulla strada per non rivederla mai più? E fu riassalito da una nuova ondata di sofferenza, sommerso completamente da una nausea ripugnante, quando sentì che non avrebbe fatto neppure questo. E che cosa, insomma? Non gli restava che accettare la vergogna, riaccompagnare quella femmina a Le Havre e continuare con lei la vita tranquilla, come se nulla fosse accaduto. No, no! piuttosto la morte, la morte all'istante per tutti e due! Quell'angoscia lo esasperò, tanto che, sconvolto, ripeté, gridando:

« Che cosa devo fare? »

Seduta sul letto, Séverine continuava a seguirlo con i suoi grandi occhi. Nel calmo affetto cameratesco che aveva nutrito per lui, già si impietosiva per l'immenso dolore del quale lo vedeva soffrire. Le parolacce, i pugni, li avrebbe scusati, se fosse stata meno sorpresa da quell'impeto folle, una sorpresa della quale non riusciva a riaversi ancora. Passiva, docile, lei che giovanissima s'era piegata ai desideri del vecchio, e che più tardi aveva lasciato che la maritassero, solo desiderosa di mettere a posto le cose, non arrivava a comprendere quel prorompere di gelosia per passati errori dei quali si pentiva; e senza malizia, i sensi non ancora del tutto svegli, in una semincoscienza di ragazza dolce, casta, nonostante tutto, guardava l'andare e venire del marito, le sue furiose giravolte, come avrebbe guardato un lupo, un essere di un'altra razza. Che cosa c'era dunque in lui? Ve n'erano tanti che non andavano in collera! Quel che la spaventava era di sentire in lui l'animale, da tre anni presentito nei sordi grugniti, e ora scatenato, violento, pronto a mordere. Che cosa poteva dirgli per impedire una disgrazia?

Dopo ogni giro, lui si ritrovava davanti al letto, di fronte a lei. E lei, ora, osò parlargli.

« Caro, ascolta... »

Ma lui non l'ascoltava, seguitava a camminare fino all'altro estremo della stanza, come un fuscello sbattuto dalla tempesta.

« Che devo fare? Che devo fare? »

Infine lei gli prese una mano, la tenne un poco stretta.

« Caro, senti, poiché sono stata io a rifiutarmi di andare... Non sarei mai più andata, mai più! mai più! Voglio bene a te. »

Si faceva dolce, lo attirava, protendeva la bocca perché gliela baciasse. Ma, piombato al suo fianco, lui la respinse, con un gesto di orrore.

« Ah, sgualdrina, ora vorresti... Poco fa non hai voluto, non mi desideravi... E ora vorresti, per riacciuffarmi, eh? Quando si tien sotto un uomo da quel lato, lo si tiene saldamente... Ma adesso mi brucerebbe troppo stare con te, sì! sento bene che mi brucerebbe come un veleno il sangue. »

Rabbrividiva. L'idea di possederla, l'immagine dei loro corpi che crollavano sul letto, gli attraversava la mente come una fiamma. E nella torbida oscurità della carne, in fondo al desiderio insudiciato e sanguinante, all'improvviso si erse la necessità della morte.

« Perché non crepi nell'andare ancora a letto con te, vedi, bisogna prima di tutto che ammazzi l'altro... Bisogna che l'ammazzi, che l'ammazzi! »

La sua voce si faceva più acuta, ripeté quella parola, in piedi, proteso, come se solo quella parola, configurando una soluzione, l'avesse calmato. Non disse altro, si mise a camminare lentamente raggiungendo il tavolo, e guardò il coltello che, la lama aperta, luccicava. Con un gesto istintivo lo chiuse e se lo mise in tasca. Le mani tremanti, lo sguardo smarrito, se ne stava immobile a pensare. All'idea di alcuni ostacoli due profonde rughe gli solcarono la fronte. Pensando a come superarli tornò ad aprire la finestra, e vi si soffermò, il volto proteso al fresco vento del crepuscolo. Alle sue spalle, la moglie s'era alzata, ripresa dalla paura; e non osando rivolgergli domande, cercava di indovinare ciò che s'agitava in quella testa dura; attendeva, anche lei in piedi di fronte al largo riquadro del cielo.

Nella sera calante, le case lontane si stagliavano nere, mentre nel vasto piazzale della stazione si effondeva una bruma violacea. Specialmente dalla parte delle Batignolles il profondo trincerone era come sommerso dalla cenere, e cominciavano a non distinguersi più le armature del pont de l'Europe. In direzione di Parigi, un ultimo riflesso del sole eclissava i vetri dei grandi mercati coperti, al disotto planava l'ammasso delle tenebre. Si vide il brillìo di alcune scintille: accendevano i lumi a gas lungo le banchine; poi un grande, bianco chiarore: il fanale della locomotiva del treno per Dieppe, stipato di viaggiatori, gli sportelli già chiusi, in attesa che il sottocapo di servizio desse il segnale di partenza. Si erano verificati degli ingorghi, il segnale rosso di uno scambista ostruiva il passaggio, mentre una piccola locomotiva andava a rimorchiare alcuni vagoni lasciati sui binari per un errore di manovra. Nella crescente oscurità sfilavano di continuo alcuni treni tra l'inestricabile groviglio dei binari, in mezzo a file di vagoni stazionanti sulle zone d'attesa. Uno ne partì per Argenteuil, un altro per Saint-Germain; uno ne arrivò, lunghissimo, da Cherbourg. I colpi di fischietto e i suoni di cornetta si moltiplicavano; da ogni parte, una dopo l'altra apparivano le luci, rosse, verdi, gialle, bianche; c'era gran confusione in quell'ora torbida sull'imbrunire, e pareva che tutto dovesse andare in pezzi. Tutto svaniva, sfiorandosi, svincolandosi, con lo stesso movimento dolce, strisciante e indefinito proprio del crepuscolo. Ma la luce rossa dello scambista sparì, e il treno per Dieppe, dopo aver fischiato, si mise in moto. Dal cielo pallido cominciarono a scendere rade gocce di pioggia. Si annunciava una notte molto umida.

Quando Roubaud si voltò, il suo viso appariva ottuso e ostinato, come invaso dall'ombra della sera calante. Aveva deciso, il suo piano era pronto. Nello smorire del giorno, guardò l'ora alla pendola a cucù, e disse ad alta voce:

« Le cinque e venti. »

Ne fu stupito: un'ora, appena un'ora per tante cose! Si sarebbe detto che fossero lì a dilaniarsi da settimane.

« Le cinque e venti, abbiamo tempo a sufficienza. »

Séverine, che non osava interrogarlo, continuava a seguirlo con occhi ansiosi. E vide che, dopo aver cercato nell'armadio, aveva preso della carta, una bottiglietta di inchiostro, una penna.

« Bene! scrivi. »

« E a chi? »

« A lui... Siediti. »

E siccome lei, istintivamente, si allontanava dalla sedia, perché non sapeva ancora che cosa volesse, lui ve la ricondusse e la fece sedere davanti al tavolo, con una tale spinta che lei vi rimase come attaccata.

« Scrivi... "Parta stasera col direttissimo delle sei e trenta, e si faccia vedere soltanto a Rouen". »

Nel reggere la penna, la mano le tremava e la sua paura aumentava per tutte le incognite che quelle due semplici righe scavavano dinanzi a lei. Ma si fece coraggio e sollevò il capo, supplicando.

« Caro, che cosa vuoi fare?... Te ne prego, spiegami... »

Ma lui, inesorabile, ripeté a gran voce:

« Scrivi, scrivi. »

Poi, gli occhi negli occhi di lei, senza collera, senza più parolacce, ma con un'ostinazione sotto il cui peso la donna si sentiva schiacciata, annientata:

« Che cosa farò, oh, lo vedrai... E intendiamoci, ciò che sto per fare, esigo che tu lo faccia con me... solo in questo modo potremo restare insieme, e ci sarà qualcosa di solido tra di noi. »

Lui la terrorizzava, e ancora una volta lei rifiutò.

« No, no, voglio sapere... Non scriverò prima di sapere. »

Allora, senza parlare, Roubaud le afferrò la mano, una piccola mano fragile di bambina, gliela serrò nella sua di ferro, con una pressione continua di morsa, sino a stritolargliela. La volontà di lui le penetrava così nella carne, torturandola. Gettò un grido, e tutto in lei si frantumò, tutto si annullò. Nella sua ignoranza, nella sua passiva dolcezza, non poteva non obbedire. Strumento d'amore, strumento di morte.

« Scrivi, scrivi. »

E con la povera mano sofferente, a fatica, lei scrisse.

« Brava, sei stata brava » disse lui quando ebbe tra le mani il foglio. « Ora metti un po' le cose a posto, qui, riordina tutto... Ripasserò a prenderti. »

Era calmissimo. Davanti allo specchio si rifece il nodo della cravatta, e dopo aver messo il cappello, andò via. Lei sentì che chiudeva la porta a doppia mandata e che portava con sé la chiave. Il buio si faceva sempre più fitto. Rimase per un po' seduta, l'orecchio teso a tutti i rumori provenienti dal di fuori. Dalla casa della vicina, la giornalaia, proveniva un ininterrotto, flebile lamento: certo un cagnolino dimenticato. Giù, in casa Dauvergne, il pianoforte taceva. Ora si udiva un fracasso di pentole e stoviglie, le due ragazze erano occupate in cucina, Claire, intenta a uno stufato di montone, Sophie, a pulire l'insalata. Annientata, nella terribile disperazione di quella notte calante, Séverine ne distingueva le risate.

Alle sei e un quarto, la locomotiva del direttissimo per Le Havre, che sbucò dal pont de l'Europe, fu inoltrata verso il treno e agganciata. A causa di un ingombro, non avevano potuto predisporre quel treno sotto la pensilina delle grandi linee. Attendeva all'aria aperta contro la banchina che si prolungava in una sorta di stretta gittata, sotto un cielo buio come l'inchiostro cui facevano da stelle fumose i pochi lampioni a gas allineati sul marciapiede. Il rovescio era cessato, e sul vasto spiazzo scoperto alitava un vento umido e gelido che ricacciava la bruma sino agli incerti, pallidi bagliori delle facciate di rue de Rome. Era uno spazio immenso e triste, sommerso dall'acqua, qua e là punteggiato da una luce sanguigna, confusamente popolato di masse opache: le locomotive e i vagoni solitari, i tronconi dei treni abbondonati sui binari morti. Dal fondo di quel lago d'ombra, giungevano giganteschi respiri ansimanti di febbre, suoni di fischietti simili ad acute grida di donne violentate, lamentosi strombettii, che si mescolavano al frastuono dei binari più vicini. Una voce scandì l'ordine di aggiungere una vettura. Immobile, la locomotiva del direttissimo spandeva da una valvola un violento getto di vapore che si innalzava in tutto quel nero e si afflosciava in spire di fumo, seminando di bianche lacrime l'infinita gramaglia appesa al cielo.

Alle sei e venti apparvero Roubaud e Séverine. Nel passare davanti ai gabinetti accanto alle sale d'aspetto, lei aveva restituito la chiave a mamma Victoire, e ora lui la spingeva col fare pressante del marito attardatosi a causa della moglie. Lui, impaziente e brusco, portava il cappello buttato all'indietro; lei, con la veletta appiccicata al viso, esitante, sembrava sfinita dalla fatica. Si mescolarono tra la folla dei viaggiatori lungo la banchina, procedendo lungo la fila dei vagoni e cercando con lo sguardo uno scompartimento vuoto di prima classe. Il marciapiede si animava. Alcuni facchini facevano rotolare verso il furgone di testa le carriole dei bagagli; un sorvegliante si occupava di trovar posto a una famiglia numerosa; il sottocapo di servizio, lanterna di segnalazione alla mano, dava un'occhiata per accertarsi se le chiusure dei ganci fossero perfettamente a posto. Finalmente Roubaud trovò uno scompartimento vuoto. Stava per far salire Séverine, quando fu scorto dal capostazione, il signor Vandorpe, che s'aggirava in quei pressi insieme col capo aggiunto delle grandi linee, Dauvergne, tutti e due con le mani dietro la schiena, intenti a osservare la manovra dell'agganciamento di una vettura supplementare. Si salutarono e si misero a discorrere.

Dapprincipio parlarono della faccenda del sottoprefetto, che si era conclusa con generale soddisfazione. Poi si parlò di un caso verificatosi la mattina a Le Havre, trasmesso dal telegrafo: a una locomotiva, la Lison, di servizio il giovedì e il sabato col direttissimo delle sei e mezzo, s'era rotta una biella proprio nel momento in cui entrava in stazione; e la riparazione avrebbe immobilizzato laggiù, per due giorni, il macchinista Jacques Lantier, compaesano di Roubaud, e il fuochista Pecqueux, marito di mamma Victoire. Ferma davanti allo sportello, Séverine attendeva senza decidersi ancora a salire, mentre il marito ostentava con quei due una gran disinvoltura, alzando il tono di voce e ridendo. Ma ci fu un urto, il treno indietreggiò di qualche metro: la locomotiva faceva retrocedere i primi vagoni contro quello che era stato aggiunto, il 293, un coupé riservato. Il giovane Dauvergne, Henri, che accompagnava il treno in qualità di capotreno, avendo riconosciuto sotto la veletta Séverine, aveva impedito, con una tempestiva spinta, che ricevesse un colpo dallo sportello spalancato; poi, scusandosi, le disse che la carrozza riservata era destinata a uno degli amministratori della Compagnia che ne aveva fatto richiesta una mezz'ora prima della partenza del treno. Lei abbozzò un piccolo riso nervoso, senza darsene ragione, e lui corse per accudire alle sue mansioni, incantato nel salutarla, avendo più volte pensato che sarebbe stata un'amante piacevolissima.

L'orologio segnava le sei e ventisette. Ancora tre minuti. All'improvviso Roubaud, che teneva d'occhio da lontano le porte delle sale d'aspetto, continuando a conversare col capostazione, lasciò questi per riaccostarsi a Séverine. Ma essendosi spostato il vagone, dovettero fare alcuni passi per raggiungere lo scompartimento vuoto. Roubaud si voltò, spinse la moglie e la fece salire con uno strattone del polso, mentre, nella sua ansiosa docilità, lei guardava insistentemente indietro per rendersi conto di quel che avveniva. Giungeva un viaggiatore ritardatario che reggeva tra le mani soltanto una coperta. L'ampio bavero del pesante paltò blu era rialzato e la falda del cappello tondo abbassata sulla fronte in modo tale che, sotto l'incerto chiarore del gas, non era possibile scorgerne il viso: si intravedeva appena un po' di barba bianca. Nonostante l'evidente desiderio del viaggiatore di non essere notato, Vandorpe e Dauvergne gli si erano avvicinati; e lo seguirono, ma quello li salutò solo tre vagoni più in là, davanti al coupé riservato sul quale salì in fretta. Era lui. Séverine, tremante, era piombata sul sedile. Il marito le stringeva il braccio in una morsa, come per un'ulteriore presa di possesso, e ora che era sicuro di poter mettere in atto il suo piano, esultava.

Un minuto dopo scoccò la mezz'ora. Uno strillone insisteva nell'offrire i giornali della sera, alcuni viaggiatori si aggiravano ancora sulla banchina per finire di fumare la sigaretta. Ma poi tutti salirono: dai due estremi del treno si sentiva che i sorveglianti chiudevano gli sportelli. E Roubaud, che già aveva avuto la sgradita sorpresa di scoprire in quella vettura, che aveva creduto vuota, una forma scura che occupava un angolo, certo una donna in lutto, muta, immobile, non poté trattenersi dall'esplodere in un'esclamazione rabbiosa, quando, riaprendo lo sportello, un sorvegliante introdusse una coppia, un omaccione e un donnone che vi si arenarono ansimando. Si trava per partire. Una sottile pioggerella aveva ripreso a cadere e allagava il vasto spiazzo buio attraversato di continuo dai treni, dei quali si riuscivano a distinguere soltanto i vetri illuminati, una fila di finestrini semoventi. S'erano accese alcune luci verdi, qualche lanterna ballonzolava raso terra. E null'altro, se non una grande massa scura dalla quale emergevano soltanto le tettoie delle grandi linee, rischiarate da un debole riflesso di lumi a gas. Tutto era stato sommerso, anche gli stessi rumori s'erano attutiti, e non si sentiva che il rombo della locomotiva, con le valvole di scarico aperte che spargevano un fiotto vorticoso di vapore bianco. Un nugolo s'alzava srotolandosi come un fantomatico lenzuolo nel quale ondeggiavano dense spire di fumo nero effuse chissà da dove. Il cielo si fece ancora più scuro, una nuvola di fuliggine trasvolò sulla Parigi notturna, avvampante nel suo braciere.

Allora il sottocapo alzò la lanterna perché il macchinista chiedesse via libera. Si udirono due fischi e laggiù, presso il posto dello scambista, il segnale rosso scomparve, rimpiazzato da una luce bianca. In piedi, sulla porta del bagaglio, il capotreno attendeva l'ordine di partenza, che provvide a trasmettere. Il macchinista fischiò ancora, a lungo, aprì il regolatore, avviò la locomotiva. Si partiva. Dapprima il movimento fu insensibile, poi il treno acquistò velocità. Passò sotto il pont de l'Europe, sprofondò verso il sottopassaggio delle Batignolles. Se ne scorgevano ormai solo i tre fanali di coda, sanguinanti come ferite aperte e il triangolo rosso. Lo si poté seguire ancora per qualche secondo, nel brivido della notte. Ora correva e niente poteva più fermare quel convoglio lanciato a tutto vapore. Disparve.

II

Alla Croix-de-Maufras, in un giardino tagliato a mezzo dalla ferrovia, la casa è situata di traverso, ed è così vicina ai binari, che ogni treno che passa la scuote; e basta un viaggio per imprimersela nella memoria, e tutta la gente, trasportata a grande velocità, sa che si trova lì, ignorando tutto di lei, sempre sbarrata, lasciata come in abbandono, con le imposte grigie inverdite dalle piogge di ponente. In quel deserto, pare che la casa accresca ancora di più la solitudine di quell'angolo sperduto, che una lega tutt'intorno separa da ogni anima vivente.

La casa del cantoniere è isolata, all'angolo della strada che attraversa la linea ferroviaria per Doinville, a cinque chilometri di distanza. Bassa, i muri screpolati, gli embrici del tetto smangiati dal muschio, se ne sta accovacciata, con l'aria squallida d'un povero, in mezzo all'orto che la circonda, un orto coltivato a legumi e cintato da una siepe naturale, nel quale si erge un grande pozzo, alto quanto la casa. Il passaggio a livello è posto tra le stazioni di Malaunay e di Barentin, proprio nel mezzo, a quattro chilometri dall'una e dall'altra. Del resto è pochissimo frequentato, le vecchie sbarre mezzo fradice vengono aperte solo per i grossi carri senza sponde delle cave di Bécourt, lì, nella foresta, a mezza lega di distanza. Difficile immaginare un buco più remoto, più segregato dalla gente, perché la lunga galleria dal lato di Malaunay interrompe ogni strada, e con Barentin si comunica solo attraverso un sentiero malridotto lungo la linea ferroviaria. Perciò i visitatori sono rari.

Quella sera, sull'imbrunire, in un'aria grigia e molto mite, un viaggiatore sceso a Barentin dal treno di Le Havre seguiva di buon passo il sentiero della Croix-de-Maufras. La contrada è un seguito ininterrotto di valloni e di pendii, una sorta di accavallamento del terreno attraversato dalla ferrovia, alternativamente su terrapieni e in trincee. Questo terreno continuamente accidentato, salite e discese ai due lati della ferrovia, finisce col rendere difficile il percorso. La sensazione di grande solitudine aumenta; i terreni magri, biancastri, restano incolti; gli alberi coronano di boschetti i cocuzzoli, mentre lungo le anguste vallate alcuni ruscelli scorrono sotto l'ombra dei salici. Altri cocuzzoli gessosi sono assolutamenti nudi, le collinette si succedono, sterili, in un silenzio e un abbandono di morte. E il viaggiatore, giovane, vigoroso, accelerava il passo quasi per sfuggire alla tristezza di quel crepuscolo così dolce su quella terra desolata.

Nell'orto del cantoniere, una ragazza attingeva l'acqua dal pozzo, un tocco di ragazza di diciotto anni, bionda, procace con labbra spesse, grandi occhi verdastri, fronte bassa sotto i pesanti capelli. Non poteva dirsi graziosa, aveva le anche sode e le braccia muscolose di un giovanotto. Appena scorto il viaggiatore che scendeva dal sentiero, lasciò cadere il secchio e corse a piantarsi davanti la porta ingraticciata che chiudeva la siepe.

« Ma guarda! Jacques! » gridò.

L'uomo aveva alzato la testa. Aveva appena compiuto i ventisei anni, anche lui alto, molto bruno, bel ragazzo dal viso tondo e regolare, ma guastato da mascelle troppo pronunciate. I capelli ispidi, arricciati come i baffi, così folti e così neri, aumentavano il pallore della carnagione. Con quella pelle delicata, le guance ben rasate, lo si sarebbe detto un signorino se, d'altra parte, non fossero apparse le indelebili impronte del mestiere, il grasso che ingialliva già le sue mani di macchinista, mani che tuttavia erano rimaste piccole e morbide.

« Buonasera, Flore » disse semplicemente.

Ma gli occhi grandi e neri, disseminati di puntini d'oro, s'erano come intorbidati di una nebbia rossastra, che li scoloriva. Con un battito delle palpebre, distolse lo sguardo in un improvviso imbarazzo, un malessere che rasentava la sofferenza. E anche tutta la persona era stata colta da un istintivo moto di ripulsa.

Immobile, lo sguardo diritto sull'uomo, lei s'era accorta di quell'involontario rimescolio, che lui cercava di dominare ogni volta che incontrava una donna. La ragazza ne sembrò rattristata. Poi, desideroso di nascondere il proprio imbarazzo, avendo chiesto se la madre era in casa, benché la sapesse sofferente e impossibilitata ad uscire, lei rispose solo con un cenno del capo, e si scostò in modo che potesse entrare senza sfiorarla, e dritta e fiera se ne tornò al pozzo, senza dire una parola.

Jacques, col suo rapido passo, attraversò l'orticello ed entrò in casa. Qui, nella prima stanza, una vasta cucina dove mangiavano e si intrattenevano, Phasie, come lui la chiamava sin dall'infanzia, se ne stava sola, seduta vicino al tavolo su una sedia impagliata, le gambe ravvolte in un vecchio scialle. Era una cugina di suo padre, una Lantier, che gli aveva fatto da madrina e che quando aveva avuto sei anni e il padre e la madre erano spariti, scappati a Parigi, se l'era fatto venire in casa; a Plassans, dov'era rimasto, aveva frequentato più tardi la Scuola delle arti e dei mestieri. Nutriva per lei una viva riconoscenza e affermava che doveva a lei se era riuscito a farsi strada. Divenuto macchinista di prima classe nella Compagnia dell'Ovest, dopo due anni trascorsi alla ferrovia di Orléans, aveva trovato la madrina rimaritata a un cantoniere di nome Misard, confinata con le due figlie del primo matrimonio in quell'antro sperduto della Croix-de-Maufras. Ora, benché avesse appena quarantacinque anni, la bella zia Phasie di una volta, così robusta, così in gamba, pareva averne sessanta, smagrita e ingiallita, scossa da continui brividi.

Zia Phasie gridò dalla gioia.

« Sei proprio tu, Jacques!... Ah, ragazzone mio, che sorpresa! »

Lui la baciò sulle guance e le raccontò di essersi trovato, all'improvviso, con due giorni di forzato congedo: alla Lison, la sua locomotiva, si era rotta una biella all'arrivo a Le Havre, quella mattina, e siccome per la riparazione occorrevano non meno di ventiquattr'ore, ecco che avrebbe ripreso servizio solo la sera dopo col direttissimo delle sei e quaranta. Così aveva deciso di passare ad abbracciarla. Avrebbe dormito lì e sarebbe poi ripartito da Barentin col treno delle sette e ventisei del mattino. Stringeva tra le sue le povere mani rattrappite della zia e diceva che l'ultima sua lettera lo aveva preoccupato.

« Eh, sì, ragazzo mio, non va, non va più del tutto... Sei stato davvero gentile ad aver indovinato che desideravo vederti! Ma so che sei tanto occupato e non osavo chiederti di venire. Insomma, eccoti qua, e io, sai, ho un peso, ho un grosso peso sul cuore! »

Si interruppe per lanciare uno sguardo pieno di paura attraverso la finestra. Nella luce che smoriva, dalla parte opposta della ferrovia si scorgeva il marito, Misard, al suo posto di cantoniere, una di quelle capanne di assi, piazzate ogni cinque o sei chilometri e collegate da apparecchi telegrafici, per assicurare la perfetta circolazione dei treni. Mentre la moglie, e in un secondo tempo Flore, erano state incaricate della vigilanza del passaggio a livello, a Misard avevano affidato il compito di addetto ai segnali.

Come se il marito avesse potuto udirla, con un brivido abbassò il tono di voce.

« Sono convinta che mi stia avvelenando! »

A quella confidenza, Jacques sussultò dalla sorpresa, e anche i suoi occhi, di nuovo offuscati dalla leggera spira rossiccia che ne sbiancava lo splendore marezzato d'oro, furono attratti verso la finestra.

« Oh, zia Phasie, che idea! » mormorò. « Ha un'aria tanto dolce e sottomessa. »

Era appena passato un treno diretto a Le Havre, e Misard era uscito dal suo posto per bloccare il binario alle sue spalle. Mentre rialzava la leva, facendo scattare il segnale rosso, Jacques lo guardò. Un ometto mingherlino, capelli e barba radi, scoloriti, il viso incavato e vizzo. E poi, silenzioso, ossequente, tutt'altro che irascibile, di una gentilezza complimentosa verso i superiori. Era rientrato nel casello per registrare sul suo brogliaccio l'ora del passaggio, e per far funzionare i due campanelli elettrici, l'uno che rendeva la via libera al posto precedente, l'altro che annunciava al posto seguente l'arrivo del treno.

« Ah, tu non lo conosci » riprese a dire zia Phasie. « Ti dico che sta propinandomi qualche intruglio... A me, che ero così forte che me lo sarei mangiato, mentre ora è lui, questo mozzicone d'uomo, questa nullità, che mi mangia! »

Si eccitava con sordo e pauroso rancore, vuotava il sacco, soddisfatta infine di avere lì qualcuno che l'ascoltava. Come mai aveva perduto la testa tanto da rimaritarsi con una simile gatta morta, senza un soldo, avaro, e lei più anziana di lui di cinque anni, con due figlie, l'una di sei e l'altra già di otto anni? Ecco dieci anni fra poco da quando aveva concluso questo bell'affare, e non un'ora trascorsa senza che se ne pentisse: una vita di miseria, un esilio in quell'angolo gelido del Nord dove batteva i denti, e una noia da morire nel non avere mai nessuno, neppure una vicina, con cui chiacchierare. Lui, già addetto alla posa dei binari, ora, come cantoniere, guadagnava mille e duecento franchi; lei, dal primo momento aveva percepito cinquanta franchi per il passaggio a livello, del quale ora si occupava Flore; e in questo consisteva tutto il presente e l'avvenire, senza nessun'altra speranza e con la sicurezza di vivere e di crepare in quella tana, a mille leghe dal genere umano. Quel che non raccontava, però, erano le distrazioni che si era offerte prima di ammalarsi, quando il marito lavorava alla massicciata, e lei era sola con le figlie a guardia del passaggio a livello. A quel tempo, su tutta la linea, da Rouen a Le Havre, godeva di una reputazione di bella donna, e gli ispettori della ferrovia, di passaggio, andavano a renderle visita. Erano sorte perfino delle rivalità, i sorveglianti di un'altra zona erano sempre d'attorno a raddoppiare la sorveglianza. Il marito non era affatto di imbarazzo; deferente verso tutti, sgusciava attraverso le porte, andava via, tornava senza avvedersi di nulla. Ma quei passatempi erano finiti, e adesso, per settimane, per mesi, era costretta su quella sedia, in quella solitudine, sentendo deperire il suo corpo sempre più, di ora in ora.

« Ti dico » ripeté a mo' di conclusione « che è lui che mi si è appicciccato, e che, minuscolo com'è, mi manderà all'altro mondo. »

Un'improvvisa scampanellata le fece rivolgere fuori lo stesso sguardo inquieto. Era il cantoniere del posto precedente che annunciava a Misard un treno in direzione di Parigi; e l'ago del dispositivo dello scambio della zona, collocato dinanzi al vetro, s'era inclinato nel senso della direzione. Misard fermò la suoneria e uscì per segnalare il treno con due strombettate. Nello stesso momento Flore andò a chiudere il passaggio a livello; poi se ne stette impalata, reggendo verticalmente la bandiera nel fodero di pelle. Si sentiva il treno, un direttissimo, nascosto da una curva, che si approssimava con un brontolio sempre più intenso. Passò come un fulmine, scuotendo e minacciando di trascinarsi dietro, come un vento di tempesta, la bassa casetta. Flore stava tornando ad accudire i suoi legumi, e Misard, dopo aver bloccato dietro il treno il binario ascendente, andava a sbloccare quello discendente, facendo ribaltare la leva del cambio per spegnere il segnale rosso, quando una nuova scampanellata, accompagnata dal sollevamento dell'altro scambio, lo avvertì che il treno, transitato cinque minuti prima, aveva già oltrepassato il casello seguente. Rientrò, avvertì i due caselli, registrò il passaggio, e se ne stette ad aspettare. Era sempre la stessa storia per dodici ore filate, e lì viveva, lì mangiava non leggendo mai neppure una riga di giornale, e pareva che non avesse una sola idea sotto quel suo cranio sghembo.

Jacques, che altre volte aveva canzonato la madrina sulle tempeste suscitate tra gli ispettori ferroviari, non poté frenarsi dal sorridere, dicendo:

« Può darsi benissimo che sia geloso. »

Phasie scrollò con commiserazione le spalle, mentre tuttavia un irresistibile sorriso spuntava nei suoi poveri occhi sbiaditi.

« Ah, ragazzo mio, che cosa dici?... Lui, geloso! Non ci ha mai badato, dal momento che non gli usciva nulla di tasca. »

Poi, ripresa da un brivido:

« No, no, a questo non ci teneva affatto. Solo di quattrini si interessa... La ragione del litigio, vedi, è che non ho voluto consegnargli i mille franchi di mio padre, l'anno scorso, quando li ho ereditati. Allora, siccome mi minacciava, questo mi ha portato sfortuna, mi sono ammalata... E il male non mi ha più abbandonato da quel momento, sì, proprio da quel momento. »

Il giovane comprese, ma poiché riteneva si trattasse dei cupi pensieri di donna sofferente, cercò ancora una volta di dissuaderla. Ma lei insisteva scuotendo il capo come chi ha maturato una convinzione. Perciò finì col dire:

« Be', niente di più semplice, se vuol farla finita con questa storia... Gli dia i mille franchi. »

Con uno sforzo straordinario, lei si alzò in piedi. Risuscitata, violenta, disse:

« I miei mille franchi, mai! Preferisco crepare... Oh, sono nascosti, e nascosti bene! Possono mettere a soqquadro la casa, sfido chiunque a trovarli... E lui, il furbo, l'ha messa tutta a soqquadro! Di notte ho sentito che picchiava su tutte le pareti. Cerchi, cerchi! Mi basterebbe solo il gusto di vederlo con un palmo di naso per farmi pazientare... Bisognerà vedere chi mollerà per primo, io o lui. Ne diffido, non ingoio più nulla di quel che tocca. E se muoio, ebbene lo stesso non li avrà i miei mille franchi! Preferirei abbandonarli alla terra. »

Spossata, scossa da un altro suono di tromba, ricadde sulla sedia. Misard, sulla soglia del casello, segnalava questa volta un treno diretto a Le Havre. Nonostante l'ostinatezza nella quale persisteva per non cedere l'eredità, la donna aveva di lui una segreta, crescente paura, la paura del colosso davanti all'insetto dal quale si sente attaccata. E il treno annunciato, l'omnibus partito da Parigi a mezzogiorno e quarantacinque, arrivava da lontano con un sordo brontolio. Lo si sentiva sbucare dalla galleria, sbuffare più intensamente nella campagna. Poi, passò col tuono delle sue ruote e della massa dei vagoni, come un'invincibile forza di uragano.

Jacques, con gli occhi intenti alla finestra, aveva guardato sfilare i finestrini dietro i quali apparivano i profili dei viaggiatori. Volendo stornare i tetri pensieri di Phasie, riprese a dire scherzando:

« Madrina, si lamenta di non vedere mai un cane, nel suo buco... Ma guardi un po' quanta gente! »

Stordita, lei dapprima non comprese.

« Dov'è la gente?... Ah, sì, la gente che passa. Un bel vantaggio! non la si conosce, non ci si può chiacchierare. »

Lui continuò a ridere.

« Me, mi conosce bene, mi vede passare spesso. »

« Tu sì, è vero, ti riconosco, e conosco l'ora del tuo treno e ti spio sulla tua locomotiva. Però passi di corsa, troppo di corsa! Ieri hai fatto un cenno con la mano. Ma io non riesco neppure risponderti... No, no, non è il modo di vedere gente. »

Però l'idea di tutta quella folla che i treni trasportavano in su e in giù quotidianamente dinanzi a lei nel gran silenzio della sua solitudine, la lasciarono pensierosa, lo sguardo alla ferrovia sulla quale si faceva buio. Quando era ancora in gamba, e andava e veniva piantandosi davanti al passaggio a livello, con in mano la bandiera, non aveva mai pensato a queste cose. Ma da quando trascorreva intere giornate su quella sedia, non rimuginando altro se non la sorda lotta ingaggiata col marito, confuse fantasticherie, appena adombrate, le frastornavano la testa. E le sembrava strano di dover vivere sperduta in fondo a quel deserto, senza un'anima cui potersi confidare, mentre poi, di giorno e di notte, in continuazione, le sfilavano davanti uomini e donne a non finire, nella folata tempestosa dei treni che, scuotendo la casa, sfrecciavano a tutto vapore. Certo, tutto il mondo transitava là, e non erano soltanto francesi, ma anche stranieri, gente venuta dalle più lontane contrade, dato che ora nessuno poteva restare nelle proprie case e che, come si diceva, tutti i popoli ben presto avrebbero formato un solo popolo. Era il progresso, tutti fratelli, diretti tutti insieme laggiù, verso un paese di cuccagna. Tentava di contarli, di fare una media, tanti per vagone; ma erano troppi e non ci riusciva. Spesso credeva di riconoscere qualche faccia, quella del signore dalla barba bionda, certamente un inglese, in viaggio per Parigi ogni settimana, quella di una piccola signora bruna, di passaggio, regolarmente, il mercoledì e il sabato. Ma il balenìo li portava via, e non era mai sicura di aver visto bene, tutte le facce erano sommerse, confuse, come fossero uguali, si dissolvevano le une nelle altre. Il torrente precipitava e non lasciava nulla di se stesso. E quel che la rattristava, in questo continuo va e vieni, in tanto benessere e tanta ricchezza in movimento, era di sentire che quella folla, sempre così trafelata, ignorasse a tal punto la sua presenza, il suo stato di pericolo, che se il marito una sera l'avesse ammazzata, i treni avrebbero continuato a incrociarsi presso il suo cadavere, senza far sorgere in nessuno il minimo dubbio del delitto compiuto in fondo a quella casetta solitaria.

Phasie, che aveva ancora gli occhi incollati alla finestra,

cercò di riassumere le sue sensazioni, troppo vaghe perché riuscisse a esternarle per intero.

« Non c'è che dire, è una bella invenzione. Si va più in fretta, si sanno più cose... Ma le bestie feroci restano bestie feroci, e avranno un bell'inventare meccanismi ancora più perfetti; nell'ombra vi saranno sempre delle bestie feroci. »

Di nuovo Jacques scosse la testa per dire che anche lui la pensava allo stesso modo. Da qualche istante s'era messo a guardare Flore che riapriva il passaggio a livello a un carro di cavapietre, carico di due enormi blocchi. La strada veniva utilizzata soltanto dalle cave di Bécourt, e perciò, di notte, il passaggio a livello era sprangato, e raro era il caso che la ragazza fosse costretta ad alzarsi. Nel vedere Flore discorrere familiarmente col cavapietre, un giovanotto piccolo e bruno, disse:

« Oh, guarda, Cabuche dev'essere malato, i suoi cavalli sono guidati dal cugino Louis... Povero Cabuche, lo vede spesso madrina? »

Senza rispondere, la donna alzò le mani emettendo un profondo sospiro. Lo scorso autunno s'era svolto un brutto dramma, certo poco propizio per la sua salute; sua figlia minore, Louisette, cameriera in casa della signora Bonnehon, a Doinville, una sera era scappata, sconvolta, straziata, per andare a morire in casa del suo buon amico Cabuche, in piena foresta. S'erano sparse delle dicerie secondo le quali il presidente Grandmorin veniva accusato di violenza; ma non ci si arrischiava a dirlo ad alta voce. E la madre stessa, pur conoscendo la verità, preferiva non toccare questo tasto. Perciò finì col dire:

« No, non viene più, sta diventando un vero lupo... Quella povera Louisette, così fragile, candida, dolce! Mi voleva molto bene, mi avrebbe curata, lei, mentre Flore, Dio mio, io non me ne lamento, ma di sicuro ha qualche cosa che non va, vuol fare sempre di testa sua, sparisce per ore e ore, ed è così arrogante, violenta!... Tutto ciò è triste, molto triste. »

Jacques continuava a seguire con lo sguardo il carro che ora attraversava il passaggio a livello. Ma le ruote si erano bloccate nei binari, e il conducente dovette far schioccare la frusta, mentre Flore si mise a gridare per eccitare i cavalli.

« Accidenti! » esclamò il giovane « ci mancherebbe che

arrivasse un treno... Ne farebbe una poltiglia! »

« Non c'è pericolo » disse zia Phasie « Flore alle volte è strana, ma conosce il suo mestiere, tiene gli occhi aperti. Per grazia di Dio, sono cinque anni che non abbiamo un incidente. Una volta fu accoppato un uomo. Noialtri abbiamo avuto soltanto una mucca che per poco non fece deragliare un treno. Ah, povera bestia! trovarono il corpo qui e la testa laggiù, vicino alla galleria... Con Flore si può dormire su due guanciali. »

Il carro passò, sentirono allontanarsi i secchi urti delle ruote contro la carreggiata. Allora la donna riattaccò discorso sulla sua costante preoccupazione; la salute, quella degli altri e la sua.

« E tu, ora, tutto bene? Ti ricordi, quando eri da noi, quel male di cui soffrivi e il medico che non riusciva a comprendere un bel nulla? »

Jacques ebbe un inquieto tremolìo nello sguardo.

« Sto benissimo, madrina. »

« Davvero? scomparso, quel dolore che ti spaccava il cranio, dietro gli orecchi, e quegli improvvisi assalti di febbre, e quegli accessi di tristezza che ti costringevano a nasconderti come una bestia in fondo alla tana? »

Mano mano che essa parlava, aumentava il turbamento di lui, e, assalito da un malessere, finì con l'interromperla con tono reciso:

« Se le assicuro che sto benissimo... Non ho più nulla, assolutamente nulla. »

« Be', tanto meglio, ragazzo mio!... E poi, non è che il tuo male possa guarire il mio. Del resto, è della tua età avere una buona salute, non c'è niente di meglio... Intanto sei stato molto gentile a venire a salutarmi, quando saresti potuto andare a divertirti altrove. Non è così? cenerai con noi e ti coricherai su, nel solaio, accanto alla camera di Flore. »

Ancora una volta, una strombettata le troncò la parola. Era calata la sera, e tutti e due si volsero verso la finestra riuscendo a distinguere in modo confuso Misard che stava chiacchierando con un'altra persona. Erano le sei, ed egli trasmetteva le consegne del servizio al suo sostituto, il casellante di notte. Era finalmente libero, dopo dodici ore trascorse in quella capanna che come mobilio aveva solo un tavolino sotto l'assicella degli apparecchi, uno sgabello e una stufa la quale, col suo intenso calore, obbligava a tenere quasi sempre aperta la porta.

« Ah, eccolo, sta per rientrare » disse zia Phasie, ripresa dalla paura.

Pesantissimo, lunghissimo, arrivava il treno preannunciato, con un brontolìo sempre più intenso. E il giovane dovette chinarsi per farsi ascoltare dall'ammalata, preoccupato dello stato pietoso in cui versava, e desideroso di sollevarla.

« Mi stia a sentire, madrina, se egli ha delle cattive intenzioni, può darsi che desista se sa che io ne sono al corrente... Farebbe bene ad affidarmi i suoi mille franchi. »

La donna ebbe un moto di ribellione.

« I miei mille franchi! né a te né a lui!... Ti dico che preferirei crepare! »

Passava in quel momento il treno nella sua violenza di uragano, come se spazzasse tutto davanti a sé. La casa, investita da una ventata, ne tremò. Andava a Le Havre, quel treno, ed era sovraccarico perché il giorno dopo, domenica, doveva svolgersi una festa per il varo di una nave. Nonostante la velocità, attraverso i vetri illuminati dei finestrini gli scompartimenti erano apparsi zeppi, con le file delle teste schierate, serrate, e ognuna col suo profilo. Si succedevano, sparivano. Quanta gente!, e ancora folla, interminabile folla tra il rotolìo dei vagoni, il sibilo delle locomotive, il ticchettìo del telegrafo, il suono delle campanelle! Era come un grande corpo, un essere gigantesco coricato sulla terra, il capo a Parigi, le vertebre lungo tutta la linea, le membra slargate con ramificazioni, i piedi e le mani a Le Havre e nelle altre città di sosta. E andava, andava, meccanico, trionfale, verso l'avvenire con la regolarità dei suoi ingranaggi, ignorando volontariamente quel che, ai due lati, restava dell'uomo, nascosto e sempre trionfante, l'eterna passione e l'eterna colpa.

Flore rientrò per prima. Accese la lampada, una piccola lampada a petrolio senza paralume e apparecchiò la tavola. Nessuno parlò, e lei rivolse appena uno sguardo furtivo verso Jacques, che s'era voltato, rimanendo in piedi davanti alla finestra. Sulla stufa era in caldo una zuppa di cavoli. Stava facendo le porzioni, quando, a sua volta, apparve Misard, il quale non si mostrò sorpreso nel trovare lì il giovane. Forse l'aveva visto arrivare, ma, privo di curiosità, non fece domande. Una stretta di mano, qualche breve parola, nulla di più. E Jacques dové ripetere di spontanea volontà la storia della biella rotta, il suo desiderio di venire ad abbracciare la madrina e di andare poi a letto. Misard si limitava a scuotere lentamente il capo, come se trovasse tutto ciò ben fatto, e sedettero, mangiarono senza fretta, dapprima in silenzio. Phasie, che sin dalla mattina non aveva stornato gli occhi dalla pentola nella quale bolliva la zuppa di cavoli, ne accettò un piatto. Ma quando il marito si alzò per porgerle l'acqua ferruginosa, dimenticata da Flore, una caraffa con dei chiodi in infusione, lei non la toccò neppure. Lui, umile, gracile, tossendo a piccoli colpi stizzosi, aveva l'aria di non notare gli sguardi sospettosi con cui la moglie seguiva ogni suo minimo movimento. E quando gli fu chiesto un po' di sale, non essendocene più in tavola, le disse che si sarebbe pentita di mangiarne tanto, e che era quello che la faceva star male; si alzò per andarlo a prendere, e ne portò in un cucchiaio un pizzico, che lei prese senza diffidenza, perché, diceva, il sale purifica ogni cosa. Si misero allora a parlare della temperatura, che da qualche giorno era veramente tiepida, di un deragliamento verificatosi a Maromme. Jacques finì col credere che la madrina soffrisse di incubi a occhi aperti: non notava nulla in quell'ometto compiacente, dallo sguardo sperduto nel vuoto. Si attardarono così per più di un'ora. Due volte, al segnale della tromba, Flore si era assentata per qualche minuto. I treni passavano, scuotevano i bicchieri disposti sulla tavola; ma nessuno dei commensali vi prestava la minima attenzione.

Si udì un nuovo strombettio, e questa volta Flore, che stava sparecchiando, uscì e non fece ritorno. Aveva lasciato la madre e i due uomini intorno alla tavola, davanti a una bottiglia di acquavite di sidro. Tutti e tre se ne stettero lì ancora per mezz'ora. Poi Misard, che da qualche istante aveva diretto lo sguardo indagatore su un angolo della stanza, prese il berretto, e dopo un semplice buonasera, uscì. Pescava di frodo nei ruscelletti vicini dove c'erano magnifiche anguille, e mai andava a letto senza prima aver controllato le sue lenze di fondo.

Appena andato via, Phasie si mise a guardar fisso il figlioccio.

« Be', ci credi? hai visto come puntava lo sguardo lì, in quell'angolo? Gli è sorto il sospetto che abbia potuto nascondere il gruzzolo dietro il barattolo del burro... Ah, lo conosco, e sono sicura che stanotte andrà a spostare il barattolo per accertarsi. »

Era tutta sudata e un tremito le agitava le braccia e le gambe.

« Guarda, questo è ancora lui, sì! Mi avrà drogata, ho la bocca amara come se avessi inghiottito delle vecchie monete. Pertanto, Dio sa che non ho preso nulla dalle sue mani. C'è da disperarsi... Stasera, non ne posso più, meglio che vada a letto. Allora, ti saluto, ragazzo mio, perché se parti alle sette e ventisei, sarà troppo presto per me. Tornerai, non è vero? e speriamo che io ci sia ancora. »

Il giovane dovette aiutarla e accompagnarla nella camera dove lei andò a letto e si addormentò, sfinita. Restato solo, se ne stette incerto domandandosi se doveva salire per coricarsi anche lui sul pagliericcio che l'attendeva in soffitta. Ma erano soltanto le sette e cinquanta, e c'era tempo per dormire. A sua volta uscì, lasciando acceso il piccolo lume a petrolio nella casa vuota e addormentata, di tanto in tanto scossa dal brusco rombo di un treno.

Fuori, Jacques fu sorpreso dalla dolcezza dell'aria. Di certo avrebbe di nuovo piovuto. Nel cielo s'era diffusa un'uniforme patina lattiginosa, e la luna piena, invisibile, diluita lì dietro, rischiarava tutta la volta con un riflesso rossastro. Così, sotto quella luce soffusa e smorta, di una tranquillità da lampada da notte, egli poteva nettamente distinguere la campagna, con intorno le terre, i poggi, gli alberi che vi si stagliavano neri. Fece il giro del piccolo orto. Poi pensò di camminare dalla parte di Doinville, dove la salita della strada era meno aspra. Ma fu attratto dalla vista della casa solitaria, posta di sbieco all'altro capo della linea ferroviaria, e attraversò i binari passando per il cancelletto, essendo già stato chiuso per la notte il passaggio a livello. Conosceva assai bene quella casa, e durante ogni viaggio, nello scuotimento rombante della locomotiva, la guardava. Senza spiegarsi il perché, ne era ossessionato, con la confusa sensazione che essa avrebbe avuto un peso nella sua esistenza. Ogni volta, dapprima era preso dalla paura di non trovarla più in quel posto, poi gli veniva come un malessere nel constatare che era sempre lì. Non aveva mai visto aperte le porte e le finestre. Tutto quello che sapeva si riduceva al fatto che apparteneva al presidente Grandmorin; e quella sera gli era preso un desiderio irresistibile di girarvi attorno per saperne qualcosa di più.

Per un pezzo Jacques rimase immobile sulla strada, di fronte al cancello. Faceva qualche passo indietro, si alzava sulla punta dei piedi, cercava di rendersi conto di quel che vedeva. La ferrovia, che tagliava a mezzo il giardino, davanti alla scalinata vi aveva lasciato unicamente una striscia di aiola, recinta da un muretto; alle spalle invece si estendeva un vasto appezzamento di terra, delimitato da una semplice siepe. La casa era lugubre e triste, nella sua solitudine, sotto il riflesso rossastro di quella notte nebbiosa; e stava per andar via con un brivido a fior di pelle, quando scorse un varco praticato nella siepe. Pensando che sarebbe stato da vile non entrare, vi si inoltrò. Gli batteva il cuore. Ma, all'improvviso, mentre rasentava una piccola serra in rovina, si fermò alla vista di un'ombra accovacciata sulla porta.

« Come, sei tu? » esclamò sorpreso nel riconoscere Flore. « Che cosa stai facendo? »

Anche lei ebbe un moto di sorpresa. Poi, tranquillamente, disse:

« Lo vedi da te, prendo delle corde... Hanno lasciato qui un mucchio di funi che marciscono senza servire a nessuno. E allora, giacché ne ho sempre bisogno, vengo a prendermele. »

Infatti, con un grosso paio di forbici in mano, seduta per terra, sbrogliava i capi delle corde e tagliava i nodi più resistenti.

« Il proprietario non ci viene proprio più? » domandò il giovane.

Flore si mise a ridere.

« Oh, dopo la morte di Louisette, non c'è pericolo che il presidente venga a rificcare il naso alla Croix-de-Maufras.

Ma sì, me le posso prendere, le sue corde.»

Jacques se ne stette zitto per un istante, turbato al ricordo della tragica avventura che stavano rievocando.

« E tu credi a quello che Louisette raccontò, credi che lui voleva possederla, e che lei si ferì nel dibattersi? »

Flore smise di ridere, e con violenza gridò:

« Louisette non ha mai mentito, e neppure Cabuche... È mio amico, Cabuche.»

« E forse anche il tuo innamorato, a quest'ora! »

« Lui, ah! bisognerebbe essere proprio una bella svergognata!... No, no, è mio amico, non ho innamorati, io! non voglio averne.»

Aveva sollevato la fiera testa, folta di una capigliatura bionda con riccioli giù sino alla fronte; e tutta la sua persona solida ed elastica emanava un senso di selvaggia prepotenza. Nella contrada s'era già formata una leggenda su di lei. Si raccontavano delle storie, alcuni salvataggi: un carretto smosso con uno strattone al passaggio di un treno; un vagone che scendeva da solo sulla china di Barentin, fermato così come si trattasse di una bestia furiosa lanciata al galoppo verso un direttissimo. E quelle prove di forza suscitavano meraviglia e destavano il desiderio degli uomini, tanto più che, dapprima, la si era creduta di manica larga, sempre tra i campi, appena libera, alla ricerca di posti solitari per sdraiarsi nel fondo delle buche, lo sguardo vagante, muta, immobile. Ma i primi che avevano tentato non avevano poi desiderato rinnovare la prova. Le piaceva fare per ore il bagno nuda in un vicino ruscello, e alcuni ragazzi della sua stessa età erano andati per divertimento a guardarla; lei, senza neppure darsi la pena di indossare la camicia, ne aveva agguantato uno e lo aveva conciato in tal modo, che nessuno più aveva rischiato di farle la posta. Si sparse infine la voce di un suo rapporto con un deviatore della biforcazione di Dieppe, all'altro estremo della galleria: un certo Ozil, di circa trent'anni, onestissimo, che lei pareva avesse incoraggiato per un certo periodo; e che, avendo tentato una sera di possederla, nella speranza che avrebbe ceduto, poco era mancato che non venisse spedito all'altro mondo con una bastonata. Vergine e battagliera, era sdegnosa dei maschi, e la gente finiva col convincersi che di sicuro aveva la testa bislacca.

Nel sentirla affermare che non voleva saperne di innamorati, Jacques continuò a prenderla in giro.

« Allora non va avanti il tuo matrimonio con Ozil? Mi avevano detto che ogni giorno andavi a raggiungerlo attraverso la galleria. »

Lei scrollò le spalle.

« Ah, figurati! il mio matrimonio... Mi piace attraversare la galleria. Due chilometri e mezzo di galoppo al buio, con l'idea di essere stritolata dal treno se non si tengono gli occhi aperti. Bisogna sentirli, i treni, sentirli ronfare, lì sotto!... Ma Ozil mi ha seccato. Neanche lui è quello che voglio. »

« Ne vuoi dunque un altro? »

« Beh, non so... Sul serio, non so proprio! »

Aveva ripreso a ridere, mentre un tantino imbarazzata s'era rimessa a sciogliere un nodo delle corde che non riusciva a sbrogliare. Poi, senza sollevare il viso, come assorbita nel suo lavoro:

« E tu, di morose, niente? »

Jacques, a sua volta, ridivenne serio. Girò gli occhi che vagarono incerti, fissandoli poi in lontananza, nella notte. Con voce spenta, rispose:

« No. »

« Già » continuò a dire lei « me lo avevano detto che detesti le donne. E poi tu, non ti conosco da ieri, non faresti mai un complimento a una donna... Di' un po', perché? »

E siccome lui taceva, lei decise di lasciar perdere il nodo, e si mise a guardarlo.

« Forse perché vuoi bene soltanto alla tua locomotiva? Ti prendono in giro, sai. Dicono che stai a sfregarla in continuazione per renderla lucente, come se dedicassi le tue carezze solo a lei... Guarda, t'ho detto questo perché ti sono amica. »

Ora, anche lui la guardò nel pallido chiarore della notte nebbiosa. E si ricordò di lei, di quando era piccola, prepotente e già caparbia, che gli saltava al collo quando arrivava, presa da una passione di bambina selvaggia. In seguito, avendola spesso perduta di vista, ogni volta l'aveva ritrovata cresciuta, e ogni volta c'era stato lo stesso salto sulle sue spalle nell'accoglierlo, e lui si era sentito sempre più infastidito dalla fiamma dei suoi grandi occhi chiari. Ormai era donna, magnifica, desiderabile, e certamente lei da lungo tempo l'amava, dal fondo stesso della sua giovinezza. A lui il cuore prese a palpitare; ebbe l'improvvisa sensazione di essere l'uomo che lei attendeva. Un profondo turbamento gli salì, col flussso del sangue, alla testa e, nell'angoscia che l'invadeva, il primo impeto fu quello di fuggire. Il desiderio l'aveva sempre reso folle, vedeva rosso.

« Che fai lì impalato? » disse lei. « Be', siediti. »

Di nuovo lui esitò. Poi, come le gambe gli si erano all'improvviso appesantite, vinto dal bisogno di lasciarsi di nuovo tentare dall'amore, scivolò vicino a lei sul mucchio di corde. Non parlava più, gli si era seccata la gola. Ed ora era lei, la fiera, la silenziosa, che chiacchierava a perdifiato, allegrissima, stordendosi da sola.

« Vedi, il torto della mamma fu di sposare Misard. Le porterà sfortuna... Da parte mia me ne infischio perché, ognuno ne ha già abbastanza dei fatti suoi, no? E poi la mamma mi manda alla cuccia quando voglio dire la mia... Allora, che si arrangi! Io vivo fuori, io. Penso alle cose che avverranno... Ah, sai, ti ho visto passare stamattina sulla tua locomotiva; già, da quei cespugli laggiù. Ma tu non guardi mai... E ti dirò le cose che penso, non ora, più tardi, quando saremo veramente amici. »

Aveva lasciato scivolare le forbici e lui, sempre silenzioso, le aveva preso le mani. Incantata, lei gliele aveva abbandonate. Ma quando il giovane volle suggellargliele con le labbra ardenti, ebbe uno sbigottito e virgineo sussulto. A quel primo approccio del maschio si svegliava la guerriera, inpennata, battagliera.

« No, no! lasciami, non voglio... Stai buono, parliamo... Non pensano ad altro, gli uomini. Ah, se ti ripetessi quel che Louisette mi raccontò il giorno che morì in casa di Cabuche... Del resto, ne conoscevo di belle sul conto del presidente, perché qui avevo visto tante porcherie quando ci veniva con delle ragazze... Ce n'è una che nessuno può immaginare chi è, una a cui ha dato marito. »

Lui non stava a sentirla, non la capiva. L'aveva afferrata in una stretta brutale, e premeva la bocca sulla bocca di lei. Flore emise un leggero grido, quasi un lamento, profondo e dolce, dal quale poteva cogliersi la confessione di una tenerezza a lungo nascosta. Però non cessava di lottare, si rifiutava con tutte le forze, per un istinto combattivo. Lo desiderava e lo respingeva, col bisogno di essere conquistata. Senza parlare, petto contro petto, ansavano, entrambi cercando di rovesciare l'altro. Per un istante parve che lei dovesse essere la più forte, e forse sarebbe riuscita a sovrastarlo, tanto l'altro s'era innervosito, se non fosse stata afferrata per la gola. Uno strappo alla camicetta, e nella chiara ombra sbocciarono i due seni, duri e gonfi per la lotta, di un candore di latte. Ormai vinta, lei si abbatté supina, offrendosi.

Allora lui, ansimando, invece di prenderla, si fermò a guardarla. Parve assalito da furore, da una ferocia che lo spingeva a cercare intorno con lo sguardo un'arma, una pietra, qualcosa, insomma, per ucciderla. Lo sguardo si fermò sulle forbici, lucenti tra gli spezzoni delle corde; di colpo le prese, e le avrebbe affondate in quella gola nuda, tra i due seni bianchi dai fiorellini rosa. Ma un gran freddo valse a snebbiarlo; gettò le forbici, sconvolto, si dette a correre; mentre lei, gli occhi chiusi, credette che lui, a sua volta, l'avesse respinta perché gli aveva resistito.

Jacques fuggiva nella notte malinconica. Salì volando il sentiero di un poggio, ripiombò in fondo a uno stretto vallone. Alcuni ciottoli rotolando sotto i suoi passi, lo impaurirono, deviò a sinistra tra gli sterpi, svoltò a destra e si ritrovò su un altopiano deserto. Bruscamente discese, intoppò contro la siepe della ferrovia: rombante, fiammeggiante, giungeva un treno. Terrorizzato, non riuscì sulle prime a rendersene conto. Ah, sì, tutta quella gente che transitava, un continuo flusso, mentre lui agonizzava là! Riprese a camminare, si arrampicò e ancora ridiscese. Ora a ogni passo si imbatteva nella ferrovia: in fondo alle trincee, che scavavano precipizi, sui terrapieni che ostruivano l'orizzonte con giganteschE barricate. Quella contrada deserta, attraversata qua e là da montagnole, era come un labirinto senza uscite, e lì, nella cupa desolazione della terra incolta, si aggirava la sua follia. E se ne andava per i pendii chissà da quanti minuti, quando gli si parò di fronte una tonda apertura, la nera gola della galleria. Vi risaliva, inghiottito, un treno, urlante e fischiante, producendo, appena sparito, assorbito dalla terra, una lunga scossa, un tremito del suolo.

Allora Jacques, con le gambe che non lo reggevano, cadde

sull'orlo della linea ferroviaria, e, bocconi, il viso sprofondato nell'erba, proruppe in singhiozzi convulsi: mio Dio! S'era dunque riacceso quel terribile male dal quale si credeva guarito? Ecco che aveva voluto uccidere quella ragazza! Uccidere una donna, uccidere una donna! Queste parole gli rieccheggiavano negli orecchi, dal fondo della giovinezza, con la crescente sconvolgente febbre del desiderio. Come altri, al risveglio della pubertà, sognano di possederne una, lui s'era accanito all'idea di ucciderne una. E non poteva nasconderselo, aveva afferrato le forbici per piantargliele nella carne, dopo aver visto quel seno bianco e caldo. E non perché lei gli avesse resistito, no! Ma per il piacere, perché ne aveva desiderio, un sì vivo desiderio che se non si fosse abbarbicato agli sterpi, sarebbe ritornato di corsa laggiù per sgozzarla. Flore, mio Dio, proprio lei che aveva visto crescere, la selvaggia ragazza che gli aveva appena dimostrato di amarlo tanto profondamente. Le sue dita contratte affondavano nella terra, i singhiozzi gli laceravano la gola in un rantolo di tremenda disperazione.

Si sforzava di calmarsi e avrebbe voluto farsene una ragione. Che cosa aveva dunque di diverso rispetto agli altri? Già a Plassans, durante l'adolescenza, spesso s'era interrogato in questo senso. La madre, Gervaise, è vero, era giovanissima, quindici anni e mezzo, quando l'aveva messo al mondo; ma era arrivato secondo, lei toccava appena il quattordicesimo anno quando aveva partorito il primo, Claude; e nessuno dei due fratelli, né Claude, né Etienne, nato più tardi, parevano soffrire di essere venuti al mondo da una madre tanto giovane e da un padre, anche lui ragazzino, quel bel Lantier dal cuore di pietra che tante lacrime doveva costare a Gervaise. Poteva darsi che anche i fratelli avessero ciascuno qualche male, che non confessavano, specie il grande che si mangiava il fegato nel voler fare il pittore, con un tale accanimento che lo consideravano un maniaco. La famiglia non era per niente equilibrata, molti avevano un'incrinatura. In certi momenti lui era perfettamente conscio di quella incrinatura ereditaria; non che avesse una cattiva salute, e solo l'apprensione e la vergogna delle crisi l'avevano una volta fatto smagrire; ma dentro gli si producevano improvvisi squilibri, come delle fratture, dei fori attraverso i quali la coscienza gli veniva a mancare in una specie di grande fumata che deformava ogni cosa. Non riusciva più a controllarsi, obbediva ai muscoli, da bestia furiosa. Eppure non beveva, non si permetteva neppure un bicchierino di acquavite, avendo notato come una sola goccia di alcool lo rendesse pazzo. In tal modo gli si era formato il convincimento che pagava per gli altri, i padri, gli avi che avevano bevuto, le generazioni di ubriaconi dalle quali aveva ereditato il sangue malato, un lento avvelenamento, una ferocia che lo spingeva in fondo ai boschi con i lupi che sgozzano le donne.

Jacques s'era sollevato su un gomito, rifletteva e guardava l'ingresso buio della galleria; e fu percosso dalle reni alla nuca da un nuovo singhiozzo, ricadde, rotolò con la testa per terra gridando di dolore. Quella ragazza, quella ragazza che aveva voluto uccidere! La scena gli si ripresentava, acuta, raccapricciante come se le forbici fossero penetrate nella sua carne. Nessun ragionamento valeva a calmarlo: aveva voluto ucciderla, l'avrebbe uccisa se fosse stata lì, discinta, a petto nudo. Ricordava perfettamente quando, la prima volta, aveva appena sedici anni, una sera, giocando con una ragazzina, la figlioletta di un parente, minore di lui di due anni, era stato assalito dal male: lei era caduta e lui, quando aveva visto le sue gambe, le si era avventato contro. L'anno dopo, ricordava di aver arrotato un coltello per immergerlo nel collo di un'altra, una biondina che vedeva passare tutte le mattine davanti alla sua porta. Aveva un collo molto forte, roseo, e già lui aveva scelto il punto, un segno scuro sotto l'orecchio. Poi altre e altre ancora, una sfilata di incubi, le tante donne urtate per via, che avevano fatto risvegliare in lui l'istinto omicida, le donne che s'era trovato vicino, specie una, seduta accanto a lui a teatro, una sposa, che se la rideva allegramente e da cui, per non sventrarla, era dovuto fuggire. E poiché non le conosceva, quale furore poteva muoverlo contro di esse? eppure ogni volta gli si produceva come un'improvvisa crisi di cieca rabbia, un'inestinguibile sete di vendetta per antichissime offese di cui aveva perso l'esatta memoria. Tutto proveniva dunque da molto lontano, dal male che le donne avevano arrecato alla sua razza, dal rancore accumulato di maschio in maschio dopo la prima frode nel fondo delle caverne? E durante i suoi accessi sentiva pure una necessità di dar battaglia per conquistare la femmina e per domarla, il perverso bisogno di scagliarla morta, supina, così come una preda strappata per sempre agli altri. La testa gli rintronava per lo sforzo, non riusciva a darsi una risposta, pensava di essere troppo ignorante, con un cervello troppo ottenebrato in quell'angoscia d'uomo spinto a compiere atti al di fuori della propria volontà, la cui radice s'era dissolta in lui.

Un altro treno passò con le luci dei suoi fanali, si inabbissò nella galleria come un fulmine che saetta e si spegne; e Jacques, come se quella folla anonima, indifferente e frettolosa, avesse potuto sentirlo, s'era levato in piedi, soffocando i singhiozzi e assumendo un atteggiamento di indifferenza. Tante volte, in seguito a uno degli accessi, al minimo rumore, aveva avuto dei sussulti di colpa. Solo sulla sua locomotiva viveva tranquillo, felice, distaccato dal mondo. Quando, a grande velocità era portato via nel fremito delle ruote, la mano sul volante del cambio di marcia, assorbito completamente nella sorveglianza dei binari, con l'occhio attento alle segnalazioni, non pensava più e respirava a pieni polmoni l'aria pura che soffiava come una continua tempesta. Appunto per questo voleva tanto bene alla sua locomotiva, come fosse un'amante riposante dalla quale altro non si aspettava se non soddisfazione. Alla fine dei corsi della Scuola dalle arti e dei mestieri, nonostante la sua viva intelligenza, aveva scelto il mestiere di macchinista, data la solitudine e lo stordimento nel quale viveva. Senza ambizioni, era pervenuto in quattro anni al posto di macchinista di prima classe, percependo già duemila e ottocento franchi, che, con i supplementi per il riscaldamento e la lubrificazione, raggiungevano la cifra di oltre quattromila, ma non sognando niente di più. Vedeva i colleghi di terza e di seconda classe, quelli istruiti dalla Compagnia, gli operai montatori assunti in qualità di allievi, sposare quasi tutti delle operaie, donne scialbe, che talvolta si scorgevano all'ora della partenza, quando recavano i panierini delle provviste; gli altri invece, i colleghi ambiziosi, specie quelli provenienti da una scuola, aspettavano per ammogliarsi di essere capi deposito, nella speranza di pescare una borghese, una signora col cappello. A lui che sfuggiva le donne, che cosa poteva importare tutto questo? Non si sarebbe mai ammogliato, altro

65

avvenire non v'era per lui se non quello di correre da solo, correre e correre senza riposo. Perciò da tutti i capi era giudicato un macchinista eccezionale, che non beveva e non andava a donne. Solo i suoi colleghi vitaioli lo prendevano in giro per eccesso di buona condotta, mentre gli altri erano assaliti da sorda inquietudine nel vederlo preda di paturnie, ammutolito, lo sguardo assente, il viso terreo. Nella sua cameretta di rue Cardinet, di dove si scorgeva il deposito delle Batignolles, al quale apparteneva la sua locomotiva, trascorreva tutte le sue ore libere, relegato come un «frate» in fondo alla cella, logorando la rivolta dei desideri a forza di sonno, dormendo bocconi.

Jacques si alzò a fatica. Che faceva lì, sull'erba, in quella notte d'inverno tiepida e brumosa? La campagna era immersa nell'ombra, unico chiarore quello proveniente dal cielo, una leggera nebbiolina e l'immensa cupola di cristallo opaco che la luna, nascosta dietro, schiariva con un pallido riflesso giallino; il nero orizzonte pareva addormentato in un'immobilità di morte. Via! dovevano essere circa le nove, sarebbe stato meglio rientrare e andare a letto. Ma nel torpore, si vide di ritorno in casa dei Misard, salire le scale della soffitta, distendersi sulla paglia, separato dalla camera di Flore da un semplice tramezzo di assi. Lei sarebbe stata lì, l'avrebbe intesa respirare, e sapendo che non chiudeva mai la porta, avrebbe potuto raggiungerla. Fu riassalito da un intenso brivido, e all'immagine evocata di quella ragazza svestita, il corpo abbandonato e caldo di sonno, fu scosso ancora una volta da un singhiozzo di tale violenza che ruzzolò di nuovo in terra. Aveva voluto ucciderla, ucciderla, mio Dio! Soffocava, si sentiva mancare all'idea che fra poco, se fosse rientrato, sarebbe andato a ucciderla nel suo letto. Inutile non possedere armi, annientarsi nascondendo la testa tra le braccia: sentiva che il maschio, al di fuori della sua volontà, avrebbe bussato alla porta, e sotto la sferza istintiva del raptus avrebbe strangolato la ragazza per il bisogno di vendicare l'antica ingiuria. No, no! Avrebbe trascorso la notte battendo la campagna, piuttosto che tornare laggiù! Con un balzo fu in piedi e si rimise a correre.

Per circa mezz'ora si aggirò ancora per la campagna buia, come se la muta scatenata degli orrori l'avesse inseguito con i suoi latrati. Si inerpicò sui poggi, discese in anguste gole. Si imbatté in due ruscelli: li guadò bagnandosi fino ai fianchi. Un cespuglio, che gli sbarrava il cammino, lo esasperò. Il suo pensiero fisso era quello di procedere diritto, più lontano, sempre più lontano per sfuggire a se stesso, per sottrarsi all'altro, alla bestia furiosa che sentiva in sé. Ma lui se la trascinava dietro, essa galoppava ugualmente precipitosa. Da sette mesi credeva di averla scacciata e di essere tornato alla normale esistenza degli altri; mentre ora, si accorgeva che tutto ricominciava daccapo, che avrebbe dovuto battersi ancora perché essa non si avventasse sulla prima donna incontrata per caso. Tuttavia, il profondo silenzio, l'immensa solitudine valsero un poco a calmarlo, facendogli sognare una vita silenziosa e deserta come quel desolato paesaggio, attraverso il quale avrebbe camminato per sempre senza mai incontrare anima viva. Senza accorgersene aveva dovuto cambiare direzione, e così era ritornato a intoppare, dall'altro lato, contro la linea ferroviaria, dopo aver descritto un largo semicerchio fra dirupi irti di cespugli, al di sopra della galleria. Indietreggiò con l'inquieta rabbia di incontrare gente. Poi, avendo voluto prendere la scorciatoia alle spalle di una montagnola, si smarrì e si ritrovò davanti la siepe della ferrovia, proprio all'uscita della galleria, di fronte a quel prato dove poco prima aveva pianto. Esausto, se ne stette immobile, allorché il boato di un treno, proveniente dalle viscere della terra, prima leggero, e poi man mano sempre più intenso, lo inchiodò. Era il direttissimo per Le Havre, partito da Parigi alle sei e trenta, che transitava di lì alle nove e venticinque: il treno che lui conduceva ogni due giorni.

Jacques, dapprima vide rischiararsi la tenebrosa gola della galleria, come la bocca di un forno con le fascine accese. Poi, nel trascinante fracasso, sprizzò la locomotiva con l'abbagliante grosso occhio tondo, il fanale anteriore, un fascio di luce che perforò la campagna illuminando in lontananza le rotaie con una doppia linea fiammeggiante. Un'apparizione, un fulmine: subito dopo seguirono i vagoni e i piccoli vetri dei finestrini, violentemente rischiarati, che fecero sfilare gli scompartimenti zeppi di viaggiatori con tale vertiginosa rapidità che l'occhio non poteva poi essere sicuro delle immagini intraviste. Ma Jacques, in quel preciso quarto di secondo, scorse distintamente attraverso i finestrini illuminati di uno scompartimento riservato, un uomo che tenendone agguantato un altro riverso sul sedile, gli piantava un coltello nella gola, mentre una massa scura, forse un'altra persona, forse una valigia caduta giù, premeva con tutto il suo peso sul moto convulso delle gambe della vittima. Di già il treno sfrecciava, si perdeva verso la Croix-de-Maufràs e nelle tenebre apparirono soltanto i tre fanali di coda, il rosso triangolo.

Impietrito, il giovane continuava a guardare il treno, il cui rombo si affievoliva nella pace morta della campagna. Aveva visto bene? Adesso era incerto e non osava più affermare la realtà di quella visione, apparsa e scomparsa in un lampo. Non un solo tratto dei due personaggi del dramma gli era rimasto impresso. Quanto alla massa scura, doveva trattarsi di una coperta da viaggio caduta di traverso sul corpo della vittima. Dapprima, però, aveva creduto di distinguere, sotto una cascata di folti capelli, un sottile pallido profilo. Ma tutto gli si confondeva, svaniva come in un sogno. Per un istante, quel profilo gli riapparve; poi scomparve definitivamente. Doveva trattarsi senza dubbio di un fantasma. E la cosa lo agghiacciò, gli parve tanto straordinaria che finì con l'ammettere si fosse trattato di un'allucinazione, prodotta dalla terribile crisi che lo aveva colpito.

Jacques continuò a camminare per quasi un'ora, la testa appesantita da confuse fantasticherie. Era ridotto in pezzi, in lui si era prodotto un rilassamento, e un intenso freddo interiore gli aveva portata via la febbre. Senza accorgersene, finì col ritornare verso la Croix-de-Maufras. Ma quando si trovò di fronte alla casa del casellante, decise di non entrare e di dormire sotto la capannuccia situata a fianco di uno dei muriccioli. Un raggio di luce filtrava di sotto la porta; lui, come un automa, la spinse. Si fermò di colpo dinanzi a una scena inattesa.

In un angolo, Misard aveva spostato il barattolo del burro; e, carponi, una lanterna accesa poggiata accanto, leggermente sondava con le mani la parete, cercava. Al cigolìo della porta si rizzò. Ma non si turbò affatto, e, con naturalezza, disse semplicemente:

« Cercavo dei fiammiferi che mi son caduti. »

E quando ebbe rimesso a posto il barattolo del burro, aggiunse:

« Sono venuto a prendere la lanterna, perché poco fa, nel rientrare, ho scorto un individuo steso sulla ferrovia... Credo proprio che sia morto. »

Jacques, dapprima fu colpito per aver sorpreso Misard nell'atto di cercare il gruzzolo di zia Phasie, e ciò concretizzava il dubbio della vecchia; subito dopo provò una scossa violenta alla notizia della scoperta del cadavere, e dimenticò l'altro dramma, quello che si svolgeva nella sperduta casetta. La scena della carrozza riservata, la fuggevole visione di un uomo che ne sgozzava un altro, gli si presentò nel bagliore dello stesso lampo.

« Un uomo sulla ferrovia, e dove? » domandò impallidendo.

Misard stava per raccontare che portava due anguille impigliatesi nelle lenze, e che subito era corso a casa a nasconderle. Ma che bisogno c'era di confidarsi con quel ragazzo? Fece soltanto un gesto vago e rispose:

« Laggiù, saranno cinquecento metri... Per accertarsene, occorre vedere alla luce. »

In quel momento Jacques sentì un colpo sordo, al di sopra della sua testa. Era così in ansia che sussultò.

« Non è nulla » riprese a dire l'altro « è Flore che si muove. »

E il giovane distinse infatti lo scalpiccìo dei piedi nudi sul pavimento soprastante. Lei aveva dovuto attenderlo, e ora origliava attraverso la porta semichiusa.

« L'accompagno » disse Jacques. « Ma è sicuro che sia morto? »

« Diamine! così mi è parso. Con la lanterna si potrà vedere meglio. »

« Ma lei che ne dice? Un incidente, non è così? »

« Può darsi. Qualcuno che si è fatto mettere sotto, o può darsi anche un viaggiatore saltato da un vagone. »

Jacques fremeva.

« Andiamo, andiamo subito! »

Mai era stato preso da una simile ansia di vedere, di sapere. Fuori, mentre l'altro, senza emozione alcuna, seguiva la ferrovia dondolando la lanterna, il cui tondo chiarore si posava dolcemente sulle rotaie, lui correva avanti, irritato per quella lentezza. Era come un desiderio fisico, come il fuoco interiore che fa affrettare il passo degli amanti nell'ora dell'appuntamento. Aveva paura di quel che l'attendeva laggiù e correva impegnando tutti i muscoli delle gambe. Quando vi giunse, quando poco mancò non andasse a inciampare contro una massa scura distesa sulla ferrovia in discesa, restò trasecolato, colpito dai talloni alla nuca da una scossa. E, angosciato di non poter distinguere chiaramente, si volse a imprecare contro l'altro che ancora era distante più di trenta passi.

« Ma, perdio! forza, dunque! Se fosse ancora in vita lo si potrebbe soccorrere. »

Dondolandosi, Misard avanzava flemmatico. Poi, sollevata la lanterna al di sopra del corpo, disse:

« Alla grazia! ha avuto il fatto suo. »

L'uomo, scagliato certamente da un vagone, era caduto sul ventre, la faccia in terra, a circa cinquanta centimetri dai binari. Della testa si vedeva solo una spessa corona di capelli bianchi. Le gambe erano divaricate. Il braccio destro giaceva come sradicato, mentre l'altro era ripiegato sotto il petto. Era ben vestito: un ampio paltò di lana blu, eleganti stivaletti, biancheria fine. Nessuna traccia di abrasioni sul corpo e solo dalla gola era colato molto sangue macchiando il collo della camicia.

« Un borghese che ha avuto il fatto suo » riprese a dire tranquillamente Misard, dopo qualche secondo di silenzioso esame.

Poi, volgendosi a Jacques, immobile, a bocca aperta:

« Non bisogna toccarlo, è proibito... Resti qui di guardia, io corro a Barentin ad avvertire il capostazione. »

Sollevò la lanterna, consultò una pietra miliare.

« Bene! proprio al 153. »

E posando la lanterna per terra, vicino al cadavere, si allontanò con passo strascicato.

Rimasto solo, Jacques non si mosse, e continuò a fissare quella massa inerte spiaccicata, che il vago chiarore raso terra rendeva confusa. L'agitazione che lo aveva fatto correre, la terribile attrazione che lo inchiodava in quel posto, avevano adesso per corollario uno stimolante pensiero che esplodeva da tutto il suo essere: l'altro, l'uomo intravisto coi coltello in mano, aveva osato! l'altro era giunto sino all'esaudimento del proprio desiderio, l'altro aveva ucciso! Ah, non essere vili, infine saziarsi, affondare il coltello! E lui, che da oltre dieci anni era torturato da quel desiderio! Nella sua febbre disprezzava se stesso e ammirava l'altro, ma soprattutto sentiva il bisogno di osservare quella scena, di appagare la sua sete inestinguibile con la vista di quel brandello umano, fantoccio fracassato, pasta frolla, creatura ridotta così da una coltellata. Quel che lui sognava era stato realizzato dall'altro, ed eccolo lì il risultato. Se avesse ucciso ci sarebbe stato un corpo così per terra. Il cuore gli batteva sino allo schianto, era esasperato dal desiderio di uccidere, come una frenesia, dinanzi allo spettacolo di quella tragica morte. Mosse un passo, si fece più vicino ancora, come un bambino nervoso che acquista dimestichezza con la paura. Sì, avrebbe osato, avrebbe osato anche lui!

Alle sue spalle un rombo lo costrinse a spiccare un salto laterale. Assorbito dalla contemplazione, non aveva udito l'arrivo di un treno. Stava per essere stritolato, e solo il formidabile, caldo respiro della locomotiva lo aveva messo sull'avviso. Il treno passò col suo uragano di sconquasso, di fumo e di fiamme. C'era ancora molta gente, una folla di viaggiatori avviata verso Le Havre per la festa del giorno dopo. Un bambino schiacciava il naso contro il finestrino guardando nel buio la campagna; apparvero profili di uomini, e una giovane donna, abbassando un vetro, gettò una carta unta di burro e di zucchero. Ma già, il treno filava lontano, gioioso e incurante del cadavere sfiorato dalle sue ruote, riverso a faccia in giù, rischiarato dall'incerta luce della lanterna, nella malinconica pace della notte.

Jacques, allora, fu preso dal desiderio di vedere la ferita, fintanto che fosse solo. Ma l'idea che, toccando la testa, qualcuno avrebbe potuto accorgersene, lo fermò! Aveva calcolato che Misard non avrebbe potuto essere di ritorno, col capostazione, prima di tre quarti d'ora. E lasciò trascorrere i minuti pensando solo a Misard, a quel meschinello così lento, così calmo che, con la massima tranquillità, pensava anche lui di uccidere a colpi di veleno. Era dunque tanto facile uccidere? Tutti uccidevano. Si riaccostò. Il desiderio di vedere la ferita lo pungeva con un aculeo così aguzzo che si sentiva bruciare la carne. Vedere come era fatta e quel che ne era colato, vedere il foro rosso! e rimettendo a posto con cura la testa, nessuno avrebbe saputo nulla. Ma in fondo alla sua esitazione v'era un'altra inconfessata paura, la paura stessa del sangue. Sempre e in ogni caso il terrore s'era svegliato in lui contemporaneamente al desiderio. Doveva pertanto decidersi, sarebbe rimasto solo ancora per un quarto d'ora, ma un leggero fruscio lo fece trasalire.

Era Flore che, in piedi, come lui, guardava. Gli infortuni la rendevano curiosa: quando annunciavano di una bestia stritolata, di un uomo investito dal treno, si era sicuri di vederla accorrere. S'era rivestita, voleva vedere il morto. E, dopo il primo sguardo, non esitò. Si chinò, con una mano sollevò la lanterna e con l'altra prese la testa e la rivoltò.

« Attenta, è proibito » mormorò Jacques.

Lei scrollò le spalle. Nel giallo chiarore, apparve una testa di vecchio, con un gran naso e occhi azzurri di ex biondo completamente sbarrati. Sotto il mento, spaventosa, la ferita aperta, un taglio profondo che aveva squarciato il collo, una piaga scavata, come se il coltello, nell'affondare, fosse stato girato. Il sangue bagnava il lato destro del petto. A sinistra, all'occhiello del paltò, la rosetta di commendatore sembrava un grumo di sangue isolato.

Flore aveva emesso un leggero grido di sorpresa.

« Toh, il vecchio! »

Jacques, chinato come lei, accostandosi per veder meglio, mescolava i suoi capelli con quelli della ragazza; soffocava e si saziava di quello spettacolo. Inconsciamente ripeté:

« Il vecchio... il vecchio... »

« Sì, il vecchio Grandmorin... Il presidente. »

Ancora per un momento lei esaminò quel viso pallido, la bocca storta, gli occhi sgranati dal terrore. Poi lasciò andare la testa che la rigidità cadaverica cominciava a raggelare, e la terra chiuse la ferita.

« Ha finito di spassarsela con le ragazze! » riprese a dire lei in tono più basso. « Di sicuro sarà per una di loro... Ah, mia povera Louisette! Porco, ben ti sta! »

Seguì un lungo silenzio. Flore aveva riposta la lanterna e,

nell'attesa, lanciava lenti sguardi verso Jacques, il quale, separato da lei dal cadavere, non s'era più mosso, e pareva smarrito, annientato da quel che aveva visto. Dovevano essere circa le undici. L'imbarazzo, dopo la scena svoltasi in serata, impediva alla ragazza di parlare per prima. Ma si udirono delle voci: il patrigno che accompagnava il capostazione; così, non volendo essere vista, si decise a parlare.

« Non rientri per andare a letto? »

Lui trasalì, per un istante parve che un contrasto interiore lo agitasse. Poi, con sforzo, con disperato diniego:

« No, no! »

Neppure un gesto da parte di lei, ma l'abbandono delle sue forti braccia di ragazza espresse tutto il suo dispiacere. E come per farsi perdonare la resistenza opposta poco prima, si mostrò umilissima e disse ancora:

« Allora non rientri, non ti rivedrò? »

« No, no! »

Le voci si facevano più distinte, e senza cercare di stringergli la mano, poiché pareva che lui avesse messo apposta quel cadavere fra di loro, senza neppure porgergli il saluto familiare della loro infanzia, Flore si allontanò, si perse nel buio, con il respiro mozzo come se soffocasse dai singhiozzi.

Subito dopo, con Misard e due manovali, apparve il capostazione. Anche lui constatò l'identità: era proprio il presidente Grandmorin, che lui conosceva per averlo visto scendere alla stazione tutte le volte che si recava dalla sorella, la signora Bonnehon, a Doinville. Il cadavere doveva restare esattamente dov'era caduto; lo fece solo coprire con un cappotto di uno dei due uomini. Un impiegato era salito a Barentin sul treno delle undici per avvertire il procuratore imperiale di Rouen. Ma non si poteva contare sulla presenza del funzionario prima delle cinque o le sei del mattino, poiché avrebbe dovuto farsi accompagnare dal giudice istruttore, dal cancelliere del tribunale e da un medico. Perciò il capostazione organizzò un servizio di vigilanza presso il morto: durante l'intera notte si sarebbero avvicendati, un uomo sarebbe rimasto costantemente lì a vegliare con la lanterna.

Jacques, prima di decidersi ad andare a stendersi sotto qualche capannone della stazione di Barentin, per ripartire alle sette e venti per Le Havre, se ne stette ancora a lungo immobile, frastornato. Poi fu turbato dal pensiero che doveva arrivare il giudice istruttore, come se si sentisse complice del delitto. Avrebbe detto quel che aveva visto al passaggio del direttissimo? In un primo momento decise di parlare, non avendo, tutto sommato, nulla da temere. Del resto, nessun dubbio sul suo dovere. Ma, in seguito, si domandò a che scopo: non avrebbe recato alcun dato decisivo, e non avrebbe potuto precisare nessun particolare sull'assassino. Sarebbe stato sciocco immischiarsi della faccenda, perdere tempo ed emozionarsi senza profitto per alcuno. No, no, non avrebbe parlato! E alla fine andò via, si voltò due volte per vedere la scura gibbosità formata dal cadavere sul terreno, nell'alone giallognolo della lanterna. Dal cielo nebbioso si effondeva sulla desolazione di quel deserto dagli aridi poggi un freddo più pungente. Erano transitati ancora altri treni, ne giungeva un altro, lunghissimo, per Parigi. Tutti si incrociavano nella loro inesorabile meccanica potenza, filavano per una meta lontana, verso il domani, sfiorando, senza alcun riguardo la testa fracassata di quell'uomo che un altro aveva sgozzato.

III

Il giorno dopo, una domenica, tutti i campanili di Le Havre scandivano i tocchi delle cinque del mattino, quando Roubaud s'incamminò verso la tettoia della stazione per prendere servizio. Era ancora buio pesto; ma il vento che soffiava dal mare era diventato più gagliardo e sospingeva la bruma avvolgendone le alture che si estendono da Sainte-Adresse al forte di Tourneville; verso ponente, al disopra della rada, filtrava una schiarita, un lembo di cielo nel quale brillavano le ultime stelle. Sotto la pensilina erano ancora accesi i fanali a gas, impalliditi dal freddo umido e dall'ora mattutina; e c'era il primo treno di Montivilliers, che i manovali, agli ordini del sottocapo di notte, stavano formando. Le porte delle sale non erano ancora state aperte e i marciapiedi si stendevano deserti in quel torpido risveglio della stazione.

Uscendo di casa, in alto, al disopra delle sale d'aspetto, Roubaud s'era imbattuto nella moglie del cassiere, la signora Lebleu, che se ne stava immobile in mezzo al corridoio centrale sul quale davano le abitazioni degli impiegati. Da alcune settimane la Lebleu si alzava di notte per spiare la signorina Guichon, la ricevitrice postale, che lei supponeva invischiata in un intrigo col capostazione, il signor Dabadie. Tuttavia non aveva mai sorpreso il minimo segno, non un'ombra, non un respiro. E anche quella mattina, era rientrata in fretta in casa, senz'altra meraviglia se non quella d'aver scorto in casa Roubaud, durante i tre secondi impiegati dal marito nell'aprire e nel richiudere l'uscio, la moglie, in piedi, nella sala da pranzo, la bella Séverine, già vestita, pettinata e calzata, proprio lei che di solito si crogiolava a letto sino alle nove. Perciò la signora Lebleu aveva svegliato il marito per riferirgli il fatto straordinario. La sera prima erano andati a letto solo dopo l'arrivo del direttissimo di Parigi, alle undici e cinque, smaniosi com'erano di sapere com'era andato a finire l'incidente col sottoprefetto. Ma nulla avevano potuto arguire dall'atteggiamento dei Roubaud, tornati con l'espressione di ogni giorno sul viso; e inutilmente avevano teso l'orecchio fino a mezzanotte: nessun rumore proveniva dall'appartamento dei vicini, che s'erano dovuti addormentare immediatamente in un sonno profondo. Di certo il loro viaggio non aveva ottenuto un buon risultato, altrimenti Séverine non si sarebbe levata a un'ora simile. Il cassiere domandò quale aspetto avesse, e la moglie si sforzò di descriverla: molto rigida, pallidissima, con quei suoi occhi azzurri, così chiari sotto la massa dei capelli scuri; e non un movimento, l'aria di una sonnambula. Insomma, durante la giornata si sarebbe saputo com'erano andate le cose.

Giù, Roubaud trovò il collega Moulin, che aveva espletato il turno di notte. E assunse il servizio, mentre Moulin chiacchierava passeggiando ancora per qualche minuto per metterlo al corrente dei piccoli fatti svoltisi dal giorno prima; erano stati sorpresi dei vagabondi che stavano per introdursi nella sala del deposito bagagli; tre manovali erano stati ammoniti per indisciplina; un gancio di tiro s'era rotto mentre si stava formando il treno di Montivilliers. Roubaud ascoltava in silenzio tranquillamente; era soltanto un po' pallido, certo una conseguenza della stanchezza, denunciata anche dagli occhi pesti. Intanto, avendo il collega finito di parlare, parve volesse interrogarlo ancora, come se avesse atteso ben altri avvenimenti. Ma non c'era proprio altro, così lui abbassò il capo e per qualche istante si mise a guardare in terra.

Camminando lungo la banchina, i due uomini erano arrivati alla fine della tettoia, con a destra una rimessa nella quale prendevano posto i vagoni di avvicendamento, quelli che, giunti il giorno prima, servivano a formare il treno per il giorno dopo. E lui aveva sollevato il capo, lo sguardo fisso su una vettura di prima classe, dotata di uno scompartimento riservato, il numero 293, rischiarato dalla luce tremolante di un fanale a gas, mentre l'altro esclamava:

« Ah, dimenticavo... »

Il viso pallido di Roubaud si colorì, e non poté trattenere un leggero movimento.

« Dimenticavo » ripeté Moulin. « Non bisogna far partire quella vettura, non la faccia includere stamane nel direttissimo delle sei e quaranta. »

Un breve silenzio prima che Roubaud, in tono naturale chiedesse:

« Be', e perché poi? »

« Perché c'è uno scompartimento riservato per il direttissimo di stasera. Non si è sicuri che ne venga un altro in giornata, e perciò bisogna riservare quello lì. »

Roubaud continuava a guardarlo fisso, e rispose:

« Certamente. »

Ma un altro pensiero l'assorbiva, e all'improvviso si infuriò.

« È disgustoso! Guardi un po' come quei buoni a nulla fanno le pulizie! Su quella vettura pare si sia accumulata la polvere di otto giorni. »

« Ma sì » rincarò Moulin « quando i treni arrivano dopo le undici, non c'è pericolo che gli uomini diano una spolverata... Ed è ancora tanto se salgono per fare un controllo. L'altra sera non si sono accorti di un viaggiatore addormentato su un sedile, e che si è svegliato solo l'indomani mattina. »

Poi, soffocando uno sbadiglio, disse che andava a letto. E mentre stava per allontanarsi, un'improvvisa curiosità lo fece ritornare.

« A proposito, il suo incidente col sottoprefetto, tutto a posto, vero? »

« Sì, sì, il viaggio ha avuto buon esito, ne sono contento. »

« Be', tanto meglio... E si ricordi la 293 non parte. »

Appena solo sulla banchina, Roubaud raggiunse lentamente il treno di Montivilliers in sosta. Le porte delle sale furono aperte, apparvero i viaggiatori, qualche cacciatore col cane, due o tre famiglie di bottegai che approfittavano della domenica, insomma, poca gente. Ma partito quel treno, il primo della giornata, non ebbe tempo da perdere, e subito dovette provvedere a far formare il treno omnibus delle cinque e quarantacinque, diretto a Rouen e a Parigi. A quell'ora mattutina il personale era scarso e il compito del sottocapo era complicato da tante incombenze. Dopo aver sorvegliato la manovra di ogni vettura prelevata dalla rimessa, istradata sui binari e spinta dagli uomini sotto la pensilina, dovette correre alla sala delle partenze, per dare un'occhiata alla distribuzione dei biglietti e alla registrazione dei bagagli. Era scoppiato un litigio tra alcuni soldati e un impiegato, e occorse il suo intervento. Durante una mezz'ora, tra correnti d'aria gelata e in mezzo a un pubblico che batteva i denti, gli occhi ancora insonnoliti, con quel cattivo umore del pigia pigia in pieno buio, si dette da fare e non ebbe un sol pensiero che lo riguardasse direttamente. Poi, dopo la partenza dell'omnibus, sgomberata la stazione, si affrettò a recarsi al posto dello scambio per assicurarsi del buon andamento di quel settore, perché un altro treno, il diretto di Parigi, in ritardo, arrivava in quel momento. Ritornò sui suoi passi per assistere all'uscita dei viaggiatori e attese che la folla avesse consegnato i biglietti e fosse salita nelle carrozze degli alberghi, che nel frattempo, avevano atteso sotto la tettoia, separata dalla ferrovia da una semplice palizzata. E allora soltanto poté concedersi un po' di respiro nella stazione fattasi deserta e silenziosa.

Battevano le sei. Roubaud uscì dall'atrio coperto a far due passi; una volta fuori, davanti allo spazio vuoto, alzò il capo e respirò nel vedere che, infine, sorgeva l'alba. Il vento del largo aveva finito con lo spazzare la bruma, il mattino era chiaro e si prospettava una bella giornata. Guardò verso il nord la costa di Ingouville che si stagliava, sino agli alberi del cimitero, una linea violacea contro il cielo pallido; poi, volgendosi verso il mezzogiorno e il ponente, notò al disopra del mare un ultimo veleggiare di leggere nuvole bianche, naviganti lentamente in convoglio; mentre dal lato orientale, l'immenso squarcio della foce della Senna cominciava a fiammeggiare per l'imminente levarsi del sole. Con gesto incontrollato tolse il berretto con i galloni d'argento come per rinfrescare la fronte all'aria viva e pura. Quel solito orizzonte e la vasta, piatta successione degli edifici sussidiari della stazione, a sinistra gli arrivi, poi il deposito delle locomotive, a destra la spedizione, sembravano placarlo, richiamarlo alla calma delle immutabili, quotidiane incombenze. Al di sopra del muro di rue Charles-Laffitte, attraverso il fumo delle ciminiere degli opifici, si intravedevano gli enormi cumuli di carbone dei magazzini lungo il bacino Vauban. E già dagli altri bacini si diffondeva un fragore. I fischi dei treni-merci, l'odore dell'alta marea portato dal vento, gli ricordarono la festa di quel giorno, la nave che avrebbero varata e intorno alla quale si sarebbe accalcata la folla.

Nel far ritorno sotto la tettoia, Roubaud si imbatté nei manovali che cominciavano a formare il direttissimo delle sei e quaranta; e credendo che stessero per istradare sui binari la 293, tutta la calma che gli aveva infuso il fresco del mattino scomparve in un improvviso scatto di rabbia.

« Accidenti! non quella vettura! Lasciatela in pace. Non parte che stasera. »

Il caposquadra gli spiegò che stavano semplicemente spingendo la vettura per prelevarne un'altra dal fondo. Ma lui non volle sentire ragioni, reso sordo dalla furia senza limiti che l'aveva assalito.

« Razza di balordi, quando vi si dice di non toccarla! »

Infine riuscì a capire, ma la furia non scemò e si scagliò sulle deficienze della stazione dove non si poteva neppure far retrocedere un vagone. E infatti, costruita tra le prime della linea, la stazione era insufficiente, indegna di Le Havre, con la rimessa dalle vecchie armature, la tettoia di legno e di zinco con le vetrate troppo strette, i fabbricati nudi e tristi, screpolati da ogni lato.

« È una vergogna, e non so come mai la Compagnia non l'abbia fatta buttar giù. »

Gli uomini della squadra, nel sentirlo parlare così liberamente, lui che di solito era disciplinato e corretto, si guardarono sorpresi. Lui se ne accorse e tacque di colpo. E in silenzio, irrigidito, continuò a sorvegliare la manovra. Una ruga di contrarietà gli increspava la fronte bassa, mentre il viso tondo e colorito, ispido per la barba rossastra, era teso in uno sforzo di volontà.

Da quel momento Roubaud riacquistò tutto il sangue freddo. Si occupò attivamente del direttissimo, controllò ogni particolare. Gli parve che alcuni agganci fossero stati male eseguiti e volle che fossero stretti sotto i suoi occhi. Collocò una madre con due figlie, conoscenti di sua moglie, in uno scompartimento per signore sole. Poi, prima di dare il segnale di partenza col fischietto, volle ancora assicurarsi dell'efficienza del treno; e stette a guardarselo a lungo mentre si allontanava, col penetrante colpo d'occhio di chi per un minuto di disattenzione può mettere a repentaglio vite umane. Subito dopo dovette attraversare i binari per ricevere un treno proveniente da Rouen, che entrava in stazione. Proprio lì si imbatté in un impiegato delle poste col quale ogni giorno scambiava qualche parola. Nella mattinata tanto carica di lavoro ciò costituiva un breve riposo, quasi un quarto d'ora, durante il quale poteva respirare, non esssendoci l'urgenza di alcun immediato servizio. E quella mattina, come al solito, dopo essersi confezionata una sigaretta, si mise a chiacchierare molto allegramente. S'era fatto chiaro e sotto la pensilina stavano spegnendo i fanali a gas; ma a causa delle scarse vetrate vi regnava ancora un'ombra grigiastra; il vasto riquadro di cielo sul quale la tettoia si apriva, invece, fiammeggiava già di un incendio di raggi, e tutto l'orizzonte si colorava di rosa, con una viva limpidezza di particolari, in quella tersa aria invernale.

Di solito il capostazione Dabadie veniva giù alle otto, e il sottocapo vi si recava a rapporto. Era un bell'uomo bruno, ben portante, con l'aria di grande commerciante tutto dedito ai propri affari. D'altro canto, volentieri si disinteressava della stazione viaggiatori, dedicandosi soprattutto al traffico dei bacini, all'enorme transito delle merci, e tenendosi in costante rapporto con l'alto commercio di Le Havre e del mondo intero. Quel giorno era in ritardo; e già per due volte Roubaud aveva spinto la porta del suo ufficio senza trovarcelo. Sul tavolo non era stata ancora aperta la posta. Lo sguardo del sottocapo cadde, tra le lettere, su un telegramma. Poi, come se una forza misteriosa lo trattenesse lì, non s'era più allontanato dalla porta, e suo malgrado si voltava e gettava sul tavolo sguardi furtivi.

Infine, alle otto e dieci il signor Dabadie apparve. Roubaud, che s'era seduto, taceva per permettergli di aprire il telegramma. Ma il capo non si affrettava, voleva mostrarsi cordiale verso il suo subordinato che godeva della sua stima.

« E, naturalmente, a Parigi tutto è andato bene? »

« Sissignore, la ringrazio. »

L'altro aveva finito con l'aprire il telegramma; ma non lo leggeva, continuava a sorridere al sottocapo, la cui voce s'era affievolita, per il violento sforzo che faceva nel domare un tic nervoso che gli contraeva il mento.

« Siamo ben contenti di tenerla qui. »

« E io, signore, sono molto contento di restare con voi. »

Quando Dabadie si decise a leggere il telegramma, Roubaud, con il viso inumidito da un leggero sudore, lo guardò. Ma l'impressione che si attendeva non si produsse affatto; il capo finì di leggere tranquillamente il telegramma gettandolo sul tavolo: di certo un semplice particolare di servizio. E subito dopo continuò ad aprire la corrispondenza, mentre il sottocapo, come abitualmente ogni mattina, esponeva il rapporto verbale su quel che era accaduto nella notte e in mattinata. Solo che, quella mattina, esitante, Roubaud dovette prima sforzarsi di ricordare ciò che gli aveva riferito il collega, a proposito di quei malfattori sorpresi nel deposito dei bagagli. Furono scambiate ancora alcune parole, e il capo lo congedò con un cenno quando entrarono, anche loro per esporre il rapporto, i due capi aggiunti, quello addetto ai bacini e quello della piccola velocità. Consegnarono un altro telegramma che era stato loro consegnato sulla banchina da un impiegato.

« Può andare » disse Dabadie nel vedere Roubaud fermo sulla porta.

Ma questi attendeva, gli occhi sgranati e fissi; e non andò via se non quando il riquadro di carta ricadde sul tavolo, scartato con lo stesso gesto di indifferenza. Per un po' gironzolò sotto la pensilina, perplesso, stordito. L'orologio segnava le otto e trentacinque, non c'erano altre partenze prima dell'omnibus delle nove e cinquanta. Di solito, in quell'ora di tregua si aggirava per la stazione. Durante qualche minuto si mise a camminare senza rendersi conto verso quale direzione le gambe lo trasportassero. Poi, sollevando il capo e trovandosi davanti la vettura 293, fece una brusca giravolta e si allontanò verso il deposito delle locomotive, benché non avesse nulla da vedere da quella parte. Ora il sole saliva all'orizzonte e nell'aria pallida si effondeva un pulviscolo d'oro. Non gioiva più della bella mattinata, e affrettava il passo, preoccupato, cercando di placare l'ossessione dell'attesa.

All'improvviso una voce lo fece fermare.

« Signor Roubaud, buongiorno!... Ha visto mia moglie? »

Era Pecqueux, il fuochista, uno stangone di quarantatré anni, magro, ossuto, il viso cotto dal fuoco e dal fumo. Gli occhi grigi sotto la fronte bassa, la bocca larga in una mascella all'insù erano atteggiati a un eterno riso di bisboccia.

« Ah, è lei » disse Roubaud sorpreso. « Già, avevo dimenticato l'incidente toccato alla locomotiva... E riparte solo stasera? Un congedo di ventiquattro ore, bel colpo, eh? »

« Bel colpo! » ripeté l'altro, ancora alticcio della baldoria della sera prima.

Da un villaggio nei pressi di Rouen, era stato assunto giovanissimo dalla Compagnia come operaio montatore. Poi, a trent'anni, annoiato dell'officina, aveva voluto fare il fuochista per diventare macchinista; ed era stato allora che aveva sposato Victoire, sua compaesana. Ma erano passati gli anni ed era rimasto fuochista, e ormai non sarebbe più stato promosso macchinista a causa della sua condotta: cattivo comportamento, ubriacone, donnaiolo. E chissà quante volte lo avrebbero licenziato se non fosse stato per la protezione del presidente Grandmorin e perché avevano fatto l'abitudine ai suoi vizi, che lui faceva passare in seconda linea col buonumore e l'abilità del vecchio operaio. Era da temere soltanto quando era ubriaco; allora si trasformava in un autentico bruto, capace di tiri mancini.

« E mia moglie l'ha vista? » domandò di nuovo, la bocca spalancata dalla sua gran risata.

« Certo, sì l'abbiamo vista » rispose il sottocapo. « Abbiamo fatto pure colazione nella vostra camera... Ah, avete una gran brava moglie, Pecqueux. E avete torto marcio a non esserle fedele. »

L'altro rise più forte.

« Si fa presto a dirlo! Ma se è proprio lei che vuole che mi diverta! »

Era vero. Victoire, di due anni più anziana, era divenuta enorme, lenta di movimenti, e faceva scivolare nelle tasche del marito monete da cento soldi affinché potesse divertirsi fuori casa. Non aveva mai sofferto delle infedeltà, delle continue avventure galanti che lui intrecciava per istintivo bisogno; e ora l'esistenza di Pecqueux era regolata: aveva due donne, una a ogni capo della linea ferroviaria: la moglie a Parigi per le notti in cui vi andava a dormire, e un'altra a Le Havre, per le ore di attesa tra un treno e l'altro. Molto economa, vivendo da taccagna lei stessa, Victoire, al corrente di tutto, lo trattava maternamente, e ripeteva volentieri che non voleva lasciarlo in stato di inferiorità con l'altra, laggiù. Inoltre, a ogni partenza si prendeva cura della sua biancheria, molto preoccupata che l'altra l'accusasse di non accudire decentemente il loro uomo.

« Non importa » riprese a dire Roubaud « non è affatto bello. Mia moglie, che adora la sua balia, vuol farle una lavata di testa. »

Ma, vedendo uscire dalla rimessa, di fronte alla quale si trovavano, una donna alta e allampanata, Philomène Sauvagnat, la sorella del capo del deposito, la moglie di ricambio che Pecqueux aveva da oltre un anno a Le Havre, tacque. Dovevano trovarsi tutti e due sotto il capannone a chiacchierare, quando Pecqueux s'era avvicinato per chiamare il sottocapo. Lei, di aspetto giovanile, nonostante i suoi trentadue anni, alta, spigolosa, il petto piallato, la carne bruciata da continui desideri, aveva un viso lungo e occhi fiammeggianti da magra e nitrente giumenta. Dicevano che bevesse. Tutti gli uomini della stazione se l'erano spassata con lei nella casetta abitata dal fratello vicino al deposito delle locomotive, casetta che lei lasciava nella sporcizia. Il fratello, un alverniese, caparbio, intransigente sulla disciplina, molto stimato dai capi, a causa sua aveva dovuto subire grossi rimbrotti, sino al punto di essere minacciato di licenziamento; e se ora, per favorirlo, la si tollerava, solo per dovere familiare lui stesso si ostinava ad ospitarla; cosa che non gli impediva, quando la sorprendeva con un uomo, di pestarla di santa ragione, con tale violenza da lasciarla per terra tramortita. L'incontro tra lei e Pecqueux era stato un vero miracolo: lei finalmente e pienamente soddisfatta, al braccio di quel diavolone ridanciano; lui, sostituita la moglie troppo grassa, e felice di questa qui, troppo magra, ripeteva per burla che non aveva più bisogno di cercare altrove. E soltanto Séverine, credendo suo dovere difendere Victoire, s'era inimicata Philomène, evitandola il più possibile per naturale fierezza e smettendo di salutarla.

« E allora » disse con insolenza Philomène « arrivederci, Pecqueux. Vado via, visto che il signor Roubaud, deve farti la morale da parte di sua moglie. »

Lui continuava a ridere bonariamente.

« Via, resta, lui scherza. »

« No, no! Ho promesso due uova delle mie galline, alla signora Lebleu e devo portargliele. »

Aveva pronunciato apposta quel nome, conoscendo la sorda rivalità tra la moglie del cassiere e la moglie del sottocapo, a significare intenzionalmente di essere in buoni rapporti con la prima perché l'altra ne provasse rabbia. Tuttavia non si mosse, all'improvviso incuriosita nel sentire richiedere dal fuochista notizie sull'incidente col sottoprefetto.

« Tutto liscio, signor Roubaud, ne è contento, non è vero? »

« Contentissimo. »

Pecqueux strizzò gli occhi con furberia.

« Oh, non doveva preoccuparsi, quando si ha un asso come quello nella manica... Non è così? sa quel che voglio dire. Anche mia moglie gli è molto riconoscente. »

Il sottocapo sviò quell'allusione al presidente Grandmorin, e ripeté brusco:

« E allora, partite questa sera? »

« Sì, la Lison è stata riparata, hanno finito di mettere a posto la biella... Aspetto il mio macchinista, che se l'è squagliata. Lo conosce Jacques Lantier? È del suo paese. »

Per un momento Roubaud, distratto, lo spirito annebbiato, se ne stette senza rispondere. Poi si svegliò con un sussulto.

« Ah, Jacques Lantier, il macchinista... Certo che lo conosco. Ma, sa, buongiorno, buonasera. È qui che ci siamo incontrati di nuovo, perché lui è più giovane di me, e non l'avevo mai visto laggiù, a Plassans... L'autunno scorso ha reso un piccolo favore a mia moglie, ha sbrigato per lei una commissione da delle cugine, a Dieppe. Un ragazzo in gamba, a quel che mi dicono. »

Parlava a vanvera, sproloquiava. Improvvisamente si allontanò.

« Arrivederci, Pecqueux... Devo dare uno sguardo qui in giro. »

Solo allora Philomène andò via col suo lungo passo di cavalla; mentre Pecqueux, immobile, mani in tasca, ridendo di gusto nel dolce far niente di quella gaia mattinata, si meravigliava che il sottocapo, dopo essersi accontentato di fare un giro nel capannone, se ne andasse via così in fretta. Uno sguardo rapido davvero! Che fosse venuto per spiare?

Scoccavano le nove quando Roubaud fece ritorno sotto la pensilina. Procedette fino in fondo, nelle vicinanze delle messaggerie, vagando con lo sguardo e con l'aria di non trovare quel che cercava; poi rifece il cammino con lo stesso passo impaziente. Successivamente, rivolse uno sguardo interrogativo agli uffici dei vari servizi. A quell'ora la stazione era tranquilla, deserta; solo lui era agitato, e proprio quella pace lo rendeva sempre più nervoso, come chi, tormentato dalla minaccia di una catastrofe, finisce con l'augurarsi ardentemente che essa scoppi. La sua calma era all'estremo, non riusciva a star fermo. I suoi occhi erano sempre fissi sull'orologio. Le nove, le nove e cinque. Di solito non risaliva in casa per la colazione prima delle dieci, dopo la partenza del treno delle nove e cinquanta. Ma, all'improvviso, al pensiero che anche Séverine lassù, era in attesa, si decise a raggiungerla.

In quel preciso momento, nel corridoio, la signora Lebleu apriva la porta a Philomène, venuta lì in forma confidenziale, spettinata, recando due uova. Non si mossero, e Roubaud dové rientrare in casa sotto i loro sguardi indagatori. E nel rapido aprire e chiudere della porta, esse a ogni modo riuscirono a scorgere Séverine seduta su una seggiola nella sala da pranzo, le mani in mano, immobile, il viso pallido. Fatta entrare Philomène, e a sua volta chiusa la porta, la signora Lebleu raccontò che già di prima mattina l'aveva scorta a quel modo; di certo la storia del sottoprefetto si metteva male. Ma no, Philomène spiegò che era corsa perché aveva delle notizie da dare; e ripeté quel che aveva inteso dire dal sottocapo in persona. Allora le due donne si dilungarono in congetture. Sempre così, a ogni loro incontro: pettegolezzi senza fine.

« Mia cara, metterei la mano sul fuoco che hanno avuto una lavata di capo... Certamente traballano. »

« Ah, signora mia, ce ne potessimo infine sbarazzare! »

La rivalità, sempre più tesa tra i Lebleu e i Roubaud, era

originata da una semplice questione di appartamenti. Tutto il primo piano, al di sopra delle sale di aspetto, era adibito ad alloggi per gli impiegati; e il corridoio centrale, un vero corridoio di albergo, pitturato di giallo, rischiarato dall'alto, divideva in due parti il piano, allineando le porte scure a destra e a sinistra. Però, gli appartamenti collocati sulla destra avevano finestre sporgenti sull'atrio delle partenze ombreggiato da vecchi olmi, al di sopra dei quali si spalancava la meravigliosa veduta del litorale di Inguoville; mentre quelli collocati a sinistra, con finestre centinate, schiacciate, sporgevano direttamente sulla tettoia della stazione, la cui alta pendenza, il fastigio di zinco e di vetri sporchi, sbarrava l'orizzonte. Ridenti oltre ogni dire, gli uni, con la continua animazione dell'atrio, il verde degli alberi, la vasta campagna; e da morire di sconforto gli altri, con scarsa luce, il cielo murato come in una prigione. Sul davanti abitavano il capostazione, il sottocapo Moulin e i Lebleu; alle spalle, i Roubaud e così pure la ricevitrice postale signorina Guichon, senza contare tre camere riservate agli ispettori di passaggio. Tuttavia era noto che i due sottocapi avevano sempre alloggiato fianco a fianco. E se i Lebleu erano lì, ciò era dovuto a un atto di compiacenza dell'ex sottocapo, sostituito da Roubaud, un vedovo, senza bambini, che aveva voluto essere gentile con la signora Lebleu, cedendole l'alloggio. Ma era giusto essere relegati a ridosso stante il loro diritto ad abitare sull'ala anteriore? Fin quando le due famiglie erano vissute in buon accordo, Séverine aveva ceduto alla vicina, di vent'anni più anziana di lei, e inoltre malandata, così enorme da ansimare di continuo. E la guerra era stata effettivamente dichiarata solo dopo che Philomène aveva fatto litigare le due donne con i suoi malvagi pettegolezzi.

« Sa » riprese a dire questa « essi sono capacissimi di aver approfittato dell'andata a Parigi per esigere la vostra espulsione... Mi hanno assicurato che hanno scritto al direttore una lunga lettera per far valere il loro diritto. »

La signora Lebleu aveva il fiato mozzo.

« Miserabili!... Ero sicurissima che brigavano per avere dalla loro parte la ricevitrice postale; ed ecco che da quindici giorni questa appena mi saluta... Ancora una porcheria! Ma io la tengo d'occhio... »

Abbassò il tono di voce e affermò che la signorina Guichon ogni notte si recava dal capostazione. Le loro due porte erano di fronte. Era stato Dabadie, il vedovo, padre di un tocco di ragazza lasciata sempre in collegio, a portarsi dietro quella biondona di trent'anni, già appassita, taciturna e gracile, ma agile come una biscia. Chissà, forse era un'insegnante. Ed era impossibile coglierla sul fatto, talmente sapeva scivolare senza far rumore attraverso le più impercettibili fessure. Per se stessa non contava un bel niente. Ma se andava a letto col capostazione, assumeva una decisiva importanza, e la si poteva vincere controllandola, possedendo il suo segreto.

« Oh, finirò col sapere » continuò a dire la Lebleu. « Non voglio lasciarmi mettere nel sacco... Siamo qui e ci resteremo. La gente onesta è dalla nostra parte, non è così, mia cara? »

Tutto il personale della stazione si appassionava infatti a quella contesa per i due appartamenti. Nel corridoio, soprattutto, soffiava la buriana. E solo l'altro sottocapo, Moulin, marito di una donnetta timida e gracile, che non si vedeva mai e che gli scodellava un bambino ogni venti mesi, si disinteressava della cosa, soddisfatto di abitare sull'ala anteriore.

« Insomma » concluse Philomène « se essi traballano, non è per questo colpo che stramazzeranno a terra... Non si fidi, essi conoscono gente dalle braccia lunghe. »

Aveva ancora le due uova, e le offrì: uova del mattino che aveva raccolto nel pollaio. E la vecchia signora si profuse in ringraziamenti.

« Lei è tanto gentile! Mi vizia... Venga più spesso a far due chiacchiere. Mio marito, lo sa, è sempre alla sua cassa, e io mi annoio mortalmente, inchiodata qui a causa delle gambe! Che cosa ne sarebbe di me se quei miserabili dovessero privarmi del panorama? »

Poi, accompagnandola, dopo aver riaperto la porta, posò il dito sulle labbra.

« Ssss! sentiamo. »

Tutt'e due, in piedi nel corridoio se ne stettero per cinque lunghi minuti impalate, senza un movimento, trattenendo il respiro. Chinavano il capo, tendevano l'orecchio verso la sala da pranzo dei Roubaud. Ma non un rumore ne scaturiva, regnava un silenzio mortale. E, per paura di essere sorprese, infine si separarono salutandosi ancora una volta con un cenno del capo, senza una parola. L'una andò via in punta di piedi, l'altra richiuse la porta con tanta precauzione che non si sentì neppure il catenaccio scivolare nella bocchetta.

Alle nove e venti Roubaud era di nuovo giù, sotto la pensilina. Sorvegliava la formazione del treno omnibus delle nove e cinquanta; e, nonostante lo sforzo di volontà, gesticolava esageratamente, pestava i piedi, di continuo volgeva la testa per esaminare la banchina da un capo all'altro. Non succedeva nulla e le sue mani ne tremavano.

Poi, all'improvviso, mentre continuava a ispezionare la stazione guardandosi continuamente indietro, intese, vicina, la voce di un impiegato del telegrafo che, tutto affannato, diceva:

« Signor Roubaud non sa dove sono il capostazione e il commissario?... Ho dei telegrammi per loro. Sono già dieci minuti che corro... »

Lui s'era voltato, talmente irrigidito che non un muscolo del viso si muoveva. I suoi occhi fissarono i due telegrammi recati dall'impiegato, e ora, di fronte all'eccitamento di quest'ultimo, ebbe la certezza che la catastrofe stava per scoppiare.

« Il signor Dabadie, è passato poco fa » disse tranquillamente.

E mai s'era sentito così distaccato, con la mente tanto chiara, concentrata nella difesa. In quel momento era sicuro di se stesso.

« Ecco! » riprese a dire « ecco che il signor Dabadie arriva. »

Infatti, il capostazione spuntava dalla "piccola velocità". Letto il telegramma, esclamò:

« C'è stato un delitto sulla ferrovia... Me lo telegrafa l'ispettore di Rouen. »

« Come? » chiese Roubaud « un assassinio fra il nostro personale? »

« No, no, di un viaggiatore, in un coupé... Il corpo è stato scaraventato quasi all'uscita della galleria di Malaunay, al chilometro 153... E la vittima è uno dei nostri amministratori, il presidente Grandmorin. »

A sua volta il sottocapo esclamò:

« Il presidente! Ah, come ne sarà addolorata la mia povera moglie! »

Il grido era così appropriato, così commosso, che Dabadie si fermò un istante.

« È vero, lei lo conosceva. Un così brav'uomo, eh? »

Poi, guardando l'altro telegramma, quello indirizzato al commissario:

« Questo dev'essere del giudice istruttore, certo per qualche formalità... E sono appena le nove e venticinque; il signor Cauche non c'è ancora, naturalmente... Lo mandi subito a cercare al café du Commerce, sul cours Napoléon. Non può essere che lì. »

Cinque minuti più tardi, accompagnato da un manovale, comparve Cauche. Ex ufficiale, considerava l'impiego come un collocamento in pensione e non appariva mai in stazione prima delle dieci: vi gironzolava per un poco e se ne tornava al caffè. Quel dramma scoppiato tra una partita e l'altra di picchetto, dapprima lo aveva sorpreso, le pratiche che gli passavano tra le mani essendo di solito di lieve entità. Ma il telegramma proveniva proprio dal giudice istruttore di Rouen; e se era giunto dodici ore dopo la scoperta del cadavere voleva dire che quel giudice in un primo momento aveva telegrafato a Parigi, al capostazione, per sapere in quali condizioni era partita la vittima; poi, messo al corrente del numero del treno e di quello della vettura, solo allora aveva inviato al commissario di sorveglianza l'ordine di visitare il coupé agganciato alla vettura 239 qualora quella vettura si trovasse ancora a Le Havre. Il pessimo umore che Cauche aveva mostrato per essere stato disturbato senza dubbio inutilmente, disparve all'istante, sostituito da un atteggiamento di massima gravità, proporzionato all'eccezionale importanza che il caso assumeva.

« Ma la vettura » gridò improvvisamente inquieto per la paura di vedersi sfuggire dalle mani l'inchiesta « non deve essere più qui, sarà ripartita stamani. »

Fu Roubaud che, con la sua aria calma, lo rassicurò.

« No, no, chiedo scusa... C'era un coupé trattenuto per stasera; la vettura è lì, sotto la rimessa. »

E si incamminò per primo seguito dal commissario e dal capostazione. Intanto la notizia aveva dovuto propagarsi, tanto vero che gli uomini della squadra, sornioni, abbandonato il lavoro, si misero anch'essi al seguito; mentre sulle porte dei vari uffici apparivano gli impiegati che, a uno a uno, finivano con l'avvicinarsi agli altri. Ben presto si formò un assembramento.

Arrivati davanti alla vettura, Dabadie formulò ad alta voce una sua riflessione:

« Iersera però c'è stata la visita di ispezione. Se fossero rimaste delle tracce le avrebbero segnalate nel rapporto. »

« Ora vedremo » disse Cauche.

Aprì lo sportello, salì sul coupé. E, nello stesso tempo, fuori dai gangheri si mise a gridare, bestemmiando.

« Ah, perdio! Si direbbe che abbiano sgozzato un maiale! »

Fra gli astanti aleggiò un leggero brivido di paura, le teste si rizzarono; e Dabadie, fra i primi, volendo vedere, si sollevò sul marciapiede, mentre dietro di lui Roubaud, per fare come gi altri allungava il collo.

Nell'interno del coupé non si notava disordine. I vetri erano rimasti chiusi, tutto sembrava a posto. Solo un terribile odore si effondeva dallo sportello aperto; e dentro, in mezzo a uno dei cuscini, una pozza di sangue scuro s'era coagulata, una pozza tanto profonda, tanto larga, che, come da una sorgente, ne era scaturito un ruscelletto andato a diffondersi nel tappeto. Alcuni grumi erano rimasti incrostati al panno. E nient'altro, nient'altro fuorché quel sangue nauseabondo.

Dabadie si arrabbiò.

« Dove sono gli uomini che hanno fatto l'ispezione iersera? Li si conduca qui. »

Essi erano proprio lì, e avanzarono balbettando delle scuse: di notte, come ci si poteva rendere conto? E, tuttavia, avevano messo mano dappertutto. Giurarono che la sera prima non s'erano accorti di nulla.

Frattanto Cauche, rimasto in piedi nella vettura, scriveva a matita gli appunti per il suo rapporto. Chiamò Roubaud, col quale volentieri si intratteneva nelle ore di ozio a fumare una sigaretta sulla banchina.

« Signor Roubaud, salga deve aiutarmi. »

E quando il sottocapo ebbe scavalcato il sangue del tappeto per non camminarvi sopra:

« Guardi sotto l'altro cuscino, se mai sia scivolato qualcosa. »

Roubaud sollevò l'altro cuscino, cercò con mano guardinga e con sguardi soltanto curiosi.

« Non c'è nulla. »

Ma una macchia sul panno imbottito della spalliera, attirò la sua attenzione, e la segnalò al commissario. Non si trattava dell'impronta sanguinante di un dito? No, finirono col mettersi d'accordo che doveva trattarsi di uno schizzo. Tutta la gente s'era avvicinata per seguire quell'esame, annusando il delitto, e si pigiava dietro il capostazione, che, per una ripugnanza di uomo delicato s'era fermato sul marciapiede. E, all'improvviso, fece un'osservazione:

« Dica, signor Roubaud, lei era sul treno, no? È rientrato proprio col direttissimo di iersera... Forse potrebbe darci dei chiarimenti, lei! »

« Già, è vero » esclamò il commissario. « Ha forse notato qualche cosa? »

Per tre o quattro secondi Roubaud se ne stette muto. In quel momento s'era chinato ed esaminava il tappeto. Ma quasi subito si sollevò, rispondendo con l'abituale tono di quella sua voce un po' baritonale.

« Sicuro, sicuro, vi dirò... Mia moglie era con me. Se quello che so deve figurare nel rapporto, preferirei che venisse qui per controllare quello che ricordo io con quel che ricorda lei. »

La richiesta parve del tutto ragionevole a Cauche, e Pecqueux, arrivato in quel momento, si offrì di andare a cercare la signora Roubaud. Si allontanò correndo, e vi fu un po' di attesa. Philomène, che era arrivata col fuochista, lo aveva seguito con lo sguardo, irritata che si fosse prestato a quell'incarico. Ma, avendo scorta la signora Lebleu, che s'affrettava con tutta la speditezza delle sue povere gambe gonfie, le si avvicinò a precipizio, e l'aiutò; le due donne levarono le mani al cielo prorompendo in esclamazioni, eccitate alla scoperta di un così abominevole delitto. Benché nessuno ancora sapesse assolutamente nulla, attorno a loro cominciarono a circolare certe versioni dei fatti, tra gesti e visi sgomenti. Dominando il brusio delle voci, Philomène, senza aver appreso la cosa da nessuno, affermava, con parola d'onore, che la signora Roubaud aveva visto l'assassino. E si fece il silenzio quando riapparve Pecqueux seguito da quest'ultima.

« La guardi un po' » mormorò la Lebleu. « Non la si direbbe proprio la moglie di un sottocapo, con la sua aria di principessa! Stamattina, prima che facesse giorno, era già così pettinata e stretta nel busto, come se dovesse andare a far visita. »

Séverine si avvicinò a piccoli passi regolari. V'era da percorrere tutto un lungo tratto di banchina sotto gli occhi che la guardavano avanzare; e lei non se ne sentiva affatto imbarazzata, sfiorava semplicemente con un fazzoletto gli occhi per il tremendo dolore provato nell'apprendere il nome della vittima. In un vestito di lana nera, elegantissima, pareva portasse il lutto per il suo protettore. I pesanti capelli scuri lucevano al sole, ché non s'era preoccupata di coprirsi il capo, nonostante il freddo. Commoventissima, con quei suoi occhi azzurri così dolci, angosciati e annebbiati di lacrime.

« Certo, ha ben ragione di piangere » disse Philomène a mezza voce. « Eccoli spacciati, ora che è stato ucciso il loro buon Dio. »

Quando Séverine fu lì, in mezzo a tutta quella gente davanti allo sportello aperto del coupé, Cauche e Roubaud stavano scendendo; e subito quest'ultimo cominciò a dire quel che sapeva.

« Non è così, cara? ieri mattina appena arrivati a Parigi, siamo andati a salutare il signor Grandmorin... Potevano essere le undici e un quarto, non è vero? »

La guardava fisso, e lei, con voce docile ripeté:

« Sì, le undici e un quarto. »

Ma il suo sguardo s'era fermato sul cuscino nero di sangue; ebbe uno spasimo e dalla sua gola proruppero profondi singhiozzi. Il capostazione, commosso, premuroso intervenne:

« Signora, se non riesce a sopportare questo spettacolo... Comprendiamo benissimo il suo dolore... »

« Oh, soltanto due parole » interruppe il commissario. « Faremo subito accompagnare a casa la signora. »

Roubaud si affrettò a continuare:

« Già, dopo aver parlato di varie cose, il signor Grandmorin annunciò che sarebbe partito il giorno dopo per recarsi a Doinville, da sua sorella... Lo vedo ancora seduto dietro la scrivania. Io ero qui, mia moglie lì... Ti ricordi, cara, che ci disse che sarebbe partito il giorno dopo? »

« Sì, l'indomani. »

Cauche, che con la matita continuava a tracciare rapidi appunti, sollevò il capo.

« Come sarebbe a dire il giorno dopo, se partì la sera! »

« Un momento! » replicò il sottocapo. « Quando seppe però che noi saremmo ripartiti la sera, di colpo ebbe l'idea di prendere insieme il direttissimo, qualora mia moglie avesse acconsentito a seguirlo a Doinville per trascorrere qualche giorno con sua sorella, come era avvenuto altre volte. Ma mia moglie, che aveva molto da fare, rifiutò... Non è vero che rifiutasti? »

« Sì, rifiutai. »

« E poi fu molto gentile... Si interessò di me, ci accompagnò sino alla porta dello studio... Non è così, cara? »

« Sì, sino alla porta. »

« La sera partimmo... Prima di prender posto nel nostro scompartimento, chiacchierai col capostazione Vandorpe. E non notai assolutamente nulla. Ero molto seccato, credevo che fossimo soli, e invece in un angolo c'era una signora che non avevo vista; e poi, per di più, all'ultimo momento salirono altre due persone, marito e moglie... Sino a Rouen, niente di particolare... A Rouen, siamo scesi per sgranchirci le gambe, e quale non fu la nostra sorpresa nello scorgere alla distanza di tre o quattro vetture dalla nostra il signor Grandmorin, in piedi dinanzi allo sportello del coupé! "Ma allora, presidente, lei è partito! Benone, e noi che non pensavamo affatto di viaggiare con lei." Lui ci spiegò di aver ricevuto un telegramma... Il fischio del treno, e salimmo sul nostro scompartimento, dove, tra prarentesi, non trovammo più nessuno; i nostri compagni di viaggio s'erano fermati a Rouen, e la cosa non ci addolorò davvero... Ecco, è proprio tutto qui, vero, cara? »

« Sì, tutto qui. »

Quel resoconto, pur così semplice, aveva impressionato l'uditorio. Tutti, a bocca aperta, si sforzavano di comprendere. Il commissario, smise di scrivere, ed espresse la sorpresa generale domandando:

« E siete sicuri che con Grandmorin non vi fosse nessuno, nel coupé? »

« In quanto a questo, sicurissimi. »

Corse un fremito. Quel mistero adombrato suscitò paura, un leggero brivido che ognuno sentì passare sulla nuca. Se il viaggiatore era solo, chi aveva potuto assassinarlo e scaraventarlo dal coupé a tre leghe di distanza, prima di una nuova fermata del treno?

Nel silenzio si udì la voce sgradevole di Philomène:

« Ad ogni modo è strano. »

Sentendosi squadrato, Roubaud le rispose con un cenno del mento, come per dire che anche lui trovava strana la cosa. Vicino a lei scorse Pecqueux e la Lebleu, che a loro volta scuotevano la testa. Tutti gli occhi erano rivolti su di lui ci si attendeva dell'altro, si cercava di tirar fuori dalle sue parole un particolare dimenticato che potesse far luce sul delitto. In quegli sguardi ardentemente curiosi non c'era alcuna accusa, e tuttavia lui credette di vedere spuntare un vago dubbio, quel dubbio che il più piccolo fatto trasforma talvolta in certezza.

« Straordinario » mormorò Cauche.

« Proprio straordinario » ripeté Dabadie.

Allora Roubaud non frappose indugi:

« Inoltre sono ben sicuro che il direttissimo, il quale da Rouen ferma solo a Barentin, preseguì a velocità regolamentare, senza che io abbia potuto rilevare nulla di anormale... Dico questo perché, essendo soli, abbassai il finestrino per fumare una sigaretta; e rivolsi uno sguardo fuori rendendomi conto perfettamente di tutti i rumori del treno... Inoltre, a Barentin, avendo riconosciuto sulla banchina il capostazione Bessière, mio successore, lo chiamai e scambiammo due parole, mentre lui, salito sul marciapiede, mi stringeva la mano... Non è così, cara? lo si può interrogare, Bessière lo dirà. »

Séverine, sempre immobile e pallida, il viso pieno di sconforto, confermò ancora una volta la dichiarazione del marito.

« Sì, lo dirà. »

Da quel momento tutte le accuse divenivano assurde, dato che i Roubaud, risaliti a Rouen nel loro scompartimento erano stati salutati da un amico a Barentin. L'ombra del sospetto che il sottocapo aveva creduto di cogliere negli occhi di tutti, era scomparsa, e lo stupore di ognuno cresceva. Il delitto assumeva una piega sempre più misteriosa.

« Vediamo » disse il commissario « siete ben sicuri che nessuno a Rouen sia potuto salire nel coupé, dopo che avete lasciato Grandmorin? »

Roubaud, evidentemente, non aveva prevista quella domanda, e per la prima volta si turbò non avendo preparato in anticipo la risposta. Guardò esitante la moglie.

« Oh, non lo credo proprio... Chiudevano gli sportelli, risuonava il fischio, abbiamo avuto appena il tempo di raggiungere la nostra vettura... E poi, il coupé era riservato, e nessuno poteva salirvi, mi pare... »

Ma gli occhi azzurri della moglie si spalancarono, divennero tanto grandi, che lui si spaventò di dare una risposta affermativa.

« Insomma, non so. Sì, può darsi che qualcuno sia riuscito a salire... C'era un vero pigia pigia... »

E man mano che parlava, la sua voce si rifaceva sicura, tutta quella nuova storia prendeva corpo, si consolidava.

« Capisce, per le feste di Le Havre, la folla era enorme... Noi siamo stati obbligati a difendere il nostro scompartimento contro i viaggiatori di seconda e anche di terza classe... A questo bisogna aggiungere che la stazione è male illuminata, non si riusciva a vedere nulla, spingevano, gridavano nella ressa della partenza... In fin dei conti è possibilissimo che, non sapendo dove prender posto, o approfittando dell'affollamento, qualcuno si sia introdotto di forza nel coupé all'ultimo momento. »

E, interrompendosi:

« Vero, cara? dev'essere andata così. »

Séverine, con l'aria affranta e il fazzoletto sugli occhi pesti, ripeté:

« Certamente, dev'essere andata così. »

Dal quel momento la pista era indicata; e senza pronunciarsi, il commissario di vigilanza e il capostazione, si scambiarono uno sguardo di intesa. Un intenso movimento aveva agitato la folla, la quale sentiva che l'inchiesta era finita ed ora era tormentata da un bisogno di commenti: immediatamente circolarono le supposizioni, ciascuno aveva da dire la sua. Da un po' il servizio della stazione era come se fosse stato sospeso, tutto il personale era lì, ossessionato da quel dramma; e fu con sorpresa che si vide entrare sotto la pensilina il treno delle nove e trentotto. Gli addetti vi accorsero, aprirono gli sportelli, la folla dei viaggiatori defluì. Tuttavia quasi tutti i curiosi erano rimasti attorno al commissario, che per uno scrupolo di uomo metodico, stava visitando per l'ultima volta il coupé insanguinato.

Pecqueux, che si scalmanava tra la Lebleu e Philomène, scorse in quel momento il suo macchinista, Jacques Lantier, il quale sceso dal treno, se ne stava immobile a guardare da lontano l'assembramento. Gli rivolse un gran gesto di richiamo. Jacques dapprima non fece una piega, ma infine si decise e si mise a camminare lentamente.

« Che succede? » domandò al fuochista.

Sapeva tutto, e ascoltò distratto la notizia dell'assassinio e le supposizioni della gente. Si sentiva sorpreso e stranamente scosso, soprattutto, per esser capitato nel bel mezzo di quell'inchiesta, per aver ritrovato quel coupé appena intravisto nel buio, lanciato a tutta corsa. Allungò il collo, guardò il lago di sangue raggrumato sul cuscino; e intanto rivedeva la scena del delitto, rivedeva specialmente il cadavere steso di traverso sui binari, laggiù, con la gola squarciata. Poi, distogliendo lo sguardo, notò i Roubaud, mentre Pecqueux continuava a raccontargli la storia, in che maniera questi ultimi erano immischiati nella faccenda, la loro partenza da Parigi nello stesso treno della vittima, le ultime parole che avevano scambiato a Rouen. Conosceva l'uomo per avergli stretta la mano alcune volte da quando prestava servizio sul direttissimo; aveva intravisto di tanto in tanto la donna, e s'era tenuto lontano da lei, come dalle altre, nella sua morbosa paura. Ma, in quel momento, piangente e pallida, con la sgomenta dolcezza degli occhi azzurri sotto la massa dei capelli scuri, lo commosse. Non l'abbandonò più con lo sguardo e per un momento perse la memoria; si chiese, stordito, perché i Roubaud e lui fossero lì e come gli avvenimenti avessero potuto riunirli in quella vettura del delitto, essi di ritorno da

Parigi il giorno prima, lui tornato da Barentin in quel preciso momento.

« Lo so, lo so » disse interrompendo ad alta voce il fuochista. « Ero proprio laggiù, all'uscita della galleria, ieri notte, e mi è sembrato di scorgere qualche cosa, nel momento in cui il treno è passato. »

Tutti rimasero molto turbati e lo circondarono. E lui per primo aveva rabbrividito, sorpreso, sconvolto da quel che aveva detto. Perché, dopo essersi proposto fermamente di tacere, aveva parlato? Tante buone ragioni gli consigliavano il silenzio! E, invece, inconsciamente, le parole gli erano uscite di bocca, mentre guardava quella donna. Lei, di colpo, aveva messo via il fazzoletto per fissare su di lui gli occhi resi ancor più grandi dalle lacrime.

Ma il commissario si era prontamente avvicinato.

« Che cosa? Che cos'ha visto? »

E Jacques, sotto lo sguardo immobile di Séverine, disse quel che aveva visto: la carrozza illuminata sfrecciante nella notte a tutta velocità e lo sfuggente profilo di due uomini, l'uno riverso, l'altro con in mano un coltello. Vicino alla moglie, Roubaud ascoltava, fissando gli occhi su di lui.

« Allora » domandò il commissario « riconoscerebbe l'assassino? »

« Oh, questo no, non credo affatto. »

« Indossava un paltò o era in camicia? »

« Non potrei affermare nulla. Pensate, un treno che doveva marciare a una velocità di ottanta chilometri! »

Séverine, involontariamente, scambiò uno sguardo con Roubaud, che ebbe la forza di dire:

« Infatti, occorrerebbe avere una vista straordinaria. »

« Non importa » concluse Cauche « ecco una deposizione importante. Il giudice istruttore l'aiuterà a veder chiaro in tutta questa faccenda.. Signor Lantier e signor Roubaud, datemi con esattezza i vostri nomi per la citazione. »

Non c'era altro; il gruppo dei curiosi si disperse un po' per volta, il servizio della stazione fu riattivato. Specie Roubaud dovette correre e occuparsi del treno omnibus delle nove e cinquanta sul quale già salivano i viaggiatori. Aveva stretto la mano a Jacques con più vigore del solito; e questi, rimasto solo con Séverine, dietro la Lebleu, Pecqueux e Phi-

97

lomène, che se ne andavano bisbigliando, s'era creduto in obbligo di accompagnare la giovane signora sotto la pensilina, sino alla scala degli impiegati, senza riuscire a trovar nulla da dirle, eppure trattenuto presso di lei come se un legame si fosse annodato fra loro due. Ora lo splendore della giornata s'era fatto più vivo, il sole sfolgorante saliva vittorioso dalle brume del mattino nella grande limpidezza azzurra del cielo mentre il vento di mare, prendendo forza con l'alta marea, recava la sua fresca salsedine. E quando infine lui la lasciò, di nuovo incontrò quei grandi occhi, dalla cui atterrita e supplicante dolcezza era stato così profondamente scosso.

Si udì un leggero colpo di fischietto. Era Roubaud che dava il segnale della partenza. La locomotiva rispose con un fischio prolungato, e il treno delle nove e cinquanta si mise in moto, accelerò, scomparve in lontananza nel pulviscolo d'oro del sole.

IV

Quel giorno, nella seconda settimana di marzo, il giudice i-
struttore Denizet aveva di nuovo ingiunto ad alcuni importanti testimoni del processo Grandmorin di presentarsi nel
suo gabinetto al Palazzo di Giustizia di Rouen.

Da tre settimane quel delitto faceva un enorme scalpore.
Aveva messo a soqquadro Rouen, appassionava Parigi, e i
giornali d'opposizione, nella violenta campagna inscenata
contro l'Impero, l'avevano assunto come arma di guerra. La
lotta era arroventata dall'approssimarsi delle elezioni generali, la cui preoccupazione dominava tutta la politica. Sedute
tempestose s'erano svolte alla Camera: quella in cui era stata
aspramente discussa la convalida di due deputati legati alla
persona dell'imperatore; e ancora quella in cui ci si era scagliati contro la gestione finanziaria del prefetto della Senna,
reclamando l'elezione di un consiglio municipale. E il delitto
Grandmorin arrivava al punto giusto per alimentare l'agitazione. Circolavano le più strane storielle, ogni mattina i
giornali abbondavano di nuove ipotesi ingiuriose per il
governo. Da una parte si lasciava intendere che la vittima,
intimo delle Tuileries, ex magistrato, commendatore della
Legion d'onore, ricco a milioni, era dedito alle peggiori dis-
solutezze; dall'altra, non avendo l'indagine istruttoria appro-
dato a nulla fino a quel momento, si cominciava ad accusare
la polizia e la magistratura di compiacenze, si celiava su quel
leggendario assassino, rimasto inafferrabile. Pur essendoci molta verità in quegli attacchi, era piuttosto duro sop-
portarli.

Perciò Denizet sentiva appieno la grave responsabilità che
pesava su di lui. A sua volta si appassionava, tanto più per-

ché era ambizioso; ardentemente aveva atteso un caso di quell'importanza per mettere in luce le alte qualità di perspicacia e di energia che amava attribuirsi. Figlio di un grosso allevatore normanno, aveva studiato legge a Caen, ed era entrato in magistratura solo molto tardi, avendo trovato difficoltà nella carriera a causa delle sue origini contadine aggravate da un fallimento del padre. Sostituto a Bernay, a Dieppe, a Le Havre, aveva impiegato dieci anni per diventare procuratore imperiale a Pont-Audemer. Inviato poi come sostituto a Rouen, da diciotto mesi, a cinquant'anni suonati, copriva la carica di giudice istruttore. Senza mezzi, sballottato da esigenze che non potevano essere sanate dal magro stipendio, viveva in quella subordinazione della magistratura mal ricompensata, accettata solo dai mediocri, mentre i furbi si divoravano in attesa di farsi corrompere. Lui era di vivissima e sottilissima intelligenza e per di più onesto, innamorato della professione, inebriato dell'alto potere che gli consentiva nel suo gabinetto di giudice di essere l'arbitro assoluto della libertà degli altri. La passione era corretta soltanto dall'interesse, aveva un così cocente desiderio di ottenere una onorificenza e di essere trasferito a Parigi, che dopo essersi lasciato trascinare il primo giorno dell'istruttoria dall'amore della verità, ora procedeva con estrema prudenza, temendo che da ogni lato vi fossero dei trabocchetti nei quali il suo avvenire sarebbe potuto affondare.

Bisogna dire che sin dall'inizio dell'inchiesta Denizet era prevenuto, avendogli un amico consigliato di recarsi a Parigi al ministero della Giustizia. Qui aveva a lungo discusso col segretario generale, Camy-Lamotte, personaggio importante, capo del personale, incaricato delle nomine e in continuo rapporto con le Tuileries. Bell'uomo, aveva iniziato come lui da sostituto, ma era stato nominato deputato e grande ufficiale della Legion d'onore per le sue relazione e anche per merito di sua moglie. Naturalmente la causa gli era capitata fra le mani, avendo il procuratore imperiale di Rouen, inquieto del torbido dramma di cui era stato vittima un vecchio magistrato, adottato la precauzione di riferirne al ministro, che, a sua volta, se ne era scaricato sul segretario generale. E qui una coincidenza: Camy-Lamotte era proprio un vecchio condiscepolo del presidente Grandmorin, più giovane di qualche anno, rimasto con lui in rapporti di così stretta amicizia da conoscerlo a fondo, finanche nei vizi. Perciò parlava della tragica morte dell'amico con profondo dolore, e nell'intrattenere Denizet non aveva fatto altro che esternare il suo ardente desiderio di acciuffare il colpevole. Ma non aveva nascosto però che alle Tuileries erano molto dispiaciuti di tutto quel chiasso sproporzionato, e si erano permessi di raccomandargli molto tatto. Insomma, il giudice aveva capito che avrebbe fatto bene a non aver fretta, e a non tentare nulla senza preliminare approvazione. E allo stesso tempo era tornato a Rouen con la convinzione che, da parte sua, il segretario generale aveva sguinzagliato i suoi agenti, desideroso di istruire anche lui il processo. Si voleva conoscere la verità per nasconderla meglio, se fosse stato necessario.

Trascorsero intanto alcuni giorni e Denizet, nonostante si fosse sforzato di pazientare, si arrabbiava per le facezie della stampa. Poi, in lui, la riebbe vinta il poliziotto, e si mise naso al vento come un buon cane. Era assillato dal bisogno di trovare la vera pista, per gloriarsi di essere stato il primo ad annusarla, anche se gli fosse stato impartito l'ordine di abbandonarla. E, nell'attesa di una lettera, di un consiglio, di un semplice cenno, che tardava a venire dal ministero, di nuovo s'era dedicato attivamente alla sua istruttoria. Di due o tre arresti, già eseguiti, nessuno aveva potuto esser mantenuto. Ma, all'improvviso, l'apertura del testamento del presidente Grandmorin, risvegliò in lui un sospetto dal quale s'era sentito sfiorare sin dalle prime ore: l'eventuale colpevolezza dei Roubaud. Quel testamento rimpinzato di strani lasciti, ne conteneva uno col quale Séverine era nominata legataria della casa situata in località denominata Croix-de-Maufras. Di conseguenza il movente dell'omicidio, inutilmente ricercato sino a quel momento, era trovato: i Roubaud, conoscendo il lascito, potevano aver assassinato il loro benefattore per essere immessi nell'immediato godimento. La cosa lo ossessionava, tanto più che Camy-Lamotte aveva parlato insistentemente della signora Roubaud, conosciuta una volta da ragazza in casa del presidente. Però, quante cose inverosimili, impossibili materialmente e moralmente! Da quando indirizzava le indagini in quel senso urtava a ogni passo contro fatti che disorientavano la sua concezione di un'inchiesta giudiziaria classicamente portata a termine. Nulla veniva in chiaro, mancava l'illuminante nucleo centrale, la causa prima che fa luce su tutto.

C'era pure un'altra pista che Denizet non aveva perduto di vista, la pista fornita dallo stesso Roubaud: quella dell'uomo che, approfittando della confusione della partenza, poteva essere salito sul coupé. Si trattava del famoso assassino introvabile, leggendario, che faceva sghignazzare tutti i giornali dell'opposizione. In un primo momento l'istruttoria aveva puntato sulla segnalazione di quell'uomo a Rouen, da dove sarebbe partito, e a Barentin, dove sarebbe disceso, ma nulla di preciso era risultato; alcuni testimoni negavano perfino la possibilità che un coupé riservato potesse essere preso d'assalto, altri fornivano le più contraddittorie informazioni. E la pista pareva non dovesse approdare a nulla di concreto, allorché il giudice, nell'interrogare il casellante Misard, senza volere apprese la drammatica avventura di Cabuche e di Louisette, di quella ragazza che, violentata dal presidente, sarebbe andata a morire in casa del suo buon amico. Fu per lui come un colpo di fulmine, e nella sua mente prese consistenza il classico atto di accusa. C'erano tutti gli elementi: minacce di morte pronunciate dal cavapietre contro la vittima, incresciosi precedenti, un alibi invocato goffamente e impossibile da comprovare. In un momento di forte ispirazione, in segreto, aveva fatto prelevare il giorno prima Cabuche dalla casetta, quasi una tana, dove egli viveva sperduto in mezzo ai boschi, e qui era stato trovato un pantalone macchiato di sangue. E pur diffidando ancora della convinzione che gli si faceva strada, pur proponendosi di non abbandonare l'ipotesi dei Roubaud, esultava all'idea che soltanto lui aveva avuto un fiuto tanto sottile da scoprire il vero assassino. Ed era al fine di pervenire a una certezza che quel giorno aveva convocato nel suo gabinetto alcuni testimoni già ascoltati il giorno dopo il delitto.

Il gabinetto del giudice istruttore si trovava dal lato di rue Jeanne-d'Arc, nel vecchio scalcinato fabbricato addossato di fianco all'antico palazzo dei duchi di Normandia, trasformato ora in palazzo di giustizia, con nessun decoro. Quella grande malinconica stanza, a pianterreno, era rischiarata da una luce così smorta, che d'inverno, alle tre occorreva accendere una lampada. Tappezzata con una vecchia carta di un verde scolorito, tutto il mobilio consisteva in due poltrone, quattro sedie, la scrivania del giudice, il tavolino del cancelliere; sul gelido caminetto, ai lati di una pendola in marmo nero, due coppe di bronzo. Dietro la scrivania, una porta immetteva in un'altra stanza, nella quale il giudice faceva sostare a volte le persone che voleva avere a disposizione; la porta di entrata, invece, si apriva direttamente su un largo corridoio con panchette per l'attesa dei testimoni.

Dalla una e mezzo, benché la citazione non fosse che per le due, i Roubaud erano lì. Arrivati da Le Havre, avevano avuto appena il tempo di far colazione in un ristorantino della Grande-Rue. Vestiti di nero tutti e due, lui in palandrana, lei in abito di seta, come una dama, avevano l'atteggiamento grave, un po' stanco e addolorato di una famiglia cui è morto un parente. Lei si era seduta su una panchetta, immobile, senza pronunciare parola, mentre il marito, in piedi, le mani dietro la schiena, andava in su e in giù. E ogni volta che se la trovava di fronte, i loro sguardi si incrociavano e affiorava allora l'ansia repressa di entrambi, come un'ombra sui visi muti. Benché li avesse colmati di gioia, il lascito della Croix-de-Maufras veniva ad acutizzare la paura; perché la famiglia del presidente, specie la figlia, indignata dalle strane donazioni, numerosissime tanto da comprendere metà di tutto il patrimonio, parlava di invalidare il testamento; e la signora di Lachesnaye, spinta dal marito, si mostrava particolarmente ostile verso la sua vecchia amica Séverine, sulla quale addossava i più gravi sospetti. D'altra parte, il pensiero di una prova alla quale Roubaud in un primo momento non aveva fatto caso, li faceva spasimare di una incessante paura: la lettera che lui aveva fatto scrivere alla moglie affinché Grandmorin si decidesse a partire; quella lettera sarebbe stata ritrovata, qualora non fosse stata distrutta, e si sarebbe potuto riconoscerne la scrittura. Per fortuna passavano i giorni e niente ancora era avvenuto, la lettera doveva essere stata stracciata. Ma ogni nuova convocazione nel gabinetto del giudice istruttore non procurava pertanto alla coppia meno sudori freddi, pur sotto l'irreprensibile comportamento di ereditieri e di testimoni. Scoccarono le due.

Apparve a sua volta Jacques. Arrivava da Parigi. Subito Roubaud gli andò incontro, la mano tesa, molto espansivo.

« Ah, hanno scomodato anche lei... Beh, è seccante questa triste faccenda che non finisce più! »

Jacques, nello scorgere Séverine, sempre seduta e immobile, si fermò di colpo. Da tre settimane, ogni due giorni, in ogni suo viaggio a Le Havre, il sottocapo lo colmava di gentilezze. E una volta aveva dovuto accettare perfino un invito a colazione. E accanto alla giovane donna era stato colto da un brivido e da un crescente turbamento. Stava per volere anche quella? Il cuore gli batteva, le mani gli scottavano solo a vedere la bianca linea del collo intorno all'incavo del corsetto. Perciò ormai aveva deciso fermamente di sfuggirla.

« E che cosa dicono a Parigi di quest'affare? » riprese Roubaud. « Niente di nuovo, non è così? Vedete bene che non sanno nulla e non sapranno mai nulla... Venite a salutare mia moglie. »

Lo spinse, e Jacques dovette avvicinarsi e salutare Séverine, impacciato, sorridente, con la sua aria di ragazzo spaurito. Si sforzò di parlare del più e del meno sotto gli sguardi dei due coniugi che non lo abbandonavano, come se essi si fossero proposti di leggere al di là del suo stesso pensiero, nel vago fantasticare da cui lui stesso esitava a liberarsi. Perché era così freddo? perché sembrava cercasse di evitarli? Era forse perché i suoi ricordi si svegliavano, ed era per porli a confronto con lui che li avevano convocati? Quell'unico, temuto testimone, avrebbero voluto conquistarlo, avvincerlo con legami di intima fraternità affinché non avesse più il coraggio di parlare contro di loro.

E il sottocapo, oppresso, ritornò a discorrere del delitto.

« Allora, non immagina per quale ragione ci hanno convocati? Beh, possibile che ci sia qualche cosa di nuovo? »

Jacques fece un gesto di indifferenza.

« Poco fa, quando sono arrivato, correva una voce in stazione. Parlavano di un arresto. »

I Roubaud, agitatissimi e molto perplessi, si meravigliarono. Come mai un arresto? nessuno gliene aveva fatto parola. Un arresto eseguito o da eseguire? Lo tempestarono di domande, ma lui non ne sapeva di più.

In quel momento un fruscio di passi nel corridoio svegliò l'attenzione di Séverine.

« Ecco Berthe e suo marito » mormorò.

Infatti erano i Lachesnaye. Passarono con fare molto sostenuto davanti ai Roubaud, e la donna non rivolse neppure uno sguardo alla vecchia compagna. Un usciere li introdusse immediatamente nel gabinetto del giudice istruttore.

« Ma bene! Occorre armarci di pazienza » disse Roubaud. « Siamo qui da oltre due ore... Allora, non si siede? »

Si era seduto anche lui, a sinistra di Séverine, e con un cenno della mano invitava Jacques a sedere all'altro lato, accanto a lei. Il macchinista restò per un momento ancora in piedi. Poi, siccome la donna lo guardava con la sua aria dolce e spaurita, si lasciò andare sulla panchetta. In mezzo a loro, era fragilissima, e lui la sentiva sottomessa e piena di tenerezza; il leggero tepore che durante la lunga attesa si effuse da quella donna, lentamente valse a intorpidirlo dalla testa ai piedi.

Nel gabinetto di Denizet erano incominciati gli interrogatori. Già l'istruttoria aveva fornito materia per un foltissimo incartamento, un'infinità di fogli custoditi in cartelle azzurre. Si era cercato di seguire la vittima dalla partenza da Parigi. Il capostazione Vandorpe aveva deposto sulla partenza del direttissimo delle sei e trenta, la vettura 293 agganciata all'ultimo momento, le poche parole scambiate con Roubaud salito sullo scompartimento poco prima dell'arrivo del presidente Grandmorin, infine la sistemazione di questi nel coupé, nel quale certamente era solo. Poi, il controllore del treno, Henri Dauvergne, interrogato su quanto s'era svolto a Rouen durante la fermata di dieci minuti, non aveva potuto affermare alcunché. Aveva visto i Roubaud discorrere davanti al coupé, e credeva senz'altro che fossero tornati nel loro scompartimento, il cui sportello era stato chiuso da un sorvegliante; ma tutto restava nel vago tra l'accavallarsi della folla e la semioscurità della stazione. Quanto a pronunciarsi se un uomo, il famoso introvabile assassino, fosse potuto irrompere nel coupé al momento della partenza, credeva la cosa poco verosimile, pur ammettendone la possibilità; da quanto era a sua conoscenza, un fatto simile s'era verificato già due volte. Altri impiegati del personale di

Rouen, interrogati a loro volta sugli stessi punti, anziché portare qualche chiarimento, avevano imbrogliato le cose con risposte contraddittorie. Intanto un fatto accertato era la stretta di mano di Roubaud dall'interno della vettura al capostazione di Barentin, salito sul marciapiede: questo capostazione, il signor Bessière, aveva confermato, e aveva aggiunto che il collega era solo con la moglie, la quale, semisdraiata, pareva dormisse tranquillamente. Per di più ci si era preoccupati di ricercare i viaggiatori partiti da Parigi nello stesso scompartimento dei Roubaud. Il donnone e l'omone, giunti tardi, all'ultimo minuto, borghesi di Petit-Couronne, avevano dichiarato che si erano immediatamente assopiti e perciò non potevano dir nulla; e quanto alla donna bruna, muta nel suo cantuccio, era stato impossibile rintracciarla, essendosi dissolta come un'ombra. C'erano poi altri testimoni, gentucola, per mezzo dei quali era stato possibile stabilire l'identità dei viaggiatori scesi quella sera a Barentin, l'uomo infatti doveva essersi fermato lì: si erano contati i biglietti e si era arrivati a individuare tutti i viaggiatori, salvo uno, proprio un pezzo d'uomo, il capo ravvolto in un fazzoletto azzurro, che, secondo alcuni indossava un paltò, e secondo altri un giubbotto. Solo su quest'uomo, sparito, svanito come un sogno, nell'incartamento v'erano trecentodieci fogli, ma la confusione era tale che ogni testimonianza risultava smentita da un'altra.

E il fascicolo si inzeppava ancora di più con i documenti giudiziari: il verbale di constatazione redatto dal cancelliere giunto sul luogo del delitto col procuratore imperiale e col giudice istruttore, tutta una lunghissima descrizione del punto della ferrovia dove la vittima giaceva, la posizione del cadavere, il vestito, gli oggetti trovati nelle tasche, che ne avevano stabilito l'identità; il verbale del medico, ugualmente convocato, un resoconto in termini scientifici in cui era lungamente descritta la ferita alla gola, l'unica ferita, uno spaventoso foro praticato con uno strumento tagliente, di certo un coltello; e altri verbali, altri documenti sul trasporto del cadavere all'ospedale di Rouen, sul tempo che vi aveva sostato, prima che la decomposizione, eccezionalmente rapida, avesse costretto l'autorità a restituirlo alla famiglia. Ma in questo nuovo ammasso di scartoffie, soltanto due o tre punti erano importanti. Prima di tutto, nelle tasche non erano stati ritrovati né l'orologio né un piccolo portafogli nel quale dovevano esserci dieci biglietti da mille franchi, somma dovuta dal presidente Grandmorin alla sorella, la signora Bonnehon, e che questa attendeva. Poteva dunque sembrare che il delitto avesse avuto per scopo la rapina, se, d'altra parte, un anello con un grosso brillante non fosse rimasto al dito. Di qui tutta una serie di ipotesi. Disgraziatamente non si conoscevano i numeri dei biglietti di banca, ma l'orologio era conosciuto, un orologio molto robusto da tasca, con incise sulla cassa le due iniziali intrecciate del presidente, e, nell'interno, un numero di fabbricazione: 2516. Infine, l'arma, il coltello del quale s'era servito l'assassino, era stata affannosamente ricercata, lungo la ferrovia, tra i vicini cespugli, dappertutto dove avrebbe potuto essere stata gettata; risultato nullo, l'assassino aveva dovuto riporre il coltello nello stesso nascondiglio dei biglietti di banca e dell'orologio. Un centinaio di metri prima della stazione di Barentin era stata raccolta soltanto la coperta da viaggio della vittima, abbandonata lì come un oggetto compromettente; e ora figurava tra i corpi di reato.

Quando i Lachesnaye entrarono, Denizet, in piedi davanti alla scrivania, rileggeva uno dei primi interrogatori che il cancelliere gli aveva pescato nel fascicolo. Era un uomo di piccola statura, ma robustissimo, completamente rasato, con i capelli già grigi. Le guance pesanti, il mento quadrato, il naso largo, erano di una smorta immobilità, accentuata ancor di più dalle pesanti palpebre ricadenti a metà sui grossi occhi chiari. Ma tutta la sagacità, tutta l'abilità che lui credeva di possedere, s'erano concentrate nella bocca, una di quelle bocche di commediante quando in pubblico fan mostra dei loro sentimenti, di una eccezionale mobilità, e che, nei momenti in cui diventava molto acuto, si assottigliava. La finezza spesso gli nuoceva, era troppo perspicace, giocava troppo a rimpiattino con la semplice e autentica verità, secondo un ideale professionale, essendosi ispirato nella sua funzione a un tipo di anatomista morale, dotato di una doppia vista, estremamente cerebrale. Tuttavia non era neppure uno sciocco.

Subito si mostrò molto gentile con la signora Lachesnaye,

essendo oltre tutto un magistrato mondano, assiduo della società di Rouen e dintorni.

« Si accomodi, signora. »

E lui stesso porse la sedia alla giovane signora, una biondina malaticcia, dell'aria sgradevole e laida, vestita a lutto. Ma col signor di Lachesnaye, anche lui biondo e mingherlino, fu semplicemente corretto con una punta perfino di un po' d'arroganza; perché quell'ometto, consigliere di corte all'età di trentasei anni, decorato grazie all'influenza del suocero e ai servigi resi dal padre, anch'egli magistrato, nelle commissioni miste *, rappresentava ai suoi occhi la magistratura nepotista, la magistratura danarosa, i mediocri che vi si insediavano, sicuri di compiere, per le loro parentele e i loro quattrini, un rapido cammino; mentre lui, povero, senza protezione, era ridotto a piegare la proverbiale schiena del sollecitatore, sotto la pietra sempre ricadente dell'avanzamento. Perciò non gli dispiaceva di fargli sentire in quella stanza tutta la sua potenza, l'assoluto potere che esercitava sulla libertà di tutti, al punto da poter con una parola tramutare un testimone in accusato e procedere, se gli veniva l'uzzolo, al suo immediato arresto.

« Signora » continuò a dire « mi perdonerà se devo ancora torturarla con questa dolorosa vicenda. So che lei si augura vivamente, al pari di noi, che venga fatta luce e che il colpevole espii il suo delitto. »

Fece un cenno al cancelliere, un giovanottone dalla cera gialla e dal viso ossuto, e l'interrogatorio ebbe inizio.

Ma sin dalle prime domande rivolte alla moglie, il signor di Lachesnaye, che s'era seduto vedendo che non lo si invitava, si prefisse di sostituirsi a lei. E venne a spifferare tutta la sua amarezza contro il testamento del suocero. Era possibile una cosa simile? lasciti tanto numerosi e tanto importanti da raggiungere quasi la metà del patrimonio, un patrimonio di tre milioni e settecentomila franchi! E a persone per la mag-

---

* Organismi istituiti nel febbraio 1852, dopo il colpo di Stato di Luigi Napoleone, allo scopo di centralizzare nelle prefetture i documenti delle persone segnalate come pericolose per la sicurezza del nuovo regime. Le pene pronunciate potevano consistere nella deportazione in Caienna o in Algeria per un lungo periodo o a vita, il rinvio al tribunale correzionale o al consiglio di guerra. [N.d.T.]

gior parte sconosciute, a donne di tutte le condizioni! V'era persino una piccola fioraia che vendeva violette sotto un portone di rue de Rocher. Era inaccettabile, e lui aspettava che l'istruttoria del delitto fosse chiusa per vedere se non vi fosse il mezzo di far invalidare quel testamento immorale.

Mentre si sfogava a quel modo, a denti stretti, offrendo la dimostrazione di quanto fosse sciocco, del provinciale testardo accecato dall'avarizia, Denizet lo guardava con i suoi grossi occhi chiari seminascosti, e la bocca sottile esprimeva un geloso sdegno per quell'impotente cui non bastavano due milioni, e che un giorno, senza dubbio, a lui sarebbe toccato di vederlo ricoperto dalla porpora suprema in grazia di quella ricchezza.

« Signore, credo che abbia torto » disse alla fine. « Il testamento potrebbe essere invalidato solo se il totale dei legati superasse la metà del patrimonio, cosa che qui non avviene. »

Poi, volgendosi al cancelliere:

« Dica, Laurent, mi pare non sia il caso di scrivere tutto questo. »

Con un debole sorriso il cancelliere, da uomo comprensivo, lo rassicurò.

« Ma in fin dei conti », riprese a dire Lachesnaye con maggiore asprezza « spero non si creda che io abbia intenzione di lasciare la Croix-de-Maufras a quei Roubaud. Un regalo simile alla figlia di un domestico! E per quale ragione, a quale titolo? Che poi, se è provata una loro partecipazione al delitto... »

« Lo crede veramente? »

« Diamine, se erano a conoscenza del testamento, il loro interesse alla morte del nostro povero padre è dimostrato... Noti, inoltre, che essi sono stati gli ultimi a parlare con lui... Insomma, tutto questo mi sembra molto sospetto. »

« E lei, signora, crede la sua vecchia amica capace di un simile delitto? »

Prima di rispondere lei guardò il marito. In pochi mesi di unione, la loro malafede e la loro aridità si erano vicendevolmente trasfuse e accresciute. Si corrompevano insieme, ed era stato lui a farla scagliare contro Séverine, al punto che per riavere la casa lei l'avrebbe fatta immediatamente arrestare.

« Dio mio, signore » finì col dire « la persona di cui parla da piccola dimostrava istinti molto cattivi. »

« Cioè? l'accusa di essersi comportata male a Doinville? »

« Oh, no, signore, mio padre non l'avrebbe ospitata! »

In quel grido era la ribellione puritana della borghese onesta, che non ha mai uno sbaglio da rimproverarsi e che pone tutto il suo orgoglio nell'essere una delle donne più incontestabilmente virtuose di Rouen, salutata a ricevuta dappertutto.

« Però » continuò a dire « quando si è abituati alla leggerezza e alla dissipazione... Insomma, molte cose che avrei credute impossibili, oggi mi appaiono sicure. »

Di nuovo Denizet ebbe un gesto d'impazienza. Non stava più seguendo quella pista, e chiunque vi si soffermasse diventava suo avversario; gli pareva che si facesse un affronto all'acume della sua intelligenza.

« Ma via, bisogna anche ragionarci » esclamò. « Persone come i Roubaud non uccidono un uomo come suo padre allo scopo di ereditare più in fretta; o perlomeno occorrerebbe qualche prova che avessero tale fretta: in tal caso troverei altrove tracce di questa brama di possesso e di godimento. No, il movente è insufficiente, bisognerà scoprirne un altro, e non c'è nulla, lei stessa non reca nulla di nuovo... Eppoi, ristabilisca i fatti; non constata le impossibilità materiali? Nessuno ha visto i Roubaud salire sul coupé, un impiegato crede inoltre di poter affermare che siano ritornati nel loro scompartimento. E poiché sicuramente vi erano a Barentin, bisognerebbe necessariamente ammettere un va e vieni dal loro vagone a quello del presidente, separati da tre vetture, e questo durante i pochi minuti di tragitto, quando il treno era lanciato a tutta velocità. È verosimile? Ho interrogato macchinisti, capitreno. Tutti mi hanno risposto che solo una grande esperienza avrebbe potuto infondere tanto sangue freddo e tanta energia... La donna, in ogni caso, non ce l'avrebbe fatta, e il marito non si sarebbe avventurato senza di lei; e per fare che cosa, per uccidere un protettore che proprio allora li aveva salvati da una grave difficoltà? No, decisamente no! L'ipotesi non regge, occorre cercare altrove...

Ecco, un uomo che sarebbe salito a Rouen e che sarebbe ridisceso alla prima stazione, che di recente avrebbe pronunciato minacce di morte contro la vittima... »

Nel trasporto delle parole arrivava alla sua nuova pista, e stava per dire troppo, quando dalla porta socchiusa apparve la testa dell'usciere. Ma prima che questi potesse pronunciare una parola, una mano guantata finì con lo spalancare la porta, ed entrò una signora bionda, vestita molto elegantemente in lutto, ancora bella a cinquant'anni suonati, di una bellezza opulenta e appariscente di dea invecchiata.

« Sono io, mio caro giudice. Sono in ritardo, e vorrà scusarmi, nevvero? Le strade sono impraticabili, le tre leghe da Doinville a Rouen oggi sono diventate sei. »

Con galanteria, Denizet s'era alzato.

« La sua salute va bene, signora, da domenica scorsa? »

« Benissimo... E lei, mio caro giudice, si è rimesso dallo spavento procuratole dal mio cocchiere? Quel ragazzo mi ha raccontato che a due chilometri dal castello, nell'accompagnarla, poco c'è mancato che faceste un capitombolo. »

« Oh, un semplice scossone, me n'ero già dimenticato. Si accomodi, e come dicevo poco fa alla signora Lachesnaye, mi perdoni se risveglio il suo dolore con questo spaventoso fattaccio. »

« Dio mio, poiché è necessario... Buongiorno, Berthe! Buongiorno, Lachesnaye! »

Era la signora Bonnehon, sorella della vittima. Aveva abbracciato la nipote e stretta la mano del marito. Vedova dall'età di trent'anni di un industriale che le aveva lasciato un grosso patrimonio, ricca già di suo, avendo ottenuto nella divisione col fratello la proprietà di Doinville, la sua vita era trascorsa piacevolmente, costellata, dicevano, da colpi di fulmine, però l'apparenza era così irreprensibile e schietta da permetterle di continuare a essere l'arbitra della società di Rouen. Per caso e per inclinazione i suoi amori avevano avuto per campo la magistratura, e da venticinque anni riceveva al castello il mondo giudiziario, tutta quella gente del palazzo di giustizia che le sue carrozze prelevavano e riconducevano a Rouen tra continue feste. Non si era ancora calmata, e le si attribuiva una tenerezza materna per un giovane sostituto, figlio di un consigliere della corte, Chaumette: si dava da fare per la promozione del figlio, colmando nello stesso tempo il padre di premure e di inviti. E aveva inoltre conservato un buon amico dei vecchi tempi, ugualmente consigliere, celibe, il signor Desbazeilles, gloria letteraria della corte di Rouen, del quale si citavano alcuni sonetti finemente cesellati. Per anni a Doinville gli era stata riservata una camera. Ora, benché avesse superata la sessantina, veniva sempre a colazione, da vecchio camerata al quale i reumatismi consentivano soltanto i ricordi. Insomma, con la sua amabilità e nonostante la minaccia della vecchiaia, la signora Bonnehon deteneva un primato sociale che nessuno pensava di sottrarle e solo durante l'ultimo inverno aveva sentito una rivale nella signora Leboucq, anche lei moglie di un consigliere, un bel tocco di bruna di trentaquattro anni, veramente a posto, in casa della quale la magistratura aveva cominciato ad affluire. E la cosa infondeva al suo abituale brio una punta di malinconia.

« Allora, signora, se permette » riprese a dire Denizet « le rivolgerò qualche domanda. »

L'interrogatorio dei Lachesnaye era esaurito, ma lui non li congedò: quel gabinetto tetro e freddo si trasformava in salotto mondano. Il cancelliere, flemmatico, si preparava di nuovo a scrivere.

« Un testimone ha parlato di un messaggio che suo fratello avrebbe ricevuto, col quale lo si richiamava d'urgenza a Doinville. Non abbiamo trovato traccia di questo messaggio. Lo avrebbe scritto lei, signora? »

La Bonnehon, disinvolta, sorridente, cominciò a rispondere su un tono di amichevole conversazione.

« Non ho scritto a mio fratello, lo attendevo, sapevo che doveva venire, ma senza che una data fosse stata stabilita. Di solito capitava all'impensata, e quasi sempre con un treno di notte. Siccome abitava in un padiglione isolato nel parco con uscita su un viottolo deserto, non lo sentivamo neppure quando arrivava. A Barentin noleggiava una carrozza, e non compariva che il giorno dopo, alcune volte molto tardi durante la giornata, come un vicino in visita, installato a casa sua da molto tempo... Se questa volta l'attendevo era perché doveva portarmi una somma di diecimila franchi, per un regolamento di conti tra di noi. Certamente aveva con sé i diecimila franchi. Ed è per questo che ho sempre creduto che l'abbiano ucciso semplicemente per derubarlo. »

Il giudice fece intercorrere un breve silenzio; poi, guardandola in viso:

« Che ne pensa della signora Roubaud e di suo marito? »

Lei ebbe un vivo cenno di protesta.

« Ah, no, caro signor Denizet, non vorrà ancora mettersi fuori strada sul conto di quella brava gente... Séverine era una ragazzina di buona indole, e deliziosa per di più, cosa che non guasta. Io penso, poiché lei ci tiene che lo ripeta, che Séverine e suo marito siano incapaci di una cattiva azione. »

Denizet approvava con cenni del capo, trionfava, e lanciava uno sguardo verso la signora Lachesnaye. Quest'ultima, seccata, si permise di intervenire.

« Zia, la trovo troppo di manica larga. »

Allora la signora Bonnehon, con il suo abituale franco eloquio, si sfogò.

« Lascia andare, Berthe, non ci intenderemo mai sui questo argomento... Lei era allegra, propensa alla risata, e ne aveva ben ragione... So perfettamente ciò che ne pensate tu e tuo marito. Ma, a dire il vero, bisogna che l'interesse vi annebbi il cervello perché vi sorprendiate tanto di questo lascito della Croix-de-Maufras, intestato da tuo padre alla buona Séverine... Lui l'aveva allevata, le aveva dato la dote, ed era del tutto naturale che la includesse nel testamento. E via, non la considerava forse un po' come sua figlia?... Ah, mia cara, i quattrini contano così poco per la felicità. »

Pur essendo stata sempre ricchissima, la signora Bonnehon si mostrava di un disinteresse assoluto. E poi, per una raffinatezza di bella donna adorata, affettava di riporre l'unica ragione del vivere nella bellezza e nell'amore.

« È stato Roubaud a parlare del messaggio » fece seccamente notare Lachesnaye. « Se il messaggio non l'avesse ricevuto, il presidente non poté dirgli di averne ricevuto uno. Perché Roubaud ha mentito? »

« Ma il presidente » esclamò Denizet appassionandosi « avrà potuto benissimo inventare quel messaggio per giustificare ai Roubaud l'improvvisa partenza. Secondo la loro testimonianza lui doveva partire il giorno dopo; e poiché si trovava sullo stesso loro treno, aveva bisogno di un pretesto qualsiasi, non volendo dirgli la vera ragione, che noi, del resto, ignoriamo... Questo non ha importanza, e non conduce a nulla. »

Ci fu un nuovo silenzio. Il giudice era calmissimo quando riprese a parlare, e si mostrò molto cauto.

« Ora, signora, affronto una questione particolarmente delicata, e la prego di scusare il genere delle domande. Nessuno più di me rispetta la memoria di suo fratello... Correvano delle voci, non è vero? gli si attribuivano delle amanti. »

La Bonnehon s'era rimessa a sorridere, con infinita indulgenza.

« Oh, caro signore, alla sua età!... Mio fratello rimase vedovo assai presto, e io non mi sono mai sentita in diritto di trovare riprovevole quello che lui trovava lecito. Lui dunque ha vissuto a piacer suo, senza che io mi sia immischiata in nulla della sua esistenza. Quel che mi consta è che manteneva il suo rango, e che fino alla fine è restato un uomo della migliore società. »

Berthe, oppressa dal fatto che di fronte a lei si parlasse delle amanti del padre, aveva abbassato gli occhi; mentre il marito, impacciato come lei, era andato a piantarsi davanti alla finestra, voltando le spalle.

« Mi perdoni se insisto » disse Denizet. « Non ci fu una storia con una giovane cameriera di casa vostra? »

« Ah, sì, Louisette... Ma, caro signore, era una piccola viziosa che, a quattordici anni, aveva rapporti con un pregiudicato. Hanno voluto sfruttare la sua morte contro mio fratello. È un'indegnità, voglio raccontargliela questa storia. »

Non c'erano dubbi che fosse in buona fede. Benché conoscesse benissimo le abitudini del presidente, per cui la sua tragica morte non l'aveva sorpresa, sentiva l'esigenza di difendere l'alta posizione della famiglia. Perciò, in quella sciagurata storia di Louisette, pur ritenendolo capacissimo di averla desiderata, era convinta ugualmente della precoce dissolutezza della ragazza.

« Si immagini, una monella, oh, tanto piccola, delicata, bionda e rosea come un angioletto, e dolce, oltrettutto, di una dolcezza da santarellina infilzata, da impartirle la comunione senza confessione... Ebbene, aveva soltanto quattordici anni ed era già l'amica intima di una specie di bruto, un cavapietre di nome Cabuche, che aveva scontato cinque anni di carcere per aver ammazzato un uomo in una bettola. Questo giovane viveva allo stato selvaggio sul margine della foresta di Bécourt, dove suo padre, morto di crepacuore, gli aveva lasciato una stamberga fatta di tronchi d'albero e di terriccio. Si accaniva a sfruttare un angolo delle cave abbandonate, che un tempo credo, fornirono metà delle pietre per la costruzione di Rouen. Ed era in fondo a quella tana che la piccola andava a trovare il suo lupo mannaro, del quale tutto il paese aveva una così viva paura; viveva assolutamente solo, come un appestato. Spesso li si incontrava insieme in giro per i boschi, e si tenevano per mano, lei, così piccina, lui, enorme, bestiale. Insomma una dissolutezza da non credere... Naturalmente venni a conoscenza di queste cose solo più tardi. Avevo assunta Louisette quasi per carità, per fare un'opera buona. La sua famiglia, quei Misard, che sapevo poveri, s'era ben guardata dal dirmi di aver pestato di santa ragione la ragazza senza peraltro riuscire di impedirle di correre dal suo Cabuche, appena aperta la porta... E fu allora che si verificò l'incidente. Mio fratello, a Doinville, non aveva una propria servitù. Louisette e un'altra donna erano incaricate di far pulizia nel padiglione appartato che lui occupava. Una mattina, essendosi recata da sola, sparì. Secondo me da molto tempo premeditava la fuga, e può darsi che l'amante stesse ad aspettarla e la portasse via... Ma la cosa terribile fu che dopo cinque giorni corse voce della morte di Louisette con i particolari di uno stupro tentato da mio fratello in così mostruose circostanze che la ragazza, sconvolta, era andata, dicevano, a morire in casa di Cabuche, colpita da febbre cerebrale. Che cos'era accaduto? Tante sono state le versioni messe in giro, che è difficile poterlo stabilire. Da parte mia credo che Louisette, realmente morta di febbre maligna, come constatò un medico, sia stata vittima di qualche imprudenza, notti passate all'aperto, vagabondaggi nelle zone paludose... Ma le pare, caro signore? se lo immagina lei mio fratello torturare una ragazzina? È odioso, inammissibile. »

Durante questo racconto, Denizet era stato attentamente

in ascolto, senza approvare o disapprovare. E la Bonne-hon fu leggermente imbarazzata nel concluderlo; poi, decidendosi:

« Dio mio! io non sostengo affatto che mio fratello non abbia voluto divertirsi con lei. Amava la gioventù, era un allegrone sotto la sua rigida apparenza. Insomma, ammettiamo che l'abbia baciata. »

Questa parola suscitò la ribellione nei Lachesnaye.

« Oh, zia, zia! »

Ma lei scrollò le spalle: perché mentire alla giustizia?

« La baciò, forse le fece qualche carezza. Non è cosa delittuosa... E devo ammettere questo perché l'invenzione non proviene dal cavapietre. Louisette doveva essere una bugiarda, una viziosa che esagerò le cose per starsene forse con l'amante, in maniera che questi, le ho già detto, un bruto, finì in buona fede di credere che gli avessero uccisa la donna amata... Realmente era folle di rabbia, e in tutte le bettole ripeteva che se il presidente gli fosse capitato tra le mani, lo avrebbe sgozzato come un maiale... »

Il giudice, che se ne era stato zitto fino a quel momento, l'interruppe con violenza.

« Disse questo? Ci sono dei testimoni che potrebbero affermarlo? »

« Oh, ne troverà quanti ne vuole... Insomma una faccenda ben triste, ne avemmo molte seccature. Per fortuna la posizione di mio fratello lo poneva al di sopra di ogni sospetto. »

La Bonnehon aveva compreso quale nuova pista stava seguendo Denizet; e molto inquieta, preferì non compromettersi maggiormente, rivolgendogli a sua volta delle domande. Il giudice si era alzato, disse che non voleva abusare ulteriormente della dolorosa gentilezza della famiglia. Il cancelliere, secondo l'ordine ricevuto, lesse il verbale degli interrogatori prima che i testimoni apponessero la firma. Erano interrogatori di una perfetta correttezza, così bene espurgati di tutte le parole inutili e compromettenti, che la Bonnehon, penna in mano, lanciò un'occhiata di benevola sorpresa su quel Laurent, pallido, ossuto, che fino a quel momento non aveva ancora guardato.

Poi, mentre il giudice l'accompagnava alla porta, insieme

col nipote e la nipote, gli strinse le mani.

« A presto, vero? Lei sa che è sempre atteso a Doinville... E grazie, lei è uno dei miei ultimi fedeli. »

Il sorriso le s'era velato di malinconia, mentre la nipote, allampanata, uscita per prima, aveva appena accennato un saluto.

Quando fu solo, Denizet respirò per un minuto. In piedi, riflettendo. Per lui la vicenda diveniva chiara; sicuramente Grandmorin aveva usato violenza, la sua reputazione era nota. L'istruttoria assumeva perciò una piega delicata, ed egli si riprometteva di raddoppiare la prudenza, fin tanto che gli ordini che aspettava dal ministero non fossero arrivati. Ma non per questo il suo trionfo era minore. Aveva finalmente agguantato il colpevole.

« Faccia entrare il signor Jacques Lantier. »

I Roubaud attendevano ancora sulla panchetta del corridoio, con le facce impenetrabili insonnolite dalla pazienza, solo scosse ogni tanto da un tic nervoso. E la voce dell'usciere, che chiamava Jacques, parve svegliarli con un leggero trasalimento. Lo seguirono con gli occhi spalancati, lo guardarono sparire nella stanza del giudice. Poi, ancora pallidi e muti, ripiombarono nell'attesa.

Tutta quella storia ossessionava Jacques da tre settimane, come se tutto dovesse finire per ritorcersi contro di lui. Era uno sragionare, perché lui non aveva nulla da rimproverarsi, neppure di essersene stato zitto; e tuttavia entrava nel gabinetto del giudice con il leggero brivido del colpevole che teme di veder scoperto il suo delitto; e si difendeva dalle domande, si sorvegliava per paura di dire troppo. Anche lui avrebbe potuto uccidere: glielo si poteva leggere negli occhi. Non c'era nulla di più sgradevole per lui di queste citazioni giudiziarie, ed era preso da una specie di collera, avendo fretta, diceva, che non lo si tormentasse più con fatti che non lo riguardavano.

Però, quel giorno, Denizet insistette solo sui connotati dell'assassino. Jacques era l'unico testimone che l'aveva intravisto, e soltanto lui poteva fornire ragguagli precisi. Ma non si discostava dalla prima deposizione, ripeteva che la scena del delitto era rimasta per lui una visione di appena un secondo, una così rapida immagine che, nel ricordo, era come senza forma, astratta. Non si trattava che di un uomo che ne sgozzava un altro, e niente di più. Per mezz'ora il giudice, con lenta ostinazione non gli dette tregua formulandogli la stessa domanda in tutti i modi immaginabili: era alto o basso? aveva la barba? e i capelli erano lunghi o corti? che specie di vestito indossava? a quale classe sociale pareva appartenesse? E Jacques, turbato, rispondeva sempre con parole vaghe.

« Insomma » domandò bruscamente Denizet, guardandolo negli occhi « se ve lo si mostrasse, lo riconoscereste? »

Sotto quello sguardo che gli frugava il cervello, Jacques fu invaso dall'angoscia e le palpebre ebbero un leggero battito. Interrogò con uno strappo la coscienza.

« Riconoscerlo... sì... può darsi. »

Ma già la strana paura di un'incosciente complicità, lo risospingeva verso il suo evasivo sistema.

« Eppure no, non lo penso, non oserei mai affermarlo con sicurezza. Si immagini una velocità di ottanta chilometri all'ora! »

Con un gesto di scoraggiamento il giudice stava per introdurlo nella stanza vicina per averlo a sua disposizione, quando si ricordò.

« Rimanga, si sieda. »

E, chiamato di nuovo l'usciere:

« Introduca i signori Roubaud. »

Appena davanti alla porta, nello scorgere Jacques i loro occhi si offuscarono per un tremito inquieto. Aveva parlato? l'avevano fatto rimanere per un confronto? Tutta la loro sicurezza, nel vederselo davanti disparve; e fu con voce velata che risposero alle prime domande. Ma il giudice aveva semplicemente ripreso il loro primo interrogatorio, ed essi non ebbero che da ripetere le stesse frasi, quasi identiche, mentre l'altro li ascoltava, con la testa bassa, senza neppure guardarli.

Poi, di colpo, si volse verso Séverine.

« Signora, lei ha detto al commissario di sorveglianza, del quale ho il verbale, che un uomo era salito a Rouen nel coupé, mentre il treno si metteva in moto. »

Séverine rimase di ghiaccio. Perché tirava in ballo questo? si trattava di una trappola? voleva raffrontare le sue dichiarazioni, pensava che si smentisse? Allora, con un'occhiata consultò il marito, che intervenne con prudenza.

« Non credo che mia moglie si sia pronunciata in maniera tanto affermativa. »

« Chiedo scusa... Mentre lei esprimeva la possibilità del fatto, la signora ha detto: "Deve essere successo proprio così"... Ebbene, signora, desidero sapere se aveva dei motivi particolari per parlare a quel modo. »

Lei finì col turbarsi, convinta che, se non stava in guardia, il giudice, di risposta in risposta, l'avrebbe spinta a delle confessioni. E tuttavia non poteva starsene zitta.

« Oh, no, signore, nessun motivo... Devo essermi espressa in quel modo a titolo di semplice intuizione, perché infatti è difficile spiegare le cose in altra maniera. »

« Allora non ha visto l'uomo, non può dirci nulla su di lui? »

« No, no, signore, nulla! »

Denizet parve abbandonare questo punto dell'istruttoria. Ma subito ritornò a parlarne con Roubaud.

« E lei, come ha fatto a non vedere l'uomo, ammesso che sia realmente salito, se risulta dalla sua deposizione che stavate ancora discorrendo con la vittima quando hanno dato il segnale di partenza? »

Quella insistenza finì col terrorizzare il sottocapostazione, in ansia com'era di sapere a qual partito appigliarsi, abbandonare l'invenzione dell'uomo o insistervi. Se contro di lui avevano delle prove, l'ipotesi dell'assassino sconosciuto non era del tutto sostenibile, e poteva, per di più, aggravare la sua posizione. Aspettava per comprendere, e rispose con confuse, lunghe spiegazioni.

« È veramente spiacevole » riprese a dire Denizet « che i suoi ricordi siano rimasti così poco chiari, perché lei avrebbe potuto aiutarci a porre fine alle supposizioni disperse su diverse persone. »

Quelle parole parvero dirette in modo tale contro Roubaud, che lui provò un irresistibile bisogno di scagionarsi. Vedendosi scoperto, subito decise da che parte mettersi.

« Veda, si tratta di un terribile caso di coscienza! Si esita, lei comprende, niente è più naturale. Quando confessassi che credo di averlo visto, l'uomo... »

Il giudice ebbe un gesto di trionfo pensando di dover attribuire quell'esordio di franchezza alla propria abilità. Asseriva di conoscere per esperienza la strana pena di certi testimoni nel confessare quello che sanno; e, questi qui, si lusingava di giocarseli loro malgrado.

« Parli, dunque... Com'è? basso, alto, circa della sua statura? »

« Oh, no, no, molto più alto... Per lo meno questa è la sensazione che ho avuto, perché si tratta di semplice sensazione, un individuo che sono quasi sicuro di aver sfiorato nel correre per ritornare al mio vagone. »

« Un momento » disse Denizet.

E volgendosi a Jacques, gli chiese:

« L'uomo che lei ha intravisto, col coltello in mano, era più alto di Roubaud? »

Il macchinista, che s'era spazientito perché cominciava a temere di non poter prendere il treno delle cinque, alzò gli occhi, esaminò Roubaud; e gli parve come se non l'avesse mai guardato, si meravigliò di trovarlo corto, robusto, con uno strano profilo visto altrove, in sogno, forse.

« No » mormorò « non più alto, su per giù della stessa statura. »

Ma il sottocapo stazione protestò vivacemente.

« Oh, molto più alto, almeno di tutta la testa. »

Jacques se ne stette con gli occhi spalancati su di lui; e sotto quello sguardo, nel quale leggeva una crescente sorpresa, Roubaud si agitava come per sfuggire alla propria somiglianza; mentre anche la moglie seguiva, agghiacciata, il sordo lavorio della memoria riflesso nel viso del giovane. Con tutta evidenza, Jacques dapprima era rimasto stupito da certe analogie tra Roubaud e l'assassino; in seguito aveva avuto l'improvvisa certezza che Roubaud fosse davvero l'assassino, così come era corsa voce; e ora, poi, con la bocca aperta, sembrava assorbito interamente dall'emozione della sua scoperta, senza che fosse possibile sapere quel che avrebbe fatto e senza che egli stesso lo sapesse. Se parlava, la coppia era spacciata. Lo sguardo di Roubaud s'era incontrato col suo, tutti e due si guardarono sino al profondo dell'animo. Vi fu un silenzio.

« Allora lei non è d'accordo » riprese a dire Denizet. « Se

l'ha visto più piccolo dipende senza dubbio dal fatto che, nella lotta con la vittima, era curvo. »

Anche lui guardò i due uomini. Non aveva pensato di utilizzare a quel modo questo confronto; ma pe un istinto professionale, in quel momento sentì che la verità vagava nell'aria. Anche la fiducia sulla pista di Cabuche ne fu scossa. E se i Lachesnaye avessero ragione? e se i colpevoli, contro tutte le apparenze, fossero quell'onesto impiegato e la sua giovane moglie, così dolce?

« L'uomo aveva la barba intera come la sua? » chiese a Roubaud.

Questi ebbe la forza di rispondere, senza tremiti nella voce:

« La barba intera, no, no! Mi pare che non l'avesse affatto, la barba. »

Jacques capì che la stessa domanda sarebbe stata rivolta a lui. Che cosa avrebbe risposto? perché avrebbe fermamente giurato che l'uomo aveva la barba intera. Insomma, questa gente era al di fuori di qualsiasi suo interesse, quindi, perché non dire la verità? Ma nello stornare lo sguardo dal marito, incrociò lo sguardo della moglie; e in quello sguardo lesse una così ardente supplica, l'intera offerta di tutta la persona, che ne rimase sconvolto. Fu riassalito dall'antico brivido: l'amava forse, era dunque lei quella che avrebbe potuto amare, come si ama d'amore, senza il mostruoso desiderio di distruzione? E in quel momento, per uno strano contraccolpo del turbamento, gli parve che la memoria gli si oscurasse, e non individuava più in Roubaud l'assassino. La visione diveniva di nuovo vaga, era preso dal dubbio al punto che si sarebbe mortalmente pentito di aver parlato.

Denizet formulò la domanda:

« L'uomo aveva la barba intera, come il signor Roubaud? »

In buona fede, Jacques rispose:

« In verità non posso dirlo. Le ripeto che è stata una cosa troppo rapida. Non so nulla, non posso affermare nulla. »

Ma Denizet voleva finirla con i sospetti sul sottocapo, e si ostinò. Mise sotto torchio questi, sotto torchio il macchinista, arrivò a ottenere dal primo i completi connotati dell'assassino, alto, forte, senza barba, con indosso un camiciotto, tutto il contrario dei suoi connotati; mentre dall'altro non riuscì a ottenere che monosillabi evasivi, che davano forza alle affermazioni di Roubaud. E il giudice si rifece alla prima convinzione; era sulla buona pista, il ritratto che il testimone tracciava dell'assassino riusciva così perfettamente esatto, che ogni nuovo tratto avvalorava la certezza. Era questa coppia, ingiustamente sospettata, che, con la sua schiacciante deposizione, avrebbe fatto mozzare la testa del colpevole.

« Entrate lì » disse ai Roubaud e a Jacques, introducendoli nella stanza accanto dopo che ebbero firmato il verbale del loro interrogatorio. « Aspettate che vi richiami. »

Immediatamente dette ordine che fosse condotto il detenuto; ed era tanto contento che propinò il suo buonumore al cancelliere, sino a dirgli:

« Laurent, ci siamo. »

Si era aperta la porta ed erano apparsi due gendarmi con in mezzo un pezzo d'uomo tra i venticinque e i trent'anni. A un cenno del giudice i due si ritirarono, e Cabuche restò solo al centro della stanza, intontito, con una furia selvaggia di bestia braccata. Era forte, collo possente, mani enormi, biondo, bianchissimo di pelle, barba rada, appena una peluria dorata, ricciuta, setosa. Il viso atticciato, la fronte bassa esprimevano la violenza dell'individuo limitato, tutto istinto, ma nella bocca larga e nel naso schiacciato da docile cane gli si leggeva come un bisogno di tenera sottomissione. Prelevato brutalmente dalla sua tana di prima mattina, strappato alla foresta, esasperato dalle accuse che non riusciva a comprendere, col suo sbalordimento e col giubbotto strappato aveva già l'aria equivoca dell'indiziato, quell'aria sorniona di bandito che il carcere imprime all'uomo più onesto. Cadeva la sera, la stanza era buia, e lui si rifugiava nell'ombra, quando l'usciere portò una grossa lampada col globo non schermato, e quella viva luce gli illuminò il viso. Allora se ne stette immobile.

Subito Denizet aveva fissato su di lui i grossi occhi chiari dalle pesanti palpebre. E non parlava, era lo scontro muto, il primo saggio della propria potenza che precedeva la lotta selvaggia, lotta di scaltrezza, di intrappolamenti, di torture morali. Quell'uomo era il colpevole, e tutto era lecito nei suoi confronti, aveva solo il diritto di confessare la sua colpa.

L'interrogatorio ebbe inizio con la massima lentezza.

« Sa di quale delitto è accusato? »

Cabuche, la voce impastata di impotente collera, borbottò:

« Non me l'hanno detto, ma me lo immagino. Ne hanno parlato tanto! »

« Lei conosceva il signor Grandmorin? »

« Sì, sì, lo conoscevo anche troppo! »

« Una ragazza, Louisette, sua amante, era stata ingaggiata come cameriera in casa della signora Bonnehon. »

Un impeto di rabbia scosse il cavapietre. Nella collera vedeva rosso.

« Perdio! quelli che dicono questo sono degli sporchi bugiardi. Louisette non era la mia amante. »

Il giudice l'aveva guardato arrabbiarsi, con curiosità. E operando una svolta all'interrogatorio:

« Lei è un tipo molto violento, è stato condannato a cinque anni di carcere per aver ucciso un uomo durante un litigio. »

Cabuche abbassò la testa. Una vergogna, quella condanna. Mormorò:

« Lui aveva picchiato per primo... Ho scontato solo quattro anni, mi hanno concesso la grazia di un anno. »

« Allora » continuò Denizet « lei affermerebbe che la ragazza Louisette non sia stata la sua amante? »

Di nuovo l'altro strinse i pugni. Poi, con voce bassa, rotta:

« Sappia che era una bambina, non aveva ancora quattordici anni quando ritornai da laggiù... Allora tutti mi sfuggivano, m'avrebbero scagliato delle pietre. E lei, nella foresta, dove sempre l'incontravo, mi si avvicinava, parlava, era gentile, oh, tanto gentile!... Fu così che diventammo amici. Camminando, ci tenevamo per mano. Era così bello, così bello a quel tempo!... Certo, si faceva grande, e io pensavo a lei. Non posso dire il contrario, l'amavo talmente che ero come un pazzo. Anche Louisette mi amava molto, e quel che lei dice avrebbe finito con l'avverarsi, senonché la separarono da me collocandola a Doinville presso quella signora... Poi, una sera, rientrando dalla cava, la trovai dinanzi alla mia porta, quasi impazzita, così conciata da bruciare dalla febbre. Non aveva osato rientrare in casa dei suoi, ed era venuta a morire in casa mia... Ah, perdio, quel porco! Sarei dovuto correre all'istante per sgozzarlo! »

Il giudice stringeva le labbra sottili, stupito del sincero accento di quell'uomo. Decisamente occorreva accelerare i tempi, doveva affrontare una partita più difficile di quanto non avesse creduto.

« Sì, conosco la terribile storiella che lei e quella ragazza inventaste. Tenga presente però che tutta la vita del presidente Grandmorin lo poneva al di sopra delle vostre accuse. »

Sconvolto, con gli occhi sgranati, le mani tremanti, il cavapietre farfugliava:

« Che cosa? che cosa abbiamo inventato?... Gli altri mentono e veniamo accusati noi di mentire! »

« Ma sì, non faccia l'innocente... Ho già interrogato Misard, l'uomo che ha sposato la madre della sua amante. Lo porrò a confronto con lei, se sarà necessario. Vedrà che cosa ne pensa lui della sua storiella... E faccia attenzione alle risposte. Abbiamo dei testimoni, sappiamo tutto, farebbe meglio a dire la verità. »

Era la sua abituale tattica di intimidazione, anche quando non sapeva nulla e non aveva testimoni.

« Così negherebbe di aver gridato pubblicamente che intendeva sgozzare Grandmorin? »

« In quanto a questo, l'ho detto. E lo dicevo con tutto il cuore, perché la mano mi prudeva maledettamente! »

Denizet tacque di colpo, sorpreso, perché si aspettava una presa di posizione completamente negativa. Come! l'accusato confessava le sue minacce. Quale furberia nascondeva? Temendo di essere andato troppo celermente allo scopo, si raccolse per un momento, poi lo fissò, ponendogli bruscamente questa domanda:

« Che cos'ha fatto durante la notte dal 14 al 15 febbraio? »

« Sono andato a letto verso le sei... Ero un po' indisposto e anzi mio cugino Louis fece per me il trasporto a Doinville di un carico di pietre. »

« Sì, suo cugino è stato visto col carro, mentre attraversava la ferrovia al passaggio a livello. Ma, interrogato, suo cugino non ha potuto rispondere che una cosa: cioè che lei l'aveva lasciato verso mezzogiorno e che poi non vi eravate più rivisti... Mi provi che era a letto alle sei. »

« Insomma, è una sciocchezza, non posso provare una cosa simile. Abito in una casa solitaria al margine della foresta... Le dico che c'ero, tutto qui. »

Allora Denizet decise di sferrare il grosso colpo dell'affermazione incontestabile. I tratti del suo volto si immobilizzarono in una tensione di volontà, mentre con la bocca interpretava la scena.

« Glielo dico io quel che ha fatto la sera del 14 febbraio... Alle tre è salito sul treno a Barentin, il treno per Rouen, per una ragione che l'istruttoria non ha potuto ancora stabilire. Doveva tornare col treno di Parigi che si ferma a Rouen alle nove e tre minuti, ed era sulla banchina, tra la folla, quando ha scorto nel coupé Grandmorin. Noti che ammetto esplicitamente che non si è trattato di un agguato, che l'idea del delitto le si è prospettata soltanto allora... È salito, approfittando del pigia pigia, e ha atteso di essere sotto la galleria di Malaunay, ma ha calcolato male il tempo, e il treno è uscito dalla galleria proprio mentre lei portava a termine il delitto... Ha poi gettato il cadavere, ed è disceso a Barentin, dopo essersi sbarazzato anche della coperta da viaggio... Ecco ciò che lei ha fatto. »

Il giudice spiava le minime reazioni sul roseo viso di Cabuche, e si arrabbiò quando questi, dapprima attentissimo, finì per prorompere in una gran risata.

« Che cosa sta raccontando?... Se fossi stato io, lo direi. »

Poi, tranquillamente:

« Non l'ho fatto, ma avrei dovuto farlo. Perdio! sì, me ne dispiace. »

E Denizet non poté cavarne altro. Invano riprese a interrogarlo, per due volte con differente tattica tornò sullo stesso punto. No, sempre no! non era stato lui. Scrollava le spalle e diceva che tutto ciò era stupido. Nell'arrestarlo avevano perquisito la stamberga, senza riuscire a scoprire l'arma, né i dieci biglietti di banca, né l'orologio; ma avevano sequestrato i pantaloni macchiati di qualche gocciolina di sangue, prova schiacciante. Di nuovo lui rideva: un'altra bella storiella, un coniglio preso al laccio, che aveva ucciso sulle sue gambe. E nell'idea fissa del delitto, era il giudice che perdeva la bussola per troppa sottigliezza professionale, con complicazioni che andavano oltre la semplice verità. Quell'uomo ottuso, incapace di giocar d'astuzia, ma di una forza invincibile quando diceva di no, sempre di no, lo scombussolava; e siccome non ammetteva che non fosse colpevole, ogni nuovo diniego maggiormente lo indignava come una caparbietà nell'efferatezza e nella menzogna. Ma l'avrebbe ben costretto a contraddirsi.

« Allora, lei nega? »

« Certo, perché non sono stato io... Se fossi stato io, ne sarei molto fiero e lo direi. »

Con brusco movimento Denizet si alzò e andò egli stesso ad aprire la porta della stanzetta vicina. E, dopo aver chiamato Jacques:

« Riconoscete quest'uomo? »

« Lo conosco » rispose il macchinista meravigliato. « L'ho visto altre volte in casa Misard. »

« No, no... Lo riconosce per l'uomo del vagone, l'assassino? »

Immediatamente Jacques ridivenne cauto. D'altra parte, non lo riconosceva affatto. L'altro gli era parso più corto, più scuro. Stava per dichiararlo quando gli venne in mente che sarebbe stato troppo esplicito. E si mantenne evasivo.

« Non so, non saprei... Le assicuro, signore, che non potrei affermarlo. »

Denizet, senza aspettare, chiamò a loro volta i Roubaud. E pose la domanda:

« Riconoscete quest'uomo? »

Cauche continuava a sorridere. Non ne era sorpreso, e rivolse un piccolo cenno del capo a Séverine, che egli aveva conosciuto ragazza, quando soggiornava alla Croix-de-Maufras. Ma lei e il marito, nel vederlo lì, erano stati colti da un brivido. Compresero: era l'uomo tratto in arresto di cui aveva parlato Jacques, l'accusato che aveva provocato il loro nuovo interrogatorio. E Roubaud era stupito, terrorizzato della rassomiglianza del giovane con l'assassino immaginario del quale aveva inventato i connotati badando solo che fossero l'opposto dei suoi. Era un caso puramente fortuito, e ne rimase tanto turbato che esitò nel rispondere.

« Insomma, lo riconosce? »

« Dio mio, signor giudice, glielo ripeto, è stata una semplice sensazione, un individuo che mi ha sfiorato... Senza dubbio questo è alto come l'altro, è biondo e non ha barba. »

« Insomma, lo riconosce? »

Il sottocapo, oppresso, tremava tutto nella sorda lotta interiore. Vinse l'istinto di conservazione.

« Non posso affermarlo. Ma gli somiglia, sicuramente ha molto di lui. »

Questa volta Cabuche cominciò a bestemmiare. Beh, adesso cominciavano a scocciarlo, con queste storie. Poiché non era lui, voleva andar via. E sotto il flusso di sangue che gli saliva alla testa, batté i pugni, divenne così temibile, che i gendarmi, richiamati, lo portarono via. Ma di fronte a quella violenza, a quel salto di bestia assalita che si protende in avanti, Denizet trionfava. Ora la sua convinzione era completa, e lo lasciava vedere.

« Avete notato i suoi occhi? Io li riconosco dagli occhi... Ah, avrà quel che si merita, è nelle nostre mani! »

I Roubaud, immobili, si scambiarono uno sguardo. E allora? era tutto finito, erano salvi, la giustizia aveva afferrato il colpevole. Se ne stettero un po' frastornati, la coscienza dolorante per la parte che i fatti li avevano costretti a recitare. Ma una gioia straripante metteva da parte gli scrupoli, e sorridendo a Jacques, sollevati, con una gran voglia di aria aperta, aspettavano che il giudice li congedasse tutti e tre, quando l'usciere entrò e consegnò a quest'ultimo una lettera.

Denizet si era prontamente risistemato dietro la scrivania per leggere con attenzione, dimentico dei testimoni. Era la lettera del ministero, con il consiglio di usar pazienza prima di procedere con l'istruttoria. E quel che leggeva doveva attenuare il suo trionfo, perché il viso a poco a poco gli diveniva di gelo, riprendeva una cupa immobilità. A un tratto sollevò il capo, e gettò uno sguardo bieco sui Roubaud, come se a ricordargliieli fosse intervenuta una di quelle frasi. Questi, privati della loro breve gioia, ripiombati nel loro malessere, si sentivano riacciuffati. Perché poi li aveva guardati così? Avevano ritrovato a Parigi le tre righe di scrittura, quel biglietto inopportuno che li ossessionava? Séverine conosceva molto bene Camy-Lamotte, per averlo visto spesso in casa del presidente, e sapeva che era stato incaricato di riordinare la carte del morto. Un profondo rammarico torturava Roubaud: non aver pensato di mandare a Parigi la moglie per compiere visite utili, assicurandosi per lo meno la protezione del segretario generale nel caso in cui la Compagnia, stanca dei pettegolezzi, avesse pensato di destituirlo. E tutti e due non abbandonarono più lo sguardo del giudice, sentendo crescere la propria inquietudine mano mano che lo vedevano incupirsi, visibilmente frastornato da quella lettera che poneva sossopra tutto il lavoro della giornata.

Infine Denizet allontanò la lettera e per un momento rimase assorto, gli occhi spalancati sui Roubaud e su Jacques. Poi, con rassegnazione e parlando ad alta voce a se stesso:

« Bene, vedremo, riprenderemo tutto da capo... Potete andare. »

Ma mentre i tre stavano per uscire, non poté resistere al bisogno di sapere, di chiarire il punto importante che veniva a distruggere la sua nuova pista, benché gli fosse stato raccomandato di non fare più nulla senza un prestabilito accordo.

« No, lei resti un momento, ho ancora una domanda da rivolgerle. »

I Roubaud si fermarono nel corridoio. Le porte erano aperte, ma non potevano andar via: qualcosa li inchiodava lì, l'angoscia per quel che stava svolgendosi nel gabinetto del giudice, l'impossibilità fisica di muoversi fin quando non avessero saputo da Jacques la domanda che gli era stata ancora rivolta. Ritornarono sui propri passi, si mossero lentamente, le gambe molli. E si ritrovarono fianco a fianco sulla panchetta, lì dove avevano atteso già per alcune ore, e vi si abbandonarono pesantemente, in silenzio.

All'apparire del macchinista, Roubaud si alzò a fatica.

« L'aspettavamo, torneremo insieme alla stazione... Ebbene? »

Jacques volse il capo imbarazzato, come se volesse evitare lo sguardo di Séverine, fisso su di lui.

« Quello non sa più cosa fare, si confonde » disse alla fine. « E così ora mi ha chiesto se non erano in due ad eseguire il colpo. E siccome io a Le Havre avevo parlato di una massa scura sulle gambe del vecchio, mi ha interrogato su questo... Lui crede, che si tratti della coperta. Allora ha mandato a prendere la coperta, ed è stato necessario che mi pronunciassi... Dio mio! sì, forse era la coperta. »

I Roubaud rabbrividivano. Erano sulle loro tracce, una parola di Jacques e sarebbe stata la fine. Di sicuro lui sapeva, e avrebbe finito col parlare. Tutti e tre, la donna fra i due uomini, si allontanarono in silenzio dal Palazzo di giustizia, giunti sulla strada, il sottocapo disse:

« A proposito, collega, mia moglie sarà costretta ad andare un giorno a Parigi per sbrigare degli affari. Dovrebbe essere tanto gentile di accompagnarla, se dovesse aver bisogno di qualcuno. »

V

Alle undici e quindici precise il casello del pont de l'Europe segnalò con due colpi di trombetta regolamentari il direttissimo di Le Havre che sbucava dalla galleria delle Batignolles; e subito le piattaforme girevoli ne furono scosse, il treno entrò in stazione con un breve fischio, stridendo sui freni, fumante, grondante, bagnato da una pioggia battente che da Rouen non aveva cessato di scrosciare.

Gli inservienti non avevano ancora girato i lucchetti degli sportelli, che uno di essi venne aperto, e Séverine saltò prontamente sulla banchina prima della fermata. Il suo vagone era agganciato in coda, così dovette affrettarsi per raggiungere la locomotiva, tra il repentino flusso dei viaggiatori discesi dagli scompartimenti e un ingombro di bambini e di pacchi. Jacques era lì, in piedi sulla piattaforma, in attesa di rientrare al deposito; mentre Pecqueux, con uno straccio, asciugava gli ottoni.

« Allora, intesi », disse lei sollevandosi sulla punta dei piedi. « Sarò in rue Cardinet alle tre, e lei avrà la compiacenza di presentarmi al suo capo in modo che io possa ringraziarlo. »

Era il pretesto escogitato da Roubaud, un ringraziamento al capo del deposito delle Batignolles che gli aveva reso un piacere da nulla. In tal maniera, affidata alla buona amicizia del macchinista, Séverine avrebbe potuto stringere ancora di più i legami e agire su di lui.

Ma Jacques, nero di carbone, grondante d'acqua, sfinito per aver dovuto lottare contro la pioggia e il vento, senza rispondere le rivolse un duro sguardo. Partendo da Le Havre, non aveva potuto opporre un rifiuto al marito; e l'idea di trovarsi solo con lei lo turbava, perché ora sentiva perfettamente di desiderarla.

« D'accordo? » riprese a dire lei, col suo dolce sguardo carezzevole, nonostante la sorpresa e la leggera ripugnanza che provava nel vederlo sporco, appena riconoscibile, « d'accordo? conto su di lei. »

Essendosi ancora di più sollevata poggiando la mano guantata su una maniglia di ferro, Pecqueux, gentilmente l'avvertì.

« Stia attenta, può imbrattarsi. »

Allora Jacques fu costretto a rispondere. E rispose con tono burbero.

« Sì, in rue Cardinet... A meno che questa maledetta pioggia non finisca di liquefarmi. Che tempo cane! »

Lei, commossa per lo stato pietoso in cui s'era ridotto, aggiunse:

« Oh, come s'è conciato, mentre io me ne stavo tutta comoda. Sappia che ho pensato a lei, che questo diluvio mi faceva disperare... Ero tanto contenta pensando che stamattina mi accompagnava e che mi avrebbe riaccompagnata stasera col direttissimo! »

Ma quella dolce familiarità, tanto tenera, pareva che lo turbasse ancora di più. E apparve sollevato quando una voce gridò: « Indietro ». Prontamente, tirò la leva del fischio, mentre il fuochista, con un gesto, faceva allontanare la donna.

« Alle tre! »

« Sì, alle tre! »

E nel mentre la locomotiva si metteva in moto, Séverine, ultima passeggera rimasta, lasciò la banchina. Fuori, in rue d'Amsterdam, quando stava per aprire l'ombrello, fu contenta di constatare che aveva cessato di piovere. Procedé fino in place du Havre; per un momento stette a pensare e infine decise che avrebbe fatto meglio ad andare subito a colazione. Erano le undici e venticinque; entrò in una trattoria all'angolo di rue Saint-Lazare e ordinò uova al tegame e una cotoletta. Poi, mentre mangiava lentamente, ripiombò nei pensieri che l'assillavano da alcune settimane; il suo viso pallido e offuscato, non aveva più quel dolce sorriso tanto seducente.

Era stato il giorno prima, due giorni dopo l'interrogatorio a Rouen, che Roubaud, giudicando fosse pericoloso attendere, aveva deciso di spedirla a far visita a Camy-Lamotte, e non al ministero ma a casa, in rue du Rocher, dove occupava un palazzo proprio vicino a quello di Grandmorin. Lei sapeva che l'avrebbe trovato alla una, e perciò non aveva fretta, preparandosi a quel che avrebbe detto, cercando di prevedere quel che lui avrebbe risposto, per non confondersi in nulla. Il giorno prima, una nuova causa di inquietudine aveva affrettato il viaggio: avevano appreso dai pettegolezzi della stazione che la signora Lebleu e Philomène raccontavano dappertutto che la Compagnia avrebbe licenziato Roubaud, giudicato compromettente; e il peggio era che Dabadie, direttamente interpellato, non aveva detto di no, dando così molto credito alla notizia. Urgeva quindi che Séverine corresse a Parigi a perorare la loro causa e soprattutto a invocare la protezione del potente personaggio, come altre volte quella del presidente. Ma sotto questo pretesto, che avrebbe per lo meno giustificata la visita, v'era un più imperioso motivo, un ardente e insaziabile bisogno di sapere, quel bisogno che spinge il delinquente a consegnarsi piuttosto che ignorare. L'incertezza li faceva morire; e da quando Jacques aveva detto loro che, secondo i sospetti dell'accusa, pareva che ci fosse un secondo assassino, si sentivano scoperti. Si arrovellavano in congetture, il ritrovamento della lettera, i fatti ristabiliti; di ora in ora attendevano una perquisizione, l'arresto; e il loro supplizio si aggravava talmente, i più piccoli fatti che si svolgevano intorno assumevano parvenza di così inquietante minaccia, che finivano col preferire la catastrofe a quei continui allarmi. Avere una certezza e non più soffrire.

Séverine finì di mangiare la cotoletta, ed era così assorbita dai pensieri, che si svegliò di soprassalto, meravigliata del locale pubblico in cui si trovava. Tutto le si faceva amaro, i bocconi non andavano giù, e non si sentì neppure disposta con lo stomaco a bere il caffè. Ma, pur avendo mangiato lentamente, era appena mezzogiorno e un quarto, quando uscì dalla trattoria. Ancora tre quarti d'ora! Adorava Parigi, e, le rare volte che vi veniva, si divertiva a percorrere liberamente le strade, ma ora si sentiva perduta, spaurita, impaziente

di concludere e di nascondersi. I marciapiedi erano già a-
sciutti, un tiepido vento finiva di spazzare le nuvole. Discese
per rue Tronchet e si trovò al mercato dei fiori della Madeleine, una di quelle esposizioni di marzo fiorite di primule e
di azalee nella pallida luce di fine inverno. Per mezz'ora
vagò in mezzo a quella precoce primavera, riafferrata da im-
palpabili fantasticherie, e pensava a Jacques come a un ne-
mico da disarmare. Le pareva di aver già fatta la visita in
rue du Rocher, che tutto era andato bene da quel lato e che
le restava soltanto di ottenere il silenzio di quel giovane; e si
trattava di un'impresa complicata nella quale si smarriva, la
testa che le ronzava di piani romanzeschi. Ma tutto questo,
senza affaticarsi, senza paura, con la dolcezza di una ninna-
nanna. Poi, all'improvviso, sull'orologio di un chiosco vide
l'ora: la una e dieci. La missione non era stata espletata e ripiombò duramente nell'angoscia della realtà, affrettandosi a
risalire verso rue du Rocher.

Il palazzo di Camy-Lamotte era situato all'angolo di quella
strada con rue de Naples; e Séverine fu costretta a passare
davanti al palazzo Grandmorin, silenzioso, vuoto, con le per-
siane chiuse. Alzò lo sguardo, affrettò il passo. Le era sorto il
ricordo dell'ultima visita, terribile si ergeva quella grande
casa. Sul marciapiede di fronte, essendosi voltata con moto i-
stintivo a guardare indietro come persona inseguita dall'urlo
di una folla, scorse il giudice istruttore di Rouen, Denizet
che, anche lui, risaliva la via. Ne fu paralizzata. L'aveva no-
tata mentre aveva osservato la casa? Ma il giudice camminava tranquillamente, e lei si lasciò sorpassare, poi lo seguì con
profondo turbamento. Ed ebbe un nuovo colpo al cuore
quando lo vide bussare all'angolo di rue de Naples, alla casa
di Camy-Lamotte.

Fu colta dal terrore. Ora, mai più avrebbe osato entrare.
Ritornò indietro, infilò rue d'Edimbourg, discese fino al pont
de l'Europe. Qui si sentì al riparo. E non sapendo più dove
andare, che cosa fare, se ne stette immobile, smarrita, contro
una delle balaustre, a guardare in giù, attraverso le travature
metalliche, il vasto spiazzo della stazione con i treni che passavano continuamente. Con sguardo sgomento li seguiva, e
pensava che, di sicuro, il giudice era andato lì per il processo, e che i due uomini parlavano di lei, che la sua sorte

veniva decisa in quel preciso momento. Allora, presa da disperazione, piuttosto che ritornare in rue du Rocher, fu torturata dal desiderio di gettarsi immediatamente sotto un treno. Proprio in quel mentre ne sbucava uno dalla tettoia delle grandi linee, e lo guardò avanzare e passare sotto di lei, soffiandole sino in faccia il tiepido mulinello del bianco vapore. Poi, la balorda inutilità di quel viaggio, la terribile angoscia che l'avrebbe afferrata se non avesse avuto l'energia di andare ad attingere la certezza, si affacciarono alla sua mente con tanta forza, che le occorsero solo cinque minuti per ritrovare il coraggio. Alcune locomotive fischiavano; lei ne seguiva una, piccola, staccata da un treno della periferia; e il suo sguardo s'era volto a sinistra, dove, al di sopra del cortile delle messaggerie, riconobbe, nella parte alta della casa dell'impasse d'Amsterdam, la finestra di mamma Victoire, alla quale si rivedeva affacciata insieme col marito, prima della spaventosa scena che aveva causato la loro rovina. Da ciò il richiamo della pericolosa situazione, in un impeto di così acuta sofferenza, che di colpo, si sentì pronta ad affrontare ogni cosa pur di venirne fuori. Fu assordata da squilli di tromba e da un prolungato sferragliare, mentre colonne di fumo si ergevano nel grande cielo chiaro di Parigi a sbarrare l'orizzonte. Riprese il cammino verso rue du Rocher, come se andasse verso il suicidio, e tuttavia affrettando il passo per l'improvvisa paura di non trovare più nessuno.

Quando spinse il pulsante del campanello, un nuovo terrore la paralizzò. Ma già un domestico la faceva accomodare in anticamera, dopo aver chiesto il suo nome. Attraverso le porte appena socchiuse, percepì distintamente una fitta conversazione a due voci. Poi il silenzio ripiombò, profondo, assoluto. Ora distingueva solo il sordo battito delle tempie, e pensava che il giudice era ancora lì a colloquio; che, senza dubbio, l'avrebbero fatta attendere a lungo; quell'attesa le era intollerabile. Ebbe un sussulto: il domestico la chiamava e la introduceva. Sicuramente il giudice non era ancora uscito. Arguiva che fosse lì, nascosto dietro qualche porta.

Entrò in un ampio studio con mobili scuri, uno spesso tappeto, pesanti tendaggi, severo e riparato in maniera che non un rumore esterno vi penetrasse. C'erano dei fiori, rose pallide in un cestino di bronzo. In tutta quell'austerità, questo stava a significare una grazia nascosta, un gusto amabile della vita. Il padrone di casa era in piedi, irreprensibilmente stretto nella sua palandrana, austero anche lui, col viso minuto che i favoriti brizzolati slargavano un poco; aveva l'eleganza del vecchio signore, un tempo bello, ma ancora agile, malgrado gli anni, di una distinzione che si sentiva benevola sotto la rigidezza impostagli dalla posizione ufficiale. Nella mezza luce della stanza aveva un'aria molto imponente.

Séverine si sentì subito oppressa da un'aria tiepida, come soffocata dalle stoffe che rivestivano le pareti; e non vide che Camy-Lamotte, il quale la osservò mentre si avvicinava. Questi non fece alcun gesto per invitarla a sedere, e ostentatamente non aprì bocca per primo, in attesa che lei spiegasse il motivo della visita. Ciò prolungò il silenzio; e per effetto di una violenta reazione, la donna si sentì subito, anche nel pericolo, padrona di se stessa, calmissima e insieme prudente.

« Signore » disse « lei vorrà scusarmi se ho avuto l'ardire di ricordarmi della sua benevolenza. Lei sa della irreparabile perdita da me subìta e, nell'abbandono in cui oggi mi trovo, ho osato pensare a lei per la nostra difesa, perché si possa continuare a beneficiare un poco della protezione del suo amico, del tanto rimpianto mio protettore.

Allora Camy-Lamotte, con un gesto, non poté non farla sedere, perché lei aveva parlato con tono perfetto, senza esagerare in umiltà o in dolore, con l'arte innata dell'ipocrisia femminile. Anche lui si era seduto, ma continuava a rimanere in silenzio, ancora in attesa. Vedendo che doveva precisare, Séverine continuò.

« Mi permetto di rinverdire i suoi ricordi, rammentandole di aver avuto l'onore di vederla a Doinville. Ah, quello era per me un tempo felice... Ora sono arrivati i giorni cattivi, e io non ho che lei, signore, e la imploro in nome di colui che abbiamo perduto. Lei che gli ha voluto bene, completi la sua opera, faccia per me le sue veci. »

Camy-Lamotte l'ascoltava e la guardava, e tutte le sue supposizioni venivano scosse, talmente lei appariva spontanea, graziosa nei suoi rimpianti e nelle sue suppliche. Il biglietto da lui scoperto tra le carte di Grandmorin, quelle due righe non firmate, gli erano parse non potessero essere che di lei, di cui conosceva le condiscendenze per il presidente; e poco prima, l'annuncio della sua visita aveva finito per convincerlo. Non aveva interrotto il colloquio col giudice se non per confermare la sua certezza. Ma a vederla a quel modo, così placida e dolce, come crederla colpevole?

Volle avere la certezza assoluta. E pur mantenendo il suo atteggiamento austero:

« Si spieghi, signora... Ricordo perfettamente, e non domando di meglio che di esserle utile, se nulla si oppone. »

Allora, con tutta chiarezza Séverine raccontò come il marito fosse minacciato di destituzione. A causa dei suoi meriti e dell'alta protezione che sino a quel momento lo aveva tenuto al riparo, c'erano molti invidiosi. Ora, che lo si credeva senza difesa, speravano di trionfare e raddoppiavano gli sforzi. Lei, del resto, non faceva il nome di nessuno; parlava in termini misurati, nonostante l'imminenza del pericolo. Perché si fosse decisa a venire a Parigi, occorreva che fosse ben convinta della necessità di agire senza indugio. Poteva darsi che il giorno dopo non si fosse più in tempo: era per l'immediato futuro che reclamava aiuto e soccorso. E tutto questo con tale copia di fatti logici e di buone ragioni, che sembrava in verità impossibile che si fosse scomodata per un altro scopo.

Camy-Lamotte studiava le labbra di lei sin nei più lievi, impercettibili tremolii; ed inferse il primo colpo:

« Ma, insomma, perché la Compagnia manderebbe via suo marito? Non ha nulla di grave da addebitargli. »

Anche lei non lo abbandonava con lo sguardo, spiando le più leggere contrazioni del viso, domandandosi se aveva trovata la lettera; e nonostante l'innocenza della domanda, d'improvviso fu convinta che la lettera era lì, in un mobile di quello studio: lui sapeva, e perciò le tendeva una trappola, desiderando di vedere se lei avrebbe osato parlare delle vere ragioni del licenziamento. Peraltro aveva accentuato troppo il tono, si era sentita scrutare sin nel profondo da quegli occhi pallidi di uomo stanco.

Mosse coraggiosamente verso il pericolo.

« Mio Dio, signore, è davvero mostruoso, ma ci hanno sospettato di aver ucciso il nostro benefattore, a causa di quel disgraziato testamento. Non abbiamo dovuto sforzarci per dimostrare la nostra innocenza. Però qualcosa resta sempre di quelle abominevoli accuse, e la Compagnia teme certamente lo scandalo. »

Camy-Lamotte fu di nuovo sorpreso, smontato da quella franchezza, soprattutto dalla sincerità del tono. E poi, avendola giudicata al primo colpo d'occhio come un essere dalla figura mediocre, ora invece cominciava a trovarla straordinariamente seducente, con quella compiacente sottomissione degli occhi azzurri sotto l'oscura forza della capigliatura. E preso da gelosa ammirazione, pensava all'amico Grandmorin: come mai quell'uomo in gamba, di dieci anni più anziano di lui, era riuscito fino alla morte a ottenere creature come questa, mentre lui doveva già rinunciare a quei balocchi per non compromettere il resto delle midolla? Era veramente molto graziosa, molto fine: gli spuntava il sorriso dell'intenditore ormai disinteressato sotto la fredda imponenza del funzionario che ha sulle braccia una questione tanto incresciosa.

Ma Séverine, per una smargiassata di donna consapevole della propria forza, ebbe il torto di aggiungere:

« Gente come noi non ammazza per i quattrini. Sarebbe occorso un altro motivo, e non ve n'era alcuno. »

Lui la guardò e vide che le tremavano gli angoli della bocca. Era lei. Da quel momento la sua convinzione fu assoluta. E anche lei comprese immediatamente, dalla maniera con la quale il vecchio aveva cessato di sorridere, da quella contrazione nervosa del mento, di essersi autodenunciata. Fu colta da un cedimento, come se tutto il suo essere l'abbandonasse. Però, sempre col busto eretto sulla sedia, sentiva la propria voce continuare a parlare con tono immutato e a pronunciare le parole che bisognava dire. La conversazione continuava, ma ormai essi non avevano più nulla da capire; e sotto le parole più comuni tutti e due parlavano soltanto di cose che non dicevano apertamente. Lui possedeva la lettera, era stata lei a scriverla. Questo affiorava dai loro stessi silenzi.

« Signora » aggiunse infine Camy-Lamotte « non rifiuto di interessarmi presso la Compagnia, se siete veramente degni ch'io me ne interessi. Proprio stasera aspetto, per un altro affare, il capo della gestione... Però avrei bisogno di qualche appunto. Ecco, scriva il nome, l'età, lo stato di servizio di suo marito, insomma tutto quello che possa mettermi al corrente della vostra situazione. »

E spinse davanti a lei un tavolinetto, cessando di guardarla per non spaventarla troppo. Lei fu colta da un fremito: voleva una pagina della sua scrittura per porla a confronto con la lettera. Per un attimo cercò disperatamente un pretesto, risoluta a non scrivere. Poi ci ripensò: a che pro, dal momento che lui sapeva? Avrebbe potuto sempre ottenere qualche riga di lei. Senza alcun apparente turbamento, con l'aria più semplice del mondo, scrisse quel che le si chiedeva; mentre, in piedi, alle sue spalle lui riconosceva perfettamente quella scrittura, più decisa, meno tremolante di quella del biglietto. Finì col giudicare bravissima questa piccola donna esile; di nuovo sorrideva, ora che non poteva essere visto, col sorriso dell'uomo che si commuove ancora solo di fronte alla bellezza, nell'esperta noncuranza per tutto il resto. In fondo non valeva passare per uomo giusto. Vegliava soltanto sul decoro del regime che serviva.

« Ebbene, signora, me lo dia, mi informerò, agirò come meglio possibile. »

« Le sono profondamente riconoscente, signore... Allora otterrà la conferma di mio marito? posso considerare la cosa come già a posto? »

« Ah, questo poi no! non mi impegno affatto... Occorre che veda, che rifletta. »

In realtà era esitante, non sapeva a qual partito appigliarsi nei riguardi della coppia. E lei, da quando si sentiva nelle sue mani non aveva che un'angoscia: quell'esitazione, l'alternativa di essere salvata o rovinata da lui, non potendo indovinare le ragioni che lo avrebbero condotto a qualsiasi decisione.

« Oh, signore, pensi al nostro tormento. Non mi lasci partire senza avermi data la certezza. »

« Dio mio, signora. Non posso farci nulla. Dovete aspettare. »

La spingeva verso la porta. E lei andava via disperata, sconvolta, sul punto di confessare ogni cosa ad alta voce, nell'immediato bisogno di costringerlo a dire chiaramente quel che contava di fare nei loro riguardi. Per restare ancora un minuto, nella speranza di trovare un pretesto, esclamò:

« Dimenticavo, desideravo chiederle un consiglio a proposito di quel disgraziato testamento... Lei pensa che dobbiamo rifiutare il legato? »

« La legge è dalla vostra parte » rispose lui con prudenza. « È una questione di opinioni e di circostanze. »

Lei era sulla soglia, e tentò un ultimo sforzo.

« Signore, la supplico, non mi lasci partire a questo modo, mi dica se posso sperare. »

In un gesto di abbandono, gli aveva afferrata la mano. Il vecchio si liberò. Ma lei lo guardò con i begli occhi così ardenti di preghiera, che lui ne fu commosso.

« Ebbene, torni alle cinque. Può darsi che abbia qualche cosa da dirle. »

Séverine andò via, si allontanò dal palazzo più angosciata di quanto lo era stata nel venire. La situazione si era precisata e la sua sorte rimaneva sospesa, con la minaccia di un arresto, forse immediato. Come vivere fino alle cinque? Le tornò in mente Jacques, che aveva dimenticato: ecco ancora un altro che avrebbe potuto perderla se l'avessero arrestata. Benché fossero appena le due e mezzo, si affrettò a risalire la rue du Rocher verso rue Cardinet.

Rimasto solo, Camy-Lamotte s'era fermato dinanzi alla scrivania. Intimo alle Tuileries, per le sue funzioni di segretario generale del ministero della Giustizia vi era chiamato quasi ogni giorno, potente al pari del ministro, addetto inoltre a più delicate incombenze, sapeva che il delitto Grandmorin suscitava irritazione e inquietudini in alto loco. I giornali d'opposizione continuavano a svolgere una violenta campagna, gli uni accusando la polizia di essere talmente impegnata nella sorveglianza politica da non aver tempo di arrestare gli assassini, gli altri, frugando nella vita del presidente, davano a intendere che lui apparteneva alla corte dove regnava la più bassa dissolutezza; e quella campagna risultava veramente disastrosa man mano che si avvicinavano le elezioni. In tal modo al segretario generale era stato espresso il formale desiderio di porvi fine nella maniera più rapida, e non importava in qual modo. Il ministro aveva scaricato su di lui quest'affare delicato, e così lui si trovava ad essere l'unico arbitro della decisione da adottare, sotto la sua responsabilità, naturalmente: ma ciò comportava riflessione, perché non dubitava di dover pagare per tutti se si fosse mostrato maldestro.

Sempre soprappensiero, Camy-Lamotte andò ad aprire la porta della stanza attigua, dove Denizet era in attesa. E questi, che aveva ascoltato, nell'entrare esclamò:

« Glielo dicevo, hanno avuto torto nel sospettare di quella gente... È evidente che quella donna non pensa che a salvare il marito da un possibile licenziamento. Non ha pronunciato una sola parola sospetta. »

Il segretario generale non rispose subito. Con lo sguardo assorto sul giudice, colpito da quel viso massiccio e da quelle labbra sottili, ora pensava alla magistratura che aveva in mano in qualità di capo occulto del personale, e si meravigliava che fosse ancora tanto dignitosa nella sua povertà, tanto intelligente nel suo torpore professionale. Ma questo qui, veramente, per quanto si ritenesse furbo con quei suoi occhi seminascosti sotto le spesse palpebre, era tenace e caparbio, quando credeva di possedere la verità.

« Allora lei persiste » disse Camy-Lamotte « nel vedere in Cabuche il colpevole? »

Denizet, sorpreso, sussultò.

« Oh, certo!... Tutto lo schiaccia. Le ho enumerate le prove, che sono, oserei dire, classiche, perché non ne manca alcuna... Ho cercato in tutti i modi di sapere se avesse un complice, una donna nel coupé, come lei mi fece capire. E ciò pareva accordarsi con la deposizione del macchinista, l'uomo che intravide la scena del delitto, ma che, da me abilmente interrogato, non ha persistito nella prima dichiarazione, riconoscendo inoltre nella coperta da viaggio la massa scura di cui aveva parlato... Oh, sì, certo, è Cabuche il colpevole, tanto più che se non fosse lui, non ne avremmo nessun altro. »

Il segretario generale aveva atteso fino a quel momento per metterlo al corrente della prova dello scritto che lui possedeva; e ora che la sua convinzione era formata aveva meno fretta nello stabilire la verità. A che scopo far crollare la falsa indagine dell'istruttoria quando l'autentica pista avrebbe potuto far nascere più grossi imbarazzi? Tutto questo era da esaminare prima di ogni altra cosa.

« Dio mio! » riprese a dire col suo sorriso di uomo stanco « voglio ammettere senz'altro che lei sia nel giusto... L'ho invitato a venire solo per studiare insieme certi punti gravi. Questo è un caso eccezionale, ed eccolo assumere un risvolto del tutto politico: lei lo avverte, non è vero? Può darsi che ci si trovi costretti ad agire da uomini di governo... Insomma, in tutta franchezza, sulla base degli interrogatori da lei condotti, quella ragazza, l'amante di questo Cabuche, fu violentata, no? »

Il giudice lasciò intendere che aveva capito al volo, e le pupille quasi gli scomparvero sotto le palpebre.

« Diamine! Credo che il presidente l'avesse ridotta male, e questo verrà a galla sicuramente dal processo... Aggiunga che se la difesa è affidata a un avvocato dell'opposizione, c'è da aspettarsi un'inflazione di storielle spiacevoli, perché non sono certo tali storielle che fan difetto qui, nel nostro paese. »

Denizet non era poi così stupido quando non si trovava incastrato nel meccanismo del mestiere, nell'assoluto della sua perspicacia e della sua onnipotenza. Aveva capito perché non lo si riceveva al ministero della Giustizia, ma nel domicilio del segretario generale.

« Insomma » concluse vedendo che questi restava imperterrito « avremo un caso molto sporco. »

Camy-Lamotte si accontentò di scuotere la testa. Stava calcolando i risultati dell'altro processo, quello ai Roubaud. A colpo sicuro, se il marito fosse stato rinviato alle assise, avrebbe spifferato tutto: la moglie traviata anche lei da ragazzina, e, in seguito, l'adulterio, seguito dal furore geloso che lo aveva spinto al delitto; senza contare che non si trattava più di una domestica e di un pregiudicato, e che questo impiegato, marito di una graziosa moglie, avrebbe chiamato in causa tutto un settore della borghesia e del mondo ferroviario. Eppoi, si poteva mai sapere dove si andava a finire con un uomo come il presidente? Si poteva precipitare in un abominio imprevisto. Decisamente no, il caso dei Roubaud, i veri colpevoli, era ancora più sporco. Era assodato, lo scartava nel modo più assoluto. A prenderne in considerazione uno, sarebbe stato propenso a tener per buono il caso dell'innocente Cabuche.

« Accetto la sua tesi » disse infine rivolto a Denizet. « Vi sono infatti forti indizi contro il cavapietre, se avesse esercitato una legittima vendetta... Ma tutto questo, mio Dio, è molto triste, e quanto fango bisognerà rimuovere!... So perfettamente che la giustizia deve restare indifferente di fronte alle conseguenze, e che, sorvolando al di sopra degli interessi... »

Non finì la frase, concluse con un gesto, mentre il giudice, a sua volta silenzioso, attendeva con aria cupa gli ordini che subodorava gli dovessero essere impartiti. Visto che accettavano la sua verità, quella creazione della sua intelligenza, era disposto a sacrificare alle esigenze del governo il principio di giustizia. Ma il segretario, nonostante l'abituale destrezza in questa specie di transazioni, ebbe un po' troppa fretta, parlò troppo velocemente, da padrone obbedito.

« Insomma, si desidera un non luogo a procedere... Combini le cose in modo che il processo sia archiviato. »

« Scusi » disse Denizet « non sono più io l'arbitro di questo caso; esso dipende dalla mia coscienza. »

Camy-Lamotte subito sorrise, ridivenne cortese con quell'aria disincantata e pulita che sembrava burlarsi di tutto.

« Certamente. Perciò è alla sua coscienza che mi rivolgo. Le lascio prendere la decisione che essa le detterà, sicuro che peserà equamente il pro e il contro, in considerazione del trionfo delle sane dottrine e della pubblica morale... Lei sa meglio di me che alcune volte è eroico accettare un male se non si vuol precipitare nel peggio... Insomma, in lei si fa appello al buon cittadino, all'uomo onesto. Nessuno pensa di premere sulla sua indipendenza, ed è per questo, ripeto, che lei è il padrone assoluto del processo, come del resto ha sancito la legge. »

Geloso di quel potere illimitato, soprattutto all'atto di farne cattivo uso, il giudice accolse ciascuna di quelle frasi con un soddisfatto cenno del capo.

« D'altro canto » continuò l'altro con raddoppiate buone maniere, la cui esagerazione diveniva ironica « sappiamo a chi ci rivolgiamo. È da molto che seguiamo la sua opera, e posso permettermi di dirle che l'avremmo chiamato a Parigi non appena si fosse reso vacante un posto. »

Denizet fece un gesto. Cosa cosa? se avesse ottemperato

alla richiesta non avrebbero soddisfatto la sua grande ambizione, il suo sogno di un incarico a Parigi. Ma già Camy-Lamotte, avendo compreso, aggiungeva:

« Il suo posto è sicuro, è questione di tempo... Però, siccome ho cominciato con le indiscrezioni, sono contento di annunciarle che è in nota nel prossimo 15 agosto per l'onorificenza di cavaliere. »

Per un istante il giudice stette a riflettere. Avrebbe preferito l'avanzamento, calcolando che esso comportava un aumento di circa centosessantasei franchi al mese; e nella decorosa miseria in cui viveva ciò avrebbe rappresentato un maggior benessere, il vestiario rinnovato, meglio nutrita e meno bisbetica la cameriera Mélanie. Tuttavia era bello ottenere l'onorificenza. E poi aveva ottenuto una promessa. E lui, che non si sarebbe affatto venduto, allevato nella tradizione di quella magistratura onesta e mediocre, cedé immediatamente di fronte a una semplice speranza, alla vaga promessa dell'amministrazione di favorirlo. La funzione giudiziaria non era ormai che un mestiere come un altro, e lui trascinava la palla dell'avanzamento, da affamato sollecitatore, sempre pronto a piegarsi agli ordini del potere.

« Sono molto grato » mormorò « voglia esprimerlo al ministro. »

S'era alzato, sentendo che tutto quanto l'uno o l'altro avrebbero potuto aggiungere, li avrebbe ora infastiditi.

« Allora » concluse con gli occhi spenti e il viso smorto « porrò termine alla mia inchiesta tenendo conto dei suoi scrupoli. Naturalmente, se non avremo delle prove assolute, inconfutabili contro Cabuche, sarà meglio non rischiare inutilmente lo scandalo di un processo... Lo si rimetterà in libertà e si continuerà a sorvegliarlo. »

Sulla soglia, il segretario generale finì col mostrarsi oltremodo cortese.

« Signor Denizet, ci rimettiamo completamente al suo finissimo tatto e alla sua alta onestà. »

Quando fu solo, Camy-Lamotte fu preso da una curiosità, del resto oramai superflua, di confrontare il foglio scritto da Séverine col biglietto anonimo rintracciato tra le carte del presidente Grandmorin. La rispondenza era completa. Ripiegò la lettera, la conservò con cura, perché anche se non ne aveva fatto cenno al giudice istruttore, giudicava tuttavia molto opportuno custodire un'arma simile. E mentre gli si ripresentava davanti il profilo di quella piccola donna, così fragile e tanto forte nella sua resistenza nervosa, scrollò le spalle, indulgente e beffardo. Ah, queste puttanelle, quando vogliono!

Séverine, alle tre meno venti, era in anticipo, in rue Cardinet, all'appuntamento fissato con Jacques. Il giovane abitava lì, sulla cima di un grosso fabbricato, in una cameretta dove si inerpicava solo a sera, per andare a letto; e due volte la settimana, le due notti che passava a Le Havre tra il direttissimo della sera e il direttissimo del mattino, dormiva fuori. Quel giorno, però, inzuppato di pioggia, stremato di fatica, era rincasato per gettarsi sul letto. E Séverine forse l'avrebbe atteso invano se il litigio fra una coppia nell'appartamento vicino, un marito che le dava di santa ragione alla moglie urlante, non l'avesse svegliato. Di pessimo umore, s'era lavato, rivestito, avendola riconosciuta, guardando dalla finestra della mansarda, giù nel marciapiede.

« Ah, eccola qui! » esclamò lei quando lo vide sbucare dal portone. « Temevo di aver capito male... Mi aveva detto all'angolo di rue Saussure... »

E, senza aspettare risposta, alzando gli occhi sulla casa:

« È qui, dunque, che abita? »

Lui non glielo aveva detto, ma aveva fissato l'appuntamento davanti al suo portone, dato che il deposito, dove dovevano recarsi insieme, si trovava quasi di fronte. Ma quella domanda lo infastidì, immaginando che lei avrebbe ecceduto nel buon cameratismo sino a domandargli di voler vedere la camera. Ed era una camera sommariamente ammobiliata e con tanto disordine, che ne aveva vergogna.

« Oh, non vi abito, ci sto appollaiato » rispose. « Affrettiamoci, temo che il capo sia già uscito. »

Infatti, quando arrivarono alla casetta che quest'ultimo occupava alle spalle del deposito, nel recinto della stazione, non lo trovarono; e inutilmente di rimessa in rimessa andarono alla sua ricerca: dappertutto dissero che se volevano essere sicuri di incontrarlo all'officina riparazioni, ritornassero verso le quattro e mezzo.

« Va bene, ritorneremo » disse Séverine.

Poi, quando fu di nuovo fuori, sola con Jacques:

« Se è libero, non le fa nulla se resto ad aspettare con lei? »

Lui non poteva rifiutare, e d'altro canto, nonostante la sorda inquietudine che quella presenza gli causava, quella donna esercitava su di lui un'attrattiva sempre più intensa e tanto forte che la volontaria scontrosità nella quale s'era ripromesso di barricarsi di fronte a quei dolci sguardi, svaniva. Con il suo lungo viso tenero e spaurito, lei doveva saper amare come un cane fedele, che non s'ha neppure il coraggio di picchiare.

« Certo, non la lascio » rispose con tono meno brusco. « Però abbiamo da attendere più di un'ora... Vuole entrare in un caffè? »

Felice, Séverine gli sorrise nel sentirlo finalmente cordiale. Ed esclamò con entusiasmo:

« Oh, no, non voglio rinchiudermi... Preferisco camminare al suo braccio per le strade, dove vorrà ».

E con gentilezza, fu lei che gli prese il braccio. Ora che non era più affumicato dal viaggio, lo trovava distinto, col suo fare disinvolto da impiegato, l'aspetto borghese, che rivelava una sorta di libera fierezza, l'abitudine all'aria aperta e al pericolo affrontato quotidianamente. Mai fino a quel momento aveva notato che era un bel ragazzo, il viso tondo e regolare, i baffi nerissimi sulla carnagione bianca; e solo continuava a diffidare per quello sguardo sfuggente, quegli occhi disseminati di puntini d'oro che la evitavano. Se cercava di non guardarla in faccia, era dunque perché non voleva impegnarsi, perché voleva restare padrone di agire a suo piacimento, anche contro di lei? Da quel momento, nell'incertezza in cui ancora permaneva, riassalita da un brivido ogni volta che pensava a quella stanza di rue de Rocher, dove veniva decisa la sua vita, non ebbe che uno scopo: sentire suo, tutto suo, l'uomo che le dava il braccio, fare in modo che nell'alzare la testa, lui la guardasse profondamente negli occhi. Allora le sarebbe appartenuto. Non l'amava affatto, non pensava neppure a questa evenienza. Si sforzava semplicemente di fare di lui, per non doverlo più temere, una cosa sua.

Nel continuo flusso dei passanti che affollavano quel

quartiere, camminarono per un po' senza parlare. Certe volte erano costretti a scendere dal marciapiede; e in mezzo alle vetture, attraversarono la via. Poi si trovarono davanti al giardinetto delle Batignolle, semideserto in quel periodo dell'anno. Il cielo, ripulito dal diluvio del mattino, era di un dolcissimo azzurro; e sotto il tiepido sole di marzo germogliavano i lillà.

« Entriamo? » domandò Séverine. « Tutta questa gente mi stordisce. »

Jacques stava già per entrare spontaneamente, incosciente del bisogno di sentirsela più vicina, lontana dalla folla.

« Qui o altrove » disse. « Entriamo. »

Continuarono a camminare lentamente lungo i prati, tra alberi senza foglie. Qualche donna portava a passeggio dei bambini in fasce, e c'erano dei passanti che attraversavano il giardino per abbreviare la strada, affrettando il passo. Attraversarono il fiume, salirono tra le rocce; poi ritornarono bighellonando e passarono attraverso i ciuffi degli abeti dalle persistenti foglie, che, al sole, luccicavano di verde cupo. E lì, in un angolo solitario, nascosta agli sguardi, c'era una panchina, e questa volta, senza neppure consultarsi, come spinti a quel posto da una intesa, sedettero.

« Però, oggi è bello » disse lei dopo un silenzio.

« Sì, è riapparso il sole. »

Ma non erano questi i loro pensieri. Lui, che sfuggiva le donne, pensava agli eventi che l'avevano fatto avvicinare a Séverine. Lei era lì, toccava, minacciava di invadere la sua esistenza, e per lui era una continua sorpresa. Dopo l'ultimo interrogatorio a Rouen, non aveva più dubbi, questa donna era complice del delitto della Croix-de-Maufras. In che modo? in seguito a quale circostanza? spinta da quale passione o da quale interesse? s'era posto queste domande senza poter chiaramente rispondere. Tuttavia aveva finito per tracciare una trama: il marito interessato, violento, aveva avuto fretta di entrare in possesso del lascito; forse per paura che il testamento potesse cambiare a loro danno; forse per vincolare la moglie con un legame di sangue. E si atteneva a questa storia attratto dai lati oscuri che lo interessavano, ma che non tentava di chiarire. L'idea che suo dovere sarebbe stato quello di dire tutto alla giustizia l'aveva pure assillato. Ed era proprio quest'idea che lo preoccupava da quando era seduto su quella panchina, vicino a lei, così vicino da sentire contro l'anca il tepore dell'anca di lei.

« È sorprendente come in marzo si possa restare fuori come in estate » riprese a dire lui.

« Oh, quando il sole s'alza si fa sentire » rispose lei.

E intanto da parte sua rifletteva che questo giovane doveva essere veramente un idiota, per non averli ancora individuati come colpevoli. Essi lo avevano troppo preso di mira, e lei in quel preciso momento continuava a stringersi a lui. Così, nel silenzio intramezzato da vuote parole, essa indovinava le riflessioni del giovane; i loro sguardi s'erano incontrati, e lei vi aveva letto ch'egli era giunto al punto di chiedersi se non fosse proprio la donna che aveva visto, gettata con tutto il suo peso, come una massa scura, sulle gambe della vittima. Che fare, che dire per avvincerlo con un legame indistruttibile?

« Stamani » aggiunse lei « faceva molto freddo a Le Havre. »

« Senza contare » disse lui « tutta la pioggia che abbiamo presa. »

E in quell'istante Séverine ebbe un'improvvisa ispirazione. Non si soffermò a ragionare, a discutere: era una cosa affiorata come un istintivo impulso dalle oscure profondità dell'intelligenza e del cuore; perché se ne avesse discusso, non avrebbe detto nulla. Ma sentiva che era una cosa buonissima, e che parlandone l'avrebbe conquistato.

Piano piano gli prese una mano e lo guardò. Le verdi chiome degli alberi li nascondevano ai passanti delle strade vicine; non sentivano che il lontano rullio delle carrozze, ovattato in quella solitudine assolata del giardinetto; e solo alla svolta del viale c'era un bambino che giocava in silenzio a riempire di sabbia, con la paletta, un secchiello. E d'un fiato, con tutta la sua anima, a mezza voce:

« Lei mi crede colpevole? ».

Jacques fu colto da un leggero fremito, e puntò gli occhi in quelli di lei.

« Sì » rispose con lo stesso tono di voce, basso e commosso.

Allora lei gli strinse la mano che aveva trattenuta, con

una più forte pressione; e non continuò a parlare subito, sentendo le loro eccitazioni divenire una febbre sola.

« Si sbaglia, non sono colpevole. »

E diceva quelle parole non per convincerlo, ma unicamente per avvertirlo che agli occhi degli altri lei doveva risultare innocente. Era la confessione della donna che dice di no nel desiderio che sia no, in ogni caso e sempre.

« Non sono colpevole... Non mi darà più il dispiacere di credermi colpevole. »

Ed era felicissima nel vedere che lui fissava profondamente gli occhi nei suoi. Certo, quello che aveva fatto rappresentava il dono di se stessa; gli si donava, e più tardi, se l'avesse voluta, non avrebbe potuto più rifiutarsi. Il vincolo fra loro due era annodato indissolubilmente; ora lei lo sfidava a parlare, lui era nelle sue mani, come lei era in quelle di lui. La confessione li aveva uniti.

« Non mi darà più questo dispiacere, lei mi crede? »

« Sì, le credo » rispose lui sorridendo.

Perché l'avrebbe mai forzata a parlare brutalmente di quelle cose raccapriccianti? In seguito, più tardi, gli avrebbe raccontato tutto, se ne avesse sentito il bisogno. Quel modo di rasserenarsi confessandosi a lui, senza nulla asserire, lo commuoveva profondamente come una prova di infinita tenerezza. Era così fiduciosa, fragile, con quei dolci occhi di pervinca! Gli appariva così donna, tutta devota all'uomo, sempre disposta a subirlo per essere felice! E, soprattutto, quel che l'incantava, mentre le loro mani restavano congiunte e i loro sguardi non si evitavano, era di non sentire più quel malessere, quel terribile brivido che l'agitava al cospetto di una donna, al pensiero del possesso. Delle altre non aveva potuto toccare la carne senza provare il desiderio di morderle in una terribile brama di sgozzamento. E questa, avrebbe potuto amarla senza ucciderla?

« Lei sa bene che sono un amico e che da me non avrà nulla da temere » le mormorò all'orecchio. « Non voglio saper niente dei fatti suoi, sarà come piacerà a lei... Mi capisce? Disponga interamente di me. »

Le si era fatto tanto vicino che nei baffi sentiva il fiato caldo di lei. Quella stessa mattina ne avrebbe tremato per paura di una violenta crisi. Che cosa si produceva in lui perché gli perdurasse appena un fremito con la voluttuosa stanchezza dei convalescenti? Quel pensiero che lei avesse ucciso, divenuto certezza, gliela faceva apparire differente, più alta, più degna. Forse non aveva soltanto collaborato, ma colpito. Senza alcuna prova, ne fu convinto. E da quel momento gli parve che fosse a lui consacrata, al di fuori di qualsiasi ragionamento, nell'incoscienza dell'intenso desiderio che gli suscitava.

Tutti e due ora discorrevano, con la gaiezza di un uomo e una donna che si incontrano e nei quali nasce l'amore.

« Lei dovrebbe darmi l'altra mano, potrei scaldargliela. »

« Oh, non qui. Ci vedrebbero. »

« E chi, poi? Siamo soli... E del resto che male ci sarebbe? I bambini non è così che si fanno. »

« Lo spero bene. »

Séverine rideva apertamente, nella gioia di sentirsi salva. Non lo amava, di questo ne era sicura; e se si era offerta, pensava già al sistema per non pagare. Sembrava un tipo gentile, non l'avrebbe tormentata, e tutto si sarebbe accomodato per il meglio.

« Intesi, siamo amici, senza che gli altri, e neppure mio marito, abbiano nulla a che vedere... Ora mi lasci la mano, e non mi guardi più a quel modo, o si consumerà gli occhi. »

Ma lui trattenne tra le sue quelle dita delicate. E con un tono di voce smorzato mormorò:

« Lei sa che l'amo ».

Subito la donna s'era liberata con una leggera scossa. E, in piedi, dinanzi alla panchina, sulla quale lui restava seduto:

« Ecco una pazzia, guarda un po'! Sia prudente, viene gente ».

Infatti arrivava una balia col pupo addormentato tra le braccia. Poi passò, indaffarata, una ragazza. Il sole calava affogando all'orizzonte tra vapori violacei, e i raggi abbandonavano i prati smorendo in un pulviscolo d'oro sulla cima verde degli abeti. Nel persistente rollìo delle carrozze vi fu come una pausa. Un vicino orologio batté le cinque.

« Ah, Dio mio! » esclamò Séverine « le cinque, e io ho un appuntamento in rue du Rocher! »

La sua allegria scomparve, ripiombò nell'angoscia dell'ignoto che l'attendeva laggiù, e ricordò che non poteva ancora dirsi salva. Si fece pallidissima, e le labbra le tremavano.

« Ma il capo del deposito che doveva vedere? » disse Jacques, che s'era alzato dalla panchina per offrirle di nuovo il braccio.

« Tanto peggio! lo vedrò un'altra volta... Senta, amico, non ho più bisogno di lei, lasci che sbrighi in fretta la commissione. E grazie ancora una volta, grazie di tutto cuore. »

Gli strinse le mani e si affrettò.

« A più tardi, al treno. »

« Sì, a più tardi. »

Già si allontanava a passo rapido, e disparve tra il folto del giardino; mentre lui, lentamente, si diresse verso rue Cardinet.

Camy-Lamotte aveva avuto nel suo studio un lungo abboccamento col capo gestore della Compagnia dell'Ovest. Venuto col pretesto di un'altra pratica, questi aveva finito per confessare che quel processo Grandmorin dava noia alla Compagnia. Prima di tutto vi erano le recriminazioni dei giornali per la scarsa sicurezza dei viaggiatori nelle vetture di prima classe. Poi, tutto il personale era tirato in ballo nella faccenda; su molti impiegati gravava il sospetto, senza contare quel Roubaud, il più compromesso, che avrebbero potuto arrestare da un momento all'altro. Infine le voci correnti sui cattivi costumi del presidente, membro del consiglio di amministrazione, sembrava rimbalzassero sull'intero consiglio. Ed era perciò che il supposto delitto di un piccolo sottocapostazione, qualche losco intrigo, basso e sporco, rimontava attraverso complicati ingranaggi e scuoteva l'enorme macchina della gestione ferroviaria, sconvolgendone perfino l'amministrazione superiore. La scossa si ripercuoteva anche più in alto, investiva il ministero, minacciava lo Stato nel malessere politico del momento: in quell'ora critica, la più lieve febbre affrettava la decomposizione del grande corpo sociale. Così, quando Camy-Lamotte aveva saputo dal suo interlocutore che quella mattina la Compagnia aveva deciso il licenziamento di Roubaud, s'era violentemente opposto a quel provvedimento. No! no! nulla di più inopportuno, il provvedimento avrebbe raddoppiato il baccano nella stampa, se si fosse schierata per far passare il sottocapo come una vittima politica. Tutto sarebbe traballato pericolosamente dal basso in alto, e Dio sa a quale sgradita sorpresa si sarebbe giunti, per gli uni e per gli altri! Troppo a lungo era durato lo scandalo, occorreva imporre il silenzio al più presto. E il capo della gestione, convinto, s'era impegnato a non licenziare Roubaud, e a non trasferirlo neppure da Le Havre. Avrebbero ben visto che in tutta la faccenda non c'erano dei disonesti. Ed erano le ultime battute: il processo sarebbe stato archiviato.

Quando Séverine, ansimante, con il cuore in gola, si ritrovò in quell'austero studio di rue du Rocher, di fronte a Camy-Lamotte, questi, in silenzio, la contemplò per un istante, interessato dallo straordinario sforzo che lei compiva per apparire calma. Decisamente, questa delicata criminale dagli occhi di pervinca, gli era simpatica.

« Ebbene, signora... »

Tacque per gioire ancora qualche secondo dell'ansietà di lei, ma subito se ne impietosì, tanto profondo era il suo sguardo e sentendola tutta protesa verso di lui, in un così veemente bisogno di sapere.

« Ebbene, signora, ho visto il capo della gestione, e ho ottenuto che suo marito non sia licenziato... La cosa è stata messa a posto. »

Allora, nell'impeto di gioia che l'inondava, lei si sentì venir meno. Gli occhi le si erano empiti di lacrime, e non diceva nulla, sorrideva.

Camy-Lamotte ripeté, insistendo sulla frase, per attribuirle tutto il suo significato.

« L'affare è stato messo a posto... Può ritornare tranquilla a Le Havre. »

Aveva inteso bene: lui voleva dire che non li avrebbero arrestati, che si concedeva loro la grazia. Non si trattava soltanto dell'impiego salvato, ma dello spaventoso dramma che sarebbe stato dimenticato, affossato. Con movimento istintivo e carezzevole, come una graziosa bestiola domestica che ringrazia e blandisce, si chinò sulle mani dell'uomo, le baciò, le tenne poggiate contro le guance. E questa volta lui non le aveva ritirate, anch'egli molto commosso dal tenero incantesimo di quella gratitudine.

« Però » riprese a dire, cercando di divenire di nuovo severo « ricordatevene e filate diritto. »

« Oh, signore! »

Desiderava averli in pugno, sia la donna che l'uomo. E fece allusione alla lettera.

« Ricordatevi che l'incartamento resta lì, e che al minimo errore tutto può ritornare a galla. Soprattutto raccomandi a suo marito di non occuparsi più di politica. Su questo punto saremo inflessibili. So che s'è già compromesso, mi han parlato di uno spiacevole litigio col sottoprefetto; insomma, passa per repubblicano, ed è cosa detestabile... Non è così? Che sia saggio, altrimenti lo stritoleremo, né più né meno. »

Séverine era in piedi e ora aveva fretta di uscire all'aria aperta per dare spazio alla gioia che la soffocava.

« Signore, la obbediremo, faremo quel che a lei piacerà... Non importa quando, non importa dove, non avrà che a comandare: le appartengo. »

Lui aveva sorriso di nuovo, con la sua aria stanca, con il fare leggermente sdegnoso di chi ha lungamente bevuto alla vanità di tutte le cose.

« Oh, io non abuserò, signora, non posso più abusare. »

Aprì la porta dello studio. Sulla soglia lei si voltò, col viso raggiante, per ringraziare ancora.

Quando fu uscita, camminò per rue du Rocher come una pazza. Ma si accorse che stava risalendo la via; e ridiscese la china, attraversando senza ragione la strada a rischio di farsi investire. In lei c'era un bisogno di muoversi, di gesticolare, di gridare. E già capiva il motivo per cui era stata loro concessa la grazia, e si sorprese a dire:

« Perbacco! Hanno paura, non c'è pericolo che essi rivanghino più quelle cose, sono stata una vera sciocca a torturarmi. È evidente... Ah, che fortuna! Salva, salva veramente, questa volta!... Ma non importa, spaventerò mio marito, perché se ne stia tranquillo... Salva, salva, che fortuna! ».

Imboccando rue Saint-Lazare, vide all'orologio di un gioielliere che erano le sei meno venti.

« Be', mi offrirò un buon pranzetto, ho tutto il tempo. »

Scelse il ristorante più lussuoso di fronte alla stazione; e prendendo posto a un tavolino tutto lindo contro il cristallo trasparente della vetrina ordinò, rallegrata oltremodo dal movimento della strada, un pranzetto raffinato: ostriche, filetti di sogliola, un'ala di pollo arrosto. Era proprio il minimo, per rifarsi della pessima colazione. Divorò tutto, trovò squisito il pane di semola, ordinò ancora una leccornia, frittelle soffiate. Poi, bevuto il caffè, si affrettò in quanto mancavano soltanto pochi minuti alla partenza del direttissimo.

Jacques, dopo averla salutata ed essersi recato a casa per indossare di nuovo l'abito da lavoro, era andato immediatamente al deposito, dove di solito arrivava solo mezz'ora prima della partenza della sua locomotiva. Aveva finito con l'affidare a Pecqueux la cura dell'ispezione, benché il fuochista si presentasse ubriaco due volte su tre. Ma quel giorno, teneramente emozionato, voleva assicurarsi personalmente, invaso da un inconscio scrupolo, del buon funzionamento di tutti i pezzi, tanto più che, alla mattina, nel venire da Le Havre, credeva di aver individuato una dispersione di energia e un rendimento inferiore al normale.

Nella vasta rimessa tutta nera di carbone, rischiarata da alti finestroni polverosi, fra le locomotive in sosta, quella di Jacques era già in cima ai binari, designata a partire per prima. Un fuochista del deposito aveva caricato il focolare della caldaia e bruscoli incandescenti cadevano al di sotto nella fossa di accensione. Era una di quelle locomotive di direttissimo a due assi binati, di squisita e gigantesca eleganza, con le sue grandi ruote leggere riunite da bracci di acciaio, ampio il petto, allungate e possenti le reni, tutta una logica e una sicurezza che costituiscono la suprema bellezza di un complesso di metallo, la precisione nella forza. Come le altre locomotive della Compagnia dell'Ovest, oltre il numero di designazione, recava il nome di una stazione, quello di Lison, una stazione del Cotentin. Ma Jacques, per affetto lo aveva trasformato in un nome di donna, la Lison, come di solito diceva con carezzevole dolcezza.

Ed era vero, lui l'amava la sua locomotiva, da quattro anni che la guidava. Ne aveva governate delle altre, alcune docili, certe riluttanti o coraggiose e altre poltrone; non ignorava affatto che ciascuna aveva un suo carattere, che molte non valevano gran che, come si dice delle donne di carne e ossa; perciò se lui amava proprio quella era perché le riconosceva rare qualità di brava moglie. Era dolce, obbediente, facile all'avviamento, di tenuta regolare e continua grazie alla sua buona vaporizzazione. Sostenevano che se aveva un facile avviamento, ciò derivava dall'eccellente banda di trasmissione delle ruote, e soprattutto dalla regolazione perfetta dei cassetti di distribuzione; perciò se vaporizzava molto con poco combustibile, la cosa veniva attribuita alla qualità del rame dei tubi e alla felice disposizione della caldaia. Jacques sapeva però che non era tutto qui, dato che altre locomotive di identica costruzione, montate con la stessa cura, non possedevano le stesse qualità. C'era l'anima, il mistero della fabbricazione, un qualcosa che la casuale martellatura imprime al metallo, che la mano dell'operaio montatore infonde ai pezzi: la personalità della macchina, la vita.

Lui dunque l'amava da maschio riconoscente, la sua Lison, che partiva e si fermava di colpo come una vigorosa e docile cavalla; l'amava perché oltre allo stipendio fisso gli faceva guadagnare altri quattrini per i premi di riscaldamento. Vaporizzava così bene, che ne risultavano grosse economie di carbone. Solo un rimprovero da rivolgerle, un eccessivo bisogno di ingrassaggio: soprattutto i cilindri divoravano un'esagerata quantità di lubrificante, una fame continua, un autentico sperpero. Invano aveva cercato di condurla alla moderazione; essa perdeva subito fiato, era un'esigenza del suo temperamento. E così s'era rassegnato a tollerare quell'ingorda passione, alla maniera di chi chiude gli occhi su un vizio di persone che sono, d'altro canto, impastate di buone qualità; e si accontentava di dire al fuochista, tanto per scherzare, che essa, sull'esempio delle belle donne, aveva bisogno di essere spesso lisciata e ingrassata.

Mentre il camino ronfava e la Lison a poco a poco entrava in pressione, Jacques le si aggirava intorno, l'ispezionava in ogni parte, cercando di scoprire perché quella mattina aveva mangiato più grasso del solito. E non riusciva a trovare nulla, così lucente e pulita, a testimonianza delle vigili e tenere cure del suo macchinista. Di continuo lo si vedeva strofinare, lucidare; soprattutto all'arrivo, la sfregava vigorosamente, come si strofinano i cavalli fumanti dopo una lunga corsa, ed ancora calda, ne approfittava per pulirla meglio dalle macchie e dalle sbavature. Non la sforzava mai, le imprimeva una marcia regolare, evitando i ritardi che implicano poi spiacevoli aumenti di velocità. In tal modo avevano vissuto insieme con tanta armonia, che mai una volta in quattro anni Jacques aveva dovuto lamentarsi di lei sul registro del deposito sul quale i macchinisti scrivevano le domande per le riparazioni, i cattivi macchinisti, scansafatiche e ubriaconi, sempre a litigare con le loro locomotive. Ma in verità, quel giorno aveva sullo stomaco lo sciupio di grasso; e anche qualcosa di vago e di profondo mai provato fino allora, un'inquietudine, una diffidenza, come se dubitasse di lei e volesse assicurarsi che non si sarebbe comportata male lungo il tragitto.

Intanto Pecqueux non era ancora lì, e Jacques si adirò quando infine gli si presentò, la lingua impastata in seguito a un pranzo in compagnia di un amico. Di solito i due, per la lunga comunanza che li portava da un estremo all'altro della linea, sballottati fianco a fianco, silenziosi, uniti nella stessa penosa fatica e negli stessi pericoli, andavano benissimo d'accordo. Benché più giovane di oltre dieci anni, il macchinista si mostrava paterno col suo fuochista, copriva le sue marachelle, lasciava che se la dormisse un'oretta quando era troppo sborniato; e l'altro compensava quella compiacenza con la devozione di un buon cane, e d'altra parte, quando non era ubriaco, si dimostrava eccellente operaio, pratico del mestiere. Occorre aggiungere che anche lui voleva bene alla Lison, e questo bastava per la perfetta intesa. Loro due e la locomotiva costituivano un'autentica unione a tre, senza mai un litigio. Perciò, meravigliato di essere ricevuto così malamente, Pecqueux guardò Jacques con raddoppiata sorpresa quando lo sentì brontolare anche contro di lei.

« Di che si tratta? ma se va come una fata. »

« No, no, non sono tranquillo. »

E nonostante il perfetto stato di ogni singolo congegno, continuava a scuotere il capo. Mise in moto le leve, si assicurò del funzionamento della valvola. E mentre il fuochista si dava da fare a strofinare la cupola sulla quale erano rimaste leggere tracce di ruggine, lui salì sulla passerella, provvide di persona a riempire le tazze per la lubrificazione dei cilindri. La barra della sabbiera funzionava bene, tutto avrebbe dovuto rassicurarlo. Ma accadeva che nel suo cuore la Lison non era più sola. Un'altra tenerezza prendeva il sopravvento, per quella sottile creatura così fragile, che gli appariva di continuo accanto, sulla panchina del giardino, col suo dolce languore, bisognosa di essere amata e protetta. Mai, quando involontariamente s'era trovato in ritardo e aveva lanciato la locomotiva a una velocità di ottanta chilometri, mai aveva pensato ai pericoli che i viaggiatori potevano correre. Ed ecco che il solo pensiero di riaccompagnare a Le Havre quella donna, che la mattina quasi detestava, che aveva accompagnato con un senso di noia, ora lo tormentava per paura di un incidente, e se la immaginava ferita per colpa sua, morente fra le sue braccia. Ormai era dominato dall'amore. La Lison, oggetto di sospetto, avrebbe fatto meglio a comportarsi correttamente, se voleva che fosse mantenuta la sua rinomanza di buona camminatrice.

Suonarono le sei, Jacques e Pecqueux salirono sul ponticello di lamiera collegante il carro di scorta con la locomotiva; e il fuochista avendo, a un cenno del suo capo, aperto il rubinetto di scarico, un turbinìo di bianco vapore riempì la sua rimessa. Poi, obbedendo alla leva del regolatore, lentamente girata dal macchinista, la Lison si mosse, uscì dal deposito, fischiò per ottenere la via libera. E subito poté essere immessa nella galleria delle Batignolles. Ma dovette attendere al pont de l'Europe; ed era l'ora regolamentare quando lo scambista la instradò sul direttissimo delle sei e trenta, al quale due manovali l'agganciarono saldamente.

Si stava per partire, mancavano solo cinque minuti, e Jacques si sporgeva, sorpreso di non scorgere Séverine tra il viavai dei viaggiatori. Non c'era da dubitare, non sarebbe salita, senza prima andare da lui. Apparve infine, in ritardo, quasi correndo. E infatti percorse tutta la lunghezza del treno, e si fermò solo dinanzi alla locomotiva, accesa in volto, esultante di gioia.

Protesa sulla punta dei piedini, levò il viso ridente.

« Non si dia pensiero, eccomi. »

Anche lui si mise a ridere, felice che lei fosse lì.

« Bene, bene! va bene. »

Lei si protese ancora maggiormente, e a voce bassa, aggiunse:

« Amico, sono contenta, contentissima... Mi è capitata una grande fortuna... Tutto quello che desideravo ».

Lui comprese perfettamente e ne provò molto piacere.

Poi, mentre si allontanava correndo, lei si volse e aggiunse per scherzo:

« Mi raccomando, ora non mi fracassi le ossa ».

Con tono allegro lui esclamò:

« Oh, questa poi! non abbia paura! ».

Gli sportelli venivano chiusi, Séverine fece appena in tempo a salire; e Jacques, al segnale del capotreno, fischiò, poi aprì la valvola. Si partiva. Era la stessa partenza del tragico treno del febbraio, alla stessa ora, nello stesso movimento della stazione, nello stesso fragore, lo stesso fumo. Però questa volta era ancora giorno, un chiaro crepuscolo di una infinita dolcezza. Col capo poggiato allo sportello, Séverine guardava.

E Jacques, sulla Lison, dalla parte destra, vestito pesante, con pantaloni e camiciotto di lana, munito di occhialoni con paraocchi di panno legati dietro la testa sotto il berretto, non staccava più gli occhi dai binari, e si chinava di continuo fuori del vetro del riparo per veder meglio. Rudemente scosso dalla trepidazione, pur inconsciamente, aveva la mano destra sul volante del cambio di marcia, come un pilota sulla ruota del timone; e manovrava con insensibile e continuo movimento, moderando, accelerando la velocità; con la mano sinistra, non cessava di tirare la barra del fischio, data l'insidiosa difficoltà dell'uscita da Parigi. Fischiava ai passaggi a livello, alle stazioni, nell'imboccare le gallerie, di fronte alle curve pericolose. In lontananza, nel giorno calante, era apparso un segnale rosso, a lungo chiese la via libera, e passò come un fulmine. Di tanto in tanto gettava una rapida occhiata sul manometro, e quando la pressione raggiungeva i dieci chilogrammi, faceva girare il piccolo volante dell'iniettore. Il suo sguardo correva sempre in avanti, sui binari, tutto concentrato nel sorvegliare i minimi particolari, e tale era l'attenzione che non riusciva a vedere null'altro, né a sentir soffiare il vento in tempesta. Il manometro segnò un calo, e lui aprì il portello del focolare e sollevò la griglia; e Pecqueux, abituato a quella manovra, comprese, sminuzzò il carbone col martello e con la pala lo distribuì in uno strato uguale su tutta la lunghezza della griglia. Un ardente calore bruciò a tutti e due le gambe; poi, richiuso il portello, di nuovo soffiò la gelida corrente d'aria.

Cadeva la sera, e Jacques divenne ancora più guardingo. Di rado aveva sentito la Lison tanto remissiva; la possedeva, la cavalcava a suo piacimento con l'assoluta volontà del padrone; e tuttavia non transigeva in severità, trattandola da bestia domata da cui c'è sempre da stare in guardia. Lì, alle sue spalle, nel treno lanciato a grande velocità, vedeva una gracile creatura che, fiduciosa e sorridente, gli si abbandonava. Era percorso da un leggero brivido, con maggior forza stringeva le mani sul volante del cambio di velocità, e in cerca delle lanterne rosse, con lo sguardo fisso forava il buio che si infittiva. Dopo le biforcazioni di Asnières e di Colombes, aveva respirato. Sino a Mantes tutto procedeva bene, la ferrovia era un vero tavoliere sul quale il treno correva a suo bell'agio. Dopo Mantes dovette spingere la Lison perché si arrampicasse su una ripidissima rampa, quasi di mezza lega. Poi, senza rallentare, la lanciò sul dolce pendìo della galleria di Rolleboise, due chilometri e mezzo che essa percorse in appena tre minuti. C'era soltanto un'altra galleria, quella di Roule, nei pressi di Gaillon, prima della stazione di Sotteville, una temibile stazione, resa pericolosissima dal groviglio delle rotaie, dalle continue manovre e dal costante ingombro. Tutte le sue forze erano concentrate negli occhi che vegliavano e nella mano che guidava; e la Lison, fischiante e fumante, attraversò Sotteville a tutto vapore e si fermò soltanto a Rouen, di dove, calmata un tantino, ripartì salendo più lentamente la rampa che va fino a Malaunay.

S'era levata la luna, chiarissima, di una luce bianca, che permetteva a Jacques di distinguere i più piccoli cespugli, e perfino le pietre della massicciata ferroviaria nella loro rapida fuga. All'uscita dalla galleria di Malaunay, gettando a destra un colpo d'occhio inquieto per l'ombra proiettata da un grosso albero che sembrava sbarrare i binari, riconobbe l'angolo remoto, il campo di cespugli da dove aveva assistito al delitto. La contrada deserta e selvaggia sfilava con i suoi pendii, gli scuri avvallamenti di macchioni, la sconvolta desolazione. Poi fu la volta della Croix-de-Maufras sotto la luna immobile, l'improvvisa apparizione della casa situata di traverso, nell'abbandono e nella solitudine, le imposte eternamente chiuse, di una paurosa malinconia. E senza darsene ragione, questa volta ancora più delle precedenti, Jacques sentì che il cuore gli si serrava, come se passasse davanti alla sua malasorte.

Ma ecco che i suoi occhi colsero, immediatamente dopo, un'altra immagine. Vicino alla casa dei Misard, c'era Flore in piedi contro la sbarra del passaggio a livello. Ora, durante ogni viaggio, la vedeva lì in attesa, a fargli la posta. Lei non si mosse, volse semplicemente la testa per seguirlo più a lungo, nel lampo che lo trascinava. La sua alta sagoma si stagliava nera nella luce bianca, e solo i capelli d'oro si illuminavano all'oro pallido della luna.

Jacques, dopo aver spinto la Lison per farle superare la rampa di Motteville, la lasciò un po' sbuffare lungo l'altipiano di Bolbec, infine la lanciò da Siant-Romain a Harfleur, sulla più ripida discesa della linea, tre leghe, che le locomotive divorarono con un galoppo di bestie impazzite al sentore della scuderia. E a Le Havre si sentì morto di fatica, quando sotto la pensilina piena di chiasso e di fumo, Séverine, prima di salire in casa, corse a dirgli col suo sorriso allegro e tenero:

« Grazie. A domani. »

VI

Era trascorso un mese, e una profonda calma s'era ristabilita nell'alloggio che i Roubaud occupavano al primo piano della stazione, sopra le sale di aspetto. Per loro, per i vicini di corridoio, in quel piccolo mondo di impiegati, sottomessi a un'esistenza cronometrata dalle esigenze dell'orario, la vita aveva ripreso a scorrere con l'abituale monotonia. E pareva che nulla di violento e di anormale si fosse verificato.

Il clamoroso scandalo Grandmorin veniva a poco a poco dimenticato, e stava per essere archiviato, data l'impotenza in cui pareva dibattersi la giustizia nello scoprire il colpevole. Dopo una detenzione preventiva di una quindicina di giorni, il giudice istruttore Denizet aveva firmato un'ordinanza di non luogo a procedere per Cabuche, motivata dalla inesistenza di sufficienti prove a suo carico; e stava per essere diramata una versione romanzesca della polizia: quella di un assassino sconosciuto, inafferrabile, un avventuriero del crimine, presente nello stesso momento dappertutto, che si incolpava di tutti gli assassinii e che si volatilizzava come fumo alla semplice apparizione degli agenti. Nella stampa d'opposizione, infiammata dall'approssimarsi delle elezioni generali, riappariva appena di tanto in tanto qualche presa in giro a proposito di questo fantomatico assassino. La pressione del potere, le violenze dei prefetti fornivano quotidianamente altri argomenti per articoli indignati; in maniera che i giornali non s'occupavano più del delitto, uscito ormai dall'appassionata curiosità della folla. Insomma non se ne parlava più.

E la calma in casa Roubaud era stata definitivamente riportata dall'esito felice che aveva appianato l'altra difficoltà, quella che minacciava di dichiarare nullo il testamento del presidente Grandmorin. Su consiglio della signora Bonnehon, i Lachesnaye avevano infine acconsentito a non impugnare il testamento, per paura di rinnovare lo scandalo, e anche per l'assoluta incertezza sul risultato di un processo. Ed entrati in possesso del lascito, i Roubaud da una settimana erano proprietari della Croix-de-Maufras, la casa e l'orto, valutata grosso modo quarantamila franchi. Avevano pensato subito di venderla, quella casa di depravazione e di sangue che li ossessionava come un incubo e dove non avrebbero mai osato dormire terrorizzati com'erano dagli spettri del passato; e di venderla in blocco, con il mobilio, così come si trovava, senza fare riparazioni e neppure togliere la polvere. Ma poiché alle aste pubbliche era stata troppo svalutata, essendoci pochi compratori disposti a ritirarsi in quella solitudine, avevano deliberato di aspettare un amatore, e s'erano accontentati di appendere sulla facciata un enorme cartello agevolmente leggibile dai tanti treni che vi transitavano. Quell'avviso a lettere cubitali, quello squallore posto in vendita, accresceva la tristezza delle imposte chiuse e del giardino invaso dagli sterpi. Roubaud aveva opposto un categorico rifiuto di andarci, neppure per una breve scappata; così, per adottare alcune necessarie disposizioni, un pomeriggio, vi si era recata Séverine, che aveva affidato la chiave ai Misard, incaricandoli di far visitare la proprietà qualora si fossero presentati dei compratori. Vi si sarebbero potuti installare in un paio d'ore, perché negli armadi c'era perfino la biancheria.

Nient'altro preoccupò da quel momento i Roubaud, che lasciavano perciò trascorrere le giornate nell'assopita attesa del giorno dopo. La casa una volta o l'altra sarebbe stata venduta, ed essi avrebbero investito il danaro; tutto sarebbe andato per il meglio. Del resto ci pensavano poco, e vivevano come se non dovessero mai uscire dalle tre stanze che occupavano: la sala da pranzo, la cui porta si apriva direttamente sul corridoio; la camera da letto, molto spaziosa, a destra; la cucina, minuscola e senza finestra, a sinistra. Perfino la pensilina della stazione davanti alle loro finestre, quello sguancio di zinco che sbarrava la visuale come il muro di un carcere, non li esasperava più come una volta, ma pareva tranquillizzarli, accrescere la sensazione di un profondo riposo, di una pace confortevole nella quale essi si addormentavano. Per lo meno non si era spiati dai vicini, non si avevano sempre davanti occhi indiscreti intenti a indagare in casa vostra; e non si lamentavano più se non del calore soffocante, dei riflessi accecanti dello zinco arroventato dalla ricomparsa del sole. Infatti era tornata la primavera. Dopo la terribile scossa che per circa due mesi li aveva fatti vivere col cuore in gola, essi si godevano beatamente quel penetrante torpore. Chiedevano solo di non muoversi, felici, semplicemente, di esistere senza tremare e senza soffrire. Mai prima di allora Roubaud s'era dimostrato così preciso e coscienzioso sul lavoro: durante la settimana del turno di giorno, sulla banchina dalle cinque del mattino, non risaliva in casa prima delle dieci per la colazione; riattaccava alle undici e faceva tutta una tirata fino alle cinque di sera, undici ore piene di servizio; la settimana del turno di notte, dalle cinque della sera alle cinque del mattino, non aveva neppure il breve riposo della cena consumata in casa, e doveva mangiare in ufficio. Subiva questa dura schiavitù con una specie di soddisfazione, pareva che se ne compiacesse, indagando sui particolari, volendo rendersi conto di tutto, come se in questa fatica avesse trovato un oblio, un nuovo inizio di vita equilibrata, normale. Dal canto suo, Séverine, quasi sempre sola, vedova una settimana su due perché l'altra settimana non riusciva a vederlo se non a colazione e a pranzo, pareva fosse stata assalita dalla febbre della brava massaia. Di solito se ne stava seduta a ricamare e detestava di occuparsi dei lavori di casa ai quali provvedeva dalle nove a mezzogiorno la vecchia Simone. Ma da quando s'era messa tranquilla in casa, sicura di restarci, era stata presa dalla smania della pulizia, dell'ordine. E si sedeva soltanto dopo aver spolverato dappertutto. D'altro canto, tutti e due dormivano sonni tranquilli. Nei loro rari incontri, durante la cena come nelle notti in cui andavano a letto insieme, mai parlavano del delitto; e dovevano certo credere fosse cosa finita, sepolta.

Specie per Séverine l'esistenza ridivenne in tal modo assai dolce. Fu ripresa dalla pigrizia, e di nuovo abbandonò le cure domestiche alla vecchia Simone, dedicandosi, come da signorina, solo ai delicati lavori di cucito. Aveva iniziato un interminabile lavoro, addirittura un copriletto ricamato che minacciava di occuparla per l'intera esistenza. Si alzava tardissimo, felice di starsene sola a letto, cullata dalle partenze e dagli arrivi dei treni, che per lei contrassegnavano la marcia delle ore, esattamente come un orologio. Nei primi tempi del matrimonio, quei violenti rumori della stazione, colpi di fischietto, scatti di scambi, sferragliare di convogli, tutte quelle improvvise vibrazioni simili a terremoti, che scuotevano lei e i mobili, l'avevano sconvolta. Poi, poco per volta, si era abituata; la stazione fragorosa e tutta movimento era entrata nella sua vita; ora si sentiva a proprio agio, la calma consisteva per lei in quell'agitazione, in quel frastuono. Fino all'ora di colazione, vagolava da una stanza all'altra, parlava con la donna di servizio, le mani inerti. Poi trascorreva i lunghi pomeriggi seduta davanti alla finestra della sala da pranzo, con il ricamo che spesso le cadeva sulle ginocchia, felice di non far nulla. Le settimane in cui il marito andava a coricarsi all'alba, lo sentiva ronfare sino a sera; ma tutto sommato, per lei quelle erano belle settimane, che passava come una volta, prima di maritarsi, quando occupava tutta l'ampiezza del letto, godendosi poi a suo capriccio la libertà dell'intera giornata. Non usciva quasi mai, di Le Havre scorgeva solo il fumo dei vicini opifici, grosse nere folate che imbrattavano il cielo al di sopra della tettoia di zinco che murava l'orizzonte a qualche metro dai suoi occhi. La città era dietro quell'eterno muro; la sentiva sempre presente, e la malinconia di non poterla vedere, con l'andar del tempo s'era ammantata di dolcezza; cinque o sei vasi di violacciocche e di verbene, che coltivava nella grondaia della tettoia, formavano un piccolo giardino che rallegrava la sua solitudine. Alcune volte parlava di se stessa come di una reclusa in mezzo a un bosco. Solo nei momenti di ozio, Roubaud scavalcava la finestra; poi, rasentando la grondaia fino in fondo, saliva sul pendio dello zinco, sedeva sull'alto del pignone, al di sopra del cours Napoléon; e lì, infine, fumava la pipa, all'aria aperta, dominando la città adagiata ai suoi piedi, i bacini folti delle alte alberature delle vele, l'immenso mare di un verde pallido che si estendeva all'infinito.

La stessa sonnolenza pareva si fosse propagata fra le altre

famiglie di impiegati, vicini dei Roubaud. Anche il corridoio, dove di solito soffiava una terribile buriana di pettegolezzi, si era addormentato. Quando Philomène si recava a far visita alla signora Lebleu, era tanto se si udiva il leggero bisbiglio delle loro voci. Stupite tutt'e due dal procedere degli eventi, se parlavano del sottocapo era con un tono di sdegnosa commiserazione: non c'era da dubitare che per conservargli il posto, la moglie era andata a Parigi a farne delle belle; insomma un uomo ormai corrotto che non era possibile potesse più sottrarsi a certi sospetti. E poiché la moglie del cassiere era convinta che ormai i suoi vicini non avevano più la possibilità di riprenderle l'appartamento, manifestava per loro semplicemente molto disprezzo passando impettita senza salutare, fino al punto da indisporre perfino Philomène, che andò a farle visita sempre con minor frequenza: la giudicava troppo superba e non vi si divertiva più. Tuttavia la Lebleu, tanto per fare qualcosa, continuava a spiare l'intrigo della signorina Guichon col capostazione Dabadie, non riuscendo però mai a sorprenderli. Nel corridoio non si udiva che l'impercettibile fruscio delle sue pantofole di feltro. Nell'assopimento progressivo di ogni cosa, trascorse un mese di pace assoluta, come quei profondi sonni che seguono le grandi catastrofi.

Ma in casa Roubaud restava un punto, doloroso, inquietante: quella parte dell'impiantito di legno della sala da pranzo, che i loro sguardi non potevano fissare senza che un malessere, di nuovo, li turbasse. Era a sinistra della finestra, il listello di legno che avevano spostato e rimesso a posto, per nascondervi, sotto, l'orologio e i diecimila franchi trafugati al cadavere di Grandmorin, senza contare circa trecento franchi in oro contenuti in un portamonete. Quell'orologio e quei quattrini Roubaud li aveva tolti dalle tasche per far pensare a un furto. Non era un ladro; sarebbe morto di fame, come diceva, piuttosto che profittare di un centesimo o di vendere l'orologio. I quattrini di quel vecchio, che aveva insozzato la moglie, e della qual cosa aveva fatto giustizia, quei soldi sporchi di fango e di sangue, no! no! non erano soldi che un uomo onesto potesse toccare. E non pensava neppure alla Croix-de-Maufras, che aveva accettato come dono: l'aver perquisito la vittima, i biglietti di banca presi nell'abominio del delitto, solo questo lo rivoltava, mordeva la sua coscienza, con un moto di ripiegamento e di paura. Però non aveva sentito la necessità di bruciarli, e d'andare poi a gettar l'orologio e il portamonete in mare. Se la semplice prudenza lo consigliava a farlo, un sordo istinto lo induceva a protestare contro quella distruzione. Aveva un inconscio rispetto, mai si sarebbe rassegnato a distruggere una tale somma. Subito, la prima notte, l'aveva nascosta sotto il guanciale, non ritenendo alcun angolo abbastanza sicuro. Nei giorni seguenti s'era ingegnato di scoprire dei nascondigli, cambiandoli tutte le mattine, e ogni minimo rumore lo agitava temendo una perquisizione giudiziaria. Mai aveva fatto un simile sciupio di congetture. Poi, alla fine degli accorgimenti, stanco di tremare, una mattina aveva avuto la pigrizia di non riprendere quattrini e orologio nascosti il giorno prima sotto il listello di legno, e ora, per nulla al mondo avrebbe rimestato in quel posto: era come un ossario, una spaventosa tana di morte dove gli spettri lo attendevano. Nel camminare evitava perfino di posare i piedi su quel riquadro di impiantito; ne provava una sgradevole sensazione, gli pareva di ricevere nelle gambe come una leggera scossa. Séverine, il pomeriggio, quando sedeva davanti alla finestra, spostava la sedia per non sentirsi sopra al cadavere, che essi custodivano nel pavimento. Fra loro due neppure ne parlavano, e si sforzavano di credere che si sarebbero abituati, e tuttavia finivano con l'arrabbiarsi nel ritrovarlo e nel sentirselo ogni momento sempre più importuno sotto i piedi. E questo malessere era tanto più strano in quanto del coltello non gliene importava nulla, il bel coltello nuovo comprato dalla moglie e che il marito aveva piantato nella gola dell'amante. Lavato semplicemente, era lì in fondo a un cassetto, e la vecchia Simone qualche volta se ne serviva per tagliare il pane.

In questa pace, Roubaud però introdusse un altro torbido elemento, che a poco a poco veniva acquistando grandi proporzioni, forzando Jacques a frequentare la loro casa. Il turno di servizio faceva sostare il macchinista a Le Havre tre volte la settimana: il lunedì dalle dieci e trentacinque del mattino alle sei e venti di sera; il giovedì e il sabato dalle undici e cinque di sera alle sei e quaranta del mattino. E il primo lunedì, dopo il viaggio di Séverine, il sottocapo s'era fatto insistente.

« Ma via, collega, non può rifiutare di mangiare un boccone con noi... Che diavolo! È stato così gentile con mia moglie, devo pur ringraziarla. »

Due volte in un mese Jacques aveva così accettato di andare a pranzo da loro. Pareva che Roubaud, oppresso dal profondo silenzio che ora si stabiliva quando mangiavano soli, lui e la moglie, provasse un sollievo nel frapporre in mezzo a loro un invitato. Subito sciorinava storielle, discorreva, infilava facezie.

« Be', ritorni il più spesso possibile! Vede bene che non ci dà affatto fastidio. »

Un giovedì sera, Jacques, dopo essersi ripulito stava per andare a letto, quando aveva incontrato il sottocapo che s'aggirava intorno al deposito; e, nonostante l'ora inoltrata, Roubaud, seccato di rincasare solo, s'era fatto accompagnare fino alla stazione, trascinandosi il giovane in casa. Séverine, ancora alzata, leggeva. Avevano bevuto un bicchierino e giocato a carte fin dopo mezzanotte.

Consueti erano diventati ormai gli inviti a pranzo del lunedì, i piccoli trattenimenti serali del giovedì e del sabato. E lo stesso Roubaud, quando il collega per una volta non si faceva vedere, gli faceva la posta per portarselo a casa, rimproverandolo di negligenza. Il sottocapo si faceva sempre più cupo, e gli tornava l'allegria solo col nuovo amico. Quel giovanotto, che in un primo momento l'aveva terribilmente allarmato, che ora avrebbe dovuto esecrare quale testimone, vivente evocatore di cose scellerate che lui voleva dimenticare, al contrario gli era divenuto necessario, forse appunto perché, pur sapendo, non aveva parlato. La cosa restava tra di loro, come un saldo vincolo, una complicità. Spesso Roubaud guardava l'altro con aria di intesa, gli stringeva la mano con improvviso impeto, con una violenza che andava oltre la semplice espressione della collleganza.

Ma per la coppia Jacques rappresentava soprattutto una distrazione. Anche Séverine l'accoglieva allegramente; quando lui entrava lanciava un leggero gridolino di gioia, come liberata. Abbandonava tutto, il ricamo, il libro, sbottava in motti e in risate, risvegliata dallo stato di grigia sonnolenza in cui aveva trascorso la giornata.

« Ah, è stato molto gentile a venire! Nel sentire il direttissimo ho pensato a lei. »

Era una festa quando veniva per il pranzo. Lei ormai conosceva i suoi gusti, e provvedeva personalmente a comprare per lui uova fresche, e questo con molta gentilezza, da buona massaia che riceve l'amico di famiglia, senza un secondo fine, tranne il desiderio di essere cortese e il bisogno di distrarsi.

« Siamo intesi allora, ritorna lunedì! Le farò la crema. »

Però, dopo un mese, quando Jacques divenne assiduo, la separazione fra i Roubaud si aggravò. La moglie sempre più si compiacque di starsene a letto, sola; faceva di tutto per incontrarsi col marito il meno possibile; e lui, così ardente, così brutale nei primi tempi del matrimonio, non tentava nulla per recuperarla. L'aveva amata senza delicatezza, e lei vi si era rassegnata con femminile, compiacente sottomissione, pensando che le cose dovevano svolgersi a quel modo, e del resto, non provando alcun piacere. Ma dopo il delitto, tutto questo, senza che sapesse spiegarsene la ragione, le suscitava molta ripugnanza. Ne era irritata e spaventata. Una sera che la candela non era stata spenta, si mise a gridare: sopra di lei, in quella faccia rossa, convulsa, aveva creduto di rivedere il volto dell'assassino; e da quel momento ne tremava ogni volta, con l'orribile sensazione del delitto, come se lui l'arrovesciasse e brandisse su di lei un coltello. Era una cosa assurda, ma il cuore le batteva dal terrore. Sempre più di rado, perciò, Roubaud abusò di lei: la sentiva troppo riluttante perché ne potesse provare piacere. La stanchezza, l'indifferenza, ciò che di solito sono conseguenza dell'età, pareva fossero state prodotte in loro dalla spaventosa crisi, dal sangue versato. Le notti in cui non potevano evitare il letto comune, essi vi si rannicchiavano ai due lati. E certamente Jacques contribuiva a consumare questo divorzio, fomentando con la sua presenza quella reciproca ossessione. Li staccava l'uno dall'altra.

Purtuttavia Roubaud viveva senza rimorsi. Aveva avuto paura soltanto delle conseguenze, prima che il processo fosse archiviato; e la sua viva inquietudine era stata soprattutto quella di perdere il posto. Ora non si pentiva di nulla. Poteva darsi, intanto, che se avesse dovuto ricominciare daccapo, non vi avrebbe fatto partecipare la moglie, perché le donne subito si spaventano, e la sua gli sfuggiva perché le aveva appioppato sulle spalle un fardello troppo pesante. Sarebbe rimasto il padrone, se non si fosse abbassato con lei sino alla terrificante e rissosa complicità del delitto. Ma le cose erano andate così, e bisognava accettarle; tanto più che gli occorreva un vero sforzo per ricollocarsi nello stato d'animo di una volta, allorché, dopo la confessione di lei, aveva giudicato necessario alla propria vita compiere il delitto. Allora gli era parso che se non avesse ammazzato quell'uomo, non avrebbe potuto continuare a vivere. Ora che la fiamma della gelosia era spenta, che non sentiva più l'intollerabile fuoco, ora si sentiva invaso da torpore come se il sangue del suo cuore si fosse appesantito di tutto il sangue versato; quell'esigenza delittuosa non gli sembrava più così impellente. E arrivava a domandarsi se fosse veramente valsa la pena di uccidere. Non si trattava di un vero pentimento ma al più di una disillusione, l'idea che spesso uno si fa d'una cosa inconfessabile che si crede possa rendere felici, e la constatazione, poi, che niente è cambiato. Lui, chiacchierone, piombava in lunghi silenzi, in confuse riflessioni dalle quali emergeva ancora più cupo. Così, tutti i giorni, per evitare dopo i pasti di restare faccia a faccia con la moglie, saliva sulla pensilina, andava a sedersi sulla sommità del pignone; e nel vento del largo, cullato da vaghe fantasticherie, fumava la pipa guardando dall'alto la città, i bastimenti che sfumavano all'orizzonte, verso mari lontani.

Ma una sera la feroce gelosia di una volta si risvegliò in lui. Era andato a cercare Jacques al deposito, e mentre lo conduceva a casa per bere un bicchierino, incontrò, mentre scendeva le scale, Henri Dauvergne, il capotreno. Questi apparve turbato: spiegò che era appena stato dalla signora Roubaud per una commissione di cui l'avevano incaricato le sorelle. La verità era che da qualche tempo Henri stava dietro a Séverine nella speranza di farla capitolare.

Appena sulla soglia, il sottocapo apostrofò violentemente la moglie.

« Che cosa è salito di nuovo a fare quello lì? Sai che mi dà sui nervi! »

« Ma caro, è per un disegno di ricamo... »

« Glieli dò io, i ricami! Mi credi così imbecille da non capire che cosa viene a cercare qui?... E tu, stai in guardia! »

Avanzò verso di lei a pugni chiusi, e lei, tutta bianca, indietreggiò, sorpresa da quello scatto di rabbia, data la calma indifferenza nella quale ormai entrambi vivevano. Ma lui già si rabboniva, e rivolto all'amico:

« Guardi un po' questi bei tipi che piombano su una famiglia presumendo che la moglie debba subito gettarsi nelle loro braccia, e che il marito, molto onorato, debba chiudere gli occhi! A me questo fa bollire il sangue... Certo, in un caso simile, strangolerei mia moglie, oh, senza pensarci tanto! E che quel signorino non torni più, altrimenti avrà il fatto suo... È disgustoso, non è vero? »

Jacques, molto seccato da quella scena, non sapeva quale contegno assumere. Era diretto a lui quell'esagerato impeto di collera? era un avvertimento che il marito voleva dargli? Ma si rassicurò quando Roubaud, in tono allegro, riprese a dire:

« Stupidona, so bene che sarai tu stessa a liberartene... Be', dacci da bere e bevi con noi. »

Dette un colpo sulla spalla di Jacques e uno su quella di Séverine, che a sua volta si era riavuta e sorrideva ai due uomini. Poi bevvero insieme, e trascorsero un'ora molto piacevole.

In tal modo Roubaud fece avvicinare la moglie e il collega, con un fare di semplice amicizia, e pareva che non pensasse alle possibili conseguenze. E proprio la questione della gelosia fu causa di una più stretta intimità, di tutta una segreta tenerezza rafforzata da confidenze tra Jacques e Séverine; ché il macchinista, avendola rivista due giorni dopo, la commiserò per essere stata così brutalmente trattata, mentre lei, con gli occhi velati, in un impeto involontario, confessava quanta poca felicità le avesse arrecato il matrimonio. Da quel momento ebbero un loro argomento di conversazione, una complicità nell'amicizia, per cui talvolta bastava un gesto perché si capissero. Durante ogni visita lui l'interrogava con lo sguardo per sapere se non avesse un nuovo motivo di tristezza. E lei rispondeva con un semplice cenno degli occhi. Poi, alle spalle del marito, le loro mani si cercarono, si fecero ardite, si corrisposero con lunghe strette, comunicandosi con la punta tiepida delle dita il crescente interesse per i più piccoli episodi della loro esistenza. Di rado avevano la fortuna di incontrarsi per un minuto senza la presenza di Roubaud. Se lo trovavano sempre in mezzo, in quella malinconica sala da pranzo; e non facevano nulla per sfuggirgli, non pensavano neppure all'idea di darsi appuntamento nel buio di qualche angolo poco frequentato della stazione. Si trattava, fino a quel momento, di un affetto sincero, di un'attrazione di viva simpatia che la presenza del marito infastidiva appena, essendo ancora sufficiente, perché si comprendessero, una semplice stretta di mano o uno sguardo.

La prima volta che Jacques sussurrò all'orecchio di Séverine che l'avrebbe attesa il giovedì venturo, a mezzanotte, dietro il deposito, lei si ribellò e con violenza ritrasse la mano. Era la sua settimana di libertà, quella del servizio notturno. Ma al pensiero di uscire di casa, di andare così lontano, attraverso il buio della stazione, a trovare quel ragazzo, fu presa da profondo turbamento. E un imbarazzo mai provato, la paura delle vergini ignare, col cuore in tumulto; e non cedette di colpo, lui dovette pregarla per quasi quindici giorni prima che acconsentisse, nonostante l'ardente desiderio che anche lei sentiva per quella passeggiata notturna. S'era ai primi di giugno, le serate già soffocanti, appena rinfrescate dalla brezza del mare. Già per tre volte lui l'aveva attesa, sempre sperando che, nonostante il rifiuto, l'avrebbe raggiunto. Anche quella sera gli aveva detto di no; ma non c'era luna quella notte, una notte con cielo coperto, senza il luccichìo di una stella sotto la bruma ardente che appesantiva il cielo. E mentre era in piedi, nell'ombra, infine la vide venire, vestita di nero, con passo felpato. C'era tanto buio che lei avrebbe potuto sfiorarlo senza accorgersene, se lui non l'avesse accolta tra le braccia e baciata. Rabbrividendo, emise un leggero grido. Poi, sorridendo abbandonò la sua bocca alle labbra di Jacques. Ma questo fu tutto; rifiutò senz'altro di sedersi dentro una delle vicine rimesse. A voce bassissima parlarono camminando serrati l'uno all'altra. V'era lì un vasto spiazzo occupato dal deposito e dai suoi annessi, tra rue Verte e rue François-Mazeline, che tagliavano la linea ciascuno con un passaggio a livello, una specie di immenso terreno incolto, ingombro di binari morti, di serbatoi, di prese d'acqua, di costruzioni di ogni genere: due grandi rimesse per le locomotive, la casetta dei Sauvagnat circondata da un orticello largo una spanna, le baracche ove erano istallate le officine di riparazione, il corpo di guardia adibito a dormitorio dei macchinisti e dei fuochisti; ed era facilissimo nascondersi, sperdersi tra i viottoli deserti dagli inestricabili tornanti, proprio come nel mezzo di un bosco. Per un'ora godettero di una deliziosa solitudine, ad alleviare il cuore delle parole amiche che urgevano da tanto tempo; perché lei voleva sentir parlare solo di affetto, avendogli subito dichiarato che non sarebbe mai stata sua, che troppo volgare sarebbe stato sporcare quella pura amicizia di cui era fiera, essendo assetata solo di stima. Poi lui l'accompagnò fino a rue Verte, le loro bocche si congiunsero in un lungo bacio. E lei rincasò.

A quella stessa ora, nell'ufficio del sottocapo, Roubaud cominciava a sonnecchiare, sprofondato in una vecchia poltrona di pelle, dalla quale ogni notte si alzava molte volte con le ossa rotte. Sino alle nove era incaricato di ricevere e far partire i treni della sera. Particolarmente l'occupava il treno della pesca: c'era da sorvegliare di persona le manovre di attacco e i fogli di spedizione. Poi, dopo l'arrivo e la disarticolazione del direttissimo di Parigi, solo, su un angolo del tavolo, mangiava un pezzo di carne fredda, portato da casa, fra due fette di pane. L'ultimo treno, un omnibus da Rouen, entrava in stazione a mezzanotte e mezzo. E le banchine deserte piombavano in un profondo silenzio; restavano accesi solo pochi fanali a gas, tutta la stazione si addormentava nel brivido della semioscurità. Di tutto il personale non restavano agli ordini del sottocapo che due sorveglianti e quattro o cinque operai. Ma essi ronfavano della grossa sulle panche del corpo di guardia; mentre Roubaud, costretto a svegliarli al minimo sospetto, dormicchiava con l'orecchio teso. Per paura che la stanchezza non lo sopraffacesse sul far del giorno, regolava la sveglia alle cinque, ora in cui doveva essere in piedi per ricevere il primo treno da Parigi. Ma alcune volte, specie da qualche tempo, non riusciva a dormire, e tormentato dall'insonnia, si rivoltava nella poltrona. In quei casi usciva, compiva un giro, raggiungeva il posto dello scambista, col quale chiacchierava un poco. Il vasto cielo scuro, la pace assoluta della notte finivano per calmargli la febbre. In seguito a una lotta ingaggiata con dei rapinatori, era stato autorizzato ad armarsi di una pistola che portava carica in tasca. E spesso, fino all'alba, si aggirava così, arrestandosi quando credeva di vedere qualcosa muoversi nel buio, riprendendo a camminare col vago disappunto di non aver dovuto far fuoco, sollevato quando il cielo cominciava a rischiararsi strappando dall'ombra il grande pallido fantasma della stazione. Ora che il cielo si faceva chiaro alle tre, rientrava a sprofondarsi nella poltrona e vi si addormentava con un sonno di piombo fino a quando la sveglia non lo faceva scattare in piedi, col cuore in gola.

Ogni quindici giorni, il giovedì e il sabato, Séverine andava a raggiungere Jacques; e una notte, mentre gli parlava della pistola di cui era armato il marito, ebbero paura. In verità Roubaud non si spingeva mai sino al deposito. Ma questo non li liberava affatto, nelle loro passeggiate, da un senso di pericolo, e l'incanto ne era turbato. Oltretutto avevano trovato un angolo delizioso; era dietro la casa dei Sauvagnat, una specie di viottolo tra enormi cumuli di carbonfossile, simile alla strada solitaria di una strana città, con grandi palazzi rivestiti di marmo nero. Vi si stava completamente nascosti; in fondo, c'era una piccola rimessa per gli attrezzi con una catasta di sacchi vuoti che avrebbero potuto formare un giaciglio molto soffice. Ma un sabato, costretti a rifugiarvisi per una pioggia improvvisa, lei si era ostinata a starsene in piedi, offrendo solo e sempre la bocca in lunghissimi baci. In questo non c'entrava il suo pudore, offriva da bere golosamente il suo respiro, solo per uno slancio d'amicizia. E quando nell'ardore di quel fuoco, lui tentava di prenderla, lei si difendeva, piangeva, ripetendo ogni volta le stesse ragioni. Perché voleva darle tanto dispiacere? Potersi amare senza la sozzura del sesso, le sembrava tanto dolce! Insozzata a sedici anni dalla perversione di quel vecchio, il cui sanguinante spettro la ossessionava; violentata più tardi dai brutali appetiti del marito, aveva serbato un candore di bambina, una verginità, tutto il turbamento delizioso dell'ignorata passione. Jacques la rendeva felice per la sua dolcezza, la sua condiscendenza a non allungare le mani su di lei, quando lei semplicemente gliele stringeva fra le sue, tanto deboli. Amava per la prima volta e non gli si abbandonava perché proprio a quel modo avrebbe rovinato il suo amore, concedendosi immediatamente alla stessa maniera con la quale era appartenuta agli altri due. Suo incosciente desiderio era quello di prolungare per sempre quella sensazione tanto deliziosa, di risentirsi giovane come prima di macchiarsi, di avere un buon amico, come se ne ha a quindici anni, quando ci si bacia a perdifiato dietro i portoni. Lui, tranne quei suoi momenti di febbre, non aveva affatto esigenze, e acconsentiva a quel voluttuoso rinvio della felicità. Come lei, pareva ripercorrere l'infanzia, iniziandosi all'amore che fino a quel momento aveva significato per lui solo spavento. Se si mostrava docile, ritraendo le mani quando lei gliele allontanava, era perché al fondo della sua tenerezza permaneva una sorda paura, un profondo turbamento, e temeva di confondere il desiderio con la vecchia brama di uccidere. Questa donna, avendo ucciso, era come il sogno della sua carne. La guarigione gli appariva ogni giorno più sicura perché per ore e ore se l'era tenuta stretta al collo, perché bocca a bocca si era abbeverato dell'anima di lei, senza che si risvegliasse più il suo violento desiderio di esserne il padrone e di sgozzarla. Ma non osava ancora; l'attesa era tanto bella, e lasciava che fosse l'amore stesso ad unirli quando fosse stato il momento, nell'annebbiamento della volontà, l'uno tra le braccia dell'altra. Così si succedevano i lieti appuntamenti, ed essi non si stancavano mai di rivedersi sia pure per pochi minuti, di camminare insieme nel buio tra gli enormi cumuli di carbone che rendevano più cupa la notte intorno a loro.

Una notte di luglio, Jacques, per arrivare alle undici e cinque a Le Havre, secondo l'orario, dovette spronare la Lison che pareva impigrita dal calore soffocante. Dopo Rouen, a sinistra, lungo la valle della Senna, fu inseguito dai lampi di un violento temporale; e di tanto in tanto si voltava assalito da inquietudine perché quella sera Séverine avrebbe dovuto raggiungerlo. Aveva paura che quel temporale, se fosse scoppiato troppo presto, le avrebbe impedito di uscire. Perciò, quando riuscì a entrare in stazione prima che piovesse, si spazientì con i viaggiatori che non la finivano più di sgomberare i vagoni.

Roubaud era lì sulla banchina, costretto dal turno di notte.

« Diavolo! » disse ridendo « ne ha di fretta di andare a letto... Dorma bene. »

« Grazie. »

E Jacques, dopo aver fatto indietreggiare il treno, fischiò e si recò al deposito. I battenti dell'enorme porta erano spalancati e la Lison si riversò sotto la rimessa sbarrata, una specie di galleria a doppio binario, lunga circa settanta metri con una capienza per sei locomotive. C'era molto buio, le tenebre erano rischiarate appena da quattro lumi a gas che sembravano moltiplicare le grandi ombre in movimento; e di tanto in tanto solo l'abbagliante luce dei lampi infiammava le vetrate del tetto e gli alti finestroni laterali; in quegli attimi si distinguevano, come in una fiammata d'incendio, le pareti screpolate, le travature nere di carbone, tutta la cadente miseria di quella costruzione divenuta insufficiente. Due locomotive erano già lì, fredde, addormentate.

Pecqueux procedette senz'altro allo spegnimento del focolare. Smuoveva violentemente i tizzoni, e le braci, saltando dal ceneraio, andavano a cadere giù nella fossa.

« Ho molta fame, vado a mangiare un boccone » disse. « E tu non vieni? »

Jacques non rispose. Nonostante la fretta, non voleva abbandonare la Lison prima dello spegnimento del fuoco e lo svuotamento della caldaia. Era scrupoloso, e da buon macchinista su questo non transigeva. Quando aveva tempo, non si allontanava senza averla ispezionata, asciugata, con quella cura che si pone a strigliare il cavallo favorito.

L'acqua colò nella fossa a grossi fiotti, e soltanto allora disse:

« Sbrighiamoci, sbrighiamoci. »

Il rombo spaventoso di un tuono gli mozzò la parola. Questa volta le vetrate si stagliarono così nettamente contro il cielo fiammeggiante, che sarebbe stato possibile contarne i numerosi vetri rotti. A sinistra, lungo i banchi delle morse adibite alle riparazioni, un foglio di latta, lasciato in piedi, risuonò con la persistente vibrazione di una campana. Tutta la vecchia struttura della pensilina aveva scricchiolato.

« Accidenti! » disse semplicemente il fuochista.

Il macchinista fece un gesto di disperazione. Non c'era nulla da fare, tanto più che ora un diluvio d'acqua si abbatteva sulla rimessa, minacciando di rompere i vetri del tetto. E qualche vetro rotto doveva già esserci, lassù, perché sulla Lison piovevano fitti goccioloni. Dalle porte lasciate aperte penetrava un vento furioso. Si sarebbe detto che la carcassa del vecchio fabbricato stesse per essere spazzata via.

Pecqueux finiva di mettere a posto la locomotiva.

« Ecco! domani si potrà vedere meglio... Non c'è bisogno di starla a curare di più... »

E ritornando a quanto aveva detto:

« Bisogna mangiare... Piove troppo forte per andare a stendersi sul pagliericcio. »

Infatti la cantina si trovava accanto al deposito; mentre per l'installazione dei letti dei macchinisti e dei fuochisti che trascorrevano la notte a Le Havre, la Compagnia aveva dovuto prendere in affitto una casa in via François-Mazeline. Con un diluvio simile, per arrivarci, c'era da bagnarsi fino all'ossa.

Jacques si decise a seguire Pecqueux, che aveva preso il panierino del capo per evitargli il fastidio di portarlo. Sapeva che quel panierino conteneva due fette di manzo freddo, un po' di pane, una bottiglia quasi piena; ed era questo, semplicemente, che gli acuiva la fame. La pioggia infittiva, il boato di un tuono scosse di nuovo la rimessa. Quando i due uomini si allontanarono per la porticina, a sinistra, che conduceva alla cantina, la Lison già era fredda. Abbandonata, si addormentava nel buio striato dalla violenza dei lampi, sotto i goccioloni che bagnavano le sue reni. Presso di lei, un idrante chiuso male, ruscellava e formava una pozza, l'acqua poi finiva tra le ruote e nella fossa.

Prima di entrare nella cantina, Jacques volle ripulirsi. In una stanza attigua c'erano sempre delle tinozze e acqua calda. Estrasse dal panierino il sapone e si sgrassò le mani e la faccia, nere dopo il viaggio; e poiché secondo la raccomandazione impartita ai macchinisti, aveva la precauzione di portare un vestito di ricambio, poté cambiarsi dalla testa ai piedi, così come del resto faceva per civetteria le sere dell'appuntamento quando arrivava a Le Havre. Pecqueux, che si era lavato soltanto la punta del naso e la punta delle dita, già aspettava nella cantina.

La cantina consisteva in una semplice saletta nuda, dipinta di giallo; vi era solo un fornello per riscaldare il cibo e un tavolo fissato all'impiantito, ricoperto da un foglio di zinco a guisa di tovaglia. Due panche completavano il mobilio. Gli uomini dovevano portarsi da mangiare e consumavano i pasti su un pezzo di carta, con la punta del coltello. Il locale prendeva luce da un'ampia finestra.

« Maledetta pioggia! » esclamò Jacques accostandosi alla finestra.

Pecqueux s'era seduto su una panca davanti al tavolo.

« Be', non mangi? »

« No, vecchio mio, mangia pure il mio pane e la carne, se ne hai voglia... Quanto a me, non ho fame. »

L'altro, senza farsi pregare, si gettò sulla carne, si scolò la bottiglia. Spesso godeva di questi donativi perché il capo era di scarso appetito; e gli voleva un bene maggiore, nella sua devozione di cane, per tutte le briciole che ramazzava dietro di lui. Con la bocca piena, dopo un silenzio riprese a dire:

« Della pioggia chi se ne frega, adesso che siamo al riparo. È vero che se dovesse continuare, ti lascerei per andare qui accanto. »

Si mise a ridere, non nascondeva nulla, aveva dovuto confessare la sua relazione con Philomène Sauvagnat perché l'altro non si meravigliasse se spesso, nelle notti che andava a trovarla, dormiva fuori. In casa del fratello, la donna occupava una camera a pianterreno, accanto alla cucina, non c'era che da bussare sulle imposte; lei apriva, lui scavalcava ed era dentro. Si diceva che tutto il personale della stazione avesse spiccato quel salto. Ora si limitava al fuochista, e pareva che le bastasse.

« Perdio, » bestemmiò sordamente Jacques nel constatare che il diluvio, dopo essersi un po' calmato, riprendeva con maggiore violenza.

Pecqueux, che reggeva sulla punta del coltello l'ultimo boccone di carne, rise di nuovo ingenuamente.

« Insomma, stasera sei impegnato? Eh già, a noi due non si

può certo rimproverare di sciupare i materassi di rue François-Mazeline. »

Jacques si staccò violentemente dalla finestra.

« Perché dici questo? »

« Diamine, è da questa primavera che rientri come me alle due o alle tre del mattino. »

Doveva sapere qualche cosa, forse aveva sorpreso un incontro. In ogni dormitorio i letti erano a coppie, quello del
macchinista accanto a quello del fuochista; facevano com-
baciare quanto più possibile l'esistenza dei due uomini destinata a un'intesa di lavoro così stretta. Non c'era perciò da
sorprendersi se questi si accorgeva della condotta irregolare
del capo, irreprensibile fino a quel momento.

« Soffro di mal di testa » disse il macchinista tanto per aggiungere qualche cosa. « Camminare di notte mi fa bene. »

Ma già il fuochista protestava.

« Oh, intendiamoci, sei del tutto libero... Ho detto così
per scherzare... Del resto, se un giorno dovessi avere delle
noie, non aver soggezione di rivolgerti a me per tutto quanto
dovesse occorrerti; in certe faccende so cavarmela bene. »

Senza spiegarsi con maggiore chiarezza, si permise di af-
ferrargli una mano, di stringerla fino a fracassargliela, come
un'offerta completa della sua persona. Poi spiegazzò e gettò
la carta unta che era servita ad involgere la carne, ripose la
bottiglia vuota nel paniere, fece quei piccoli servigi da ser-
vitore diligente, abituato alla scopa e alla spugna. E siccome la pioggia, benché fossero cessati i tuoni, continuava
imperterrita: « Allora io me la batto, ti lascio libero di fare
quel che vuoi. »

« Visto che non smette » disse Jacques « vado a stendermi
sul letto da campo. »

Accanto al deposito, in una stanza, c'erano dei materassi
protetti da coperte di tela, e lì gli uomini che dovevano attendere a Le Havre solo tre o quattro ore, andavano a riposar-
si senza svestirsi. Una volta allontanatosi il fuochista sotto la
furia della pioggia verso la casa dei Sauvagnat, Jacques volle
rischiare e corse al corpo di guardia. Ma non si coricò, se ne
stette sulla soglia della porta spalancata, soffocato dall'intenso calore che vi stagnava. In fondo, un macchinista, supino,
ronfava con la bocca aperta.

Passarono ancora alcuni minuti, e non riusciva a rassegnarsi a perdere ogni speranza. Nell'esasperazione contro quello stupido diluvio, si acuiva in lui il folle desiderio di recarsi lo stesso all'appuntamento, di procurarsi almeno la gioia di esserci andato, non facendo più affidamento ormai di trovarvi Séverine. Era un empito di tutto il suo essere, e finì per uscire sotto la pioggia, arrivò al loro angolo preferito, seguì il viottolo scuro formato dal mucchio di carbone. E poiché grosse gocce gli scorrevano sul viso accecandolo, raggiunse la rimessa degli attrezzi, dove già una volta s'era rifugiato con lei. Gli parve che sarebbe stato meno solo.

Era appena entrato nella profonda oscurità di quel rifugio, quando due braccia leggere lo attrassero e una calda bocca si posò sulla sua. Séverine era lì.

« Mio Dio! lei è venuta? »

« Sì, avevo visto che stava per scatenarsi il temporale, e sono corsa qui prima che piovesse... Quanto ha tardato! »

Sospirava con voce languida, mai lui se l'era sentita così abbandonata al suo collo. Poi lei si lasciò scivolare su una delle panche vuote, su quella soffice lettiera che occupava tutto un angolo. E lui, cadutole sopra, senza che le braccia si fossero disgiunte, sentiva le gambe di lei di traverso alle sue. Non potevano vedersi, i loro fiati li avvolgevano come in una vertigine, nell'annullamento di tutto quanto li circondava.

Ma, sotto l'ardente richiamo dei baci, sorse alle loro labbra la necessità di darsi del tu, come fosse il sangue mescolato del loro cuore.

« Mi aspettavi... »

« Oh, ti aspettavo, ti aspettavo... »

E immediatamente, dal primo momento, quasi senza parlare, fu lei ad attirarlo con uno strattone che lo costrinse a prenderla. Era una cosa che non aveva previsto. Quando lui era giunto essa non faceva già più assegnamento che sarebbe venuto; ed era stata travolta da una gioia insperata nel tenerselo stretto, in un improvviso e irresistibile bisogno di darsi, senza calcolo, senza ragionamento. Era destino che dovesse avvenire. La pioggia si faceva più fitta sul tetto della rimessa, l'ultimo treno di Parigi, che entrava in stazione, passò brontolando, fischiando, facendo tremare il terreno.

Quando Jacques si alzò, sorpreso ascoltò lo scroscio della

pioggia. Ma dov'era, dunque? E ritrovando per terra, sotto la mano, il manico di un martello di cui s'era accorto quando s'era seduto, fu pervaso di felicità. Allora ce l'aveva fatta, aveva posseduto Séverine e non aveva afferrato quel martello per spaccarle il cranio. Era stata sua senza lotta, senza l'istintivo bisogno di scaraventarla supina, morta, come una preda strappata agli altri. Non sentiva più quella sete di vendetta per le antichissime offese delle quali aveva perduto l'esatto ricordo, quel rancore ammassato di maschio in maschio, dopo il primo inganno in fondo alle caverne. No, il possesso di questa donna era stato di un'assoluta bellezza, e lui era guarito per merito suo, perché la vedeva in modo diverso, violenta nella sua debolezza, intrisa del sangue di un uomo e questo le creava come una corazza di orrore. Lui, che non aveva mai osato, ne era dominato. E con tenera riconoscenza, col desiderio di fondersi in lei, la riprese tra le braccia.

Anche Séverine si abbandonava, felice, libera da una lotta della quale non comprendeva più la ragione. Perché, poi, per tanto tempo si era rifiutata? S'era promessa e avrebbe dovuto darsi perché finalmente avrebbe provato solo piacere e dolcezza. Ora capiva benissimo che anche quando le era sembrata bella l'attesa, ne aveva avuto sempre desiderio. Il suo cuore, il suo corpo vivevano unicamente nel bisogno di un amore assoluto, persistente, ed era una terribile crudeltà che tutti gli eventi passati l'avessero sospinta, smarrita, verso quell'abominio. Fino allora era stata tratta in inganno dalla vita, nel fango, nel sangue, e con tale violenza che i begli occhi azzurri, rimasti ingenui, avevano conservato una fissità di terrore, sotto il tragico casco dei capelli neri. Nonostante tutto, era rimasta vergine, e s'era data per la prima volta a questo ragazzo che adorava, nel desiderio di annullarsi in lui, d'esserne la schiava. Gli apparteneva e lui poteva disporre di lei a suo capriccio.

« Oh, tesoro, prendimi, tienimi, io voglio soltanto quel che tu vuoi. »

« No, no! sei tu la padrona, io sono qui soltanto per amarti e obbedirti. »

Passarono alcune ore. Aveva smesso di piovere da un pezzo; un profondo silenzio avvolgeva la stazione, turbato solo da una voce lontana, indistinta, che saliva dal mare. Erano ancora nelle braccia l'uno dell'altra, quando uno sparo li fece balzare in piedi, trementi. Stava per spuntare l'alba, una pallida chiazza imbiancava il cielo al di sopra della foce della Senna. Cos'era mai quello sparo? L'imprudenza, la pazzia di essersi attardati, agitava all'improvviso la loro immaginazione: il marito che li inseguiva a colpi di pistola.

« Non uscire! Aspetta, vado a vedere. »

Prudentemente Jacques s'era avvicinato alla porta. E lì, nell'ombra ancora fitta, sentì avvicinarsi il passo affrettato di alcuni uomini, e riconobbe la voce di Roubaud, che spingeva i sorveglianti gridando che i rapinatori erano tre, che li aveva visti proprio coi suoi occhi rubare il carbone. Da qualche settimana, infatti, non passava notte senza che non fosse colto a quel modo da allucinazioni di ladri immaginari. Questa volta, sotto l'impeto di un subitaneo terrore, aveva sparato a caso, nel buio.

« Presto, presto! Non bisogna restar qui » mormorò il giovane. « Vengono a controllare la rimessa... Scappa! »

Con grande slancio s'erano ripresi, soffocandosi di abbracci e di baci. Poi, leggera, Séverine scomparve lungo il deposito, protetta dal vasto muro; mentre lui, piano piano, si nascondeva tra i mucchi di carbone. Appena in tempo, perché Roubaud aveva veramente intenzione di visitare la rimessa. Asseriva che i ladruncoli dovevano essere lì. Le lanterne dei sorveglianti danzavano raso terra. Vi fu una discussione. Tutti finirono col ritornare verso la stazione, irritati da quell'inutile inseguimento. E quando, rassicurato, Jacques si decise alla fine ad andare a coricarsi in rue François-Mazeline, fu sorpreso di imbattersi in Pecqueux, che finiva di abbottonarsi i vestiti con sorde imprecazioni.

« Che succede, amico? »

« Oh, perdio! Non me ne parlare! Quegli imbecilli hanno fatto svegliare Sauvagnat. Così lui ha sentito che ero con la sorella ed è sceso in camicia da notte; ho dovuto battermela e saltare dalla finestra... Ecco, senti un po'. »

Si udivano le grida e i singhiozzi della donna che veniva picchiata, mentre un vocione d'uomo urlava ingiurie.

« Senti? Ecco, è lui che le dà un sacco di botte. Fa niente ch'essa abbia trentadue anni; quando la sorprende, le assesta delle nerbate, come se fosse una ragazzina... Ah, tanto peggio, io non me ne immischio: è suo fratello! »

« Ma io credevo che ti tollerasse » disse Jacques « e che si arrabbiasse solo se la sorprendeva con un altro. »

« Non si capisce. Alle volte pare che finga di non vedermi. Poi, lo senti, altre volte, picchia... E questo non gli impedisce di voler bene alla sorella. È sua sorella, e preferirebbe abbandonare ogni cosa anziché separarsi da lei... Però, pretende la buona condotta... Perdio, credo che a quest'ora ne abbia buscate abbastanza. »

Le grida cessarono tra grandi sospiri di pianto, e i due uomini si allontanarono. Dieci minuti dopo dormivano profondamente fianco a fianco, in fondo al piccolo dormitorio intonacato di giallo, ammobiliato con solo quattro letti, quattro sedie, un tavolo e una sola catinella di zinco.

Da quel momento, tutte le notti in cui si incontravano, Jacques e Séverine poterono assaporare grandi gioie. Non sempre ebbero intorno la protezione del temporale. Cieli trapunti di stelle, splendide lune, li infastidirono, ma durante quegli incontri sceglievano le zone d'ombra, cercavano gli angoli bui così propizi ai loro abbracci. E così, anche in agosto e in settembre furono notti adorabili, di una tale dolcezza, che si sarebbero lasciati sorprendere dal sole, illanguiditi, se il risveglio della stazione, il lontano ansito delle locomotive non li avessero separati. Anche i primi freddi di ottobre non furono per essi spiacevoli. Lei veniva con vestiti più pesanti, ravvolta in un grande mantello nel quale anche lui spariva a metà. Poi, si barricavano in fondo alla rimessa degli attrezzi, avendo trovato il sistema di chiudere dall'interno mediante una sbarra di ferro. Erano come in casa; gli uragani di novembre, la furia del vento potevano smuovere le tegole delle tettoie, senza che loro ne fossero sfiorati. Intanto lui, dopo la prima volta, aveva desiderio di possederla in casa, in quel piccolo appartamento dove sembrava diversa, più desiderabile con quella sua sorridente calma di onesta borghese; ma lei aveva sempre detto di no, non proprio per paura dello spionaggio del corridoio, ma per un ultimo scrupolo di virtù nel salvaguardare il letto coniugale. Ma un lunedì, in pieno giorno, dovendo lui stare lì a colazione, e tardando il marito a salire, trattenuto dal capostazione, Jacques, scherzando, la portò sul letto con una temeraria pazzia che provocò le risate di tutti e due; tanto che dimenticarono ogni cosa. Da allora lei non si oppose più, lui saliva a raggiungerla appena suonata mezzanotte, il giovedì e il sabato. Ma era terribilmente pericoloso: non osavano muoversi a causa dei vicini; e fu una raddoppiata tenerezza, furono nuovi piaceri. Sovente il capriccio di passeggiate notturne, un bisogno di fuggire come bestie in libertà, li spingeva fuori, nella buia ghiacciata solitudine. Una notte, si amarono sotto un gelo terribile.

Già da quattro mesi Jacques e Séverine vivevano a quel modo, prede d'una passione sempre più intensa. Ambedue si sentivano del tutto nuovi in quei primi palpiti del cuore, in quella sorprendente innocenza del primo amore, nell'estasi delle più leggere carezze. E facevano a gara, nella continua brama di sottomissione, a chi maggiormente si sarebbe sacrificato. Lui non aveva più dubbi, aveva ottenuto la guarigione del terribile male ereditario; perché da quando possedeva quella donna non era stato più turbato dall'idea dell'assassinio. Era dunque il possesso fisico che appagava il bisogno della morte? Possedere, uccidere si equivalevano nell'oscuro fondo della bestia umana? Troppo ignorante, non si soffermava a ragionare, non tentava neppure di socchiudere la porta dell'orrore. A volte, tra le braccia della donna, all'improvviso gli balenava il ricordo di quel che lei aveva fatto, quel delitto confessato solo con lo sguardo sulla panchina del giardino delle Batignolles; e non sentiva tuttavia il desiderio di conoscerne i particolari. Al contrario, era lei che pareva sempre più tormentata dal bisogno di dire ogni cosa. Quando l'abbracciava, a lui non sfuggiva che era gonfia e ansimante del suo segreto, che voleva fondersi con lui solo per alleggerirsi di quella cosa che la soffocava. Era un profondo brivido che le si diffondeva dalle reni, che le sollevava il petto di innamorata in un confuso fiotto di sospiri affioranti alle labbra. Con quella voce smorente in uno spasimo, non stava forse per parlare? Ma, subito, assalito da inquietudine, con un bacio lui le chiudeva la bocca, le suggellava la confessione. Perché frapporre quell'incognita tra di loro? ed era possibile credere che ciò non avrebbe tolto nulla alla loro felicità? Lui presentiva il pericolo, era ripreso da un fremito all'idea di rimestare con lei quella storia di sangue. E certamente lei lo indovinava, e ritornava ad essere per lui carezzevole e docile, creatura d'amore, fatta unicamente per amare ed essere amata. La follia di possedersi li trascinava, e a volte restavano in deliquio l'uno nelle braccia dell'altra.

Roubaud, dopo l'estate, s'era ancor di più appesantito, e mentre la moglie ritornava all'allegria, alla freschezza dei vent'anni, lui invecchiava e appariva più cupo. In quattro mesi, come lui stesso asseriva, era molto cambiato. Stringeva la mano di Jacques sempre con la stessa cordialità, contento solo quando lo aveva ospite alla sua tavola. E tuttavia quella distrazione non gli bastava più; spesso, appena finito di mangiare, usciva lasciando a volte il collega con la moglie, col pretesto che soffocava e che aveva bisogno di andare a respirare fuori. La verità era che adesso frequentava un piccolo caffè di cours Napoléon, e lì si incontrava col commissario di sorveglianza Cauche. Beveva poco, qualche bicchierino di rum, ma era stato preso dal gusto del gioco, che cominciava a trasformarsi in passione. Si rianimava e dimenticava tutto solo con le carte in mano, sprofondato in interminabili partite di picchetto. Cauche, giocatore accanito, aveva fatto sì che lui si desse al gioco; e si era cominciato col giocare cinque franchi; da quel momento, stupito lui stesso del suo repentino cambiamento, Roubaud era stato preso dall'ardente smania della vincita, quella terribile febbre dei quattrini lucrati che sconvolge un uomo fino a fargli rischiare, con un colpo di dadi, la sua posizione, la vita. Fino a quel momento il servizio non ne aveva sofferto; appena libero, scappava, e nelle notti in cui non era di turno, non rincasava prima delle due o le tre del mattino. La moglie non se ne lamentava affatto, gli rimproverava soltanto di tornare a casa con l'umore sempre più nero; perché aveva una straordinaria scalogna, e finiva con l'indebitarsi.

Una sera ci fu un primo litigio tra Séverine e Roubaud. Senza ancora detestarlo, lei che sarebbe stata tanto leggera, tanto contenta se non fosse stata oppressa dalla presenza del marito, sentendolo gravare sulla sua vita, riusciva appena a sopportarlo! Del resto non sentiva alcun rimorso nell'ingannarlo: non era colpa sua, anzi, lui quasi l'aveva spinta a cadere. Nel lento corso della loro disunione, per guarire di quel malessere disgregatore, ciascuno dei due si consolava, si divertiva a modo suo. E se lui aveva il gioco, lei poteva ben avere un amante. Ma quel che soprattutto l'irritava, quel che non poteva sopportare senza ribellarsi era la preoccupazione delle continue perdite di lui. Da quando i pezzi da cinque franchi del bilancio familiare prendevano la via del caffè di cours Napoléon, a volte non sapeva come pagare la lavandaia. Ogni sorta di comodità, persino i piccoli oggetti di toletta, le venivano a mancare. E appunto quella sera, giusto a proposito del necessario acquisto di un paio di stivaletti, scoppiò il litigio. Lui, nell'uscire, non trovando sulla tavola un coltello per tagliare un pezzo di pane, aveva preso il coltellaccio, arma riposta nel cassetto della credenza. E mentre le negava i quindici franchi delle scarpe, non possedendoli né sapendo dove prenderli, lei lo fissava; e, ostinata, ripeté la richiesta, forzandolo, sempre più esasperato, a ripetere il rifiuto, ma a un tratto gli indicò col dito il punto dell'impiantito dove dormivano gli spettri, e gli disse che lì di quattrini ce n'erano, e che li pretendeva. Roubaud divenne pallidissimo, lasciò cadere nel cassetto il coltellaccio. Per un momento Séverine credette che stesse per picchiarla, perché le si era accostato farfugliando che quei quattrini potevano ben marcire, che si sarebbe fatto mozzare la mano piuttosto che prenderli; e serrava i pugni, minacciava di accopparla se si fosse azzardata, durante la sua assenza, a sollevare l'asse per rubare sia pure un centesimo. Mai! mai! quei quattrini erano morti e sepolti. Ma anche lei, del resto, s'era sbiancata venendo meno al pensiero di andare là a cercare. La miseria avrebbe ben potuto coglierli, tutti e due sarebbero insieme crepati di fame. Perciò non ne parlarono più, anche nei giorni di grande ristrettezza. Quando posavano il piede su quel punto del pavimento, quel senso di bruciore s'era fatto così forte, così intollerabile, che finivano per tornare indietro.

Si produssero poi alterchi a proposito della Croix-de-Maufras. Perché non vendevano quella casa? e a vicenda si accusavano di non far nulla di quel che sarebbe occorso fare per affrettare la vendita. Lui violentemente e con persistenza rifiutava di occuparsene; mentre lei, le rare volte che scriveva a Misard, otteneva soltanto risposte vaghe: non si presentava alcun compratore, i frutti erano andati a male, i legumi non nascevano per mancanza di acqua. A poco a poco, la grande calma nella quale la coppia si era adagiata dopo la crisi, veniva scossa, sradicata, pareva, da una febbrile recrudescenza. Tutti i germi del malessere, i quattrini nascosti, l'apparizione dell'amante, s'erano sviluppati, e ora li separavano, inasprendoli l'uno contro l'altra. E in quella crescente agitazione, la vita diventava un inferno.

Frattanto, come per fatale contraccolpo, intorno ai Roubaud tutto andava parimenti deteriorandosi. Una nuova ventata di pettegolezzi e di discussioni circolava nel corridoio. Philomène aveva violentemente rotto i rapporti con la signora Lebleu che l'aveva calunniata accusandola di averle venduto un pollo morto di malattia. Ma la vera causa della rottura era da attribuirsi al riavvicinamento tra Philomène e Séverine. Avendo Pecqueux una notte riconosciuto la moglie del sottocapostazione al braccio di Jacques, questa aveva dovuto far tacere gli scrupoli di una volta, e mostrarsi gentile con l'amante del fuochista; e Philomène, molto lusingata di questa amicizia con una signora di incontestata bellezza e distinzione nell'ambito della stazione, s'era rivoltata contro la moglie del cassiere, la vecchia megera, come lei la chiamava, capace di mettere zizzania anche tra i morti. Le attribuiva tutti i torti, e ora andava a gridare dappertutto che l'alloggio sulla via apparteneva ai Roubaud, e che era una porcheria non renderglielo. Le cose cominciavano dunque a mettersi molto male per la signora Lebleu, tanto più che il suo accanimento nello spiare la signorina Guichon per sorprenderla col capostazione, minacciava pure di procurarle serie noie: non riusciva mai a sorprenderli, ma aveva l'ingenuità di essere lei a farsi sorprendere con l'orecchio teso incollato alle porte; fino al punto che il signor Dabadie, esasperato di essere spiato a quel modo, aveva detto al sottocapo Moulin che se i Roubaud avessero ancora reclamato l'appartamento, lui era pronto a firmare l'ordine. E Moulin, di solito poco chiacchierone, avendo ripetuto la cosa, poco era mancato non si venisse alle mani di porta in porta, da un capo all'altro del corridoio, tanto le passioni si erano riaccese.

Fra questi continui sobbalzi, solo un giorno era bello per Séverine, il venerdì. Dal mese di ottobre, aveva avuto la tranquilla audacia di inventare un pretesto, il primo venutole in mente, un dolore al ginocchio che richiedeva le cure di uno specialista; e ogni venerdì partiva al mattino col direttissimo delle sei e quaranta, guidato da Jacques; trascorreva con lui la giornata a Parigi e ritornava poi col direttissimo delle sei e trenta. Dapprima s'era sentita in dovere di dare al marito notizie sul ginocchio: andava meglio, andava peggio; poi, vedendo che lui non l'ascoltava neppure, aveva cessato decisamente di parlargliene. E talvolta, guardandolo, si domandava se avesse mangiato la foglia. Come mai questo geloso furente, quest'uomo che aveva ucciso, accecato di sangue nella sua rabbia imbecille, arrivava a tollerare che lei avesse un amante? Non poteva crederlo, pensava semplicemente che stava diventando idiota.

Ai primi di dicembre, in una notte freddissima, Séverine aspettò il marito fino a tardi. Il giorno dopo, un venerdì, prima dell'alba, doveva partire col direttissimo; e, di solito, in quelle sere, si predisponeva accuratamente, preparava il vestito per essere subito pronta non appena saltata dal letto. Alla fine si coricò e verso la una finì con l'addormentarsi. Roubaud non era rincasato. Già altre due volte non era rientrato prima dell'alba, tutto preso dall'incalzante passione, non potendo più star lontano dal caffè, una saletta del quale si stava trasformando in un'autentica bisca: ora giocavano a tressette e puntavano grosse somme. Felice, tutto sommato, di coricarsi da sola, cullata dall'attesa della bella giornata dell'indomani, la giovane dormiva profondamente nel dolce calore delle coperte.

Suonavano le tre quando fu svegliata da uno strano rumore. Dapprima non riuscì a comprendere, e credendo di sognare, si riaddormentò. Erano sorde pressioni, scricchiolii del legno, come se avessero voluto forzare la porta. Uno scatto, uno strappo più violento, la spinsero a sedere sul letto. E fu sconvolta dalla paura: qualcuno, di sicuro, stava facendo saltare la serratura del corridoio. Per un po' non osò muoversi, e stette in ascolto, con le orecchie ronzanti. Poi ebbe il coraggio di alzarsi per rendersi conto: si mosse senza far rumore e, scalza, socchiuse piano piano la porta della camera, colta da un tal freddo che era tutta pallida e rattrappita sotto la camicia; la scena che riuscì a scorgere nella sala da pranzo la lasciò di sasso, sorpresa e terrorizzata.

Roubaud, disteso sulla pancia, sollevato sui gomiti, stava svellendo l'asse servendosi di uno scalpello. Una candela posata dappresso lo rischiarava proiettando la sua ombra, enorme, fin sul soffitto. E in quel momento, il viso chino sopra la nera fenditura dell'impiantito, guardava con occhi allucinati. L'afflusso di sangue rendeva violacee le sue guance; aveva la sua faccia di assassino. Con un gesto brusco immerse la mano, ma nel brivido che l'agitava non riuscì a trovar nulla, e dovette avvicinarsi la candela. Alla fine apparvero il portamonete, i biglietti di banca, l'orologio.

Involontariamente Séverine emise un grido, e Roubaud, terrorizzato, si voltò. Per un attimo non la riconobbe, e senza dubbio credette si trattasse di uno spettro, vedendola tutta bianca con quello sguardo raccapricciato.

« Che cosa fai? » lei domandò.

Allora, avendo compreso, evitò di rispondere, lanciando solo un sordo brontolìo. La guardò, indispettito dalla sua presenza, cercando di rimandarla a letto. Ma non trovò una sola parola di giustificazione; avrebbe voluto schiaffeggiarla, tremante e nuda com'era.

« Ah, è così » continuò lei « a me rifiuti gli stivaletti e tu arraffi i quattrini che ti occorrono perché hai perduto. »

Di colpo, queste parole lo fecero montare in bestia. Ma dunque questa femmina che non desiderava più e il cui possesso non gli dava che una sensazione sgradevole, gli avrebbe ancora una volta rovinata la vita frapponendosi tra lui e il suo piacere? Poiché si divertiva altrove, non aveva alcun bisogno di lei. Si rimise a rovistare e prese soltanto il portamonete contenente i trecento franchi in oro. E quando col tallone ebbe rimesso a posto l'asse, a denti stretti le spifferò sul viso:

« Mi scocci, io faccio quello che voglio. Forse ti domando quel che vai a fare fra poco a Parigi? »

E, dopo aver scrollato violentemente le spalle, tornò al caffè, lasciando in terra la candela.

Séverine la prese e ritornò a letto, e il gelo adesso le arrivava al cuore; guardò la candela che lasciò accesa a consumarsi, senza potersi riaddormentare, gli occhi spalancati in attesa dell'ora del direttissimo. Ora, di sicuro, la disgregazione era progressiva: una specie di infiltrazione del delitto, che decomponeva quell'uomo e che aveva fatto marcire tra di loro ogni legame. Roubaud sapeva.

VII

Quel venerdì, a Le Havre, i viaggiatori che dovevano partire col direttissimo delle sei e quaranta, nel risvegliarsi ebbero un moto di sorpresa: da mezzanotte la neve era caduta in fiocchi tanto fitti e grossi, che nelle strade ve n'era un letto di trenta centimetri.

Sotto la pensilina la Lison già sbuffava fumante, attaccata a un treno di sette vagoni, tre di seconda classe e quattro di prima. Verso le cinque e mezzo, quando Jacques e Pecqueux erano giunti al deposito per l'ispezione, avevano borbottato inquieti di fronte a quella neve ostinata di cui si sgravava il cielo tutto nero. Adesso, al loro posto, aspettavano il colpo di fischietto, spingendo lo sguardo lontano, al di là del portico spalancato della pensilina, guardando lo sfarfallìo silenzioso e senza fine dei fiocchi scalfire le tenebre con un pallido brivido.

Il macchinista mormorò:

« Il diavolo mi porti se si riesce a vedere un segnale! »

« E se si potrà passare! » aggiunse il fuochista.

Roubaud era sulla banchina con la lanterna, rientrato in quel preciso momento per riprendere servizio. Di tanto in tanto i suoi occhi pesti si chiudevano per la stanchezza, senza però che cessasse di sorvegliare. Avendogli Jacques domandato se fosse a conoscenza dello stato della linea, si era avvicinato per stringergli la mano e per rispondergli di non aver ricevuto ancora alcuna comunicazione; e lui stesso accompagnò Séverine, scesa avviluppata in un ampio mantello, fino a uno scompartimento di prima classe. Certamente aveva colto lo sguardo di inquieta tenerezza scambiato fra i due amanti; ma non si dette neppure pena di dire alla moglie quale imprudenza fosse partire con un tempo simile, e che avrebbe fatto meglio a rinviare il viaggio.

Imbacuccati, carichi di valigie, arrivavano i viaggiatori, tutto un viavai nel terribile freddo del mattino. La neve non si scioglieva neppure sulle scarpe; e gli sportelli venivano subito richiusi, ognuno si barricava, la banchina restava deserta, rischiarata appena dalle luci smorte di qualche fanale a gas; solo il fanale della locomotiva, agganciato alla base del camino, fiammeggiava come un occhio gigantesco, proiettando in lontananza, nell'oscurità, la sua coltre divampante.

Roubaud portò in alto la lanterna, dando il segnale. Il capotreno soffiò nel fischietto, e Jacques rispose, dopo aver aperto il regolatore e spinto in avanti il piccolo volante del cambio di marcia. Si partiva. Ancora per un minuto il sottocapo seguì tranquillamente con lo sguardo il treno che s'allontanava sotto la tempesta.

« E attenzione! » disse Jacques a Pecqueux. « Oggi niente scherzi! »

Aveva notato che anche il compagno moriva dalla stanchezza: certo per qualche baldoria della sera prima.

« Oh, non c'è pericolo, non c'è pericolo! » borbottò il fuochista.

All'uscita dalla pensilina, subito i due uomini erano stati investiti dalla neve. Il vento soffiava dall'est, perciò la locomotiva aveva il vento di fronte, sferzata in faccia dalle raffiche; ma dietro il riparo essi, sulle prime, non ne soffrirono, vestiti com'erano di lana pesante e con gli occhi protetti dagli occhialoni. Tuttavia, nel buio, la vivida luce del fanale era come inghiottita dalla livida densità che si effondeva. Invece di schiarirsi, a due o trecento mentri le rotaie apparivano sotto una specie di bruma lattiginosa, attraverso la quale le cose spuntavano infoltite, come dal fondo di un sogno. E come temeva, quel che determinò nel macchinista la più viva inquietudine, fu di constatare, dalla luce del segnale del primo cantoniere, che non avrebbe certamente avvistato alla distanza regolamentare i segnali rossi del blocco della linea. Da quel momento avanzò con estrema prudenza, senza peraltro poter rallentare la velocità, perché il vento opponeva una tenace resistenza, e ogni ritardo avrebbe potuto rappresentare ugualmente un grave pericolo.

Fino alla stazione di Harfleur, la Lison filò con andatura regolare. Jacques non era ancora preoccupato dallo strato di neve caduta, perché non doveva superare i sessanta centimetri, e lo spazzaneve bastava per almeno un metro. Poneva ogni cura a mantenere la velocità, ben sapendo che il merito di un macchinista, dopo l'ordine e l'amore per la sua locomotiva, consiste nel procedere con marcia regolare, senza scosse, con la pressione più alta possibile. E qui stava il suo unico difetto, proprio nell'ostinazione a non fermarsi, non tenendo conto dei segnali, e nel ritenere che avrebbe fatto sempre in tempo a frenare la Lison: spesso perciò andava troppo oltre, schiacciava i petardi, "i calli dei piedi", come dicevano, cosa che gli era costata per due volte la sospensione di otto giorni. Ma in quel momento, nel gran pericolo che avvertiva, il pensiero che Séverine fosse lì, che lui aveva la responsabilità di quella cara esistenza, decuplicava la forza della sua volontà, tutta tesa laggiù, sino a Parigi, lungo la doppia linea ferroviaria, tra gli ostacoli che doveva superare.

E, in piedi, sulla balaustra collegante la locomotiva col carro attrezzi, negli incessanti sussulti dell'ansia, Jacques, nonostante la neve, si chinava a destra per vedere meglio. Attraverso il vetro del riparo, rigato di acqua, non riusciva a distinguere nulla; e se ne stava lì, il viso sotto le raffiche, la pelle flagellata da migliaia di aculei, morso da un tale freddo che gli sembrava di ricevere tagli di rasoio. Di tanto in tanto si riparava per riprendere fiato; toglieva gli occhialoni, li asciugava; poi ritornava al suo posto di osservazione in pieno uragano, gli occhi fissi nell'attesa dei segnali rossi, così assorto nel suo intento, che per due volte fu colpito dall'allucinazione di improvvise luci sanguigne, schizzanti sul pallido sipario che gli tremava davanti.

Tutt'a un tratto, nell'oscurità, ebbe la sensazione che il fuochista non fosse più al suo posto. Solo una piccola lanterna rischiarava il livello dell'acqua, affinché nessuna luce potesse accecare il macchinista; e sul quadrante del manometro, il cui smalto pareva avere un proprio chiarore, aveva scorto che l'ago blu tremava e si abbassava rapidamente. Era il fuoco che veniva meno. Il fuochista, vinto dal sonno, s'era sdraiato sul cassone.

« Maledetto ubriacone! » gridò Jacques, furioso, scuotendolo.

Pecqueux si alzò, chiese scusa con un grugnito inintelligibile. Si teneva appena in piedi; ma la forza dell'abitudine lo spinse subito all'opera, il martello in mano a sminuzzare il carbone e a disporlo sulla griglia con la pala in uno strato perfettamente uguale; infine, diede un colpo di scopa. E mentre il portello del camino restava aperto, dietro al treno un riflesso di fornace, come la coda fiammeggiante di una cometa, aveva incendiato la neve, piovendo di traverso con grosse gocciole d'oro.

Dopo Harfleur cominciava la ripida salita di tre leghe che va fino a Saint-Romain, la più faticosa di tutto il percorso. Perciò il macchinista si rimise al posto di manovra, attentissimo, pronto a una grossa sgobbata per superare quell'altura, già faticosa col bel tempo. La mano sul volante del cambio di marcia, guardava sfilare i pali telegrafici cercando di rendersi conto della velocità. Diminuiva di molto, la Lison ansava, e attraverso lo strofinio dello spazzaneve si intuiva una crescente resistenza. Con la punta del piede riaprì il portello; e il fuochista, insonnolito, comprese e ravvivò il fuoco allo scopo di aumentare la pressione. Ora il portello era arroventato, rischiarava le loro gambe con un riverbero violetto. Ma essi, esposti alla gelida corrente d'aria che li avvolgeva, non ne avvertivano l'ardente calore. A un gesto del capo, il fuochista tolse inoltre la grata del ceneraio, e il tiraggio ne fu attivato. Rapidamente l'ago del manometro era risalito a dieci atmosfere, la Lison impiegava tutta la forza di cui era capace. Allo stesso tempo, nel vedere abbassarsi il livello dell'acqua, il macchinista dovette spostare il piccolo volante dell'iniettore, benché con ciò si venisse a diminuire la pressione. Tuttavia la pressione rimontò. La macchina ronfava, scaracchiava, come una bestia costretta a una dura fatica, con sussulti, spallate, come se si sentisse lo scricchiolio dei suoi congegni. Jacques la bistrattava, da femmina invecchiata e indebolita, non avendo più per lei la stessa tenerezza di una volta.

« Non ce la farà a salire, questa poltrona! » disse con i denti serrati, lui che durante il percorso non diceva mai una parola.

Pecqueux, nella sua sonnolenza, lo guardò meravigliato. Ma cosa diavolo aveva contro la Lison? Non era pur sempre la brava locomotiva obbediente, con una messa in moto agevolissima, tanto che era un piacere farla camminare, e una vaporizzazione tanto buona da farle risparmiare un decimo del quantitativo di carbone da Parigi a Le Havre? Quando una macchina aveva i cassetti di distribuzione come i suoi, di una regolazione perfetta, dividendo miracolosamente il vapore, era lecito tollerare tutte le imperfezioni, come si farebbe per una donna di casa capricciosa, ma saggia ed economa. Certo, consumava troppo lubrificante. E allora? Bisognava ingrassarla, ecco tutto!

E proprio in quel momento, esasperato, Jacques ripeteva:
« Non ce la farà mai a salire, se non la si ingrassa. »

Prese la latta per olearla durante la marcia, cosa che non aveva fatto neppure tre volte in vita sua. Scavalcando la rampa, salì sul ripiano, seguendo per tutta la lunghezza la caldaia. Era una delle manovre più pericolose: sulla stretta banda di ferro bagnata dalla neve, scivolava, mentre il vento furioso, oltre che accecarlo, minacciava di spazzarlo via come un fuscello. La Lison, con quell'uomo accovacciato al suo fianco, continuava la corsa affannosa nel buio tra l'immensa coltre bianca, aprendosi un profondo solco. Lo scuoteva, lo sbatacchiava. Pervenuto sulla traversa anteriore, Jacques si aggrappò davanti alla scatola di lubrificazione del cilindro di destra, e, per riempirla, dovette duramente penare, tenendosi afferrato con una mano alla barra. Poi dovette rigirarsi, come un insetto rampante, per andare a ingrassare il cilindro di sinistra. E quando, estenuato, ritornò al suo posto, era pallidissimo, aveva sentito la morte passargli vicino.

« Sporca carogna! » mormorò.

Stupito da quell'insolita violenza verso la loro Lison, Pecqueux non poté trattenersi dal dire, rischiando ancora una volta la sua abituale facezia:

« Occorreva che ci andassi io: di dar grasso alle signore me ne intendo. »

Un po' sveglio, anche lui s'era rimesso al suo posto, sorvegliando il lato sinistro della linea. Di solito aveva una buona vista, migliore di quella del suo capo. Ma in quella tormenta tutto era sparito, ed essi che conoscevano a menadito ogni chilometro del percorso, riuscivano appena a individuare i luoghi che attraversavano: le rotaie affondavano sotto la neve, i recinti, le stesse case pareva fossero state inghiottite, non c'era che una piana rasa e sconfinata, un caos di vago biancore, e la Lison pareva vi galoppasse a suo piacimento, impazzita. E mai i due uomini s'erano sentiti stretti da vincoli di tanta fraternità su quella locomotiva in marcia, proiettata verso tutti i pericoli, e dove, più che in una camera chiusa, erano veramente soli, abbandonati da tutti, con l'aggravante della terribile responsabilità delle vite umane che si trascinavano dietro.

Perciò Jacques, irritato anche dai motti di spirito di Pecqueux, finì per sorridere, trattenendo la collera che lo travolgeva. Certo non era quello il momento di litigare. La neve cadeva con raddoppiata violenza, la cortina si infittiva all'orizzonte. Si continuava a salire, quando il fuochista a sua volta credette di vedere in lontananza accendersi una lanterna rossa. Con una parola avvertì il capo. Ma già non la rintracciava più; i suoi occhi, come qualche volta diceva, avevano sognato. E il macchinista, che non aveva visto nulla, col cuore che gli martellava, restava turbato dall'allucinazione dell'altro, perdeva fiducia in se stesso. Quel che lui credeva di distinguere, al di là della pallida bufera dei fiocchi, consisteva in immense forme nere; considerevoli masse, come dei comparti giganteschi della notte, che pareva si spostassero avanzando verso la locomotiva. Erano colline franate, montagne che sbarravano la strada e contro le quali stava per andare in pezzi il treno? Allora, assalito dalla paura, tirò il dispositivo del fischio, un fischio lungo, disperato; e quel lamento si propagò, lugubre, attraverso la tempesta. Poi, fu veramente sorpreso di aver fischiato a ragione perché il treno traversava a grande velocità la stazione di Saint-Romain, dalla quale credeva di essere lontano due chilometri.

Frattanto la Lison, dopo aver compiuto la terribile salita, si mise a camminare con maggiore regolarità, e per un momento Jacques poté respirare. Da Saint-Romain a Bolbec, la linea sale insensibilmente, e tutto sarebbe andato liscio senza dubbio sino all'altro capo dell'altopiano. Giunto a Beuzeville, durante la fermata di tre minuti, non trascurò di chiamare il capostazione che aveva scorto sulla banchina, per comunicargli i suoi timori per quella neve il cui strato aumentava sempre più; non ce l'avrebbe fatta ad arrivare a Rouen, più opportuno sarebbe stato raddoppiare la trazione aggiungendo una seconda locomotiva, tanto più che ci si trovava a un deposito in cui le macchine a disposizione erano sempre pronte. Ma il capostazione rispose che non aveva ricevuto ordini al riguardo, e che non riteneva di adottare di propria iniziativa questa misura. Tutto quello che offrì fu di dare cinque o sei pale di legno per spazzare i binari in caso di necessità. E Pecqueux prese le pale disponendole in un angolo del carro attrezzi.

Sull'altopiano, la Lison continuò la sua marcia con buona velocità, senza troppa fatica. Però si stancava. Ogni momento il macchinista doveva ripetere la manovra, aprire il portello del focolare affinché il fuochista vi caricasse il carbone; e ogni volta al di sopra del malinconico treno, nero in tutto quel bianco, ricoperto da un funebre lenzuolo, fiammeggiava l'abbagliante coda di cometa che sforacchiava il buio. Erano le sette e tre quarti; sorgeva il giorno; ma si distingueva appena il pallore del cielo nell'immenso turbine biancastro che riempiva lo spazio, da un capo all'altro dell'orizzonte. Quello smorto chiarore, nel quale non era ancora possibile distinguere qualcosa, dava maggiore inquietudine ai due uomini che, con gli occhi lacrimosi, nonostante gli occhialoni, si sforzavano di vedere in lontananza. Senza abbandonare il volante del cambio di velocità, il macchinista non mollava più il dispositivo del fischio, emettendo quasi di continuo, per prudenza, un sibilo angosciato che si perdeva in mezzo a quel deserto di neve.

Attraversarono Bolbec, poi Yvetot, senza intoppi. Ma a Motteville Jacques interpellò di nuovo il sottocapostazione che non poté fornire alcuna precisa informazione sulle condizioni della linea. Non era giunto ancora nessun treno, una comunicazione annunciava semplicemente che l'omnibus di Parigi si trovava bloccato a Rouen, sano e salvo. E la Lison ripartì, scendendo con la sua andatura pesante e stracca le tre leghe di dolce declivio fino a Barentin. Ora, pallidissimo, si levava il giorno; e pareva che quel livido chiarore provenisse dalla stessa neve. E la neve cadeva più fitta, così come la calata di un'alba imbronciata e gelida, sommergendo la terra dei detriti del cielo. Col giorno che avanzava sempre più, raddoppiava la violenza del vento e i fiocchi mulinavano come fossero palle, di modo che ogni momento bisognava che il fuochista prendesse la pala per liberare il carbone dal fondo del carro attrezzi tra le pareti del recipiente di raccolta dell'acqua. A destra e a sinistra la campagna era a tal punto irriconoscibile che i due uomini avevano l'impressione di procedere attraverso un sogno: i vasti campi piatti, i grassi pascoli recinti di siepi naturali, i filari dei meleti non erano che un mare bianco, appena gonfio di corte ondate, una livida tremolante immensità, dove tutto si sfaceva in quel biancore. E il macchinista, in piedi, il viso flagellato dalle raffiche, la mano sul volante, cominciava a soffrire terribilmente il freddo.

Infine, alla fermata di Barentin, il capostazione Bessière, si avvicinò spontaneamente alla locomotiva per avvertire Jacques che segnalavano una considerevole quantità di neve dalle parti della Croix-de-Maufras.

« Credo che si possa ancora transitare » aggiunse. « Ma sarà molto dura per voi. »

Allora il giovane si arrabbiò.

« Maledizione! l'ho pur detto a Beuzeville. Che cosa gli costava di raddoppiare la trazione? Ah, si è proprio gentili! »

Il capotreno era sceso dal suo furgone, e anche lui protestava. Era congelato nella sua garitta, e dichiarava di essere incapace di distinguere un segnale da un palo telegrafico. Un vero viaggio a tentoni, in tutto quel bianco!

« Insomma, vi ho avvertito », riprese a dire Bessière.

Frattanto i viaggiatori, in mezzo al gran silenzio della stazione sepolta, senza che si udisse un grido di impiegato, uno sbatacchiare di sportello, già si meravigliavano di quella sosta prolungata. Fu abbassato qualche finestrino, apparirono alcuni visi: una signora molto vistosa con due graziose ragazze bionde, certamente sue figlie, tutte e tre inglesi senza possibilità d'equivoci e più lontano una giovane signora bruna, avvenente, costretta da un signore di una certa età a rimetter dentro la testa; mentre due uomini, uno giovane e l'altro vecchio, discorrevano da una vettura all'altra, il busto a metà fuori del finestrino. Ma quando Jacques volse indietro lo sguardo, non scorse che Séverine, sporta anche lei, che guarda nella direzione dove era lui, con aria preoccupata. Ah, povera cara, come doveva essere inquieta, e quale cruccio provava lui nel saperla lì, così vicina e così lontana, in quel pericolo! Avrebbe versato tutto il suo sangue pur di essere già a Parigi e depositarvela sana e salva.

« Andiamo, partite » concluse il capostazione. « È inutile spaventare la gente. »

Lui stesso aveva dato il segnale. Risalito sul suo furgone, il capotreno fischiò; e ancora una volta la Lison si mise in moto, dopo aver risposto con un lungo ululato lamentoso.

Subito Jacques si accorse che lo stato della linea era cambiato. Non più la piana, il continuo svolgimento sullo spesso tappeto di neve con la locomotiva che filava come un piroscafo, lasciando una scia. Si entrava in una contrada tormentata, le cui alture e gli avvallamenti, con ondulazioni enormi, arrivavano fino a Malaunay, rendendo molto accidentato il terreno; e la neve vi si era ammassata in maniera irregolare, a zone sgombre succedevano masse considerevoli che bloccavano alcuni passaggi. Il vento che spazzava i terrapieni colmava, invece, i cunicoli. Così c'era da superare una continua successione di ostacoli, tratti di via libera sbarrati da vere muraglie. Ora era pieno giorno e la contrada devastata, quelle anguste gole, quelle ripide discese assumevano sotto la coltre di neve la desolazione di un oceano di ghiaccio immobilizzato nella tormenta.

Mai Jacques prima di allora s'era sentito penetrare da un freddo simile. Sotto miriadi di aghi di neve, pareva che il suo viso sanguinasse; e non possedeva più la padronanza delle mani, paralizzate da un inizio di congelamento, divenute insensibili in maniera tale da farlo rabbrividire nel constatare che tra le dita perdeva la sensazione del piccolo volante del cambio di marcia. Nel sollevare il gomito per tirare il dispositivo del fischio, il braccio gli pesava all'attaccatura della spalla, come un braccio morto. Per le continue scosse che lo facevano trepidare e gli sconvolgevano i visceri, non avrebbe potuto asserire se le gambe lo reggessero. Era oppresso da un'immensa stanchezza, il freddo e il gelo che gli salivano sino alla testa, e aveva paura di non riuscire a controllarsi, di non rendersi più conto se governava o meno i congegni, perché già faceva girare il volante con gesto meccanico, guardando, ebete, il manometro che calava. Gli venivano in mente tutte le storie consciute sulle allucinazioni. Laggiù, di traverso sui binari non c'era forse un albero abbattuto? E al di sopra di quel cespuglio non aveva scorto lo sventolio di una bandiera rossa? E gli scoppi dei petardi, che a ogni momento sembravano mescolarsi al fracasso delle ruote? Non avrebbe potuto asserirlo, ma si ripeteva che a-vrebbe dovuto fermare senza riuscire a ritrovare una precisa volontà. La crisi lo torturò per qualche minuto; poi, all'improvviso, alla vista di Pecqueux riaddormentato sul cassone, abbattuto dalla prostrazione del freddo della quale lui stesso soffriva, fu preso da una collera tanto violenta che ne fu come rianimato.

« Ah, razza di porco! »

E lui, così comprensivo di solito verso i vizi di quell'u-briacone, lo svegliò a pedate e non smise fino a quando non lo vide in piedi. L'altro, intorpidito, si accontentò di borbottare mentre riprendeva la pala.

« Calma, calma! eccomi! »

Ricaricato il fuoco, risalì la pressione; ed era tempo, la Lison stava per affrontare il fondo di un cunicolo dove c'era da sgretolare lo spessore di oltre un metro di neve. Con e-stremo sforzo avanzava e ne vibrava tutta. Per un momento si sfiancò, e pareva che dovesse immobilizzarsi come un piroscafo che si addentri in un banco di sabbia. Il sovraccarico di neve a poco a poco s'era stratificato pesantemente sul tetto dei vagoni. Procedevano così, neri nella scia bianca, con quel lenzuolo bianco steso su di loro; e la stessa locomotiva aveva guarnizioni di ermellino che le ornavano le reni scure dove i fiocchi fondevano ruscellando in pioggia. Ancora una volta, nonostante il peso, riuscì a disincagliarsi, a passare. Lungo un'ampia curva, su un terrapieno, fu ancora possibile seguire il treno, che avanzava agevolmente simile a un nastro d'ombra sperduto in un paese di leggenda scintillante di candore. Ma più in là ricominciarono le trincee, e Jacques e Pecqueux, che avevano sentito lo sforzo della Lison, si irrigidirono contro il freddo, in piedi in quel posto che, anche se morenti, non potevano disertare. Di nuovo la locomotiva allentava la velocità. S'era imbattuta tra due pendii, e l'arresto si produsse lentamente, senza scosse. Pareva che si fosse impaniata, presa da tutte le ruote, sempre più stretta, senza fiato. Non si mosse più. Era fatta, la neve la costringeva all'impotenza.

« Ci siamo, perdio! » sbraitò Jacques.

Ancora per qualche secondo restò al suo posto, la mano sul volante, aprendo tutto il vapore nel tentativo di superare l'ostacolo. E percependo poi che la Lison scaracchiava e si affannava invano, fermò il regolatore e, furioso, si mise a bestemmiare più forte.

Il capotreno s'era affacciato alla porta del suo furgone, e Pecqueux, avendolo visto gli gridò a sua volta:

« Ci siamo, siamo incastrati! »

Subito il capotreno saltò nella neve che gli arrivava fino alle ginocchia. Si avvicinò, e i tre uomini si consultarono.

« Possiamo soltanto tentare di sgombrare la neve » finì col dire il macchinista. « Fortunatamente abbiamo delle pale. Chiami il suo capotreno in seconda, in quattro ce la faremo a liberare le ruote. »

Fecero segno al sostituto capotreno, che frattanto era anche lui disceso dal vagone. Arrivò a fatica, quasi sommerso. Ma quella fermata in aperta campagna, in mezzo a quella bianca solitudine, quelle voci chiare che discutevano il da farsi, quell'impiegato che saltellava lungo il treno con penose capriole, avevano impressionato i viaggiatori. Alcuni finestrini vennero abbassati. Si gridava, si richiedevano spiegazioni: tutta una confusione, ancora imprecisa, ma che aumentava.

« Dove siamo?... Perché avete fermato?... Che cosa succede, dunque?... Dio mio, si tratta di una disgrazia? »

Il capotreno sentì la necessità di rassicurare tutti. E proprio mentre avanzava, la signora inglese, il cui faccione rosso si inquadrava tra i visi graziosi delle figlie, gli chiese con spiccato accento:

« Signore, non è mica pericoloso? »

« No, no, signora » rispose « solo un po' di neve. Si riparte subito. »

E il finestrino venne chiuso tra il fresco cinguettio delle ragazze, una musica di sillabe inglesi, così vive su quelle labbra rosee. Tutte e due, molto divertite, ridevano.

Ma poco più in là, un signore anziano chiamava il capotreno, mentre la sua giovane moglie, alle spalle, sporgeva la graziosa testa bruna.

« Come mai non sono state prese delle precauzioni? È inconcepibile... Rientro da Londra, i miei affari mi chiamano a Parigi questa mattina. Vi avverto che riterrò la Compagnia responsabile di qualsiasi ritardo. »

« Signore », dovette ripetere l'impiegato « si ripartirà fra tre minuti. »

Il freddo era intensissimo, entrava la neve, e le teste sparirono, i finestrini vennero richiusi. Ma dentro le vetture chiuse, l'agitazione persisteva in un'ansietà di cui si percepiva il borbottio. Solo due finestrini rimasero aperti; e sporti a tre scompartimenti di distanza, due viaggiatori discorrevano, un americano di una quarantina d'anni e un giovane abitante a Le Havre, molto interessati all'opera di sbloccamento.

« In America, caro signore, tutti scendono e impugnano il badile. »

« Oh, non è nulla, l'anno scorso sono rimasto bloccato due volte. Per i miei affari devo trovarmi a Parigi tutte le settimane. »

« E io, signore, circa ogni tre settimane. »

« Come, da New York? »

« Sì, signore, da New York. »

Jacques dirigeva i lavori. Avendo scorto Séverine allo sportello del primo vagone nel quale prendeva sempre posto per essere più vicina a lui, l'aveva supplicata con lo sguardo; e, avendo capito, lei s'era ritirata, per non starsene a quel vento glaciale che le bruciava la faccia. Lui, del resto, pensando a lei, aveva lavorato di gran lena. Ma aveva notato che la causa della fermata, l'impantanarsi nella neve non proveniva dalle ruote: queste schiacciavano gli strati più spessi; era il ceneraio collocato fra di esse che opponeva ostacolo, e rotolando sulla neve la rendeva dura accumulandola. Gli venne un'idea.

Occorre svitare il ceneraio.

In un primo momento il capotreno si oppose. Il macchinista dipendeva da lui e non voleva autorizzarlo a manomettere la macchina. Poi si lasciò convincere.

« Intesi, sotto la sua responsabilità! »

Però fu una dura fatica. Allungati sotto la macchina, il dorso nella neve che si scioglieva, Jacques e Pecqueux dovettero lavorare per circa mezz'ora. Fortunatamente nella scatola degli attrezzi c'erano dei cacciavite di ricambio. Alla fine, col pericolo di bruciarsi e di rimanere tante volte schiacciati, riuscirono a distaccare il ceneraio. Ma non potevano ancora afferrarlo, bisognava farlo uscire da lì sotto. Pesava enormemente e si impigliava nelle ruote e nei cilindri. Mettendosi però in quattro, riuscirono a trarlo e a trascinarlo fuori dai binari, sino alla scarpata.

« Ora finiamo di spalare » disse il capotreno.

Da circa un'ora il treno era in difficoltà, e l'angoscia dei viaggiatori era aumentata. Ogni momento veniva abbassato un finestrino e una voce chiedeva perché mai non si partisse ancora. Era il panico, grida, lacrime, in una crisi che rasentava lo smarrimento.

« No, no, è spalata abbastanza » dichiarò Jacques. « Salite, io mi incarico del resto. »

Era di nuovo al suo posto con Pecqueux, e quando i due capitreno ebbero raggiunto i loro furgoni, lui da solo manovrò la valvola di scarico. Il getto di vapore bollente fu assordante e finì col fondere i cumuli che aderivano ancora alle rotaie. Poi, con la mano al volante, Jacques fece indietreggiare la macchina. Lentamente arretrò di circa trecento metri, per prendere la rincorsa. E avendo rianimato il fuoco, sorpassando inoltre la pressione consentita, lanciò la Lison con tutta la sua massa, con tutto il peso del treno che essa trascinava e pervenne contro il muro che sbarrava la linea. Vi fu un terribile colpo, come quello del boscaiolo che affonda la scure, e la forte struttura di ferro e di ghisa della locomotiva si mise a traballare. Ma non poté ancora passare, s'era fermata, fumante, tutta tremante per l'urto. Allora, in due altre riprese, Jacques dovette rinnovare la manovra, indietreggiò, si scagliò contro la neve per trascinarla; e ogni volta la Lison, irrigidendo le reni, intoppava di petto col suo respiro furioso di gigante. Infine parve riprendere fiato, tese i muscoli di metallo in un supremo sforzo e passò, e pesantemente il treno la seguì tra due staccionate di neve sventrata. Era libera.

« Ad ogni modo è una brava bestia! » borbottò Pecqueux.

Jacques, accecato, si tolse gli occhialoni e li asciugò. Il cuore gli batteva forte, non sentiva più freddo. Ma, all'improvviso, si ricordò di un passaggio profondo a circa trecento metri dalla Croix-de-Maufras: s'apriva in direzione del vento, e la neve aveva dovuto accumularvisi in considerevole quantità; subito ebbe la certezza che sarebbe stato lì lo scoglio segnato dove avrebbe fatto naufragio. Si sporse. In lontananza, dopo un'altra curva, in linea retta gli apparve la trincea come una lunga fossa colma di neve. Era giorno chiaro, il candore era senza limiti e brillante sotto la continua caduta dei fiocchi.

La Lison procedeva intanto a una velocità media, non avendo incontrato altri ostacoli. Per precauzione erano stati lasciati accesi i fanali anteriori e posteriori; e il fanale bianco alla base della caldaia luccicava nel chiaro come l'occhio vivo di un ciclope. Rollava, e con quell'occhio spalancato si avvicinava alla trincea. Allora parve che si mettesse a respirare con fiato corto, come un cavallo che abbia paura. Profondi trasalimenti la scuotevano, si impennava, e solo la mano esperta del macchinista riusciva a farla procedere. Con una mossa, il macchinista aveva aperto il portello del camino, affinché il fuochista attivasse il fuoco. E adesso non era più la coda di una stella che incendiava la notte, era un pennacchio di fumo nero e denso che sporcava il grande, pallido fremito del cielo.

La Lison avanzò e alla fine dovette entrare nella trincea. A destra e a sinistra le scarpate erano sommerse, e in fondo alla linea non si distingueva più nulla. Era come il letto di un torrente con la neve immobile fino all'orlo. La locomotiva l'affrontò, rollò per una cinquantina di metri col fiato sempre più corto. La neve che riusciva a smuovere formava davanti una barriera gorgogliante che saliva in un'ondata furiosa, minacciando di inghiottirla. Per un momento essa parve sopraffatta, vinta. Ma con un'ultima spallata, si liberò, avanzò ancora per trenta metri. Era la fine, la convulsione dell'agonia: mucchi di neve ricadevano ricoprendo le ruote, e tutte le parti dei meccanismi erano invase, legate l'una all'altra da catene di ghiaccio. E la Lison si fermò definitivamente, spirando nel gran freddo. Il suo fiato si estinse; rimase immobile, morta.

« Ecco che ci siamo » disse Jacques. « Me lo aspettavo. »

Subito volle rifare marcia indietro, per ritentare la manovra. Ma questa volta la Lison non si mosse. Rifiutava di indietreggiare come di avanzare, era bloccata in tutte le parti, incollata al suolo, inerte, sorda. Alle spalle, morto anche il treno, sprofondato nella stessa crosta fino agli sportelli. Senza sosta la neve cadeva più fitta a grandi raffiche. Era come sprofondare, macchina e vetture stavano per scomparire, già a metà ricoperte sotto il silenzio orripilante di quella bianca solitudine. Tutto era immobile; la neve tesseva il suo lenzuolo.

« E allora, si ricomincia? » domandò il capotreno, sporgendosi dal furgone.

« Fregati! » gridò semplicemente Pecqueux.

Questa volta, infatti, la situazione si faceva critica. Il capotreno aggiunto corse a collocare in coda i petardi per la protezione del treno; mentre il macchinista azionava senza fine, a colpi ravvicinati, affannosi e lugubri, il fischio d'allarme. Ma la neve ovattava l'aria, il suono si sperdeva e non doveva neppure giungere a Barentin. Che fare? Erano solo in quattro e mai sarebbero riusciti a spalare quei cumuli. Sarebbe occorsa tutta una squadra. La necessità imponeva di correre in cerca di soccorso. E il peggio era che di nuovo il panico si diffondeva tra i viaggiatori.

Si aprì uno sportello, la graziosa signora bruna saltò, sconvolta, temendo una disgrazia. Suo marito, un negoziante di una certa età che la seguiva, si mise a gridare:

« Scriverò al ministro, è un'indegnità! »

Lamenti di donne, voci furiose di uomini arrivavano dalle vetture, e i finestrini venivano abbassati con violenza. Soltanto le due ragazze inglesi si divertivano, mantenendo la loro aria tranquilla, sorridente. E mentre il capotreno cercava di rassicurare tutti, la più piccola gli chiese in francese, con un leggero accento britannico:

« Allora, signore, è qui che ci si ferma? ».

Molti uomini erano discesi, nonostante la spessa coltre nella quale si sprofondava fino al ventre. In tal modo l'americano si ritrovò col giovane di Le Havre; tutti e due s'erano inoltrati verso la locomotiva per vedere. Tentennarono il capo.

« Ne avremo per quattro o cinque ore prima di trarci di impaccio da qua dentro. »

« Per lo meno, occorrerebbero una ventina di operai. »

Jacques era riuscito a convincere il capotreno ad inviare il suo secondo a Barentin in cerca di soccorso. Né lui né Pecqueux potevano abbandonare la locomotiva.

L'impiegato si allontanò e subito lo si perdette di vista, in fondo a quella specie di trincea. Doveva percorrere quattro chilometri, e non avrebbe potuto forse far ritorno prima di due ore. Jacques, disperato, abbandonò per un istante il suo posto, corse verso la prima vettura dove scorse Séverine che aveva abbassato il finestrino.

« Non abbia paura » disse rapidamente. « Non deve temere nulla. »

Lei rispose nello stesso tono, senza dargli del tu, temendo che la potessero sentire:

« Non ho paura. Sono stata soltanto molto inquieta per lei. »

E tutto questo era di una tale dolcezza, che ne furono consolati e si sorrisero. Ma, nel voltarsi, Jacques fu sorpreso nel vedere lungo la scarpata Flore e poi Misard, seguiti da altri due uomini che in un primo momento non riconobbe. Essi avevano sentito il fischio d'allarme, e Misard, pur non essendo di servizio, era accorso con i due amici ai quali stava offrendo del vino bianco. Gli altri due erano il cavapietre Cabuche, che la neve costringeva all'inattività e lo scambista Ozil, venuto da Malaunay attraverso la galleria per fare la corte a Flore, che assediava di continuo nonostante la cattiva accoglienza. E lei, per curiosità, da figliolona vagabonda, brava e forte come un giovanotto, li aveva accompagnati. Tanto per la ragazza quanto per il patrigno, rappresentava un avvenimento considerevole, una straordinaria avventura, quel treno fermo così vicino al loro uscio. Da cinque anni che abitavano lì, quanti treni avevano visti passare nella furia della velocità, in ogni ora del giorno e della notte, col bello e col cattivo tempo. Pareva che tutti sparissero in quel vento che li portava, e mai uno che avesse rallentato la corsa: li guardavano fuggire, perdersi, sparire prima di aver potuto sapere qualcosa sul loro conto. Sfilava il mondo intero, l'umana folla trasportava a tutto vapore, senza che essi riuscissero a conoscere altra cosa se non delle facce intraviste in un lampo, facce che non dovevano mai più rivedere, talvolta facce che divenivano familiari, a forza di ritrovarsele in giorni prestabiliti, ma che per essi restavano senza nome. Ed ecco che, nella neve, un treno approdava alla loro porta: era sovvertito l'ordine naturale; essi guardavano fissi quella gente sconosciuta che un incidente gettava sulle rotaie, contemplandola con occhi spalancati di selvaggi accorsi su un litorale per un naufragio di europei. Gli sportelli aperti lasciavano scorgere alcune donne avviluppate in pellicce, gli uomini scesi indossavano cappotti pesanti: tutto quel lusso confortevole incagliato in quel mare di ghiaccio, li rendeva muti di stupore.

Ma Flore aveva riconosciuto Séverine. Tenendo ogni volta d'occhio il treno di Jacques, s'era accorta, da qualche settimana, della presenza di quella donna nel direttissimo del venerdì mattina; perché questa, all'approssimarsi del passaggio a livello, sporgeva il capo dal finestrino per dare un'occhiata alla sua proprietà della Croix-de-Maufras. Vedendola discorrere a mezza voce col macchinista, gli occhi di Flore si incupirono.

« Ah, signora Roubaud! » esclamò Misard, dopo averla a sua volta riconosciuta, e assumendo immediatamente un'aria di ossequio. « Che sfortuna!... Ma lei non resterà qui. Venga a casa nostra! »

Jacques, dopo aver stretta la mano del casellante, appoggiò la sua offerta.

« Ha ragione... Forse ne avremo per delle ore: farebbe in tempo a morire di freddo. »

Séverine rifiutò; era ben coperta, diceva. E poi i trecento metri nella neve un po' la spaventavano. Allora Flore, avvicinandosi, la guardò con i suoi grandi occhi fissi e, alla fine, disse:

« Venga, signora, la porterò io. »

E prima che Séverine avesse accettato, l'aveva afferrata fra le sue vigorose braccia di maschiaccio, sollevandola come si trattasse di un bambino. Poi la depose all'altro lato della linea, in un posto già spalato, dove i piedi non sprofondavano più. Alcuni viaggiatori s'erano messi a ridere, meravigliati.

Che forza! Se ve ne fossero state una dozzina come lei non sarebbero occorse due ore per spalare.

Frattanto la proposta di Misard, quella casa di casellante nella quale ci si poteva rifugiare, trovare del fuoco e forse pane e vino, si diffondeva da una vettura all'altra. Quando s'era capito che non si correva alcun pericolo immediato, il panico era quasi cessato; però la situazione permaneva incresciosa: erano le nove, gli apparecchi per il riscaldamento si raffreddavano, e c'era da soffrire la fame e la sete per poco che i soccorsi si facessero attendere. E se quello stato di cose si fosse prolungato, chi poteva asserire che non si sarebbe dormito in quel posto? Si delinearono due tendenze: quelli che, per disperazione non volevano abbandonare le vetture, e che vi si installavno come se vi dovessero morire, avvolti nelle coperte, rabbiosamente sdraiati sui sedili; e quelli che preferivano rischiare la corsa nella neve, nella speranza di trovarsi meglio laggiù, e soprattutto desiderosi di sfuggire all'incubo di quel treno incagliato, morto di freddo. Si formò un gruppo: il negoziante di una certa età e la sua giovane moglie, la signora inglese con le due figlie, il giovane di Le Havre, l'americano e una decina d'altri, pronti a incamminarsi.

Jacques, sottovoce, aveva convinto Séverine, promettendole di recarsi a darle notizie, qualora avesse potuto allontanarsi. E dato che Flore li guardava in continuazione con occhi cupi, lui le parlò con dolcezza, da vecchio amico:

« E allora, siamo intesi, tu accompagni queste signore e questi signori... Io trattengo Misard e gli altri. Nell'attesa, ci metteremo d'impegno e faremo il possibile. »

Infatti, subito dopo, Cabuche, Ozil e Misard, afferrati i badili, s'erano uniti a Pecqueux e al capotreno che avevano già iniziato la spalatura della neve. La piccola squadra si sforzava di liberare la macchina, spalando sotto le ruote e scagliando le palate contro la scarpata. Nessuno apriva bocca, si avvertiva soltanto quell'impeto silenzioso nel cupo soffocamento della bianca campagna. E il gruppetto dei viaggiatori, nell'allontanarsi, lanciò un ultimo sguardo al treno, che restava solo, non mostrando che una sottile linea scura sotto lo spesso strato che lo schiacciava. Avevano chiuso gli sportelli, alzati i vetri dei finestrini. La neve, che

cadeva in continuazione, lo seppelliva lentamente, inesora-
bilmente, con muta ostinazione.

Flore, di nuovo, voleva prendere fra le braccia Séverine.
Ma questa si oppose, volendo procedere come le altre. Superare i trecento metri fu cosa molto penosa: specialmente nel
cunicolo, si sprofondava fino all'anca; e per due volte occorse operare il salvataggio della grossa signora inglese, semi-
sommersa. Le figlie, entusiaste, continuavano a ridere. La
giovane moglie del vecchio signore, essendo scivolata, dovette accettare la mano del giovanotto di Le Havre, mentre il
marito sbraitava contro la Francia insieme con l'americano.
Quando uscirono dal cunicolo, il cammino divenne più agevole; ma si dovette affrontare il terrapieno e il gruppetto a-
vanzò su una linea battuta dal vento, evitando accuratamente
gli orli, incerti e pericolosi sotto la neve. Alla fine arrivano, e Flore fece entrare i viaggiatori in cucina, dove non poté offrire a ciascuno neppure una sedia, perché erano in una
ventina ad occupare la stanza, fortunatamente vasta. Tutto
quello che poté fare fu di andare in cerca di assi e di im-
provvisare con le sedie che c'erano due panche. Poi gettò alcune fascine nel focolare e fece un gesto come per dire che
non le si poteva chiedere di più. Non aveva parlato e se ne
stette in piedi a guardare con quei suoi grandi occhi verdastri quella gente, con la sua aria scorbutica e ardita di bionda
selvaggia. Solo due facce riusciva a riconoscere, per averle
spesso notate ai finestrini da alcuni mesi: quella dell'americano e quella del giovane di Le Havre; e li esaminava, come
si studia un insetto ronzante che infine si posa, e che non si
può seguire in volo. Ora le parevano curiosi, non se li era
immaginati precisamente a quel modo, senza peraltro conoscere nulla di loro, oltre il profilo. Quanto agli altri, le
sembravano di una razza diversa, abitanti di una terra sconosciuta, caduti dal cielo, recanti in casa sua, nel fondo della
sua cucina, vestiti, abitudini, idee di un'umanità che non a-
vrebbe mai creduto di poter vedere, un giorno. La signora
inglese confidava alla giovane moglie del negoziante che andava a raggiungere nelle Indie il figlio maggiore, alto funzionario; e questa scherzava sulla sua cattiva sorte: era la
prima volta che aveva avuto il capriccio di accompagnare a
Londra il marito, che vi si recava due volte l'anno. Tutti,

all'idea di restare bloccati in quel deserto, si lamentavano: dovevano mangiare, dovevano coricarsi, e come si sarebbe fatto, Dio mio! E Flore, immobile, che li ascoltava; avendo incrociato lo sguardo di Séverine, seduta su una sedia davanti al fuoco, le fece un cenno perché passasse nella camera accanto.

« Mamma, » annunciò entrando « c'è la signora Roubaud... Non devi dirle nulla? »

Phasie era coricata, la faccia gialla, le gambe gonfie, tanto malata che da quindici giorni non si alzava, e nella povera camera dove una stufa di ghisa manteneva un calore asfissiante, trascorreva le ore a rimuginare l'idea fissa della sua ostinazione, non avendo altra distrazione tranne gli scossoni dei treni a tutta velocità.

« Ah, la signora Roubaud, » mormorò « bene, bene. »

Flore le raccontò dell'incidente e le disse della gente che aveva dovuto accompagnare e che era lì. Ma tutto questo non la interessava più.

« Bene, bene! » ripeteva con lo stesso tono stanco.

Però, si sovvenne, levò un istante la testa per dire:

« Se la signora vuol andare a vedere la sua casa, sai che le chiavi sono appese vicino all'armadio ».

Ma Séverine rifiutò. Al pensiero di rientrare nella Croix-de-Maufras con quella neve, in quella giornata livida, fu colta da un brivido. No, no, non aveva nulla da vedere, preferiva restare lì ad aspettare al caldo.

« Si segga, signora » riprese a dire Flore. « Si sta meglio qui che di là. E poi non riusciremo mai a trovare pane bastante per tutta quella gente; mentre, se lei ha fame, per lei ce ne sarà sempre un pezzetto. »

Le aveva offerto una sedia, e continuava a mostrarsi premurosa, facendo un visibile sforzo per mascherare l'abituale rudezza. Ma i suoi occhi non lasciavano mai la giovane signora, come se in lei volesse leggere e stabilire una certezza su una domanda che rivolgeva a se stessa da un po' di tempo; e sotto quello zelo, sentiva il bisogno di avvicinarla, di esaminarla, di toccarla, per sapere, una volta per tutte.

Séverine ringraziò e sedette vicino alla stufa, preferendo realmente di star sola con la malata, in quella camera dove sperava che Jacques avrebbe trovato il mezzo di raggiungerla. Passarono due ore; cedendo all'intenso calore si era appisolata dopo aver parlato della contrada, allorché Flore, richiamata ogni momento in cucina, riaprì la porta, dicendo con la sua voce dura:

« Entra, lei è qui! ».

Era Jacques, che era scappato per recare buone notizie. L'uomo inviato a Barentin era ritornato con tutta una squadra, una trentina di soldati che l'amministrazione aveva assegnato nei posti pericolosi in previsione di incidenti; e tutti erano all'opera, con zappe e pale. Solamente sarebbe stata lunga, forse prima di sera non si sarebbe potuto partire.

« In fondo non è sistemata troppo male, abbia pazienza » aggiunse. « Non è vero zia Phasie che non lascerà morir di fame la signora Roubaud? »

Phasie, alla vista del suo ragazzone, come lo chiamava lei, s'era messa a sedere con uno sforzo, e lo guardava, l'ascoltava parlare, rianimata, contenta. Qundo lui si accostò al letto, disse:

« Ma certo, ma certo. Ah, eccoti, ragazzone mio! sei tu che ti sei fatto imprigionare dalla neve!... E questa bestia che non me l'aveva detto! ».

Si volse verso la figlia e l'apostrofò:

« Per lo meno sii gentile, ritorna da quei signori e quelle signore, occupati di loro, ché non dicano poi all'amministrazione che siamo dei selvaggi. »

Flore era rimasta impalata fra Jacques e Séverine. Per un momento parve esitasse, domandando a se stessa se non dovesse, malgrado la madre, ostinarsi. Ma non avrebbe visto nulla, la presenza della vecchia avrebbe impedito ai due di tradirsi; e uscì senza pronunciare parola, avvolgendoli in un lungo sguardo.

« Come mai, zia Phasie » riprese a dire Jacques, addolorato « dovete stare sempre a letto?, è dunque cosa seria? »

Lei l'attirò e lo costrinse allo stesso tempo a sedersi sull'orlo del materasso, e senza più preoccuparsi della giovane signora, che per discrezione s'era allontanata, a voce bassa si sfogò.

« Altro che seria! è un miracolo se mi trovi viva... Non ho voluto scriverti perché certe cose non si scrivono. Poco è mancato che non me ne andassi; ma ora, va già meglio, e credo che la scamperò anche questa volta. »

Lui la stette a guardare, colpito dal progresso del male, non ravvisando più niente in lei della bella e sana creatura di una volta.

« Dunque, sempre i suoi crampi, le sue vertigini, mia povera zia Phasie. »

Ma lei gli strinse la mano da frantumargliela, e continuò abbassando ancor più il tono di voce:

« Figurati che l'ho sorpreso... Tu sai che avrei fatto qualsiasi cosa per sapere in che modo poteva propinarmi il suo veleno. Non bevevo, non mangiavo nulla di quello che lui toccava, e nonostante ciò ogni sera avevo il fuoco nel ventre... Ebbene me lo mischiava nel sale, il suo veleno! Una sera l'ho visto... Io che su tutto ne spargevo in quantità per purificare! »

Jacques, che il possesso di Séverine pareva aver guarito, pensava di tanto in tanto a quella storia dell'avvelenamento, lento e ostinato, come, dubbiosi, si pensa a un incubo. A sua volta strinse con tenerezza la mano dell'ammalata, volendola calmare.

« Ma via, non è possibile... Per dire cose simili bisognerebbe essere veramente sicuri... E poi è una cosa che si trascina da troppo tempo! Ma sì, si tratta piuttosto di una malattia della quale i medici non capiscono nulla. »

« Una malattia » riprese lei sogghignando « una malattia che lui mi ha inoculato sotto la pelle, sì!... In quanto ai medici, hai ragione: due ne sono venuti, non hanno capito niente e non si sono trovati neppure d'accordo. Io non voglio che nessuno di quei tipi ci rimetta piede qui dentro... Mi capisci, mescolava nel sale il veleno. Ti giuro che l'ho visto! È per i miei mille franchi, i mille franchi che mi ha lasciato mio padre. Lui si sarà detto che quando mi avrà sepolta, certamente li troverà. Lo sfido: sono in un posto dove nessuno potrà scoprirli, mai, mai!... Posso andarmene, sono tranquilla, nessuno li avrà mai, i miei mille franchi! »

« Ma, zia Phasie, al suo posto io andrei a chiamare i gendarmi, se fossi sicuro di quel che dico. »

Lei fece un gesto di ripugnanza.

« Oh, no, i gendarmi no... La cosa riguarda esclusivamente

noi; è tra lui e me. So che vuole mangiarmi, e io, naturalmente non voglio che mi mangi. Allora devo difendermi, no? e non essere così scema come lo sono stata col suo sale... Mi spiego? chi potrebbe crederlo, un aborto simile, un mozzicone d'uomo che lo si potrebbe mettere in tasca, farla franca con un donnone come me, se lo si lasciasse fare con quei suoi denti da topo! »

Era stata colta da un leggero brivido. Prima di concludere respirò a fatica.

« Non importa, non sarà mica per questo colpo. Sto meglio, prima di quindici giorni sarò in piedi... E questa volta occorrerà che lui sia molto furbo per pizzicarmi di nuovo. Ah, sì, sono curiosa di vedere come andrà a finire. Se trova il mezzo di propinarmi ancora il suo veleno, decisamente, lui è il più forte, e allora, tanto peggio, crollerò... Che nessuno se ne immischi! »

Jacques pensava che la malattia le riempiva la testa di quelle immagini nere e, per distrarla, tentò di dire cose allegre, ma a un tratto la vecchia si mise a tremare sotto le coperte.

« Eccolo » disse in un soffio. « Lo sento quando si avvicina. »

Qualche secondo dopo, infatti, entrò Misard. Lei era diventata livida, in preda a quell'involontario terrore dei giganti di fronte a un insetto che li rode; perché, ostinata a difendersi da sola, provava per lui un crescente terrore, che non confessava. Misard, intanto, che dalla soglia aveva rivolto a lei e al macchinista uno sguardo eloquente, in seguito parve non averli neppure visti così a tu per tu; e gli occhi smorti, la bocca sottile, con quella sua aria dolce di uomo malaticcio, si profuse in gentilezze con Séverine.

« Ho pensato che la signora volesse forse approfittare dell'occasione per dare un'occhiata alla sua proprietà. Perciò sono scappato qui per un istante... Se la signora desidera che l'accompagni. »

E al nuovo rifiuto della donna, con voce dolente continuò:

« La signora forse è meravigliata per la frutta... Tutta vermi, e non valeva proprio la pena di spedirla... Oltre tutto un vento furioso ha prodotto molti danni... Ah, è una disdetta che la signora non riesca a vendere! S'è presentato un signore che ha chiesto che fossero apportate riparazioni... Insomma, io sono a disposizione della signora, e la signora può essere certa che faccio le sue parti come fosse qui lei stessa. »

Poi volle assolutamente offrirle un po' di pane e delle pere, pere del suo orto, senza vermi. Lei accettò.

Nell'attraversare la cucina, Misard aveva annunciato ai viaggiatori che l'opera di spalamento procedeva, ma che sarebbero occorse ancora quattro o cinque ore. Era suonato mezzogiorno, e ci fu una nuova lamentela perché la fame incalzava. Flore, proprio in quel momento stava dicendo che non aveva pane sufficiente per tutti. Aveva sì il vino, ed era risalita dalla cantina con dieci litri che aveva allineati sulla tavola. Però mancavano anche i bicchieri: bisognava bere in gruppo, la signora inglese con le due figlie, il signore anziano con la giovane moglie. Questa, del resto, aveva trovato nel giovane di Le Havre uno zelante cavalier servente, immaginoso, che vegliava sul suo benessere. Egli era sparito e ricomparso con delle mele e del pane scoperti in fondo alla legnaia. Flore si arrabbiò, dicendo che era il pane per la madre ammalata. Ma già il giovane lo spezzava e lo distribuiva alle signore, a cominciare dalla sua protetta che gli sorrise lusingata. Suo marito non si calmava affatto e non s'occupava più neppure di lei, infervorato nell'esaltare con l'americano gli usi commerciali di New York. Mai le ragazze inglesi avevano sgranocchiato con tanto gusto le mele. La madre, molto stanca, sonnecchiava. Per terra, davanti al camino, erano sedute due signore, vinte dall'attesa. Alcuni uomini, che erano usciti a fumare davanti alla casa, per ammazzare un quarto d'ora, rientravano congelati, rabbrividendo. A poco a poco cresceva il malessere, la fame insoddisfatta, la stanchezza appesantita dall'imbarazzo e dall'impazienza. Si era come in un accampamento di naufraghi, tra la desolazione di un gruppo di civilizzati scagliati da un'ondata su un'isola deserta.

E poiché Misard nell'andirivieni lasciava la porta aperta, zia Phasie, dal suo letto di ammalata, aguzzava lo sguardo. Eccola dunque, la gente che anche lei vedeva passare in un lampo, da quasi un anno ormai che si trascinava dal letto alla sedia. Solo di rado poteva raggiungere la banchina; viveva i suoi giorni e le sue notti sola, inchiodata lì, gli occhi alla finestra, senz'altra compagnia che quella dei treni che sfrecciavano con tanta rapidità. Sempre s'era lamentata di quel paese da lupi dove non si riceveva mai una visita; ed ecco ora che una vera e propria truppa approdava dall'ignoto. E dire che là dentro, fra quella gente smaniosa di correre verso i propri affari, non ce n'era una che sospettasse di quella cosa, di quella porcheria che le era stata messa nel sale! Le pesava sullo stomaco, quella trovata, e si domandava se Dio poteva permettere tanta sorniona bricconeria senza che nessuno se ne accorgesse. Insomma, passava molta folla davanti alla loro casa, migliaia e migliaia di persone; ma tutti galoppavano, e nessuno poteva immaginare che in quella bassa casetta si uccideva liberamente, e senza far rumore. Zia Phasie guardava tutti uno per uno, come esseri caduti dalla luna, e pensava che quando si è tanto occupati, non c'è da meravigliarsi che si cammini fra cose sudice senza sospettare di nulla.

« Ritorna laggiù? » domandò Misard a Jacques.

« Sì, sì » rispose questi « la seguo. »

Misard andò via chiudendo la porta. E Phasie, trattenendo il giovane per la mano, gli disse ancora all'orecchio:

« Se crepo, vedrai come perderà la testa quando non troverà il malloppo... È questo che mi diverte, quando ci penso. Del resto me ne andrò contenta. »

« E allora, zia Phasie, sarà perso per tutti. Non lo lascerà dunque a sua figlia? »

« A Flore! Perché lui glielo prenda! Assolutamente no!... E neppure a te, ragazzo mio, perché anche tu sei troppo allocco: e qualche cosa toccherebbe anche a lui... A nessuno, alla terra dove andrò a raggiungerlo. »

Era sfinita. Jacques la rimise a letto, la calmò abbracciandola e promettendole di venire a rivederla al più presto. Poi, siccome zia Phasie sembrava assopirsi, lui passò alle spalle di Séverine, sempre seduta vicino alla stufa, e sorridendo, levò un dito per raccomandarle di essere prudente; lei, in silenzio, con un grazioso movimento, protese il capo offrendo le labbra, ed egli si chinò, unendo la sua bocca alla bocca della donna in un profondo e fuggevole bacio. A occhi chiusi, essi bevevano il loro fiato. Ma quando li riaprirono, smarriti, Flore, che aveva appena aperta la porta, era lì, in piedi, di fronte, che li guardava.

« La signora non ha più bisogno di pane? » domandò con voce rauca.

Séverine, confusa, molto seccata, balbettò vaghe parole: « No, no, grazie ».

Per un istante Jacques fissò su Flore uno sguardo di fuoco. Esitò, gli tremavano le labbra come se volesse parlare; poi, con un ampio gesto furioso di minaccia, preferì andar via. Dietro di lui la porta sbatté con violenza.

Flore era rimasta lì, alta e immobile come una vergine guerriera, sotto il pesante casco di capelli biondi. Dunque l'angoscia che la prendeva ogni venerdì nel vedere quella signora nel treno che lui guidava, non l'aveva ingannata. La certezza che cercava da quando si erano trovati insieme, quella mattina, l'aveva infine trovata, e non lasciava dubbi. L'uomo che lei amava non l'avrebbe amata mai; aveva scelto questa donna gracile, questa assoluta nullità. E il pentimento di essersi rifiutata quella notte in cui lui aveva brutalmente tentato di prenderla le si inveliniva maggiormente con tanto dolore che ne avrebbe singhiozzato; perché nel suo semplice ragionamento sarebbe stata lei ora a esser baciata, se gli si fosse data prima dell'altra. Dove trovarlo solo, in quel momento, per gettarglisi al collo gridando: « Prendimi, sono stata una sciocca, perché non sapevo! ». Ma, nella sua impotenza, una furia le si scatenava dentro contro quella fragile creatura che se ne stava lì impacciata, balbettante. Con una stretta delle sue dure braccia di lottatrice, avrebbe potuto soffocarla come un uccellino. Perché allora non osava? Giurava pertanto di vendicarsi, conoscendo molte cose sulla rivale, lasciata in libertà come tutte le donnacce vendute ai vecchi potenti e ricchi, molte cose che l'avrebbero subito spedita in galera. E torturata dalla gelosia, gonfia di collera, si mise a portar via, con i suoi grandi gesti di bella ragazza selvaggia, il resto del pane e delle pere.

« Poiché la signora non ne vuole più, porto questa roba agli altri. »

Suonarono le tre e poi le quattro. Il tempo procedeva stentatamente, a dismisura, in un'oppressione di stanchezza e di crescente irritazione. Scendeva la sera, livida sulla vasta campagna bianca; e ogni dieci minuti gli uomini, che uscivano per guardare di lontano a che punto fossero i lavori, rientravano per dire che la locomotiva non sembrava ancora disincagliata. Anche le due inglesine finirono per piangere di nervosismo. In un angolo, la graziosa signora bruna s'era addormentata sulla spalla del giovane di Le Havre, senza che il vecchio marito se ne accorgesse, tra il generale abbandono in cui non si teneva più conto delle convenienze. La stanza si raffreddava, tutti battevano i denti e nessuno si preoccupava di rimettere un po' di legna sul fuoco, al punto che l'americano andò via pensando che sarebbe stato meglio se si fosse sdraiato su un sedile della vettura ferroviaria. E questo adesso era il pensiero e il pentimento di tutti: sarebbero dovuti restare laggiù, e almeno non si sarebbe rimasti all'oscuro di quel che succedeva. Bisognò trattenere la signora inglese, anche lei propensa a far ritorno nello scompartimento per sdraiarsi. Quando poi, in mezzo alla cucina buia, piantarono una candela su un angolo della tavola per dare un po' di luce a quella gente, grandissimo fu lo scoraggiamento, e tutto sprofondò in una cupa disperazione.

Frattanto laggiù avevano finito di spalare; e mentre la squadra dei soldati che aveva provveduto a disincagliare la locomotiva, spazzava il tratto che le era di fronte, il macchinista e il fuochista risalivano ai loro posti.

Jacques, nel vedere che finalmente la neve aveva cessato di cadere, riacquistava fiducia. Lo scambista Ozil gli aveva confermato che oltre la galleria, dalla parte di Malaunay, ne era caduta assai meno. Continuò a interrogarlo:

« Lei è venuto a piedi attraverso la galleria; è entrato e uscito liberamente? »

« È proprio quello che le sto dicendo! Passerete, glielo garantisco io. »

Cabuche, che aveva lavorato con l'ardore di un gigante buono, già si spostava indietro con la sua aria timida e selvatica resa ancor più evidente dalle ultime disavventure avute con la giustizia; e Jacques dovette chiamarlo.

« Dica, amico, ci passi le nostre pale, che sono lì, contro la scarpata. Potrebbero ancora servirci. »

E quando il cavapietre gli ebbe reso l'ultimo servigio, gli strinse vigorosamente la mano, per dimostrargli, nonostante tutto, che lo stimava, avendolo visto al lavoro.

« Lei è un brav'uomo! »

Questo attestato di amicizia commosse in maniera straordinaria Cabuche.

« Grazie » rispose semplicemente, trattenendo le lacrime.

Misard, che s'era riconciliato con lui dopo averlo accusato dinanzi al giudice istruttore, approvò col capo, le labbra strette in un leggero sorriso. Da un pezzo aveva smesso di lavorare; con le mani in tasca, puntava il treno con uno sguardo scrutatore, con l'aria di attendere per vedere se sotto le ruote non ci fosse qualche oggetto smarrito da arraffare.

Alla fine il capotreno, d'accordo con Jacques, decise che si poteva fare il tentativo di partire. Ma Pecqueux, ridisceso sui binari, chiamò il macchinista.

« Guarda. C'è un cilindro che ha ricevuto un colpo. »

Jacques si avvicinò e si chinò a sua volta. Aveva già constatato, nell'ispezionare con cura la Lison, che lì aveva una ferita. Nello spalare, ci si era accorti che alcune traversine di legno, lasciate lungo la scarpata dai cantonieri, erano scivolate, sotto l'azione della neve e del vento, sbarrando le rotaie; e l'impedimento stesso a proseguire doveva provenire in parte da quell'ostacolo, avendo la locomotiva intoppato contro le traversine. Si scorgeva l'ammaccatura sulla scatola del cilindro, nella quale il pistone pareva leggermente contorto. Ma aveva l'aria di un danno apparente; e sulle prime la cosa aveva rassicurato il macchinista. Ma poteva darsi che vi fossero gravi danni nell'interno, niente essendo più delicato del meccanismo complicato dei cassetti di distribuzione, dove batte il cuore, pulsa l'anima. Risalì, fischiò, aprì il regolatore, per controllare le articolazioni della Lison. Ci volle del tempo per smuoverla, come una persona acciaccata da una caduta, che non ritrova più i movimenti. Alla fine, con penoso affanno, mosse un poco le ruote, ma era ancora stordita, pesante. In ogni modo poteva camminare, avrebbe compiuto il viaggio. Però Jacques, che la conosceva a fondo, scosse il capo nel sentirla strana sotto la mano, cambiata, invecchiata, ferita in qualche parte da un colpo mortale. Era in quella neve che s'era buscata il colpo fatale, in quel freddo di morte, come quelle giovani donne, solidamente piantate, che si spengono di tisi per essere rincasate sotto una pioggia glaciale dopo una serata danzante.

Dopo che Pecqueux ebbe aperto la valvola di scarico, di nuovo Jacques fischiò. Il capotreno e il suo secondo erano al loro posto. Misard, Ozil e Cabuche salirono sullo scalino del furgone di testa. E, lentamente, il treno uscì da quel passaggio infossato, tra i soldati armati di badili, disposti a destra e a sinistra lungo la scarpata. Poi, davanti alla casa del casellante si fermò per rilevare i viaggiatori.

Flore era lì, all'aperto. Ozil e Cabuche la raggiunsero e si unirono a lei; mentre Misard si dava da fare salutando le signore e i signori che uscivano dalla sua casa, scopando i tratti pieni di neve. Infine era la liberazione! Ma troppo s'era atteso, tutti tremavano di freddo, di fame e di stanchezza. La signora inglese si trascinava le due figlie semiaddormentate, il giovane di Le Havre salì sullo stesso scompartimento della graziosa signora bruna, molto languida, mettendosi a disposizione del marito. E in quella fanghiglia di neve pestata si sarebbe detto l'imbarco di una torma in fuga che si pigia, che si lascia andare, avendo perduto perfino l'istinto della dignità. Per un momento, dietro i vetri della finestra della camera apparve zia Phasie, che, spinta dalla curiosità, era saltata dal letto trascinandosi per vedere. I suoi grandi occhi infossati di malata guardavano quella gente sconosciuta, quei passanti del mondo in cammino, che non avrebbe mai più rivisti, portati dalla tempesta e dalla tempesta trascinati lontano.

Séverine era uscita per ultima. Volse il capo e sorrise a Jacques, che si chinava per seguirla con lo sguardo sino alla sua vettura. E Flore, che li aspettava, a quello scambio tranquillo di tenerezza, divenne ancora più pallida. Con brusco movimento si accostò a Ozil, che aveva respinto fino a quel momento, come se ora, nel suo odio, sentisse il bisogno di un uomo.

Il capotreno dette il segnale, la Lison rispose con un fischio lamentoso, e questa volta Jacques avviò la marcia per non fermarsi se non a Rouen. Erano le sei, dal cielo nero la sera finiva di calare sulla campagna bianca; ma un pallido riflesso, di una struggente malinconia, permaneva raso terra rischiarando la desolazione della contrada sconvolta. E lì, in quella smorta luce, la casa della Croix-de-Maufras si drizzava di sbieco, scalcinata e tutta scura in mezzo alla neve, con quel cartello: *In vendita*, inchiodato sulla facciata sbarrata.

VIII

A Parigi, il treno giunse in stazione soltanto alle dieci e quaranta di sera. C'era stata una fermata di venti minuti a Rouen per dar tempo ai viaggiatori di pranzare; e Séverine s'era affrettata a inviare un telegramma al marito, annunciandogli che sarebbe tornata a Le Havre solo col direttissimo della sera dopo. Tutta una notte con Jacques, la prima che avrebbero trascorsa insieme in una camera chiusa, liberi, senza paura di essere disturbati!

Appena passata Mantes, Pecqueux aveva avuto un'idea. Sua moglie, mamma Victoire, era all'ospedale da otto giorni per una brutta storta al piede, in seguito a una caduta; e lui, avendo in città un altro letto dove andare a dormire, come diceva sogghignando, aveva pensato di offrire la loro camera alla signora Roubaud: vi sarebbe stata meglio che in un albergo del quartiere, e avrebbe potuto restarvi sino alla sera dopo, come fosse a casa sua. Subito Jacques s'era reso conto della praticità della sistemazione, tanto più che non sapeva dove condurre la donna. E sotto la pensilina, tra la ressa dei viaggiatori che finalmente potevano scendere, quando lei si avvicinò alla locomotiva, le consigliò di accettare porgendole la chiave che il fuochista gli aveva consegnato. Ma lei esitava, rifiutava, imbarazzata dal sorriso sfacciato dell'uomo, che sicuramente sapeva tutto.

« No, no, ho una cugina. Mi offrirà almeno un materasso per terra. »

« Accetti, dunque » finì col dire Pecqueux, col suo fare di buon ragazzo festaiolo. « Il letto è soffice, via! ed è spazioso, Ci si potrebbe stare in quattro! »

Jacques la guardava in maniera tanto insistente, che

prese la chiave. Lui s'era chinato e le aveva mormorato in un soffio:

« Aspettami. »

Séverine non aveva che da risalire un tratto della rue d'Amsterdam e voltare nel vicolo; ma la neve era così scivolosa che dovette camminare con molta precauzione. Ebbe la fortuna di trovare il portone ancora aperto, e salì le scale senza essere neppure vista dalla portinaia, tutta presa da una partita di domino con una vicina; e al quarto piano aprì la porta, la richiuse così piano che certo nessun vicino avrebbe potuto supporre che fosse lì. Frattanto, nel passare dal pianerottolo del terzo piano, aveva inteso molto distintamente risate e canti in casa Dauvergne: certo uno dei piccoli ricevimenti delle due sorelle, che, una volta alla settimana, facevano un po' di musica con le amiche. E ora che Séverine aveva chiuso la porta, nella pesante oscurità della stanza, percepiva ancora attraverso il pavimento la viva allegria di tutta quella gioventù. Per un momento l'oscurità le parve assoluta; e trasalì quando l'orologio a cucù, in mezzo a quel buio, si mise a suonare le undici, a colpi profondi, con una voce che lei riconosceva. Poi i suoi occhi si assuefecero, le due finestre si stagliarono in due pallidi riquadri rischiarando col riflesso della neve il soffitto. Già si orientava, cercava sulla credenza i fiammiferi, in un angolo dove spesso li aveva visti. Ma ci volle più tempo per trovare una candela; infine ne scoprì un mozzicone in fondo a un cassetto; e dopo averla accesa, la stanza si rischiarò e lei vi gettò uno sguardo inquieto e rapido come per accertarsi di essere veramente sola. Riconosceva ogni cosa, la tavola rotonda sulla quale aveva fatto colazione col marito, il letto con una coperta di cotone rosso, sull'orlo del quale lui l'aveva scaraventata con un pugno. Era proprio lì, niente era cambiato nella camera, da dieci mesi che non vi metteva piede.

Lentamente Séverine si tolse il cappello. Ma mentre stava per levarsi anche il cappotto, rabbrividì. In quella camera si gelava. Vicino alla stufa, in una cassetta, v'era un po' di carbone e schegge di legno. Senza più svestirsi, subito, le venne l'idea di accendere il fuoco; e fu un divertimento, una distrazione al malessere provato nel primo momento. Quei preparativi che faceva per una notte d'amore, il pensiero che tutti e due avrebbero avuto un bel caldo, la richiamò alla tenera gioia della scappatella: da tanto tempo, senza mai sperare di poterla ottenere, sognavano una notte simile! Quando la stufa si mise a ronfare, s'industriò in altri preparativi, dispose le sedie a suo gusto, cercò lenzuola pulite e rifece daccapo il letto, il che l'affaticò non poco perché difatti era molto vasto. Con disappunto non trovò nella credenza nulla da mangiare e da bere: certo, in quei tre giorni che l'aveva fatta da padrone assoluto, Pecqueux aveva spazzato via tutto, perfino le briciole sul pavimento. Era come per la luce, non c'era che un mozzicone di candela; ma quando si va a letto non si ha bisogno di luce. E ora, avendo molto caldo, rianimata, si fermò in mezzo alla camera, assicurandosi con un'occhiata che nulla mancasse.

Poi, mentre si meravigliava che Jacques non fosse ancora arrivato, fu richiamata vicino alla finestra da un fischio. Era il treno delle undici e venti, un diretto in partenza per Le Havre. In basso, il vasto spiazzo, la trincea che va dalla stazione alla galleria delle Batignolles, non era che un manto di neve in cui si distingueva soltanto la raggiera scura delle rotaie. Le locomotive, i vagoni delle rimesse formavano masse bianche, come addormentate sotto pellicce d'ermellino. E tra i vetri bianchi delle grandi pensiline e le travature del Pont de l'Europe, ornate di merletto, erano visibili, nonostante il buio, le case di rue de Rome, sporche, annebbiate di giallo in mezzo a tutto quel bianco. Rampante e scuro, col fanale anteriore che forava le tenebre di viva luce, apparve il diretto di Le Havre; e lei lo vide sparire sotto il ponte, con i fanali di coda che diffondevano una luce sanguigna sulla neve. Voltandosi verso la camera, di nuovo fu colta da un leggero brivido: era veramente sola? le era parso di sentire come un fiato ardente che le scaldasse la nuca, e sulla carne, attraverso il vestito, lo sfiorare di un gesto brutale. Con gli occhi spalancati, di nuovo esaminò l'intera stanza. No, non c'era nessuno.

Perché Jacques tardava? Passarono ancora dieci minuti. Un raspare leggero, uno scricchiolio di unghie che graffiavano la porta, la impaurì. Poi capì e corse ad aprire. Era lui, con una bottiglia di malaga e una torta.

Tutta scossa dalle risate, in un impeto di carezze, si appese al collo di lui.

« Oh, sei tu, tesoro! »

Ma lui la fece subito tacere.

« Zitta! zitta! »

Allora lei abbassò il tono di voce, temendo che lui fosse inseguito dalla portinaia. No, aveva avuto la fortuna, mentre stava per suonare, di veder aprire il portone da una signora e dalla figlia, che scendevano certamente da casa Dauvergne; ed era salito senza essere scorto da nessuno. Però lì, sul pianerottolo, aveva intravisto, attraverso una porta socchiusa, la giornalaia che finiva di insaponare qualcosa in un catino.

« Non dobbiamo far rumore. Parliamo piano. »

Lei rispose serrandolo fra le braccia, con una stretta appassionata e coprendogli il viso di muti baci. Giocare al mistero, chiacchierare a sussurri, la metteva in allegria.

« Sì, sì, vedrai: non si sentiranno che due topolini. »

Apparecchiò la tavola con molta cura, due piatti, due bicchieri, due coltelli e sostava con un desiderio di prorompere in una risata quando qualche oggetto, posato troppo in fretta, emetteva un suono.

Lui, che la guardava muoversi, a sua volta divertito, disse a mezza voce:

« Ho pensato che dovessi aver fame. »

« Ne muoio! Abbiamo mangiato così male a Rouen! »

« E di', allora, se scendessi di nuovo in cerca di un pollo? »

« Ah, no, perché poi non possa più risalire!... No, no, basta la torta. »

Subito sedettero fianco a fianco, quasi sulla stessa sedia, e la torta fu divisa e mangiata con monelleria da innamorati. Lei si lamentava di aver sete e uno dopo l'altro bevve due bicchieri di malaga, la qual cosa finì per farle affluire il sangue alle guance. La stufa ardeva alle loro spalle, e ne sentivano il soffio ardente. Ma, mentre lui le imprimeva sul collo baci troppo focosi, Séverine, a sua volta, lo fece star buono.

« Zitto! zitto! »

Gli faceva segno di ascoltare; e nel silenzio, di nuovo sentirono salire dai Dauvergne un sordo scotimento, ritmato su un motivo musicale: le signorine avevano organizzato quattro salti. Accanto, la giornalaia gettava nel condotto del pianerottolo l'acqua insaponata del catino; richiuse la sua porta, per un momento cessò giù la danza, e fuori, sotto la finestra, nell'oppressione della neve, non v'era che un sordo rollio, la partenza di un treno che sembrava piangere a leggeri colpi di fischio.

« Il treno di Auteuil » mormorò lui. « Mezzanotte meno dieci. »

Poi, con voce carezzevole, leggera come un soffio:

« A nanna, cara, non vuoi? ».

Lei non rispose, il passato penetrava nella sua felicità presente: suo malgrado riviveva le ore che aveva trascorse lì con il marito. Non era forse la colazione di un giorno lontano che si perpetuava con quella torta, mangiata sulla stessa tavola in mezzo agli stessi rumori? Un crescente eccitamento si sprigionava dalle cose, i ricordi la facevano traboccare, mai aveva provato un bisogno tanto cocente di dire tutto all'amante, di abbandonarvisi completamente. Ne aveva come un desiderio fisico, che non distingueva più dal suo desiderio sensuale; e le pareva che le sarebbe appartenuta maggiormente, che avrebbe completata la gioia di donarsi a lui se, in un abbraccio, si fosse confessata al suo orecchio. I fatti ritornavano vivi, il marito era lì, e, volgendo il capo, immaginò di vedere la sua mano tozza, villosa, protesa oltre la sua spalla per afferrare il coltello.

« Vuoi andare a nanna, cara? » disse di nuovo Jacques.

Séverine, nel sentire le labbra del giovane imprimersi sulle sue, come se una volta di più lui avesse voluto suggellare la confessione che s'aspettava da lei, fu presa da un brivido. E senza parlare si alzò, rapidamente si svestì, si cacciò sotto le coperte, senza neppure sistemare la gonna afflosciata sul pavimento. Neanche lui si preoccupò di mettere in ordine: la tavola restò così com'era, mentre il mozzicone di candela finiva di consumarsi con una fiamma già vacillante. E quando, a sua volta svestito, si coricò, fu un brusco abbraccio, un prendersi di furia che li soffocò lasciandoli senza fiato. Nell'aria immobile della camera, mentre giù continuavano a suonare, non vi fu un grido, non un mormorio, nulla tranne un grande travolgente sussulto, uno spasmo profondo fino all'annientamento.

Jacques non riconosceva già più in Séverine la donna dei primi appuntamenti, così dolce, così passiva, nella limpidezza dei suoi occhi azzurri. Pareva si fosse ogni giorno più accesa sotto il casco cupo dei suoi capelli neri; e a poco a poco l'aveva sentita svegliarsi nelle sue braccia da quella lunga gelida verginità, che né le pratiche senili di Grandmorin, né la brutalità coniugale di Roubaud erano servite a vincere. La creatura d'amore, solo docile, un tempo, ora amava e si dava senza riserve e del piacere serbava una riconoscenza ardente. Era approdata a una violenta passione, all'adorazione per quest'uomo che le aveva risvegliato i sensi. Era la grande felicità di sentirselo infine suo, liberamente, di tenerselo contro il petto, legato con le due braccia, che le faceva serrare a quel modo i denti perché non un sospiro le sfuggisse.

Quando aprirono gli occhi, lui per primo si meravigliò.

« Ah, la candela s'è spenta. »

Séverine, con un leggero movimento, volle esprimere che non le importava nulla. Poi, con un riso soffocato:

« Sono stata brava, vero? »

« Ma sì, nessuno ha sentito... Due veri topolini! »

Quando tornarono a stendersi, lei subito lo riafferrò nelle braccia, e gli si avviticchiò, sprofondando il viso nel collo di lui. E, sospirando soddisfatta:

« Mio Dio, come si sta bene! ».

Non parlarono più. La camera era immersa nel buio, si distinguevano appena i pallidi riquadri delle due finestre; e sul soffitto c'era solo il riflesso della stufa, una chiazza tonda e rosseggiante. Con gli occhi spalancati essi la guardavano. Il ritmo della musica era cessato, sbattevano alcune porte, tutta la casa cadeva nella pesante pace del sonno. Giù, l'arrivo del treno di Caen, fece scuotere gli scambi e gli scatti assordanti si udirono appena, come lontanissimi.

Nello stringere a quel modo Jacques, ben presto Séverine si sentì ardere di nuovo. E col desiderio si svegliò in lei il bisogno della confessione. Ne era tormentata da parecchie settimane! La chiazza tonda sul soffitto si slargava, pareva estendersi come una macchia di sangue. I suoi occhi ne rimasero allucinati, le cose intorno al letto riacquistavano voce, gridavano i fatti. Sentiva che le parole le risalivano alle labbra con l'onda nervosa che le sollevava la carne. Come sarebbe stato bello non nascondere più niente, fondersi con lui interamente!

« Tu, caro, non sai... »

Anche Jacques non spostava più lo sguardo dalla chiazza sanguigna, e sentiva chiaramente ciò che lei stava per dire. In quel corpo delicato avvinghiato al suo, seguiva l'ondata che saliva da quella cosa oscura, enorme, alla quale tutti e due rivolgevano il pensiero senza mai parlarne. Fino a quel momento era riuscito a farla tacere, per paura del brivido precursore del male di una volta, temendo che il parlare di sangue potesse cambiare la loro esistenza. Ma adesso non a-veva più forza, neppure per muovere la testa e chiuderle la bocca con un bacio, invaso da un delizioso languore in quel tiepido letto tra le flessuose braccia di lei. Suppose che non ci fosse nulla da fare, che Séverine avrebbe detto tutto. Per-ciò si sentì sollevato da quell'ansiosa attesa quando par-ve che lei si turbasse, che esitasse, per poi indietreg-giare e dire:

« Tu non sai, tesoro... mio marito sospetta che io venga a letto con te. »

All'ultimo momento, senza volerlo, era il ricordo della notte precedente a Le Havre, che s'effondeva dalla sua boc-ca, invece della confessione.

« Oh, tu credi? » mormorò lui, incredulo. « Ha un fare così gentile. Anche stamattina mi ha stretto la mano. »

« Ti assicuro che sa tutto. In questo momento sono certa che ci immagina così, l'uno nelle braccia dell'altra a fare l'a-more! Ho le prove. »

Tacque e l'abbracciò con rinnovata forza, mentre la felici-tà della passione si acuiva di risentimento. Poi, dopo una fremente fantasticheria:

« Oh, lo odio, lo odio! »

Jacques ne fu stupito. Lui, a Roubaud non gliene voleva in alcun modo. Lo giudicava molto accomodante.

« Be', e perché poi? » domandò. « Fastidio non ce ne dà. »

Lei non rispose, e ripeté:

« Lo odio... Solo a sentirmelo vicino è un supplizio. Ah, se potessi, come me ne fuggirei, come resterei volen-tieri con te! »

225

Commosso a sua volta da quello slancio di ardente tenerezza, lui le si accostò maggiormente e la sentì contro la propria carne, dai piedi alle spalle, tutta sua. Ma di nuovo, rannicchiata a quel modo, senza staccare le labbra dal suo collo, lei disse dolcemente:

« È perché tu non sai, tesoro... ».

Fatale, inevitabile, riaffiorava la confessione. E questa volta, lui ne ebbe la netta coscienza, nessuna cosa al mondo l'avrebbe ritardata perché rigurgitava in lei col desiderio folle di essere presa di nuovo, posseduta. In casa non si sentiva neppure più un soffio, anche la giornalaia doveva essersi addormentata profondamente. Fuori, Parigi era sepolta sotto la neve, avvolta di silenzio; non si udivano neanche le ruote di una carrozza e l'ultimo treno di Le Havre, partito a mezzanotte e venti, pareva avesse strappato l'ultimo anelito alla stazione. La stufa non ronfava più, il fuoco finiva col consumarsi in braci e ravvivava ancora la chiazza rossa del soffitto, rotonda là in alto come un occhio di terrore. C'era tanto caldo da dar l'impressione che una pesante e soffocante foschia pesasse su quel letto in cui essi, in estasi, confondevano i loro corpi.

« Tesoro, è perché tu non sai... »

Allora, senza più resistere, parlò anche lui.

« Sì, sì, so tutto. »

« No, forse hai qualche dubbio, ma non puoi sapere. »

« So che ha commesso quel che ha commesso per l'eredità. »

Lei abbozzò un leggero e involontario riso nervoso.

« Sì, l'eredità!... »

E in un soffio, con un tono tanto flebile che un insetto notturno sfiorando i vetri avrebbe emesso un più forte ronzio, parlò della propria infanzia in casa del presidente Grandmorin, e dapprima volle mentire, non confessare i suoi rapporti con costui, poi, cedendo alla necessità della franchezza, trovò sollievo, quasi piacere, nel raccontare ogni cosa. Il leggero mormorio, da quel momento, fu inarrestabile.

« Devi figurarti che è stato qui, in questa camera, nello scorso febbraio, ricordi, al tempo del suo incidente col sottoprefetto... Avevamo fatto colazione, molto contenti, proprio sul tavolo dove abbiamo cenato stasera. Naturalmente lui ignorava tutto, non gli avevo raccontato la storia... Ed ecco che, a proposito di un anello, un vecchio regalo, una sciocchezza, non so come sia riuscito a capire ogni cosa... Ah, mio caro, no, no, non puoi figurarti in che modo mi ha trattata! »

Fremeva; Jacques sentiva le piccole mani di lei contratte sulla sua nuda pelle.

« Con un tremendo pugno mi stende a terra... E poi mi trascina per i capelli. E poi mi alza il tacco sulla faccia come per schiacciarmela... No!, vedi, fin quando vivrò mi ricorderò di questo... Ancora colpi, Dio mio! Ma se dovessi ripetere tutte le domande che mi ha rivolte, e quel che infine mi ha forzato a raccontare! Vedi, sono franca, ti confesso delle cose, quando nulla, non è vero? mi obbligherebbe a dirtele. Ebbene, mai oserei darti una semplice idea delle sporche domande alle quali fui costretta a rispondere, perché mi avrebbe ammazzata, questo è certo... Senza dubbio mi amava, e doveva provare un grosso dolore nell'apprendere tutto quanto; e ammetto che avrei agito con maggiore onestà se prima del matrimonio l'avessi avvertito. Però, bisogna comprendere. Era cosa vecchia, dimenticata. Solo un autentico selvaggio può cedere a una gelosia così cieca... Insomma, tu, tesoro, forse non mi amerai più perché ora sai tutto? »

Jacques non aveva fiatato; inerte, rifletteva nelle braccia della donna che si avvinghiavano al suo collo, alle sue reni come tenaci nodi di bisce. Era molto meravigliato, non aveva mai supposto una storia simile. Come tutto diventava complicato, mentre la storia del testamento sarebbe bastata a spiegare tante cose! Del resto, preferiva che fosse così; la certezza che la coppia non avesse ammazzato per il denaro lo sollevava da un disprezzo che alle volte gli lasciava la coscienza confusa, anche sotto i baci di Séverine.

« Non amarti più, e perché?... Non me ne importa del tuo passato. Sono affari che non mi riguardano... Tu sei la moglie di Roubaud, ma avresti potuto essere benissimo la moglie di un altro. »

Vi fu un silenzio. Tutti e due si abbracciarono sino a soffocarne, e lui sentì il petto di lei, tondo, gonfio e duro sul suo fianco.

« Ah, sei stata l'amante di quel vecchio. Ad ogni modo è curioso. »

Ma lei gli si allungò sopra, fino alla bocca, balbettando in un bacio:

« Amo soltanto te, non ho amato che te... Oh, gli altri, se sapessi! Con loro, vedi, ho avuto solo l'idea di ciò che poteva essere, mentre tu, tesoro, tu mi rendi tanto felice! »

Con le sue carezze lo infiammava, gli si offriva, lo voleva, lo riafferrava con le mani tremanti. E per non cedere immediatamente, lui che bruciava dello stesso ardore, dovette trattenerla con la forza delle braccia.

« No, no, aspetta, fra poco... E allora, quel vecchio? »

Con voce appena percettibile, in una scossa di tutta se stessa, Séverine confessò:

« Sì, l'abbiamo ucciso. »

Il brivido di desiderio si confuse in un brivido di morte riaffiorato in lei. Come dal fondo di ogni voluttà, l'agonia si rinnovava. Per un momento restò senza fiato a causa di una lenta sensazione di vertigine. Poi, col viso di nuovo immerso nel collo dell'amante, col medesimo soffio leggero:

« Mi aveva fatto scrivere al presidente di partire col direttissimo, alla stessa nostra ora, e di non mostrarsi che a Rouen... Tremavo nel mio cantuccio, smarrita, pensando al male cui andavamo incontro. E di fronte a me c'era una donna, una donna in lutto che non parlava e che mi metteva tanta paura. Io non la vedevo neppure, ma immaginavo che leggesse chiaramente nelle nostre teste, che sapesse perfettamente quel che volevamo fare... In quel modo sono passate le due ore da Parigi a Rouen. Non ho pronunciato una parola, non mi sono neppure mossa, tenevo chiusi gli occhi per far credere che dormissi. Sentivo che al mio fianco anche lui non si muoveva, ma ciò che mi terrorizzava era di essere a conoscenza delle terribili cose che s'agitavano nella sua testa senza poter indovinare esattamente quel che aveva deciso di fare... Ah, che viaggio, con quella tempesta turbinosa di pensieri, tra i fischi, i sobbalzi, il brontolìo delle ruote! »

Jacques, con la bocca nei folti e odorosi capelli della donna, a intervalli regolari la baciava, con lunghi, inconsapevoli baci.

« Ma se non eravate nello stesso scompartimento, come a-
vete fatto a ucciderlo? »

« Aspetta e capirai... Era il piano di mio marito. È vero
che se è riuscito è stato veramente il caso a volerlo... A
Rouen, dieci minuti di fermata. Siamo scesi, e lui mi ha costretto a proseguire fino al coupé del presidente, con l'aria
di chi si sgranchisce le gambe. Una volta lì, ha finto di essere sorpreso nel vederlo al finestrino, come se avesse ignorato che si trovava sul treno. Sul marciapiede, c'è confusione,
a causa della festa del giorno dopo a Le Havre, una marea di
gente prende d'assalto le vetture di seconda classe. Quando
cominciano a chiudere gli sportelli, è proprio il presidente a
invitarci a salire da lui. Io balbettavo, accennavo alla nostra
valigia; ma lui protestava, diceva che di sicuro non ce l'a-
vrebbero rubata, e che avremmo potuto ritornare nel nostro
scompartimento a Berentin poiché lui scendeva lì. Per un
momento mio marito, inquieto, parve volesse correre a prenderla; in quel mentre il capotreno fischiò, e allora si decise,
mi spinse nel coupé, vi salì, chiuse lo sportello e il finestrino. Come mai non ci notarono? è quel che ancora non riesco
a spiegarmi. Molta gente correva, gli impiegati perdevano la
testa, insomma non s'è trovato un solo testimone che ci avesse visti. E il treno, lentamente, si allontanò dalla stazione. »

Tacque per qualche secondo, rivivendo la scena. Senza che
se ne rendesse conto, nell'abbandono delle membra, un tic le
agitava la coscia sinistra, con movimento ritmico contro il
ginocchio del giovane.

« Ah, quel primo momento in quel coupé, quando sentii
sfuggirmi la terra sotto i piedi. Ero come stordita, sulle prime pensai soltanto alla nostra valigia: in che modo riaverla?
e lasciandola lì non avrebbe costituito una denuncia? Tutto
questo mi pareva sciocco, impossibile, un delitto da incubo,
immaginato da un bambino, che sarebbe stato da pazzi porre
in esecuzione. Il giorno dopo saremmo stati arrestati con
tutte le prove di colpevolezza. Così cercavo di riacquistare
tranquillità pensando che mio marito avrebbe rinunciato,
che non sarebbe avvenuto nulla, che non poteva avvenire
nulla. Ma no, solo a vederlo discorrere col presidente com-
presi che la sua risoluzione permaneva invariata e tremenda.
Però se ne stava calmo, parlava perfino con allegria, col suo

fare abituale; ed era solo nel suo chiaro sguardo fisso ogni tanto su di me che riuscivo a leggere la sua ostinata volontà. Fra un chilometro, forse fra due, al punto giusto stabilito, e che io ignoravo, l'avrebbe ucciso: era cosa certa, traspariva perfino dalle tranquille occhiate che rivolgeva all'altro, al presidente che, fra poco, non sarebbe stato più in vita. Io non dicevo nulla. Sentivo un grande tremito interiore che mi sforzavo di nascondere affettando un sorriso quando mi si guardava. Perché allora non ho neppure pensato a impedire tutto quanto? Solo più tardi, quando ho cercato di capire, mi sono meravigliata di non essermi messa a gridare dallo sportello, o di non aver abbassato il pulsante dell'allarme. In quel momento ero come paralizzata, mi sentivo in tutto e per tutto impotente. Certo mi pareva che mio marito fosse dalla parte della ragione; e poiché, tesoro, ti dico tutto, occorre che confessi anche questo: mio malgrado ero con tutta la volontà con lui contro l'altro, perché i due mi avevano avuta, non è così? e lui era giovane, mentre l'altro, oh! le carezze dell'altro... Del resto, che sappiamo di noi stessi? Si fanno delle cose che mai si crederebbe di poter fare. Quando penso che non sarei mai capace di uccidere un pollo! Ah, che sensazione di notte di tempesta, ah, quella sera spaventosa che urlava nel profondo del mio essere! »

E la creatura fragile, così sottile fra le sue braccia, diventava ora per Jacques impenetrabile, senza fondo come il nero abisso di cui lei parlava. Poteva ben legarla a lui più strettamente, non riusciva a comprenderla. A quel racconto di assassinio, balbettato nell'abbraccio, era preso dalla febbre.

« Insomma, l'hai aiutato a uccidere il vecchio? »

« Ero in un angolo » continuò lei senza rispondere. « Mio marito mi separava dal presidente che occupava l'altro canto. Parlavano delle prossime elezioni. Ogni tanto vedevo mio marito chinarsi, lanciare un'occhiata fuori, per rendersi conto, come spazientito, di dove eravamo... Ogni volta seguivo il suo sguardo, anch'io rendendomi conto del cammino percorso. La sera era pallida, le masse scure degli alberi sfilavano di furia. E sempre quello sferragliare di ruote, mai sentite a quel modo, un pauroso tumulto di voci irate e piangenti, lugubri lamenti di bestie ululanti di fronte alla morte! Il treno correva a tutta velocità.... All'improvviso, delle luci e l'eco del treno ripercosso tra gli edifici di una stazione. Eravamo a Maronne, già a due leghe e mezzo da Rouen. Ancora Malaunay e poi Barentin. Dove sarebbe avvenuto il fattaccio? Bisognava attendere l'ultimo minuto? Non avevo più coscienza del tempo né delle distanze; mi abbandonavo, come la pietra che cade, a quel precipitare assordante attraverso le tenebre, quando passando da Malaunay, capii in un baleno: il fatto sarebbe avvenuto nella galleria, a un chilometro da dove eravamo... Mi volsi verso mio marito, il nostro sguardo si incontrò: sì, in galleria, due minuti ancora... Il treno correva, oltrepassò la biforcazione di Dieppe, scorsi lo scambista al suo posto. Lì vi sono delle alture e credetti di vedere distintamente alcuni uomini, che con le braccia alzate ci accompagnavano con una sequela di ingiurie. Poi, dalla locomotiva, un lungo fischio: era l'ingresso nella galleria... E quando il treno vi irruppe, oh, quale rimbombo sotto quella volta bassa! sai, quel frastuono di ferraglia rimossa, simile a colpi di martello sull'incudine, e che io in quel momento di smarrimento presi per un rotolìo di tuono. »

Tremava, si interruppe per dire con voce mutata, quasi ridente:

« Si può essere più stupida, eh, tesoro, nel sentire ancora il freddo nelle ossa? Io, però, qui, con te, ho molto caldo e sono tanto contenta!... E poi, sai, non c'è proprio più nulla da temere: il caso è archiviato, senza contare che i pezzi grossi del governo hanno meno interesse di noi a far luce su questa brutta faccenda... Oh, l'ho capito, sono tranquilla .»

Poi aggiunse ridendo liberamente:

« Tu, per esempio, puoi vantarti di averci un bel po' spaventati!... E dimmi, è una cosa che mi ha sempre incuriosita: effettivamente, che cosa hai visto? »

« Ma, niente di più di quel che dissi al giudice; un uomo che sgozzava un altro uomo... Voi eravate così strani con me, che avevo finito col dubitare. Per un momento avevo perfino riconosciuto tuo marito... Solo più tardi, però, ne fui perfettamente sicuro... »

Lei l'interruppe allegramente.

« Sì, nel giardino, il giorno, ricordi, che ti dissi di no, la prima volta che ci siamo trovati soli a Parigi... Ed è curioso! ti dicevo che non eravamo stati noi, e sentivo con precisione che tu pensavi il contrario. Non era forse come se t'avessi già raccontato tutto?... Oh, tesoro, ci ho pensato spesso, e, vedi, credo fermamente che proprio da quel giorno ti voglio bene. »

Uno slancio, un intimo contatto e pareva che dovessero fondersi. Poi lei riprese:

« Sotto la galleria, il treno correva. È molto lunga, quella galleria. Per tre minuti, si resta lì sotto. E credetti che vi si corresse da un'ora... Per quel rumore assordante della ferraglia, il presidente non parlava più. E mio marito, in quell'ultimo momento, doveva aver avuto un cedimento perché se ne stava sempre immobile. Nel chiarore danzante dei fanali vedevo soltanto le sue orecchie che divenivano violette... Avrebbe dunque atteso che ci trovassimo di nuovo in aperta campagna? La cosa per me era ormai tanto fatale, tanto inevitabile, che avevo solo un desiderio: non soffrire più quello stadio di attesa, esserne liberata. Dato che bisognava ucciderlo, perché non lo uccideva? E tanto ero esasperata dalla paura e dalla sofferenza che, per farla finita, avrei preso io il coltello... Lui mi guardò. Senza dubbio quel proposito era espresso dal mio viso. E, di colpo, s'avventò, afferrò alle spalle il presidente, che s'era voltato verso lo sportello. Questi, spaventato, con mossa istintiva si svincolò, allungò il braccio verso il pulsante dell'allarme, proprio al di sopra della sua testa. Lo toccò, ma fu riafferrato dall'altro e abbattuto sul sedile con tale violenza che si trovò come ripiegato in due. Dalla bocca spalancata per lo stupore e lo spavento, lanciava grida confuse, soffocate dal fracasso; mentre distintamente sentivo ripetere da mio marito la parola "Porco! porco! porco!" con voce sibilante, rabbiosa. Ma il fracasso cessò, il treno usciva dalla galleria, riapparve la campagna pallida con la fuga degli alberi neri... Ero rimasta nel mio cantuccio, il più lontano possibile, irrigidita, incollata contro il telo della spalliera. Quando durò la lotta? Appena qualche secondo. Ma mi parve che non dovesse avere mai termine, che tutti i viaggiatori, adesso, ascoltassero le grida, che gli alberi ci vedessero. Mio marito, col coltello aperto, non poteva colpire; respinto a calci, incespicava sul fondo traballante della vettura. Stava per cadere sulle ginocchia, e il treno correva, ci trascinava a tutta velocità mentre la locomotiva, all'approssimarsi del passaggio a livello della Croix-de-Maufras, fischiava... Fu allora che mi gettai sulle gambe dell'uomo che si dibatteva, senza che in seguito sia riuscita a ricordarmi come ciò sia avvenuto. Sì, mi sono lasciata cadere come un fagotto schiacciandogli le gambe con tutto il mio peso, perché non le agitasse più. E non vidi nulla, ma sentii tutto: il colpo di coltello alla gola, la prolungata scossa del corpo, la morte sopraggiunta in tre singulti e lo srotolio dell'orologio che piombò giù rompendosi... Ah, quel tremito di agonia, ne serbo ancora l'impressione in tutto il corpo!

Jacques, avido, l'interruppe e le pose delle domande. Ma ormai Séverine aveva fretta di concludere.

« No, aspetta... Nell'alzarmi, stavamo passando a tutto vapore davanti alla Croix-de-Maufras. Vidi distintamente la facciata chiusa della casa, poi il posto del casellante. Ancora quattro chilometri, al più cinque minuti prima di giungere a Barentin... Il corpo era ripiegato sul sedile, il sangue colava in una pozza densa. E mio marito, in piedi, inebetito, traballante per le scosse del treno, fissava quel sangue mentre asciugava il coltello col suo fazzoletto. La cosa durò un minuto, senza che nessuno dei due facesse nulla per salvarsi... Se non ci fossimo staccati da quel corpo, se fossimo restati in quel posto, forse alla fermata di Barentin avrebbe scoperto tutto... Ma lui aveva ricacciato in tasca il coltello, e parve che si svegliasse. Lo vidi rovistare il cadavere, prendere l'orologio, i quattrini, tutto quello che gli capitava; e, dopo aver aperto lo sportello, si sforzava di spingerlo giù sulla ferrovia, senza afferrarlo a piene braccia per paura del sangue. "Aiutami, dunque! Spingi con me." Io non ci provai neppure, non sentivo più le mie membra. "Perdio, vuoi o non vuoi aiutarmi a spingere?" Per prima uscì la testa, pencolava giù, mentre il tronco, appallottolato, trovava impedimento a uscire. E il treno correva... Alla fine, per una spinta più forte, il cadavere ribaltò, sparì tra lo sferragliare delle ruote. "Ah, porco, per te è proprio finita!" Poi afferrò la coperta, e gettò fuori anche quella. Ora eravamo noi due soli, in piedi, con la pozza di sangue sul sedile sul quale non osavamo sedere... Lo sportello, spalancato, sbatteva in continuazione, e annientata, terrorizzata, in un primo momento non capii quando vidi mio marito scendere, sparire a sua volta. Ritornò. "Andiamo, subito, seguimi, se non vuoi che ci taglino la testa!" Non mi mossi, e allora si spazientì. "Vieni, perdio! il nostro scompartimento è vuoto, possiamo ritornare." Vuoto, il nostro scompartimento? Vi era dunque andato? La donna vestita a lutto, quella che non parlava, che non si riusciva a scorgere, era sicuro che non fosse restata nel suo cantuccio?... "Vuoi venire o devo scagliarti sulla ferrovia come l'altro?" Era risalito e mi spingeva, brutale, impazzito. E mi trovai fuori, sullo scalino, le mani aggrappate alla sbarra di ottone. Lui, disceso dopo di me, aveva chiuso accuratamente lo sportello. "Avanti, avanti!" Ma io non osavo, trascinata dalla vertigine della corsa, flagellata dal vento che soffiava tempestoso. I capelli mi si sciolsero, temevo che le dita irrigidite stessero per allentare la presa dalla sbarra. "Avanti, perdio!" Mi spingeva in continuazione, dovetti procedere, allentando una mano dopo l'altra, aderendo alle vetture, in mezzo al turbinio delle gonne, il cui schiocco mi legava le gambe. Già in lontananza, dopo una curva, si scorgevano le luci della stazione di Barentin. La locomotiva si mise a fischiare. "Avanti, perdio!" Oh, quel fracasso infernale, quella violenta trepidazione in cui procedevo! Mi pareva che una tempesta mi avesse ghermita, mi trasportasse come un fuscello di paglia per farmi schiacciare contro un muro. Alle spalle la campagna fuggiva, gli alberi mi inseguivano a folle galoppo, girando su se stessi contorti, emettendo nel passare un lieve lamento. All'estremità del vagone, essendo necessario per raggiungere lo scalino del vagone seguente e afferrarsi all'altra sbarra di ottone, saltare, mi fermai senza più coraggio. Non ne avrei avuto mai la forza. "Avanti, perdio!" Era su di me, mi spingeva e chiusi gli occhi e non so come continuai ad avanzare, se non con la sola forza dell'istinto, come un animale che ha piantato gli artigli e non vuole cadere. Come mai non ci videro? Eravamo passati davanti a tre vetture, una delle quali, di seconda classe, completamente affollata. Mi ricordo le teste disposte in fila sotto la luce della lampada; credo che le riconoscerei se un giorno dovessi rincontrarle: quella di un omone con favoriti rossi, e specialmente quelle di due ragazze che s'eran chinate ridendo. "Avanti, perdio, avanti, perdio!" E non so altro, si approssimavano le luci di Barentin, la locomotiva fischiava;

ultima mia sensazione, quella di essere trascinata, trasportata, sollevata per i capelli. Mio marito dovette agguantarmi,
aprire lo sportello al di sopra della mia spalla, gettarmi dentro lo scompartimento. Ansimavo stordita in un angolo
quando il treno si fermò; senza muovermi, lo sentii scambiare qualche parola col capostazione di Barentin. Poi, partito
il treno, anche lui, spossato, cadde sul sedile. Sino a Le Havre non pronunciammo una parola... Oh, lo odio, lo odio, vedi, per tutto l'orrore che mi ha fatto soffrire! amo solo te,
tesoro, tu che mi dai tanta felicità! »

In Séverine, dopo l'ardente impennata di quel lungo racconto, questo grido, nell'esecrazione dei ricordi, era come lo
sboccio stesso del suo bisogno di gioia. Ma Jacques, sconvolto da lei, e come lei ardente, la trattenne ancora.

« No, no, un momento... Ti eri buttata sulle sue gambe; lo
sentisti morire? »

In lui si risvegliava lo sconosciuto, un'onda di ferocia gli
saliva dai visceri, gli invadeva il capo di una rossa visione.
Era ripreso dalla curiosità dell'assassinio.

« E allora, il coltello, lo sentisti penetrare, il coltello? »

« Sì, un colpo sordo. »

« Ah, un colpo sordo... Nessuna lacerazione, ne sei sicura? »

« No, no, solo un colpo. »

« E poi, ebbe una scossa, no? »

« Sì, tre scosse, oh! da un capo all'altro del corpo, così
lunghe, che le ho seguite fin nei suoi piedi. »

« Scosse che lo irrigidivano, non è così? »

« Sì, la prima fortissima, le altre due più deboli. »

« E così è morto; ma che impressione ti suscitò il sentirlo
morire a quel modo, con una coltellata? »

« A me? oh, non so dirti. »

« Non sai? perché dici le bugie? Dimmi con tutta franchezza quel che sentisti... Una pena? »

« No, no, nessuna pena! »

« Piacere? »

« Piacere, ah, no, neppure piacere! »

« Che cosa, amor mio? Te ne prego, dimmi tutto... Se sapessi... Dimmi ciò che si prova. »

« Mio Dio! si può forse dire una cosa simile?... È una cosa terribile, ci si è trascinati, oh, tanto lontano, tanto lontano. Ho vissuto più in quel minuto che in tutta la mia vita passata.»

A denti stretti, ormai capace solo di balbettare, Jacques questa volta l'aveva presa; e a sua volta, Séverine aveva preso lui. Si possedettero, ritrovando l'amore in fondo alla morte, nella stessa dolorosa voluttà delle bestie che si sventrano quando sono in calore. Si percepiva soltanto il loro affannoso respiro. Era scomparso sul soffitto il riflesso sanguigno; e con la stufa spenta la camera cominciava a raffreddarsi nel crudo gelo del di fuori. Da Parigi, ovattata di neve non saliva neppure una voce. Per un istante dalla camera accanto della giornalaia era pervenuto un ronfo. Poi tutto era sprofondato nel nero gorgo della casa addormentata.

Jacques, che aveva trattenuto fra le braccia Séverine, la sentì all'improvviso, come folgorata, cedere a un invincibile sonno. Il viaggio, la prolungata attesa dai Misard, quell'ardente notte, l'avevano prostrata. Balbettò un'infantile buona notte, e già dormiva con un respiro regolare. L'orologio a cucù suonò le tre.

E ancora per un'ora, Jacques se la tenne sul braccio sinistro, che a poco a poco gli si intorpidiva. Non riusciva a chiudere gli occhi, una mano invisibile, ostinatamente, sembrava riaprirglieli nelle tenebre. Ora non distingueva più nulla della camera, immersa nel buio; tutto era scomparso, la stufa, i mobili, le pareti; e bisognava che si voltasse per ritrovare i due pallidi riquadri delle finestre, immobili, di una leggerezza di sogno. Nonostante la grande stanchezza, una prodigiosa attività cerebrale lo faceva vibrare, dipanando di continuo lo stesso groviglio di pensieri. Ogni volta che, con uno sforzo di volontà, credeva di scivolare nel sonno, ricominciava la stessa ossessione, e le stesse immagini, svegliando le stesse sensazioni, sfilavano. Ed era l'assassinio in tutti i particolari che si srotolava a quel modo, con meccanica regolarità, mentre i suoi occhi fissi, spalancati, si empivano d'ombra. Spuntava di continuo, identico, invadente, sconvolgente. Il coltello penetrava nella gola con un colpo sordo, e il corpo era agitato da tre lunghe scosse, la vita si spegneva in un fiotto di sangue tiepido, un rosso fiotto che credeva sentir colare sulle mani. Venti volte, trenta volta penetrò il coltello e il corpo si agitò. Era una cosa enorme, lo soffocava, straripava, faceva risuonare la notte. Oh, dare una simile coltellata, appagare quel lontano desiderio, conoscere ciò che si prova, gustare quel minuto in cui si vive più intensamente che in tutta un'esistenza!

Intensificandosi il soffocamento, Jacques pensò che fosse solo il peso di Séverine sul braccio a impedirgli di dormire. Piano piano si svincolò, e senza svegliarla se la sistemò vicino. In un primo momento, sollevato, respirò più liberamente, sperando che alla fine il sonno potesse vincerlo. Ma, nonostante lo sforzo, le invisibili dita gli riaprivano le palpebre; e nel buio riapparve, avvolto di sangue, l'assassinio, con il coltello che penetrava e il corpo che si agitava. Una pioggia scalfì le tenebre, la piaga della gola, smisurata, si aprì come un taglio fatto con l'ascia. Allora non lottò più, se ne stette supino, preda di questa ostinata visione. Sentiva il decuplicato lavorio del cervello, un fragore di tutta la macchina. Era cosa che proveniva da molto lontano, dalla sua giovinezza. Tuttavia aveva sperato di esserne guarito, perché quel desiderio era scomparso da alcuni mesi col possesso di questa donna; e invece mai l'aveva sentito tanto intenso come durante il racconto di quell'assassinio, che poco fa, serrata alla sua carne, avvinghiata al suo corpo, lei, bisbigliando, gli aveva confessato. S'era scostato, evitava che la donna lo toccasse, arso dal più lieve contatto della sua pelle. Un insopportabile calore gli saliva dalla schiena, come se il materasso sotto le reni si fosse trasformato in braciere. Un pizzicore di punte infuocate gli forava la nuca. Per un momento tentò di metter fuori della coperta le mani; ma subito se le sentì gelare e fu preso da brividi. Ebbe paura delle proprie mani, le rimise dentro, e dapprima le incrociò sul ventre e poi finì col farle scivolare sotto il corpo, imprigionandole come se avesse temuto qualche colpo mancino da parte loro, un gesto che non avrebbe voluto ma che avrebbe commesso ugualmente.

A ogni suono dell'orologio, Jacques contava i colpi. Le quattro, le cinque, le sei. Aspettava ardentemente che facesse giorno, sperava che l'alba avrebbe scacciato l'incubo. Perciò ora si voltava verso le finestre, spiando attraverso i vetri. Ma lì c'era sempre il vago riflesso della neve. Alle cinque meno un quarto, con un ritardo soltanto di quaranta minuti, aveva inteso arrivare il diretto di Le Havre, e questo denotava che la circolazione era stata riattivata. E non fu prima delle sette passate che vide un chiarore dietro i vetri, un pallore lattiginoso, tardivo. Infine la camera si rischiarò di quella vaga luce nella quale i mobili parevano galleggiare. Riapparve la stufa, l'armadio, la credenza. Non poteva ancora chiudere le palpebre; gli occhi, invece, si eccitavano nel bisogno di vedere. A un tratto, prima che ci fosse abbastanza luce, aveva indovinato più che scorto, sul tavolo, il coltello col quale la sera aveva tagliato la torta. E vedeva soltanto quel coltello, un piccolo coltello a punta. Il giorno che avanzava, tutta la bianca luce delle due finestre ora si effondeva solo per riflettersi in quella lama sottile. E terrorizzato delle proprie mani, le affondò maggiormente sotto il corpo, perché le sentiva vivamente agitarsi, ribelli, più forti della sua volontà. Stavano forse per non appartenergli più? Mani che gli provenivano da un altro, mani trasmessegli da qualche antenato al tempo in cui l'uomo sgozzava le bestie nelle foreste!

Per non vedere più il coltello, Jacques si volse verso Séverine, che dormiva calmissima, con un respiro infantile nella grande stanchezza. I pesanti capelli neri, sciolti, formavano un guanciale scuro che le scendeva fino alle spalle e, sotto il mento, tra i boccoli, si scorgeva la gola di una delicatezza lattea, appena rosata. Se ne stette a guardarla come se proprio non la conoscesse. Tuttavia l'adorava, dappertutto la sua immagine gli era presente, in un desiderio che spesso, anche quando guidava la locomotiva, l'angosciava; a tal punto che un giorno s'era svegliato come da un sogno, nel momento in cui oltrepassava a tutta velocità una stazione, nonostante i segnali. Ma alla vista di quella gola bianca era tutto preso da repentina, inesorabile malìa; e con orrore ancora cosciente, sentiva ingigantire l'imperioso bisogno di correre in cerca del coltello, e di tornare per conficcarlo fino al manico in quella carne di femmina. Sentiva il colpo sordo della lama che penetrava, vedeva il corpo sussultare tre volte, poi, sotto un rosso fiotto, l'irrigidimento della morte. Lottando, volendo strapparsi da quell'ossessione, perdeva ogni secondo un po' della propria volontà come posseduto dall'idea fissa, a quel limite estremo dove, vinti, si cede alla forza dell'istinto. Fu tutto un garbuglio; le mani ribelli, vincendo il suo sforzo nel nasconderle, si slegarono, sfuggirono. E lui comprese così appieno che ormai non le possedeva più, e che esse, brutalmente, se continuava a guardare Séverine, si sarebbero saziate, che impegnò le ultime forze a saltare dal letto, rotolando per terra come un ubriaco. Lì si raggomitolò e poi, rialzatosi, poco mancò non cadesse di nuovo impigliandosi con i piedi tra le gonne lasciate sul pavimento. Barcollò, cercò il suo vestito, sconvolto, con l'unico proposito di vestirsi in fretta, di prendere il coltello, di scendere e di uccidere un'altra donna sulla via. Questa volta era troppo pressato dal desiderio, occorreva che ne uccidesse una. Non trovava più i pantaloni; per tre volte li toccò prima di rendersi conto che li stringeva tra le mani. Nell'infilare le scarpe provò un gran male. Benché ora ci fosse molta luce, gli pareva che la camera fosse invasa di una bruma rossastra, un'alba di caligine glaciale dove tutto annegava. Batteva i denti per la febbre. Alla fine riuscì a vestirsi. Aveva preso il coltello nascondendolo nella manica, sicuro di ammazzarne una, la prima che avesse incontrata sul marciapiede, allorché un fruscio di biancheria, un prolungato sospiro provenienti dal letto, lo costrinsero a fermarsi, inchiodato presso il tavolo, pallido come un morto.

Séverine si svegliava.

« Che c'è amore, esci di già? »

Lui non rispose, non la guardò neppure, sperando che si riaddormentasse.

« E allora dove vai, amore? »

« Nulla, un affare di servizio » balbettò lui.

Ripresa dal torpore, gli occhi già richiusi, lei pronunciò delle parole confuse.

« Oh, ho sonno, tanto sonno... Vieni a baciarmi, caro. »

Ma lui non si mosse, perché sapeva che se fosse ritornato, con quel coltello in mano, se soltanto l'avesse rivista, così fine, così graziosa, nella sua nudità, nel suo disordine, la volontà che lo irrigidiva lì, presso di lei, avrebbe ceduto. Suo malgrado, la mano si sarebbe sollevata per piantarle il coltello in gola.

« Amore, vieni a baciarmi... »

La voce le si spense, s'era riaddormentata dolcemente con un mormorio carezzevole. E lui, smarrito, aprì la porta, scappò via.

Erano le otto quando Jacques si trovò sul marciapiede di rue d'Amsterdam. La neve non era stata ancora spalata, si percepiva appena lo scalpiccio dei pochi passanti. Immediatamente aveva scorto una vecchia, ma questa svoltava l'angolo di rue de Londres, e non pensò a seguirla. Si imbatté in alcuni uomini, discese verso la place du Havre, stringendo il coltello la cui punta acuminata spariva nella manica. Appena una ragazza di circa quattordici anni uscì da una casa di fronte, lui attraversò la strada; e fece in tempo soltanto a vederla entrare lì accanto, in una panetteria. Era tanta la sua impazienza che non volle aspettare, cercando più lontano e continuando a discendere. Da quando aveva lasciato la camera con quel coltello, non era più lui ad agire, ma l'altro, quello che tante volte aveva sentito agitarsi nel fondo del proprio essere, lo sconosciuto venuto da molto lontano, bruciato dalla sete ereditaria di uccidere; aveva ucciso una volta, voleva uccidere ancora. Intorno a Jacques le cose si muovevano come in sogno, perché le vedeva attraverso la sua idea fissa. La sua vita di ogni giorno era come annullata, camminava da sonnambulo, senza memoria del passato, senza prospettiva per l'avvenire, unicamente ossessionato di quel che doveva compiere. Nel corpo che procedeva, la sua personalità era assente. Due donne, che lo sfiorarono sopravvanzandolo, gli fecero accelerare il passo; le raggiunse, ma un uomo si fermò con loro. Tutti e tre ridevano, chiacchieravano. Quell'uomo gli dava noia, si mise a seguire un'altra donna, gracile e scura, l'aria miserina sotto uno scialle striminzito. Camminava a piccoli passi, verso qualche lavoro senza dubbio maledetto, duro e poco retribuito perché non aveva fretta e il suo viso era disperatamente triste. Anche lui, ora che ne aveva una a disposizione, non si affrettava più, in attesa di scegliere il posto in cui colpirla con tutta comodità. Di certo la donna si era accorta di essere seguita da quel giovane, e con lo sguardo gli si volse con una costernazione indicibile, stupita che si potesse voler qualche cosa da lei. Già l'aveva trascinato in mezzo a rue du Havre, e ancora per due volte si volse, impedendogli ogni volta di piantarle in gola il coltello che nascondeva nella manica. Aveva uno sguardo misero e implorante! L'avrebbe colpita laggiù, appena fosse scesa dal marciapiede. Ma bruscamente fece dietrofront, mettendosi a seguire un'altra donna che camminava in senso inverso. E senza una ragione, senza volere, solo perché passava in quel momento, perché doveva essere così.

Dietro di lei, Jacques ritornava verso la stazione. Questa, molto svelta, camminava con un passettino sonoro; ed era adorabilmente graziosa, vent'anni al più, già formosa, bionda, begli occhi allegri, ridenti alla vita. Non s'accorse neppure di essere seguita da un uomo; doveva aver fretta, perché salì velocemente la scalinata dell'atrio di Le Havre, raggiunse il salone, che percorse quasi correndo, per precipitarsi verso gli sportelli della linea della circonvallazione. E siccome chiese un biglietto di prima classe per Auteuil, anche Jacques ne chiese uno e l'accompagnò per le sale d'aspetto sulla banchina fino allo scompartimento, dove prese posto accanto a lei. Il treno partì immediatamente.

« Ho tutto il tempo » pensava lui « la ucciderò sotto la galleria. »

Ma, di fronte a loro, una vecchia signora, l'unica persona che fosse salita, riconobbe la giovane.

« Ah, ma è proprio lei. Dove va così presto? »

L'altra proruppe in un'allegra risata, con un gesto di comica disperazione.

« Ma guarda, non si riesce a far nulla senza incontrare qualcuno! Spero che lei non riferirà nulla... Domani è la festa di mio marito; appena lui è uscito per i suoi affari, ho preso il treno; vado ad Auteuil da un fioraio dove ha visto un'orchidea che desidera pazzamente... Una sorpresa, capisce. »

La vecchia signora scosse il capo con fare di tenera benevolenza.

« E la piccina sta bene? »

« La piccina, oh, una vera bellezza... Le dirò che l'ho svezzata da otto giorni. E bisogna vedere come mangia la sua pappa... Ce la passiamo tutti troppo bene, è una cosa scandalosa. »

Rideva più intensamente, mettendo in mostra i denti bianchi nel rosso vivo delle labbra. E Jacques, che era alla sua destra, il coltello in pugno nascosto dietro la coscia, pensava che si trovava proprio nella posizione giusta per colpire. Non doveva fare altro che alzare il braccio e voltarsi a metà per averla sottomano. Ma nella galleria delle Batignolles, pensando al sottogola del cappellino, non si mosse.

« Lì c'è un nodo » pensò « che mi sarà d'impiccio. Voglio essere sicuro. »

Le due donne continuavano a discorrere allegramente.

« Ma sì, vedo che lei è felice. »

« Felice, ah, posso ben dirlo! Il mio è un sogno... Due anni fa io ero meno di niente. Si ricorda, non ci si divertiva affatto in casa di mia zia; e non un soldo di dote... Quando lui veniva, tremavo, tanto bene avevo cominciato a volergli. Ma era così bello, così ricco... Ed è mio, mio marito, e abbiamo una bambina. È troppo, le dico! »

Nell'esaminare il nodo del sottogola, Jacques poté constatare che al di sotto, agganciato a un velluto nero, v'era un grosso medaglione d'oro; calcolava ogni cosa.

« L'agguanterò al collo con la mano sinistra, scosterò il medaglione nel riversarle la testa, in modo che abbia la gola nuda. »

Il treno si fermava e ripartiva ogni momento. Corte gallerie s'erano succedute, a Coucelles, a Neuilly. Fra poco; basterà un secondo.

« Siete andati al mare quest'anno » riprese a dire la vecchia signora.

« Sì, sei settimane in Bretagna, in un angolo sperduto di paradiso. Poi abbiamo trascorso settembre nel Poitou, presso mio suocero che lì possiede dei vasti boschi. »

« E non dovevate svernare nel Mezzogiorno? »

« Sì, andremo a Cannes verso il 15... Abbiamo affittato la casa, con un delizioso giardinetto e il mare di fronte. Abbiamo mandato laggiù una persona perché prepari ogni cosa per riceverci... Non è che siamo freddolosi; ma è così bello il sole... Ritorneremo in marzo. L'anno venturo resteremo a

Parigi. Fra due anni, quando la bambina sarà grande, viaggeremo. Che ne so, io! per me è sempre festa! »

Traboccava di tale felicità, che, cedendo al bisogno di espansione, si volse verso Jacques, verso quello sconosciuto, per sorridergli. In quel movimento il nodo del sottogola si spostò, il medaglione si scostò, apparve il collo, vermiglio, con una leggera fossetta che l'ombra indorava.

Le dita di Jacques s'erano irrigidite sul manico del coltello, mentre prendeva l'irrevocabile decisione.

« Colpirò esattamente lì. Sì, fra poco sotto la galleria, prima di Passy. »

Ma alla stazione del Trocadéro salì un impiegato che conosceva e che attaccò discorso sul servizio, su un furto di carbone del quale venivano incolpati un macchinista e il suo fuochista. E da quel momento tutto divenne confuso; più tardi non riuscì più a ristabilire esattamente i fatti. Erano continuate le risate, una tale esplosione di contentezza, che lui ne era rimasto come penetrato e placato. Poteva darsi che fosse andato fino ad Auteuil con le due signore; però non ricordava che esse vi fossero scese. Quanto a lui, aveva finito col trovarsi, senza riuscire a spiegarsi come, sulla riva della Senna. Di una cosa sola conservava una netta sensazione: di aver gettato dall'alto dell'argine il coltello, che gli era restato nella manica, dentro il pugno. Poi, non ricordava più nulla, inebetito, assente in tutto il suo essere, da dove l'altro se ne era andato a sua volta col coltello. Doveva aver camminato per ore e ore, per vie e piazze, a casaccio. Sfilavano persone e case, del tutto smorte. Senza dubbio era entrato a mangiare in qualche posto, in fondo a una sala piena di gente, perché rivedeva chiaramente i piatti bianchi. Aveva pure la persistente impressione di un manifesto rosso su una bottega chiusa. E poi tutto sprofondava in un nero baratro, in un nulla dove non sussistevano più né tempo né spazio, dove lui giaceva inerte forse da tanti secoli.

Quando ritornò in sé, Jacques era nella sua cameretta di rue Cardinet, caduto di traverso sul letto, completamente vestito. L'istinto lo aveva condotto lì come un cane stremato che si trascini alla cuccia. Però non ricordava né di aver salito le scale né di essersi addormentato. Si svegliava da un sonno di piombo, sgomento di rientrare bruscamente nelle proprie facoltà, come dopo un lungo svenimento. Poteva darsi che avesse dormito tre ore, come giorni. E d'un tratto gli si schiarì la memoria: la notte trascorsa con Séverine, la confessione del delitto, la sua fuga di bestia carnivora in cerca di sangue. Non era stato più padrone di se stesso, e si ritrovava stupito per le cose che s'erano svolte al di fuori della propria volontà. Poi, al ricordo della giovane che l'aspettava, saltò in piedi. Guardò l'orologio, vide che erano già le quattro; e, con la testa vuota, calmissimo come dopo un copioso salasso, si affrettò a tornare all'impasse d'Amsterdam.

Séverine aveva profondamente dormito sino a mezzogiorno. Poi, una volta sveglia, meravigliata di non vederlo ancora comparire, aveva riacceso la stufa; infine si era vestita e, morendo di inedia, verso le due s'era decisa a scendere per andare a mangiare in un ristorante delle vicinanze. Quando Jacques apparve, lei era appena risalita, dopo aver fatto qualche acquisto.

« Oh, tesoro, ero tanto preoccupata! »

S'era appesa al collo di lui e lo guardava fisso negli occhi.

« Che è successo, insomma? »

Lui, spossato, infreddolito, la rassicurò con tutta tranquillità, senza alcun turbamento.

« Ma nulla, un'incombenza noiosa... Quando si è sotto non ti mollano più. »

Allora, attenuando il tono di voce, lei divenne umile e carezzevole.

« Immaginati un poco quel che temevo... Oh, un pensiero cattivo che mi procurava tanta pena!... E poi mi dicevo che poteva darsi, dopo quello che ti avevo confessato, non volessi più saperne di me... Così credevo fossi andato via per non ritornare mai più, mai più! »

Le lacrime la soffocavano, scoppiò in singhiozzi, stringendolo perdutamente tra le braccia.

« Ah, amore mio, se sapessi che bisogno ho di gentilezza... Devi volermi tanto bene, perché vedi, non c'è che il tuo amore che possa farmi dimenticare... Ora che ti ho detto tutte le mie pene, non puoi più lasciarmi, oh, te ne scongiuro! »

Jacques era tutto preso da quella tenerezza. Un invincibile rilassamento a poco a poco lo snervava. Balbettò:

« No, no, ti amo, non aver paura ».

E anche lui, sopraffatto, pianse per la fatalità di quel male abominevole che lo aveva riafferrato, e dal quale mai sarebbe guarito. Una vergogna, una disperazione senza ripari.

« Amami, amami tanto, oh, con tutta la forza, perché anch'io ne ho bisogno quanto te! »

Lei rabbrividì, volle sapere.

« Tu hai dei dispiaceri, devi parlarmene. »

« No, no, nessun dispiacere, cose che non esistono neppure, tristezze che mi rendono terribilmente infelice, senza che sia possibile parlarne. »

Si abbracciarono, confusero la terribile malinconia della loro pena. Un'infinita sofferenza senza possibilità di oblio, senza perdono. Piansero, sentendo pesare le forze cieche della vita, fatta di lotta e di morte.

« Su » disse Jacques liberandosi « è ora di pensare alla partenza... Stasera sarai a Le Havre. »

Séverine, accigliata, lo guardò smarrita e, dopo un silenzio, mormorò:

« Ah, se fossi libera, se mio marito non ci fosse più!... Ah, come faremmo presto a dimenticare! »

Lui fece un gesto violento, ed espresse il suo pensiero ad alta voce.

« Non possiamo mica ucciderlo! »

La donna lo guardò intensamente, e lui trasalì, sorpreso di aver detto quella cosa alla quale non aveva mai pensato. Giacché voleva uccidere, perché dunque non uccidere quell'uomo così incomodo? Fece per correre al deposito, ma lei lo riprese ancora tra le braccia e lo coprì di baci.

« Oh, amore mio, devi amarmi tanto. Io ti amerò di più, ancora, ancora di più!... Sì, saremo felici. »

IX

Jacques e Séverine, presi da inquietudine, nei giorni seguenti, a Le Havre, si comportarono con grande prudenza. Poiché Roubaud sapeva ogni cosa, non li avrebbe sorvegliati per sorprenderli e vendicarsi? Ricordavano la furiosa gelosia di una volta, i suoi modi brutali di ex manovale con botte a pugni chiusi. E nel vederlo a quel modo, sordo e taciturno, con lo sguardo torbido, sembrava proprio che dovesse meditare qualche feroce disegno, una trappola per tenerli in suo potere. Perciò, durante il primo mese, si videro soltanto dopo mille precauzioni e sempre in agitazione.

Roubaud, tuttavia, si assentava sempre di più. Poteva darsi che sparisse a quel modo per piombare all'improvviso e sorprenderli l'uno nelle braccia dell'altro. Ma questo timore non ebbe conseguenze. Al contrario, le sue assenze si prolungarono a tal segno che non lo si vedeva più in casa; appena libero scappava, ritornando nel minuto preciso prescritto dal servizio. Durante le settimane del turno di giorno, trovava il modo, alle dieci, di far colazione in cinque minuti, per uscire e riapparire, poi, prima delle undici e mezzo; e la sera, alle cinque, quando il collega andava a sostituirlo, spesso si assentava per tutta la notte. Si concedeva appena qualche ora di sonno. La stessa cosa nelle settimane del turno di notte; allora, libero dalle cinque del mattino, di certo mangiava e dormiva fuori, e comunque non ritornava che alle cinque di sera. Per molto tempo, in questo scompiglio, s'era attenuto a una puntualità di impiegato modello, presente sempre al minuto esatto, così sfinito alle volte da reggersi a malapena sulle gambe, e tuttavia presente, coscienzioso nel lavoro. Ma adesso cominciavano a verificarsi degli strappi. Già per due volte l'altro sottocapo, Moulin, aveva dovuto attenderlo per un'ora; inoltre, generosamente, per evitargli un richiamo, una mattina dopo colazione, nell'apprendere che non sarebbe comparso, era andato a sostituirlo. In tal modo tutto il servizio di Roubaud cominciava a risentire di quella lenta disorganizzazione. Di giorno non era più l'uomo attivo di una volta, che non impartiva il segnale del via e non riceveva un treno senza essersi reso conto di tutto con i propri occhi, annotando i più piccoli fatti nel rapporto al capostazione, duro con gli altri e con se stesso. Di notte si addormentava d'un sonno di piombo, riverso nella grande poltrona dell'ufficio. Sveglio, pareva che sonnecchiasse ancora, andava e veniva per la banchina, le mani incrociate dietro il dorso, impartendo con voce stridula gli ordini, senza verificare l'esecuzione. Tutto filava dunque secondo la forza dell'abitudine, tranne un tamponamento dovuto a una sua negligenza, un treno viaggiatori istradato sui binari della rimessa. I suoi colleghi se la ridevano raccontando che s'era dato agli stravizi.

Effettivamente ora Roubaud trascorreva la sua vita al primo piano del café du Commerce, nella saletta riservata, trasformata un po' per volta in bisca. Dicevano che di notte fosse frequentata da alcune donne; ma, in realtà non ne avevano trovata che una sola, l'amante di un capitano in pensione, di almeno quarant'anni, senza sesso, arrabbiata giocatrice anche lei. Il sottocapo soddisfaceva lì soltanto la cupa passione del gioco, svegliatasi in lui all'indomani del delitto da una casuale partita a picchetto, acutizzata in seguito e trasformata in un'irresistibile abitudine per la completa distrazione e l'annichilimento che gli procurava. Ne era posseduto sino a scacciare in lui, maschio brutale, il desiderio della donna; ne era preso ormai interamente come l'unico appagamento che lo accontentasse. Non che il rimorso l'avesse mai tormentato col bisogno dell'oblio; ma nello strattone col quale la sua vita familiare si logorava, in mezzo alla sua esistenza andata a male, aveva trovato la consolazione, lo stordimento della felicità egoistica che poteva assaporare da solo; e tutto ora si inabissava nel fondo di questa passione che lo squinternava. L'alcool non gli avrebbe concesso ore più leggere, più fuggevoli, libere a quel punto. Era liberato dalle preoccupazioni stesse della vita, gli sembrava di vivere con straordinaria intensità, e nello stesso tempo con disinteresse, senza l'afflizione dei fastidi che una volta lo facevano crepare dalla rabbia. E al di fuori della stanchezza delle notti, stava benone; ingrassava perfino, di un grasso pesante e giallognolo, le palpebre pesanti sugli occhi torbidi. Rincasando con movimenti lenti e assonnati, non sentiva che una suprema indifferenza per tutte le cose.

La notte in cui era ritornato per prendere i trecento franchi in oro da sotto il pavimento, Roubaud voleva pagare il commissario di sorveglianza Cauche, in seguito a una serie di perdite. Questi, vecchio giocatore, era temibile per il suo imperturbabile sangue freddo. E tuttavia diceva di giocare solo per divertimento, essendo obbligato per le sue funzioni di magistrato a salvaguardare le apparenze del vecchio militare, restato scapolo e che se la spassava al caffè da tranquillo frequentatore; questo però non gli impediva di giocare spesso a carte per l'intera serata, e di rastrellare i quattrini degli altri. Si erano diffuse delle voci, lo si accusava di mancanza di puntualità sul lavoro, a tal punto che ormai bisognava costringerlo a dimettersi. Ma le cose si trascinavano, aveva tanto poco da fare, perché esigere maggiore zelo? Di solito gli bastava mostrarsi sulla banchina della stazione, salutato da tutti.

Tre settimane dopo, doveva ancora dare a Cauche quasi quattrocento franchi. Gli aveva spiegato che l'eredità di cui aveva beneficiato la moglie, li faceva vivere nell'agiatezza; ma, ridendo, aggiungeva che era lei a custodire la chiave della cassa, a giustificazione della lentezza del pagamento dei debiti di gioco. Poi, una mattina che era solo, con l'assillo del debito, di nuovo sollevò l'asse e prelevò dal nascondiglio un biglietto da mille franchi. Tremava in tutto il corpo, neppure la notte delle monete d'oro aveva provato una simile emozione: senza dubbio quelle avevano rappresentato per lui degli spiccioli occasionali, mentre il furto vero e proprio si iniziava con quella banconota. Un malessere gli accapponava la pelle nel pensare a quei maledetti quattrini che s'era ripromesso di non toccare mai. Una volta aveva giurato di morire di fame piuttosto che prenderli, e tuttavia ora questo accadeva senza che lui sapesse spiegarsi come fossero spariti gli scrupoli, certo ogni giorno un poco nella lenta fermentazione del delitto. In fondo al nascondiglio ebbe l'impressione di sentire qualcosa di umido, qualcosa di molle e di nauseabondo, e ne ebbe orrore. Subito rimise a posto l'asse, rinnovando il giuramento di tagliarsi la mano piuttosto che spostarla nuovamente. Non era stato visto dalla moglie, respirò sollevato, bevve un bicchiere d'acqua per rinfrancarsi. Ora il cuore gli batteva allegro all'idea dei debiti saldati e di tutta quella somma che avrebbe giocato.

Ma quando dovette cambiare il biglietto, Roubaud fu riafferrato dall'angoscia. Una volta era coraggioso, si sarebbe fatto prendere se non avesse commesso la sciocchezza di immischiare la moglie nel fattaccio; mentre ora, al solo pensiero dei gendarmi, sudava freddo. Sapeva benissimo che la giustizia non conosceva il numero dei biglietti di banca spariti, e che d'altro canto il processo dormiva per sempre sepolto nelle cartelle dell'archivio: ma era colto da spavento ogni volta che decideva di entrare in qualche posto per domandare il cambio. Per cinque giorni custodì il biglietto addosso a sé; e divenne un'abitudine frequente, un bisogno, quello di sentirlo tra le mani, di spostarlo, di non separarsene neppure di notte. Arzigogolava piani complicatissimi, ma urtava sempre contro timori imprevisti. In un primo momento aveva cercato nella stazione: perché mai un collega incaricato di una riscossione non avrebbe dovuto prenderglielo? Poi la cosa gli era parsa estremamente pericolosa, e aveva progettato di recarsi all'altro estremo di Le Havre, senza il berretto dell'uniforme, a comprare una cosa qualsiasi. Però, non si sarebbero meravigliati nel vederlo presentare un biglietto di così grosso taglio per un oggetto di poco prezzo? E s'era fermato all'idea di consegnare la banconota allo spaccio di tabacchi di cours Napoléon dove entrava ogni giorno: non era la cosa più semplice? Sapevano perfettamente che aveva ereditato, e la tabaccaia non poteva sorprendersene. Arrivò fino alla porta, si sentì venir meno e scese verso il bacino Vauban per acquistar coraggio. Dopo aver camminato per mezz'ora, ritornò sui suoi passi, ancora indeciso. E la sera, al café du Commerce, Cauche presente, con improvvisa bravata tirò fuori dalla tasca il biglietto pregando la padrona di cambiarglielo; ma lei non aveva spiccioli e dovette mandare il garzone allo spaccio dei tabacchi. Fu detta persino qualche facezia, su quel biglietto che sembrava proprio nuovo, benché recasse la data di dieci anni prima. Il commissario di sorveglianza l'aveva preso e se lo rigirava tra le mani, dicendo che di sicuro era stato nascosto in fondo a qualche buco; e questo valse a dare la stura all'amante del capitano in pensione per un'interminabile storia di quattrini nascosti e poi ritrovati sotto il marmo di un cassettone.

Passarono alcune settimane e quei quattrini che Roubaud aveva sottomano finirono col sovreccitare la sua passione. Non che giocasse forte, ma la scalogna lo perseguitava con tale costanza, che le piccole perdite giornaliere, addizionate, arrivavano ad ammontare a grosse somme. Verso la fine del mese si trovò senza un soldo, dovendo già sulla parola qualche luigi, tribolato dal pensiero di non osar più prendere una carta in mano. Tuttavia lottò e poco mancò non fosse costretto a letto. L'idea di quei nove biglietti che, inutilizzati, se ne stavano sotto il pavimento della sala da pranzo, si trasformava per lui in un'ossessione continua: li vedeva attraverso l'impiantito di legno, sentiva che gli scaldavano le suole. E dire che, se avesse voluto, avrebbe potuto prenderne ancora! Questa volta però aveva giurato, e piuttosto che frugare di nuovo avrebbe messo la mano nel fuoco. Ma una sera che Séverine s'era addormentata presto, sconvolto, cedendo con rabbia, a una tristezza tale che gli occhi gli si erano empiti di lacrime, sollevò la lista del pavimento. Perché resistere a quel modo? sarebbe stata un'inutile sofferenza, dato che ora capiva che li avrebbe presi a uno a uno, fino all'ultimo.

La mattina dopo Séverine si accorse per caso di una raschiatura fresca fresca a una giuntura della lista. Si chinò e constatò le tracce di una pressione. Evidentemente il marito continuava a mungere quattrini. E si stupì della collera che la investiva perché di solito non era interessata; senza contare che anche lei credeva di essere decisa a morire di fame piuttosto che toccare quei biglietti lordi di sangue. Ma non erano di tutti e due? perché ne disponeva solo lui, nascondendosi, evitando perfino di chiedere il suo parere? Fino all'ora di cena fu tormentata dal bisogno di una certezza, e a sua volta avrebbe spostata la lista per vedere, se non avesse sentito un leggero gelido soffio fra i capelli al pensiero di frugare da sola. Non sarebbe saltato fuori il morto, da quel nascondiglio? Questo terrore infantile le rese così sgradevole la sala da pranzo che, preso il lavoro, si chiuse in camera.

Poi, la sera, mentre in silenzio tutti e due mangiavano l'avanzo dello stufato, fu presa da una nuova irritazione vedendolo gettare involontari sguardi nell'angolo dell'impiantito.

« Ne hai presi ancora, eh? » domandò bruscamente.

Lui, sorpreso, sollevò il capo.

« Di che cosa? »

« Oh, non fare l'innocente, mi capisci bene... Ma, ascolta: non voglio che tu ne riprenda, perché non sono tuoi più di quanto non siano miei, e a sapere che tu li prendi, mi sento male. »

Di solito lui evitava le discussioni. La vita in comune ormai consisteva in un contatto obbligato di due persone legate l'una all'altra, che trascorrono intere giornate senza scambiare una parola, muovendosi fianco a fianco come estranei, indifferenti e soli. Perciò si accontentò di scrollare le spalle, rifiutando qualsiasi spiegazione.

Ma lei era molto eccitata e intendeva farla finita con la questione di quei quattrini nascosti, causa della sua sofferenza dal giorno del delitto.

« Voglio una risposta... Oseresti dirmi che non li hai toccati? »

« E che cosa te ne importa? »

« Me ne importa perché è una cosa che mi sconvolge. Anche oggi ho avuto paura, e non ho potuto restare qui. Tutte le volte che ti metti a trafficare lì sotto, per tre notti faccio sogni spaventosi... Non ne parliamo mai. Allora stattene tranquillo, non costringermi a parlarne. »

Lui la contemplava con quei suoi grandi occhi fissi, e ripeté pesantemente:

« Che te ne importa se li tocco, dal momento che non ti obbligo a toccarli? Sono faccende mie, che riguardano me. »

Lei fece un gesto violento, ma che represse. Poi, sconvolta, con una faccia sofferente e disgustata:

« Insomma, io non ti capisco... Eppure eri un uomo onesto. Sì, non avresti mai sottratto un soldo a chicchessia... E quel che hai fatto ti si potrebbe perdonare, perché eri impazzito e mi avevi fatto impazzire... Ma quei quattrini, ah, quei quattrini abominevoli, che per te non dovevano più esistere, e che tu rubi a soldo a soldo per il tuo passatempo... Che cosa succede, dunque, come hai potuto precipitare così in basso? »

Roubaud l'ascoltava, e in un momento di lucidità lui stesso si meravigliò di essere giunto sino al furto. Le fasi della lenta demoralizzazione scomparivano, non poteva riannodare ciò che il delitto aveva stroncato intorno a lui; non riusciva più a spiegarsi in che modo un'altra esistenza, quasi un nuovo essere, fosse subentrato, con la casa distrutta, la moglie lontana e ostile. Tuttavia fu riassorbito immediatamente dall'irreparabile, e fece un gesto come per ricacciare dei pensieri importuni.

« Quando ci si scoccia nella propria casa » borbottò « ci si va a distrarre fuori. Poiché non mi vuoi più bene... »

« Oh, no, non te ne voglio più. »

Lui la guardò, sbatté un pugno sul tavolo, la faccia invasa da un flusso di sangue.

« E allora lasciami in pace! Ti impedisco forse di divertirti? forse ti giudico?... Vi sono tante cose che un uomo onesto farebbe al mio posto, e che io non faccio. Prima di tutto dovrei sbatterti fuori dalla porta con una pedata nel sedere. In seguito forse non ruberei più. »

Séverine era divenuta pallidissima, perché anche lei aveva spesso pensato che quando un uomo, un uomo geloso, è sconvolto da un male interiore fino al punto di tollerare l'amante della moglie, ciò sta a indicare una cancrena morale inarrestabile, che uccide ogni scrupolo e confonde l'intera coscienza. Ma si dibatteva, rifiutava di esserne responsabile. E, balbettando, esclamò:

« Ti proibisco di toccare quei quattrini. »

Lui aveva finito di mangiare. Con tutta tranquillità ripiegò il tovagliolo, poi si alzò e, con aria beffarda, disse:

« Se non vuoi che questo, divideremo. »

Già si chinava come per sollevare il listello, ma lei si precipitò, poggiò il piede sull'impiantito.

« No, no! Sai che preferirei morire... Non toccare qua. No, no, non davanti a me! »

Quella sera Séverine si incontrò con Jacques dietro lo scalo merci. Rincasando dopo mezzanotte, le si ripresentò la scenata di quella sera, e si chiuse a doppia mandata nella camera. Roubaud era di servizio e lei non credeva affatto che sarebbe rientrato per andare a letto, cosa che ormai avveniva di rado. Ma con la coperta fino al mento, la lampada a luce abbassata, non riuscì ad addormentarsi. Perché aveva rifiutato la spartizione? Ora la sua onestà non si ribellava più con prontezza all'idea di approfittare di quei quattrini. Non aveva accettato il legato della Croix-de-Maufras? Alla stessa maniera poteva prendere i quattrini. Ma veniva ripercorsa da un brivido. No, no, mai! Di quattrini ne avrebbe presi; però quello che non osava toccare temendo di bruciarsi le dita, erano quei soldi rubati ad un morto, l'abominevole gruzzolo dell'assassinio. Di nuovo si calmò e si mise a ragionare: non li avrebbe presi per sciuparli; al contrario, li avrebbe nascosti altrove, interrati, in un posto noto soltanto a lei, dove sarebbero rimasti per l'eternità; in fondo, sarebbe stata sempre la metà della somma salvata dalle mani del marito. Lui non avrebbe più cantato vittoria tenendoseli tutti per sé, non sarebbe andato a giocare quel che apparteneva a lei. Quando la pendola suonò le tre, si pentì amaramente di aver rifiutato di dividere a metà. Un'idea le era spuntata, ancora confusa e lontana: alzarsi, rovistare sotto l'impiantito, perché lui non trovasse più nulla. Però l'intenso freddo l'agghiacciava, e non voleva neppure pensarci. Prendere tutto, tenersi tutto, senza che lui potesse neppure osare lamentarsi. E questo progetto a poco a poco le si imponeva, mentre una volontà più forte della sua resistenza esplodeva dalle incoscienti profondità del suo essere. Non voleva, ma all'improvviso saltò dal letto, perché non poteva fare altrimenti. Alzò il lucignolo della lampada, passò nella sala da pranzo.

Da quel momento Séverine cessò di tremare. Fugate le paure, procedette freddamente con movimenti lenti e precisi di sonnambula. Cercò l'attizzatoio che serviva a sollevare il listello. Aperto il nascondiglio, non riuscì a vedere chiaramente, e accostò la lampada. Ma, china, immobile, fu inchiodata dallo stupore: il nascondiglio era vuoto. Evidentemente, mentre lei correva all'appuntamento, Roubaud era ritornato, tormentato prima di lei dallo stesso desiderio:

prendere tutto, tenersi tutto; e subito aveva intascato i biglietti, non lasciandone neppure uno. Si inginocchiò, nel fondo scorgeva solo l'orologio e la catena, e l'oro luccicava tra la polvere dei listelli. Per un istante, irrigidita, seminuda, una fredda rabbia la immobilizzò lì, mentre ad alta voce ripeteva, in varie riprese:

« Ladro! ladro! ladro! ».

Poi, con movimento furioso, afferrò l'orologio, mentre un grosso ragno nero, disturbato, fuggiva lungo l'asse. A colpi di tallone mise a posto il listello e tornò a letto posando la lampada sul comodino. Appena scaldatasi, guardò l'orologio che teneva stretto in pugno, lo rivoltò, lo esaminò a lungo. Con interesse guardò sulla cassa le due iniziali intrecciate del presidente. Nell'interno lesse il numero 2516, la cifra di fabbricazione. Era un gioiello molto pericoloso da conservare, perché la giustizia conosceva quel numero. Ma nella rabbia di non aver potuto salvare che quello, non aveva più paura. E allo stesso tempo sentiva che erano finiti i suoi incubi ora che non c'era più un cadavere sotto il pavimento. Alla fine si sarebbe mossa con tranquillità in casa, a suo piacimento. Introdusse l'orologio nel comodino, spense la lampada e si addormentò.

Il giorno dopo, Jacques, che aveva ottenuto un permesso, dovette attendere che Roubaud si fosse recato a sprofondarsi, come d'abitudine, nel café du Commerce, per salire e far colazione con lei. Ogni tanto lo facevano, quando ne avevano il coraggio. E quel giorno, mangiando, ancora fremente, lei gli parlò dei quattrini, raccontandogli di aver trovato vuoto il nascondiglio. Il rancore contro il marito non si placava, e, incessantemente ripeteva lo stesso grido:

« Ladro! ladro! ladro! ».

Poi mostrò l'orologio, e volle a tutti i costi donarlo a Jacques, nonostante la ripugnanza che questi mostrava.

« Capisci, amore, nessuno verrà a cercarlo da te. Se lo conservo io arrafferà anche questo. E, vedi, preferirei piuttosto lasciargli arraffare un lembo della mia carne... No, ha avuto troppo. Io non ne volevo di quei quattrini. Mi facevano orrore, mai ne avrei speso un soldo. Ma aveva forse il diritto di approfittarne lui? Oh, come lo odio! »

Piangeva e insistette con tali preghiere che il giovane finì per riporre l'orologio nella tasca del panciotto.

Passò un'ora, e Jacques s'era tenuta Séverine sulle ginocchia, ancora semisvestita. Lei si abbandonava sulla spalla di lui, un braccio al collo in una languida carezza, quando Roubaud, in possesso di una chiave, entrò. Con un salto repentino, la donna balzò in piedi. Ma era un flagrante delitto, ed era inutile negare. Il marito s'era fermato di colpo, incapace di muovere un altro passo, mentre l'amante restava seduto, sbalordito. Ma lei neppure si preoccupò di dare una qualsiasi spiegazione, fece qualche passo e ripeté con rabbia:

« Ladro! ladro! ladro! ».

Per un momento Roubaud se ne stette incerto. Poi, con un'alzata di spalle, con la quale si scrollava di tutto, entrò nella camera e prese un taccuino di servizio che aveva dimenticato. Ma lei lo seguì infierendo.

« Hai frugato, su, osa dire che non hai frugato!... E hai preso tutto, ladro! ladro! ladro! »

Senza pronunciare una parola, lui attraversò la sala da pranzo. Giunse sulla soglia. Solo allora si girò, avvolgendola nel suo cupo sguardo.

« Lasciami in pace, intesi? »

E andò via senza sbattere la porta. Pareva che non avesse visto; non aveva fatto alcuna allusione alla presenza dell'amante.

Dopo un profondo silenzio, Séverine si volse verso Jacques.

« Incredibile! »

Questi, che se ne era stato zitto, infine si alzò. E volle esprimere la sua opinione.

« È un uomo finito. »

Tutti e due furono d'accordo. Alla loro sorpresa per l'amante tollerato, dopo l'amante assassinato, seguiva il disgusto per il marito compiacente. Quando un uomo arriva a questo punto, è finita, può sprofondare in qualsiasi fango.

Da quel giorno Séverine e Jacques beneficiarono di una completa libertà e ne approfittarono senza più curarsi di Roubaud. Ma ora che il marito non li preoccupava più, il loro assillo maggiore fu lo spionaggio della signora Lebleu, la vicina sempre in agguato. Sicuramente sospettava qualche cosa. Jacques, a ogni visita, si sforzava di attenuare il rumore dei passi, ma vedeva la porta di fronte schiudersi impercettibilmente, mentre attraverso la fessura un occhio lo spiava. La cosa diveniva intollerabile, e lui non osava più salire, perché se rischiava, e se la sua presenza veniva individuata, un orecchio andava a incollarsi alla serratura, in maniera che non era più possibile baciarsi, né chiacchierare liberamente. E perciò Séverine, esasperata da questo nuovo ostacolo alla sua passione, rinnovò contro i Lebleu la vecchia richiesta per ottenerne l'alloggio. Lo sapevano tutti che era sempre stato occupato dai sottocapi. Ma non era già la magnifica vista, con le finestre sporgenti sull'atrio delle partenze e sulle alture di Ingouville che l'attraeva. Unico movente non confessato del suo desiderio era che l'appartamento aveva un secondo ingresso, una porta che dava sulla scala di servizio. Jacques avrebbe potuto entrare e uscire di lì, senza che la signora Lebleu potesse avere neppure la vaga idea delle sue visite. Finalmente sarebbero stati liberi.

Fu una battaglia terribile. La questione, che aveva già appassionato tutto il corridoio, si ridestò, si inasprì di ora in ora. La signora Lebleu, minacciata, si difendeva disperatamente, certa che sarebbe morta se l'avessero chiusa nel buio appartamento posteriore, sbarrato dalla struttura della tettoia, triste come una prigione. Era possibile pretendere che potesse vivere in fondo a quella tana, lei, abituata alla sua camera luminosa, spalancata su un vasto orizzonte, rallegrata dal continuo movimento dei viaggiatori? E con le gambe che non la sostenevano neppure per una passeggiata, avrebbe avuto soltanto la vista di un tetto di zinco, e ciò sarebbe bastato ad ammazzarla in men che non si dica. Malauguratamente questi erano soltanto motivi sentimentali, ed era costretta a confessare che l'appartamento le era stato ceduto per galanteria dall'ex sottocapo, il predecessore di Roubaud, celibe; inoltre doveva esserci una lettera con la quale suo marito si impegnava di cederlo se un nuovo capo l'avesse richiesto. Ma poiché la lettera non era stata ritrovata lei ne negava l'esistenza. Man mano che la questione si inveleniva, la Lebleu diventava più violenta, più aggressiva. Per un po' aveva cercato di tirare dalla sua parte, compromettendola, la moglie di Moulin, l'altro sottocapo, che avrebbe visto, diceva lei, alcuni uomini baciare la signora Roubaud nelle scale; e Moulin era andato in bestia perché sua moglie, dolce e insignificante creatura che era difficile incontrare, giurava piangendo di non aver visto e detto niente. Per otto giorni questo pettegolezzo scatenò da un capo all'altro del corridoio una vera tempesta. Ma il grande errore della signora Lebleu, quello che doveva determinare la sua disfatta, consisteva sempre nell'irritare la signorina Guichon, la ricevitrice postale, col suo ostinato spionaggio: era una mania, un'idea fissa che questa si recasse ogni notte dal capostazione, e il bisogno di sorprenderla, divenuto morboso, s'era acuito ancor più per il fatto che da due anni la spiava senza essere riuscita a sorprendere alcunché, neppure un respiro. La sicurezza che andassero a letto insieme, la rendeva pazza. E la signorina Guichon, anche lei furiosa di non poter rincasare o uscire senza essere spiata, aizzava le cose affinché la relegassero sul cortile: un appartamento li avrebbe separati e per lo meno non l'avrebbe avuta di fronte, né sarebbe stata più costretta a passare davanti alla sua porta. Era evidente che il capostazione Dabadie, disinteressato fino a quel momento nella contesa, si schierava sempre più contro i Lebleu; e questo costituiva un grave sintomo.

La situazione si complicò ancora di più per ulteriori litigi. Philomène, che ora le uova fresche le portava a Séverine, si mostrava di un'insolenza senza pari ogni volta che incontrava la Lebleu; e poiché questa appositamente lasciava la porta aperta per dar fastidio a tutti, nel passare, le due donne invariabilmente si scambiavano parole sgarbate. L'intimità fra Séverine e Philomène aveva fatto nascere le confidenze, e la seconda aveva finito con l'eseguire le commissioni di Jacques presso l'amante, quando lui non osava andarci di persona. Philomène arrivava con le uova, spostava gli appuntamenti, riferiva il perché il giorno prima lui aveva dovuto usare prudenza, raccontava dell'ora trascorsa a discorrere col macchinista in casa sua. Jacques, a volte, impedito da un ostacolo, si distraeva volentieri nella casetta del capo del deposito Sauvagnat. Accompagnava il fuochista Pecqueux, come se temesse di passare tutta una sera da solo. Anche quando il fuochista spariva per gozzovigliare nelle taverne dei marinai, lui entrava in casa di Philomène, l'incaricava di una parola da riferire, si sedeva, non andava più via. E lei, interessata a poco a poco a quell'amore, si inteneriva perché fino a quel momento aveva conosciuto soltanto amanti brutali. Le mani sottili, il fare garbato di questo ragazzo molto malinconico, dall'aria mite, le parevano leccornie mai ancora assaporate. Con Pecqueux ormai era la convivenza, sbornie, grossolanità più che carezze; mentre quando riferiva una parola gentile del macchinista alla moglie del sottocapo, ecco che, per suo conto, assaporava il gusto delicato del frutto proibito. Un giorno gli fece delle confidenze, si lamentò del fuochista, un ipocrita, diceva, sotto il suo fare allegro, capacissimo di un tiro mancino nei giorni in cui era ubriaco. Lui notò che curava maggiormente il suo gran corpo ardente di magra cavalla, nonostante tutto desiderabile, con quei begli occhi appassionati, e notò anche che beveva di meno e che teneva la casa più pulita. Il fratello, Sauvagnat, una sera, avendo sentito la voce di un uomo, era entrato, la mano pronta a punirla; ma, nel riconoscere il giovane che discorreva con lei, s'era limitato ad offrire una bottiglia di sidro. Jacques, bene accolto, guarito da quel suo brivido, pareva che vi si divertisse. E dal canto suo Philomène dimostrava un'amicizia sempre più viva per Séverine e si scagliava contro la Lebleu trattandola da donnaccia.

Una notte, incontrati i due amanti dietro il suo piccolo orto, li accompagnò nel buio fino alla rimessa dove essi abitualmente si nascondevano.

« Beh, siete troppo buona. Poiché l'appartamento vi spetta, io al posto vostro la tirerei fuori per i capelli... Datele addosso, forza! »

Ma Jacques non propendeva per uno scandalo.

« No, no, poiché Dabadie se ne occupa, val meglio attendere che le cose procedano regolarmente. »

« Prima della fine del mese » disse Séverine « dormirò nella sua camera, e potremo vederci a tutte le ore. »

Nonostante l'oscurità, Philomène aveva percepito che parlando di quella speranza Séverine aveva stretto il braccio dell'amante con tenera pressione. E li lasciò per rincasare, ma nascosta nell'ombra, dopo trenta passi si fermò e si voltò. Saperli insieme le procurava un'intensa emozione. Non era gelosa, però, sentiva solo l'istintivo bisogno di amare e di essere amata a quel modo.

Jacques si incupiva ogni giorno di più. Per due volte, pur potendo incontrarsi con Séverine, aveva inventato dei pretesti; e se a volte si attardava in casa Sauvagnat, era appunto per evitarla. Tuttavia l'amava sempre con un desiderio esasperato, sempre più forte. Ma ora, tra le sue braccia, era ripreso dall'orrendo male, la mortale vertigine, e allora si svincolava in fretta, agghiacciato, terrorizzato di non essere più padrone di se stesso, di sentire la bestia pronta da azzannare. Aveva cercato di stordirsi con la fatica dei lunghi percorsi, sollecitando servizi supplementari, passando circa dodici ore impalato sulla locomotiva, il corpo spezzato dalla trepidazione, i polmoni bruciati dal vento. I colleghi si lamentavano di quel mestiere di macchinista, che, dicevano, in venti anni accoppa un uomo; lui avrebbe voluto essere accoppato all'istante, ma non si sentiva mai sufficientemente stanco, felice soltanto quando la Lison lo trasportava, senza più pensieri, con gli occhi pronti solo per i segnali. All'arrivo, il sonno lo folgorava, senza che avesse neppure il tempo di ripulirsi. Ma quando si risvegliava rispuntava il tormento dell'idea fissa. Aveva anche tentato di intenerirsi ancora una volta per la Lison, dedicandosi a lei per ore e ore, ed esigendo da Pecqueux acciai lucenti come argento. Gli ispettori, che durante il percorso gli salivano accanto, lo complimentavano. Lui scuoteva il capo, era scontento, sapeva bene che la sua locomotiva, dopo la sosta nella neve, non era più la stessa, salda e coraggiosa come una volta. Di certo nel riparare i pistoni aveva perduto la propria anima, quel misterioso equilibrio della vita dovuto al caso del montaggio. Ne soffriva, quello scadimento gli infondeva una malinconica amarezza, tanto da inoltrare ai superiori irragionevoli lamentele e richieste di inutili riparazioni, pensando a miglioramenti ineffettuabili. Giele rifiutavano, e così diventava più scontroso, convinto che la Lison fosse molto malconcia e che lui non potesse ormai far più nulla di utile con lei. La sua tenerezza ne era scoraggiata: a qual fine amare se avrebbe ucciso tutto quello che amava? E avrebbe recato all'amante questa rabbia di disperato amore che non poteva avvalersi né della sofferenza né della stanchezza.

Séverine s'era accorta perfettamente del suo cambiamento, e anche lei ne era desolata, credendo che, a causa sua, dopo aver saputo, si fosse intristito. Quando lo vedeva fremere sul suo collo, evitare i suoi baci con un brusco balzo all'indietro, non era forse perché ricordava, perché lei gli faceva orrore? Mai più aveva osato far ricadere il discorso su quell'argomento. Si pentiva di aver parlato, meravigliata dell'impetuosa confessione in quel letto estraneo, dove entrambi erano stati trascinati dalla passione, e non ricordandosi neppure del suo lontano bisogno di confidarsi, ormai soddisfatta di averlo legato a sé con quel segreto. E l'amava, lo desiderava certamente con maggior forza, perché lui non ignorava più nulla. Era un'insaziabile passione di donna finalmente sveglia, di creatura fatta solo per le carezze, amante in tutto il significato dell'espressione e niente affatto madre. Viveva esclusivamente per Jacques, e non mentiva quando parlava del suo sforzo di fondersi con lui, non avendo che un pensiero: che egli la prendesse e la serbasse nella sua carne. Sempre dolcissima e del tutto passiva, traeva il proprio piacere da lui, e avrebbe voluto dormire come una gattina sulle sue ginocchia da mattina a sera. Dello spaventoso dramma aveva serbato solo lo stupore di esservi stata immischiata; alla stessa maniera che era rimasta vergine e candida uscendo dalle lordure della sua giovinezza. Era cosa lontana, ne sorrideva, e non avrebbe serbato collera neppure verso il marito se Roubaud non l'avesse torturata. Ma l'esecrazione per quell'uomo aumentava in misura che ingigantiva la passione, il bisogno dell'altro. E ora che l'altro conosceva ogni cosa e l'aveva assolta, il padrone era lui, lui che avrebbe seguito, lui che avrebbe potuto disporre di lei come di cosa propria. S'era fatta dare il suo ritratto, una fotografia su cartolina; e con questa andava a letto, ci si addormentava, la bocca incollata sull'immagine, molto infelice da quando lo vedeva infelice, senza riuscire a indovinare con precisione di che cosa Jacques soffrisse.

Tuttavia i loro appuntamenti continuavano fuori, in attesa che potessero tranquillamente riprendere in casa di lei, nel nuovo appartamento conquistato. Finiva l'inverno, il mese di febbraio era mitissimo. Prolungavano le passeggiate camminando per ore attraverso i terreni in abbandono della stazione; ma lui evitava di fermarsi e quando lei gli si abbandonava sulle spalle e lo costringeva a sedersi e a possederla, lui esigeva che ci fosse buio, per il terrore di colpirla se avesse scorto un lembo della sua pelle nuda; fin quando non l'avesse vista forse avrebbe resistito. A Parigi, dove lei ogni venerdì continuava a seguirlo, Jacques chiudeva accuratamente le tende, dicendo che la piena luce gli precludeva il piacere. Questo viaggio settimanale Séverine adesso lo faceva senza neppure dare spiegazioni al marito. Per i vicini serviva il vecchio pretesto del male al ginocchio; e diceva pure di andare ad abbracciare la sua nutrice, mamma Victoire, che trascinava la convalescenza all'ospedale. Per tutti e due era ancora una grande distrazione, lui attentissimo quel giorno al buon rendimento della locomotiva, lei gioiosa di vederlo meno accigliato, divertita dalla passeggiata, benché cominciasse a conoscere del percorso le più lievi alture, i più radi ciuffi di alberi. Da Le Havre a Motteville, praterie, campi pianeggianti interrotti da siepi vive, piantati a meli; poi, sino a Rouen e oltre, il paesaggio si appiattiva, deserto. Dopo Rouen, c'era la Senna. La si attraversava a Sotteville, a Oissel, a Pont-de-l'Arche; poi, attraverso vaste pianure, di continuo riappariva con larghi dispiegamenti. Da Gaillon non la si abbandonava più, scorreva a sinistra, lenta tra le rive basse, ornate di pioppi e di salici, Si filava al suo fianco e la si abbandonava a Bonnières per ritrovarla all'improvviso a Rosny, all'uscita dalla galleria di Rolleboise. Era come un'amica, una compagna di viaggio. La si sormontava ancora per tre volte prima dell'arrivo. Ed ecco Mantes, col suo campanile tra gli alberi; Triel, con le macchie bianche delle sue cave di gesso; Poissy, tagliata nel bel mezzo dalle due muraglie verdi della foresta di Saint-Germain; le scarpate di Colombes straripanti di lillà, infine la periferia, Parigi intuita, intravista dal ponte di Asnières, l'Arco di trionfo lontano, al disopra delle costruzioni marce, dell'arruffio dei fumaioli degli opifici. La locomotiva penetrava sotto le Batignolles, e infine loro due scendevano alla stazione rimbombante. Fino a sera, stavano insieme, erano liberi. Al ritorno faceva scuro, lei chiudeva gli occhi, riviveva la sua felicità. Ma alla mattina come alla sera, ogni volta che passava dalla Croix-de-Maufras, si accostava al finestrino, lanciava con prudenza uno sguardo, senza mostrarsi, sicura di trovare lì, davanti il casello, in piedi, Flore, che presentava la bandiera nella guaina, avviluppando il treno in uno sguardo di fuoco.

Da quando la ragazza li aveva sorpresi baciarsi il giorno della nevicata, Jacques aveva avvertito Séverine di diffidare di lei. Ormai non ignorava più con quale passione di bambina selvaggia lo perseguitasse dall'inizio della sua giovinezza, e la sapeva gelosa, di una forza virile, di un micidiale rancore senza limiti. D'altra parte Flore doveva conoscere molte cose, e Jacques ricordava le sue allusioni ai rapporti del presidente con una signorina che nessuno riusciva a supporre, e alla quale lui stesso aveva dato marito. Se era a conoscenza di questo, di sicuro aveva intuito il delitto: senza dubbio avrebbe potuto parlare, scrivere, vendicarsi con una denuncia. Ma erano passati i giorni, le settimane, e nulla era avvenuto, e il macchinista la trovava sempre piantata al suo posto, rigida, sull'orlo della massicciata, con la sua bandiera. Da quando lei poteva scorgere in lontananza la locomotiva, lui aveva la sensazione di quegli occhi ardenti. Lei riusciva a vederlo e, nonostante la colonna di fumo, lo inquadrava per intero, l'accompagnava nel balenìo della velocità, tra il rombo delle ruote. E allo stesso tempo il treno era scandagliato, attraversato, visitato dalla prima all'ultima vettura. Riusciva sempre a scoprire l'altra, la rivale; sapeva che c'era, ogni venerdì. E l'altra aveva sì l'accortezza di avanzare appena appena la testa per un bisogno imperioso di vedere: era vista, i loro sguardi si incrociavano come spade. Già il treno fuggiva, divoratore, e c'era una che restava in terra, impossibilitata a seguirlo, nella rabbia di quella felicità che si portava via. Pareva che crescesse, ogni volta Jacques la ritrovava più alta, ed era ormai inquieto appunto perché lei non faceva nulla; si domandava quale progetto stesse maturando in quella ragazzona taciturna della quale non poteva evitare l'immobile apparizione.

A infastidire Séverine e Jacques c'era pure un impiegato, il capotreno Henri Dauvergne. Era responsabile proprio di quel treno del venerdì e si comportava con la giovane signora con un'amabilità importuna. Essendosi accorto della relazione col macchinista, pensava che forse sarebbe venuto anche il suo turno. Alla partenza da Le Havre, le mattine che era di servizio, Roubaud ne rideva ghignando, talmente evidenti erano le attenzioni di Henri: serbava per lei tutto uno scompartimento, l'accompagnava al posto, tastava il dispositivo dell'acqua calda. Un giorno, il marito, che continuava tranquillamente a rivolgere la parola a Jacques, con una strizzatina d'occhi aveva perfino fatto cenno ai maneggi del giovane capotreno, come per domandare se lui tollerava tutto questo. E del resto, durante i litigi, Roubaud accusava apertamente la moglie di andare a letto con tutti e due. Per un momento lei aveva pensato che Jacques lo credesse, e che questa fosse la causa delle sue malinconie. Durante una crisi di pianto, aveva protestato la propria innocenza, dicendogli di ucciderla se fosse stata infedele. Allora lui, pallidissimo, abbracciandola, aveva scherzato dicendo che conosceva la sua onestà e che, a ogni modo, sperava di non ammazzare mai nessuno.

Orribili furono le prime sere di marzo; dovettero interrompere i loro incontri, e i viaggi a Parigi, le poche ore di libertà cercate così lontano non bastavano più a Séverine. In lei c'era un bisogno sempre più vivo di avere Jacques tutto per sé, di vivere insieme giorno e notte, senza mai più lasciarsi. La sua ripugnanza per il marito si aggravava, la sola presenza di quell'uomo le procurava un'eccitazione morbosa, intollerabile. Docile, di una compiacenza di donna affettuosa, quando si trattava di lui si irritava, andava in collera di fronte al più piccolo ostacolo che si frapponesse alla sua volontà. Allora pareva che l'ombra dei capelli neri scurisse l'azzurro purissimo degli occhi. Diventava feroce, l'accusava di aver rovinata la sua esistenza, e che perciò la vita in comune era ormai impossibile. Non era stato lui a creare quella situazione? Se della loro unione non esisteva più nulla, se lei aveva un amante, non era per colpa sua? La quiete pesante in cui lo vedeva, lo sguardo indifferente col quale accoglieva le sue sfuriate, la schiena tonda, il ventre prominente, tutto quel grasso smorto che poteva far pensare a uno stato di benessere, finivano per contrapporsi alla sua sofferenza e per esasperarla. Rompere, allontanarsi, cominciare a vivere altrove, non pensava ad altro. Oh! Ricominciare, soprattutto fare come se il passato non esistesse, ritornare alla vita d'una volta, prima che la sporcassero tutte quelle vergogne, ritrovarsi così come era stata a quindici anni, e amare ed essere amata, e vivere come sognava allora di vivere! Per otto giorni accarezzò un progetto di fuga: partiva con Jacques, si nascondevano in Belgio, vi si sistemavano come una giovane coppia laboriosa. Ma non gliene parlò neppure, s'erano subito affacciati degli impedimenti, l'irregolarità della situazione, la continua paura dovunque sarebbero andati, soprattutto la contrarietà di lasciare al marito la dote, i quattrini, la Croix-de-Maufras. Per una reciproca donazione al sopravvivente, s'erano scambiato un legato; e si trovava a dipendere da lui, in quella tutela legale della donna che le legava le mani. Piuttosto che abbandonare un soldo partendo, avrebbe preferito morire lì. Un giorno che lui, livido, rincasò dicendo che nell'attraversare i binari davanti a una locomotiva, aveva sentito il respingente sfiorargli il gomito, lei pensò che se fosse morto, sarebbe stata libera. E lo guardò con quei suoi grandi occhi intenti: perché dunque non moriva dal momento che lei non gli voleva più bene, e che lui ormai dava fastidio a tutti?

Da quel momento il sogno di Séverine mutò. Roubaud era morto in un incidente e lei partiva con Jacques per l'America. Ma erano sposati, avevano venduto la Croix-de-Maufras e realizzato tutti i quattrini. Non c'era da temere nulla di quello che si lasciavano alle spalle. Se espatriavano era per rinascere l'uno nelle braccia dell'altra. Laggiù nessuno avrebbe saputo quel che lei voleva dimenticare, e avrebbe potuto credere in una vita nuova. Essendosi ingannata, avrebbe potuto riprendere dall'inizio l'esperienza della felicità. Lui avrebbe trovato senz'altro un'occupazione; anche lei si sarebbe messa a fare qualche cosa; avrebbe fatto fortuna, di certo avrebbero avuto dei bambini, una nuova esistenza di lavoro e di tranquillità. Sola a letto la mattina, o ricamando durante il giorno, ricadeva in queste fantasticherie, le correggeva, le ampliava, vi aggiungeva incessantemente splendidi particolari, finiva col sentirsi colma di gioia e di bene. Una volta usciva di rado, ma adesso era presa dal desiderio di andare ad assistere alla partenza dei bastimenti: scendeva sul molo, seguiva il fumo della nave fin quando si confondeva con la bruma del largo; e si sdoppiava, credeva di essere sul ponte con Jacques, già distanti dalla Francia, in rotta per il paradiso sognato.

Una sera di metà marzo, essendosi il giovane arrischiato a salire in casa di lei per vederla, raccontò che aveva accompagnato da Parigi, nel suo treno, un vecchio compagno di scuola che andava a New York per sfruttare una nuova invenzione, una macchina per fabbricare bottoni; e occorrendogli un socio, un meccanico, gli aveva pure offerto di prenderlo con lui. Oh, un affare magnifico che richiedeva un apporto di non più di una trentina di migliaia di franchi, e ci si potevano forse guadagnare dei milioni. Diceva tutto questo semplicemente per parlare, e aggiungeva a ogni modo che, naturalmente, aveva rifiutato l'offerta. Però gli era rimasto un peso sul cuore, perché, comunque, è duro rinunciare alla fortuna quando si presenta.

In piedi, con lo sguardo perduto nel vuoto, Séverine l'ascoltava. Non era il suo sogno che stava per realizzarsi?

« Ah, partiremmo domani... » mormorò lei alla fine.

Sorpreso, lui levò la testa.

« Come, partiremmo? »

« Sì, se fosse morto. »

Non aveva pronunciato il nome di Roubaud, designandolo solo con un cenno del mento. Ma lui aveva capito, ed ebbe un gesto vago come per dire che per sfortuna non era morto.

« Partiremmo » riprese a dire lei con ritmo lento e profondo « e saremmo tanto felici laggiù. I trentamila franchi li avrei vendendo la proprietà; e ne avanzerebbero ancora per la sistemazione... Tu li faresti fruttare; io metterei a posto un appartamentino e lì ci vorremmo bene con tutte le nostre forze... Oh, come sarebbe bello, sarebbe troppo bello! »

E, in tono basso, aggiunse:

« Lontani da ogni ricordo, solo giorni nuovi davanti a noi! »

Lui fu preso da una grande dolcezza; le loro mani si unirono, istintivamente si strinsero, e stettero in silenzio, assorbiti entrambi da quella speranza. Poi fu ancora lei a parlare.

« Ad ogni modo, prima che parta, rivedrai il tuo amico; devi pregarlo di non assumere un socio senza prevenirti. »

« E perché poi? »

« Dio mio, chi può saperlo? L'altro giorno, con quella locomotiva, un secondo di più e sarei stata libera... Si è vivi la mattina, non è così? E la sera si è morti.

Lo guardò fisso e ripeté:

« Ah, se fosse morto! ».

« Insomma, non vorrai che lo uccida? » domandò lui cercando di sorridere.

Per tre volte lei disse di no; ma i suoi occhi dicevano di sì, i suoi occhi di donna amante, tutta presa dall'inesorabile crudeltà della passione. Dato che Roubaud aveva ucciso un altro, perché non si sarebbe potuto uccidere lui? Improvvisamente era questo che urgeva in lei, come una conseguenza, una fine necessaria. Ucciderlo e andar via, nulla di più semplice. Morto lui, tutto sarebbe finito e lei avrebbe potuto ricominciare la sua vita. Ormai non vedeva altro epilogo possibile, la sua risoluzione era presa in assoluto; mentre con un leggero scuotimento del capo continuava a dire di no, non avendo il coraggio della propria violenza.

Lui, addossato alla credenza, fingeva ancora di sorridere. Aveva scorto il coltello che era stato lasciato lì.

« Se vuoi che lo uccida, bisogna che tu mi dia il coltello... Ho già l'orologio; con questo metterei su un piccolo museo. »

Rideva più apertamente. Lei rispose grave:

« Prendi il coltello. »

Quando l'ebbe messo in tasca, come per spingere lo scherzo fino in fondo, lui la baciò.

« Bene, ora, buonasera... Vado immediatamente a vedere il mio amico per dirgli di aspettare... Sabato, se non piove, vieni a raggiungermi dietro la casa dei Sauvagnat. Intesi?... E stai tranquilla, non uccideremo nessuno, è per ridere. »

Nonostante fosse tardi, Jacques scese verso il porto per cercare, all'albergo dove dormiva, l'amico che partiva il giorno dopo. Gli parlò di una eventuale eredità, e chiese quindici giorni di tempo prima di potergli dare una risposta definitiva. Poi, ritornando verso la stazione attraverso i grandi viali scuri, si stupì di quel passo. Aveva dunque deciso di ammazzare Roubaud, se disponeva già di sua moglie e dei suoi quattrini! Certo, no, non aveva deciso nulla, adottava senza dubbio delle precauzioni, in caso di una decisione. Ma gli tornò il ricordo di Séverine, l'ardente stretta della sua mano, lo sguardo fisso che diceva sì mentre la bocca diceva no. Evidentemente voleva che uccidesse l'altro. Fu assalito da un profondo turbamento. Che cosa doveva fare?

Rientrato in rue François-Mazeline, coricato vicino a Pecqueux che ronfava, Jacques non riuscì a dormire. Suo malgrado il cervello lavorava intorno a quell'idea dell'assassinio, quel canovaccio di un dramma che andava ordendo, calcolando le più lontane conseguenze. Cercava, discuteva le ragioni a favore e quelle contro. Insomma, riflettendo freddamente, senza alcun eccitamento, tutte erano a favore. Non era Roubaud l'unico ostacolo alla sua fortuna? Morto lui, avrebbe sposato Séverine, che adorava, non si sarebbe più nascosto, l'avrebbe posseduta per sempre, interamente. Poi c'erano i quattrini, un patrimonio. Avrebbe abbandonato il suo duro mestiere per diventare a sua volta padrone in quell'America della quale sentiva parlare i colleghi come di un paese dove i meccanici maneggiavano oro a palate. Laggiù la sua nuova esistenza si sarebbe svolta come in un sogno: una donna che l'amava appassionatamente, milioni da guadagnare subito, la vita senza ristrettezze, l'ambizione illimitata, tutto. E per realizzare questo sogno, non c'era che un gesto da compiere, non c'era che un uomo da sopprimere, la bestia, la pianta che impedisce il cammino e che la si schianta. Non era neppure interessante, quest'uomo, ingrassato, appesantito ormai, infognato in quella stupida passione del gioco nella quale sprofondavano le sue energie di una volta. Per quale ragione risparmiarlo? Nessuna circostanza, assolutamente nessuna, perorava in suo favore. Tutto lo condannava, poiché in risposta a ogni quesito, l'interesse degli altri era che morisse. Esitare sarebbe stato stupido e vile.

Ma Jacques, che per il bruciore alla schiena s'era steso sul ventre, si voltò d'un balzo nel guizzo di un pensiero, vago fino a quel momento, ma di colpo così acuto da sentirlo come un chiodo nel cranio. Lui, che sin dall'infanzia voleva uccidere, sconvolto fino alla tortura dall'orrore di quel pensiero costante, perché mai non uccideva Roubaud? Poteva darsi che su questa vittima prescelta, il suo bisogno di ammazzare si sarebbe spento per sempre; e in questo modo non solo avrebbe concluso un buon affare, ma, inoltre, sarebbe guarito.

Guarito, Dio mio! non più quel fremito nel sangue, poter possedere Séverine senza quel risveglio feroce di maschio delle caverne che si trascina al collo la femmina sventrata! Si sentì inondare di sudore, si vide col coltello in pugno colpire alla gola Roubaud, come questi aveva colpito il presidente, soddisfatto, saziato, a misura che la piaga gocciolava sangue sulle sue mani. L'avrebbe ucciso, era deciso poiché era in ciò la guarigione, la donna adorata, la fortuna. Dovendo ucciderne uno, se doveva uccidere, era quello che avrebbe ucciso, sapendo per lo meno quel che faceva, ragionevolmente, per interesse e per logica.

Presa questa decisione, mentre suonavano le tre del mattino, Jacques tentò di dormire. Già tutto gli si annebbiava, quando una violenta scossa lo fece sobbalzare, sedere sul letto, senza fiato. Uccidere quell'uomo, Dio mio, e ne aveva il diritto? Quando una mosca l'importunava, la schiacciava con un colpo. Un giorno che un gatto s'era andato a cacciare tra le sue gambe, gli aveva fracassate le reni con una pedata, benché, senza volere, doveva ammetterlo. Ma quell'uomo, quel suo simile! Dovette rifare tutto il ragionamento, per comprovare a se stesso il diritto di uccidere, il diritto dei forti che sono ostacolati dai deboli e che se li pappano. E toccava a lui ora, amato dalla moglie dell'altro, che voleva esser libera di sposarlo e donargli il suo bene. Non faceva altro che eliminare semplicemente l'ostacolo. Quando due lupi si incontrano in un bosco, presente la lupa, il più forte non si sbarazza forse dell'altro sgozzandolo? E anticamente, quando gli uomini si rifugiavano come i lupi in fondo alle caverne, le femmine desiderate non si concedevano forse a chi della banda poteva conquistarle nel sangue dei rivali? Allora, poiché si trattava della legge della vita, le si doveva obbedire malgrado gli scrupoli inventati più tardi, per la convivenza. A poco a poco il suo diritto gli parve assoluto e sentì rinascere per intero la sua risoluzione: il giorno dopo avrebbe scelto il posto e l'ora, e avrebbe preparato l'agguato. Sicuramente la cosa migliore sarebbe stata di pugnalare Roubaud di notte, in stazione, durante una delle sue ispezioni, in maniera da far credere che i ladruncoli, sorpresi, l'avessero ucciso. Laggiù, dietro il cumulo di carbone, conosceva un posto adatto, se lo si fosse potuto attirare.

Nonostante gli sforzi per dormire, ora disponeva la scena, sceglieva il luogo dove avrebbe potuto appiattarsi, pensava a come avrebbe dovuto colpire per stenderlo secco; ma sordamente, invincibilmente, mentre si occupava dei minimi particolari, gli riaffiorava la ripugnanza, un'interna protesta che lo faceva insorgere. No, no, non avrebbe colpito! La cosa gli appariva mostruosa, inattuabile, impossibile. In lui l'uomo civilizzato si rivoltava, attraverso la forza dell'educazione acquisita, il lento e indistruttibile accumularsi dei principi tramandati. Non si doveva uccidere, aveva succhiato questo principio attraverso il latte di generazioni; la sua mente affinata, ingombra di scrupoli, respingeva il delitto con orrore se si soffermava a seguire la ragione. Uccidere, sì, per necessità, in un impeto istintivo! Ma uccidere freddamente, per calcolo e per interesse, no, mai, mai avrebbe potuto!

Nasceva il giorno quando Jacques riuscì ad assopirsi di una sonnolenza tanto leggera che il dibattito continuò il lui confuso e terribile. Le giornate che seguirono furono le più dolorose della sue esistenza. Evitò Séverine, le aveva fatto sapere di non trovarsi all'appuntamento del sabato, per paura di quei suoi occhi. Ma il lunedì dovette rivederla; e come temeva, i suoi grandi occhi azzurri, così dolci e profondi, lo riempirono d'angoscia. Lei non parlò più di quella cosa, non un gesto, non una parola per spingerlo. Però i suoi occhi erano pieni di quella cosa, lo interrogavano, lo supplicavano; e lui non sapeva come evitare l'impazienza e il rimprovero, li ritrovava sempre fissi nei suoi, stupiti della sua esitazione. Lasciandola, l'abbracciò con una brusca stretta per farle capire che era deciso. Lo era, infatti, lo fu fino in fondo alle scale, poi ricadde nell'alternativa della propria coscienza. Quando due giorni dopo lei lo rivide, aveva un vago pallore, lo sguardo furtivo del vile che indietreggia di fronte a un atto necessario. Senza dire nulla, Séverine scoppiò in singhiozzi, e pianse stretta al suo collo, terribilmente infelice; e lui, sconvolto, traboccava di disprezzo verso se stesso. Bisognava farla finita.

« Giovedì, laggiù, vuoi? » domandò lei a voce bassa.

« Sì, giovedì, ti aspetterò. »

La notte di quel giovedì fu molto buia; un cielo senza stelle, opaco e sordo, carico della bruma del mare. Come di consueto, Jacques, arrivato per primo, in piedi dietro la casa dei Sauvagnat, spiava l'arrivo di Séverine. Ma il buio era così fitto, e lei avanzava con passo così leggero, che, quando lo sfiorò, non avendola intravista, ne trasalì. Già lei era nelle sue braccia, impressionata di sentirlo tremare.

« Ti ho fatto paura » mormorò.

« No, no, ti aspettavo... Camminiamo, nessuno può vederci. »

E con le braccia allacciate alla vita, si aggirarono in quel terreno abbandonato. Dal lato del deposito, i fanali a gas erano pochi; in certi avvallamenti d'ombra non ce n'erano affatto; mentre ce n'erano in gran numero in lontananza, verso la stazione, simili a vive scintille.

Per un lungo tratto procedettero così, senza parlare. Lei aveva poggiato la testa sulla spalla di lui e di tanto in tanto la sollevava, lo baciava sul mento; e, chinandosi, lui le rendeva quei baci sulla tempia, all'attaccatura dei capelli. Il colpo isolato e solenne della una del mattino batté ai campanili lontani. Se non parlavano era perché nell'abbraccio intendevano i loro pensieri. Non pensavano che a quella cosa, non potevano trovarsi più insieme senza esserne ossessionati. L'incertezza continuava; ma per quale ragione pronunciare ad alta voce inutili parole se comunque bisognava agire? Quando lei si sollevava verso di lui per una carezza, sentiva che il coltello gli gonfiava la tasca dei pantaloni. Si era dunque deciso?

Ma i suoi pensieri traboccarono, le labbra si schiusero con un soffio appena distinto.

« Poco fa è rincasato, non sapevo per quale ragione... Poi ho visto che prendeva il revolver che aveva dimenticato... Sicuramente farà un'ispezione. »

Ripiombò il silenzio, e solo una ventina di passi più oltre, a sua volta lui disse:

« La notte scorsa alcuni ladruncoli hanno portato via del piombo, da queste parti... Certamente più tardi verrà ».

Allora lei fu colta da un leggero brivido; tutti e due non parlarono più e proseguirono a passi lenti. Un dubbio s'era insinuato in lei: a gonfiargli la tasca era proprio il coltello? Per due volte lo baciò per rendersene conto meglio. Poi, come strofinandosi lungo la sua gamba, restò incerta, lasciò pendere la mano, tastò, baciandolo ancora una volta. Era proprio il coltello. E lui, avendo compreso, bruscamente se l'era stretta al petto; e le balbettava all'orecchio:

« Sta per venire, sarai libera. »

L'omicidio era deciso, e parve loro di non camminare più; ebbero l'impressione che una forza estranea li spingesse raso terra. I loro sensi avevano acquistato subitamente una estrema acutezza, soprattutto il tatto, e le loro mani, l'una in quella dell'altro ne erano indolenzite, lo sfiorare più leggero delle labbra diveniva simile a un'unghiata. Sentirono così i rumori poco prima sperduti, il rollio, lo sbuffare lontano delle locomotive, i colpi sordi, i passi vaganti in fondo al buio. E vedevano nella notte, distinguevano le macchie scure delle cose come se una foschia si fosse dissolta dai loro occhi: passò un pipistrello e ne poterono seguire le brusche giravolte. All'angolo di un mucchio di carbone s'erano fermati, immobili, orecchie e occhi intenti, in una tensione di tutto il loro essere. Adesso bisbigliavano.

« Non hai sentito laggiù un grido di richiamo? »

« No, è un vagone che hanno messo al riparo. »

« Ma lì, alla nostra sinistra, qualcuno cammina. Ho sentito uno scricchiolio della ghiaia. »

« No, no, sono topi che corrono. È il carbone che rotola. »

Trascorsero alcuni minuti. Repentinamente fu lei che lo strinse più forte.

« Eccolo. »

« Dove? non vedo nulla. »

« Ha voltato per il capannone della piccola velocità, viene diritto verso di noi... Vedi, la sua ombra passa sul muro bianco! »

« Credi che sia quel punto scuro?... Ma è solo? »

« Sì, solo, è solo. »

E in quel decisivo momento, lei si slanciò perdutamente nelle braccia di lui, e unì la sua bocca ardente alla sua. Fu un lungo bacio carnale, col quale avrebbe voluto offrirgli il proprio sangue. Come l'amava, e come odiava l'altro! Ah, se avesse osato, già venti volte avrebbe compiuto il gesto, per evitargliene l'orrore; ma le sue mani tremavano, si sentiva troppo debole, occorreva la mano di un uomo. E quell'interminabile bacio era tutto ciò che poteva infondergli del pro-

pro coraggio, la promessa del pieno possesso, la comunione del proprio corpo. In lontananza, il fischio di una locomotiva effondeva nella notte un lamento di malinconica disperazione; con ritmo regolare si sentiva un fracasso, il colpo di un martello gigante proveniente da chissà dove; e le brume, salite dal mare, riempivano frattanto il cielo di una sfilata di mobili forme confuse che di tanto in tanto pareva stessero per spegnere le vive fiammelle dei fanali a gas. Quando infine staccò la bocca, si sentì svuotata, e credette di essersi trasfusa interamente in lui.

Con gesto pronto, Jacques aveva già fatto scattare la lama del coltello. Ma pronunciò una soffocata bestemmia.

« Perdio! Siamo fregati, se ne va! »

Era vero, l'ombra instabile, dopo essersi accostata a loro a una cinquantina di passi, aveva voltato a sinistra e si allontanava, col passo cadenzato di un sorvegliante notturno che non si impressiona di nulla.

Allora lei lo spinse.

« Va', va' subito! »

E tutti e due si mossero, lui davanti, lei sui suoi passi, sgaiattolarono, scivolarono dietro l'uomo, inseguendolo, evitando qualsiasi rumore. Per un momento, all'angolo delle officine di riparazione, lo perdettero di vista; poi, tagliando corto attraverso un tracciato della rimessa, lo ripescarono, a una ventina di passi. Dovettero avvalersi di ogni piccolo spigolo del muro per proteggersi; sarebbe bastato un solo passo falso a tradirli.

« Non ce la faremo » mormorò lui sordamente. « Se raggiunge il posto dello scambista ci sfugge. »

« Va', va' subito! » gli ripeteva lei in continuazione.

In quel momento, nel vasto, piatto terreno immerso nel buio, tra la desolazione notturna della grande stazione, lui si sentì deciso, come nella complice solitudine di un luogo malfamato. E nell'affrettare furtivamente il passo, si eccitava, si convinceva, si forniva gli argomenti che avrebbero trasformato quel delitto in un'azione saggia, legittima, logicamente dibattuta e definita. Era un diritto che esercitava, il diritto alla vita, dato che il sangue di un altro era indispensabile alla propria esistenza. Non c'era che da affondare quel coltello e avrebbe raggiunto la felicità.

« Non ce la faremo, non ce la faremo » ripeteva furioso, vedendo che l'ombra sorpassava il posto dello scambista. « Che fregatura, eccolo che si allontana. »

Ma con mano nervosa, all'improvviso, lei l'agguantò per il braccio, l'immobilizzò di fronte a lei.

« Guarda, torna! »

Roubaud effettivamente aveva svoltato a destra e ora tornava sui suoi passi. Poteva darsi che avesse avuto la vaga sensazione, alle spalle, di assassini lanciati sulle sue piste. Però continuava a camminare con passo tranquillo da coscienzioso guardiano che non vuol rientrare senza aver dato un'occhiata dappertutto.

Fermatisi di colpo durante la corsa, Jacques e Séverine non si muovevano più. Il caso li aveva inchiodati allo stesso angolo del mucchio di carbone. Vi si addossarono, e pareva che quasi vi penetrassero, la schiena aderente alla parete nera, confusi, perduti in quel mare di inchiostro. Erano senza fiato.

E Jacques guardava Roubaud venire diritto verso di loro. Ne erano separati appena da trenta metri, e ogni passo, ritmato come dall'inesorabile bilanciere del destino, diminuiva con regolarità la distanza. Ancora venti passi, ancora dieci: l'avrebbe avuto davanti, avrebbe alzato il braccio, così, e gli avrebbe piantato il coltello in gola, tirando da destra a sinistra per soffocare il grido. I secondi gli parevano interminabili, e tale era la tempesta di pensieri che gli attraversavano la testa vuota, che la misura del tempo ne risultava abolita. Gli sfilarono ancora una volta tutte le determinanti ragioni, rivide nettamente l'assassinio, le cause e le conseguenze. Ancora cinque passi. La sua risoluzione, tesa fino a spezzarsi, restava incrollabile. Voleva uccidere, sapeva perché avrebbe ucciso.

Ma, a due passi, a un passo, fu lo sfacelo. Di colpo tutto crollò in lui. No, no! non avrebbe ucciso, non poteva uccidere così quell'uomo senza difesa. Col ragionamento non si commette mai un delitto, occorre l'istinto di mordere, il salto che si abbatte sulla preda, la fame o la passione che la dilania. Che importava se la coscienza non era fatta che di idee trasmesse da una lenta ereditarietà di giustizia! Non si

273

sentiva in diritto di uccidere, e aveva un bel ragionare, non sarebbe mai arrivato a persuadersene.

Roubaud passò tranquillamente. Col gomito sfiorò i due nel carbone. Un respiro li avrebbe fatti scoprire; ma essi restarono come morti. Il braccio non si alzò, il coltello non fu affondato. Nessun fremito nel buio fitto, neppure un brivido. Già lui era lontano, a dieci passi, e tutti e due ancora immobili, la schiena inchiodata al mucchio nero, se ne stavano senza fiatare, spaventati da quell'uomo solo, indifeso, che li aveva sfiorati camminando tranquillamente.

Jacques fu colto da un singhiozzo strozzato di rabbia e di vergogna.

« Non posso! non posso! »

Volle riprendere Séverine, appoggiarsi su di lei, in un bisogno di essere discolpato, consolato. Senza dire una parola, lei si allontanò. Lui aveva allungato la mano, ma aveva sentito la sua gonna scivolargli tra le dita; e intese soltanto la sua leggera fuga. Invano per un istante la inseguì, perché quella brusca sparizione lo aveva sconvolto totalmente. Era dunque tanto disgustata della sua debolezza? Lo disprezzava? La prudenza gli impedì di raggiungerla. Ma quando si trovò solo in quel vasto, piatto terreno, picchiettato dalle piccole lacrime gialle dei lumi a gas, fu preso da una terribile disperazione, e si affrettò a venirne fuori per sprofondare la testa in fondo al guanciale e annientare l'obbrobrio della propria esistenza.

Fu una decina di giorni più tardi, verso la fine di marzo che i Roubaud trionfarono infine sui Lebleu. L'amministrazione aveva riconosciuto giusta la loro domanda appoggiata dal signor Dabadie; tanto più che la famosa lettera del cassiere, che si impegnava di restituire l'appartamento qualora il nuovo sottocapo l'avesse reclamato, era stata ritrovata dalla signorina Guichon durante la ricerca di vecchi conti negli archivi della stazione. E subito la signora Lebleu, esasperata per la disfatta, parlò di traslocare: poiché si voleva la sua morte, tanto valeva farla finita senza attendere. Per tre giorni questo memorabile trasloco dette la febbre al corridoio. La stessa piccola signora Moulin, tanto in ombra, che non la si vedeva mai né entrare né uscire, si compromise portando il tavolino di lavoro di Séverine da un appartamento all'a tro. Ma la discordia fu fomentata soprattutto da Philomène, venuta fin dal primo mattino ad aiutare, impacchettare, spostare i mobili, invadendo l'alloggio anteriore prima che la locataria l'avesse abbandonato; e fu lei che la mise fuori in mezzo al tramestio delle due mobilie, mescolate, confuse durante lo spostamento. Per Jacques e per tutto quello che lui amava, lei era arrivata a dimostrare un tale zelo, che Pecqueux, sorpreso, assalito da dubbi, le aveva domandato con la sua cattiva aria sorniona da ubriaco vendicativo, se ora andava a letto col macchinista, avvertendola che il giorno che li avesse sorpresi, a tutti e due avrebbe ben regolato il conto. Il capriccio di Philomène per il giovanotto s'era fatto più violento, tanto che ormai, nella speranza di attrarlo un po' a sé, si dichiarava serva dei due amanti. Quando ebbe trasportata l'ultima sedia, le porte sbatterono. Poi, avendo scorto uno sgabello dimenticato dalla cassiera, riaprì la porta e lo gettò attraverso il corridoio. E questo fu tutto.

L'esistenza riprese lentamente il suo monotono ritmo. Mentre la signora Lebleu, nell'appartamento retrostante, inchiodata dai reumatismi in fondo a una poltrona, moriva di noia, con gli occhi pieni di grosse lacrime non potendo veder altro che lo zinco della pensilina a sbarramento del cielo, Séverine lavorava intorno all'interminabile copriletto, seduta presso la finestra anteriore. Sotto di lei si svolgeva la gaia agitazione dell'atrio delle partenze, il continuo flusso dei pedoni e delle carrozze; già la primavera precoce inverdiva le gemme dei grandi alberi sull'orlo dei marciapiedi; e al di là, si scorgevano le lontane alture di Ingouville chiazzate dal bianco delle case di campagna. Ma lei si meravigliava nel sentire così scarso piacere nella realizzazione di quel sogno, di essere lì in quell'appartamento desiderato, e di aver di fronte lo spazio, la luce, il sole. Come la donna di servizio, la vecchia Simone che, furiosa, brontolava di non ritrovarcisi, e si spazientiva, rimpiangendo in certi momenti la vecchia tana, come la chiamava, dove la sporcizia si vedeva di meno. Roubaud, da parte sua, aveva soltanto lasciato fare. Pareva non si fosse accorto di aver cambiato canile: spesso, inoltre, si sbagliava, non accorgendosi della svista se non quando la nuova chiave non entrava nella vecchia serratura. D'altro canto si assentava sempre di più, e il suo stato confusionale continuava. Per un po', tuttavia, parve che si rianimasse al risveglio delle sue idee politiche; non che fossero chiarissime, ardentissime, ma conservava il ricordo del litigio col sottoprefetto, che per poco non gli era costato l'impiego. Da quando l'Impero, scosso dalle elezioni generali, attraversava una violenta crisi, lui se ne compiaceva e ripeteva che quella gente non l'avrebbero sempre fatta da padroni. Del resto, un amichevole avvertimento di Dabadie, prevenuto per mezzo della signorina Guichon, in presenza della quale aveva manifestato i suoi propositi rivoluzionari, bastò a calmarlo. Adesso che il corridoio era tranquillo e che si viveva d'accordo, ora che la Lebleu si indeboliva, colpita da tristezza, perché andarsi a cercare nuove noie con le faccende del governo? Era stato un semplice gesto, non gliene importava nulla della politica, come di tutto il resto! E sempre più grasso, senza rimorsi, se ne andava col suo passo pesante, indifferente.

Tra Jacques e Séverine, la crisi s'era fatta critica, da quando potevano incontrarsi a tutte le ore. Nessun impedimento alla felicità; lui saliva a farle visita, a suo piacimento, per l'altra scala, senza paura di essere spiato; e l'appartamento era a loro disposizione; avrebbe potuto dormirci, se ne avesse avuto il coraggio. Ma era il pensiero di ciò che non era stato realizzato, l'atto voluto, consenzienti entrambi, a frapporre ormai tra loro due un malessere, un muro insormontabile. Lui, che portava la vergogna della propria debolezza, ogni volta la trovava più cupa, ammalata nell'inutile attesa. Perfino le loro bocche non si cercavano più, perché quel semipossesso li aveva snervati; essi volevano l'intera felicità, la partenza, il matrimonio laggiù, la nuova vita.

Una sera Jacques trovò Séverine piangente; e quando lei lo vide non cessò, e singhiozzò più forte, abbracciata a lui. Altre volte aveva pianto a quel modo, ma lui la calmava con una stretta; mentre questa volta se la sentiva sul cuore, sconvolta da una crescente disperazione, man mano che più la stringeva. Ne fu scombussolato, finì per prenderle la testa tra le mani; e guardandola da vicino nel fondo degli occhi inondati di lacrime, promise, comprendendo bene che se le si disperava a quel modo era perché era donna, e che non poteva rischiare, nella sua passiva dolcezza, di colpir di persona.

« Perdonami, aspetta ancora... Te lo giuro, sarà al più presto, appena potrò. »

Immediatàmente lei aveva unito la sua bocca a quella di lui, come per suggellare un giuramento; fu uno di quei profondi baci nei quali si fondevano nella comunione della carne.

X

Un giovedì sera, alle nove, dopo un'ultima convulsione, zia
Phasie era morta; e invano Misard, che attendeva presso il
suo letto, aveva tentato di chiudere quegli occhi: ostinati,
gli occhi restavano aperti, la testa s'era irrigidita, ripiegata
un po' sulla spalla come per guardare nella camera, mentre
una grinza alle labbra pareva sollevarle in un riso beffardo.
Era accesa una sola candela, piantata all'angolo del tavolo,
presso di lei. E i treni, che dopo le nove transitavano lì vicino a tutta velocità, ignorando quella morta ancora tiepida, un poco la scuotevano sotto la vacillante fiammella
della candela.

Subito Misard, per sbarazzarsi di Flore, l'inviò a Doinville
a dichiarare il decesso. Non poteva essere di ritorno prima
delle undici, e così lui aveva due ore a disposizione. Tranquillamente, prima di tutto, si tagliò un pezzo di pane perché si sentiva lo stomaco vuoto non avendo cenato a causa
di quell'agonia interminabile. E mangiò in piedi, andando e
tornando, mettendo in ordine le cose. Si fermò per accessi di
tosse, piegato in due, mezzo morto anche lui, così macilento,
malaticcio, con gli occhi smorti, i capelli sbiaditi, che sembrava non dovesse per molto tempo gioire della sua vittoria.
Non importa, se l'era pappata, quella donna in gamba, quel
donnone grande e bello, come l'insetto mangia la quercia:
era stesa, finita, ridotta a nulla, e lui campava ancora. Ma un
pensiero lo indusse a inginocchiarsi per prendere di sotto il
letto una terrina dove era ancora un resto di acqua di crusca,
preparata per un clistere: da quando lei aveva avuto dei
dubbi, il veleno per i topi che metteva prima nel sale lo aveva messo nel clistere; e lei l'aveva senz'altro assorbito, e pro-

prio in regola questa volta. Vuotata la terrina all'aperto, rientrato, lavò con una spugna l'ammattonato della camera insozzato di macchie. Ma, insomma, perché s'era tanto ostinata? Aveva voluto fare la furba, tanto peggio! Quando fra una coppia si gioca a chi seppellirà l'altro, senza mettere nessuno al corrente della disputa, bisogna tenere gli occhi ben aperti.

Ne era fiero e ne sghignazzava come se si trattasse di un'allegra storiella, il veleno assorbito con tanta innocenza dal basso, mentre lei sorvegliava con estrema cura tutto quello che trangugiava dall'alto. Un direttissimo, passando in quel momento, investì la casupola con una raffica di tale violenza, che, nonostante ci fosse abituato, si volse verso la finestra trasalendo. Ah, sì, quel continuo flusso, quella gente proveniente da ogni parte, che non sapeva nulla di quel che pestava per strada, che non se ne curava, tanta fretta aveva di andarsene al diavolo chissà dove! È passato il treno, in un pesante silenzio, incontrò gli occhi spalancati della morta con le pupille fisse, che pareva seguissero ogni suo movimento, mentre, col labbro sollevato, rideva.

Misard, con tutta la sua flemma, fu assalito da un leggero moto di collera. Capiva benissimo, lei gli diceva: « Cerca! cerca! » Ma sicuramente non se li trascinava dietro i suoi mille franchi; e ora che era venuta a mancare, lui avrebbe finito per trovarli. Perché non glieli aveva dati spontaneamente? avrebbe evitato tutte quelle noie. Gli occhi lo seguivano dappertutto. « Cerca! cerca! » Abbracciò con lo sguardo la camera nella quale non aveva osato frugare fin quando la vecchia era stata in vita. Prima di tutto l'armadio: prese la chiave da sotto il capezzale, mise a soqquadro le scansie occupate dalla biancheria, svuotò i due cassetti, li tolse del tutto, per vedere se ci fosse un nascondiglio. No, niente! Pensò in seguito al comodino da notte. Ne tolse il marmo, lo rivoltò, inutilmente. Anche dietro lo specchio del caminetto, un piccolo specchio da fiera, fissato con due chiodi, operò un sondaggio, introducendo una riga piatta e ritirando soltanto un bioccolo nero di polvere. « Cerca! cerca! » Allora per sfuggire a quegli occhi spalancati, che sentiva fissi su di lui, si mise carponi imprimendo sull'ammattonato, col pugno, leggeri colpi e ascoltando se qualche risonanza non gli rivelasse un vuoto.

Molti mattoni erano privi di malta, li smosse. Niente, sempre niente! Di nuovo in piedi, fu riagganciato da quegli occhi, si voltò, volle piantare il suo sguardo nello sguardo fisso della morta, che con l'angolo delle labbra sollevate pareva accentuare il terribile ghigno. Misard non aveva più dubbi; lo prendeva in giro. «Cerca! cerca!» Incalzato dalla febbre, si accostò a lei, preso da un sospetto, da un'idea sacrilega che rendeva ancora più pallido il suo viso smorto. Perché aveva creduto che sicuramente non se li sarebbe portati con sé, i suoi mille franchi? Poteva darsi invece che fosse così. E osò scoprirla, svestirla, la frugò, cercò, poiché lei stessa gli diceva di cercare, in tutte le pieghe del suo corpo. Cercò sotto di lei, dietro la nuca, dietro le reni. Scompigliato il letto, affondò il braccio fino alla spalla nel paglierìccio. Non trovò nulla. Cerca! Cerca! E, ricaduta con la testa sul guanciale in disordine, lo continuava a guardare con quei suoi occhi beffardi.

Mentre furioso e tremante Misard cercava di mettere in ordine il letto, rientrò Flore, di ritorno da Doinville.

«Sarà per domani l'altro, sabato, alle undici» disse.

Si riferiva al seppellimento. E con uno sguardo aveva capito a quale lavoro Misard s'era affannato durante la sua assenza. Fece un gesto di sdegnosa indifferenza.

«Lasci stare, non li troverà mai.»

Lui pensò che anche lei lo sfidasse. E avanzando, a denti serrati:

«Li ha regalati a te, tu sai dove sono.»

L'idea che la madre avesse potuto donare a qualcuno quei mille franchi, finanche a lei, sua figlia, le fece scrollare le spalle.

«Ah, figurarsi, regalati!... Regalati alla terra, sì!... Guardi, sono da quelle parti, può cercare.»

E, con largo gesto, indicò la casa intera; l'orto col pozzo, la linea ferroviaria, tutta la vasta campagna. Sì, da quelle parti, in fondo a un buco, in qualche luogo dove mai nessuno avrebbe potuto scoprirli. Poi, mentre, fuori di sé, ansioso lui si rimetteva a smuovere i mobili e a picchiare sulle pareti, senza curarsi della presenza di lei, la giovane, in piedi presso la finestra, continuò a dire a mezza voce:

«Oh, c'è un'aria dolce fuori, che bella serata!... Ho camminato svelta, le stelle rischiaravano come fosse pieno giorno... Domani, che bel tempo al levar del sole! »

Per un po' Flore restò davanti alla finestra, lo sguardo su quella campagna serena, commossa da quei primi tepori dell'aprile, e ritornava a fantasticare, soffrendo ancor di più della piaga rinvelenita del suo tormento. Ma quando sentì che Misard abbandonava la camera e si accaniva nelle stanze vicine, si accostò a sua volta al letto, sedette gurdando la madre. All'angolo del tavolo la candela bruciava ancora con una fiamma alta e immobile. Passò un treno, la casa ne fu scossa.

Flore aveva deciso di trascorrere lì la notte, e pensava. Dapprima la vista della morta la stornò dall'idea fissa, dalla cosa che l'ossessionava e che aveva rimuginato sotto le stelle, nella pace del buio, lungo tutto il cammino da Doinville. Ora la sua sofferenza era attenuata da una sorpresa: perché non aveva provato un dolore maggiore alla morte della madre? e perché anche adesso non piangeva? Eppure le voleva molto bene, nonostante la sua selvatichezza di ragazza taciturna, sempre in giro a percorrere i campi appena fuori servizio. Tante volte, durante l'ultima crisi che doveva condurla alla morte, era andata a sedersi lì per supplicarla di chiamare un medico: perché sospettava del maneggio di Misard, e sperava che per la paura avrebbe desistito. Ma dall'ammalata non aveva mai ottenuto altro che un « no » reciso, come se avesse impegnato l'orgoglio della lotta a non accettare soccorso da nessuno, certa, del resto, della vittoria, poiché portava con sé i quattrini; perciò non aveva più insistito, e ripresa lei stessa dal suo male, spariva, correva per dimenticare. Era questo, di certo, che le rendeva insensibile il cuore: quando si ha un grosso dispiacere non c'è più posto per un altro; la madre se n'era andata, la vedeva lì, finita, tanto pallida, senza riuscire, nonostante ogni sforzo, ad accrescere la sua tristezza. Chiamare la polizia, denunciare Misard, a quale scopo se tutto stava per crollare? E a poco a poco, invincibilmente, benché il suo sguardo restasse fisso sulla morta, cessò di scorgerla, e ritornò alla visione interiore, completamente riassorbita da quell'idea che le aveva piantato un chiodo nella testa, non avendo altra sensazione che la violenta scossa dei treni i cui passaggi segnavano per lei le ore.

Dopo un istante, in lontananza, si udì il brontolio dell'approssimarsi di un omnibus da Parigi. Quando la locomotiva, col suo fanale, passò infine davanti alla finestra, nella camera vi fu un bagliore di incendio.

« La una e diciotto » pensò. « Ancora sette ore. Stamattina, alle otto e sedici, essi passeranno. »

Da alcuni mesi, ogni settimana, era ossessionata da quell'attesa. Sapeva che il venerdì mattina il direttissimo guidato da Jaques conduceva a Parigi anche Séverine; e non viveva più, torturata dalla gelosia, se non per spiarli, vederli, dire a se stessa che essi andavano liberamente laggiù a fare l'amore. Oh, quel treno che correva, quella terribile sensazione di non potersi aggrappare all'ultimo vagone perché anche lei potesse esservi trascinata! Le pareva che tutte quelle ruote le straziassero il cuore. Aveva tanto sofferto, che una sera s'era nascosta, volendo scrivere alle autorità giudiziarie; se avesse potuto far arrestare quella donna, sarebbe finita; e lei che un tempo aveva sorpreso le sue porcherie col presidente Grandmorin, pensava che, riferendo ciò ai giudici, l'avrebbe fatta arrestare. Ma quando si trovò con la penna in mano, non riuscì a combinare la lettera. E poi era sicura che la giustizia l'avrebbe ascoltata? Tutta quella bella gente doveva essere d'accordo. E c'era anche la possibilità che fosse lei a finire in prigione, come vi avevano schiaffato Cabuche. No, voleva vendicarsi, e si sarebbe vendicata da sola, senza l'aiuto di nessuno. Non era neppure un proposito di vendetta, così come ne aveva sentito parlare, il proposito di fare del male per guarire dal prorio male; era un bisogno di finirla, di travolgere tutto, come se il fulmine li incenerisse. Era fierissima, più forte e più bella dell'altra, convinta del suo buon diritto di essere amata; e quando se ne andava tutta sola per i sentieri di quella contrada da lupi, col pesante casco dei capelli biondi, sempre scoperti, avrebbe voluto aver lì l'altra per regolare la loro contesa all'angolo di un bosco, come due guerriere nemiche. Mai un uomo l'aveva ancora toccata, i maschi lei li batteva; e con la sua forza invincibile, sarebbe stata vittoriosa.

La settimana prima, un repentino pensiero le si era piantato, conficcato, come sotto un colpo di martello assestatole non sapeva da dove: ucciderli affinché non potessero più passare per andare laggiù insieme. Non ragionava, obbediva all'istinto selvaggio della distruzione. Quando una spina si conficcava nella sua carne, se la strappava e avrebbe tagliato il dito. Ucciderli, ucciderli la prima volta che fossero passati, e, per questo, far ribaltare il treno, trascinare un traliccio sui binari, svellere una rotaia, insomma distruggere tutto, far sparire tutto. Certo lui, sulla locomotiva, sarebbe finito con le membra a pezzi; e neppure la donna, sempre nella prima vettura per essergli più vicina, l'avrebbe scampata; quanto agli altri, a quel continuo flusso di gente, non ci pensava neppure. C'era forse qualcuno di sua conoscenza? E quel treno fracassato, quel sacrificio di tante vite, divenne l'ossessione di ogni ora, l'unica catastrofe sufficientemente vasta, sufficientemente grondante di sangue e di umano dolore perché lei vi potesse bagnare il suo enorme cuore gonfio di lacrime.

Il venerdì mattina, però, le erano mancate le forze, non avendo ancora deciso in quale posto e in quale maniera avrebbe divelto una rotaia. Ma, alla sera, non essendo più di servizio, ebbe un'idea, attraversò la galleria, gironzolando fino alla biforcazione di Dieppe. Era una delle sue passeggiate, quel lungo sotterraneo di oltre mezza lega, quel viale con il soffitto a volta, rettilineo, dove provava la sensazione che i treni corressero su di lei con il loro fanale accecante: ogni volta poco mancava che non si facesse maciullare, e doveva essere quel pericolo ad attirarla, in un bisogno di spacconata. Ma quella sera, dopo essere sfuggita alla sorveglianza del guardiano e aver proceduto fino a metà galleria, dal lato sinistro in modo di essere sicura che tutti i treni, arrivando di fronte, sarebbero passati a destra, aveva avuto l'imprudenza di voltarsi, proprio per seguire il fanale di un treno diretto a Le Havre; e quando s'era rimessa in cammino, per un falso passo di nuovo s'era voltata su se stessa, non riuscendo più a sapere da quale parte fosse sparito il fanale rosso. Nonostante il suo coraggio, stordita tuttora dal fracasso delle ruote, s'era fermata, le mani gelate, i capelli rizzati da un soffio spaventoso. Ora pensava che al passaggio di un altro treno non avrebbe potuto più rendersi conto se fosse ascendente o discendente e se dovesse gettarsi a destra o a sinistra; sarebbe stata investita e fatta a pezzi. Con uno sforzo, cercò di riflettere, di ricordarsi, di trovare una soluzione. Poi, all'improvviso, il terrore l'aveva trascinata a caso, diritta davanti a lei, in una corsa furiosa. No, no! non voleva essere uccisa prima di aver ucciso gli altri due! I piedi inciampavano nelle rotaie, scivolava, cadeva, correva con maggior lena. La galleria la rendeva pazza, le pareti parevano rinserrarsi per schiacciarla, e la volta sembrava riecheggiare rumori immaginari, voci minacciose, terribili rombi. Ogni momento volgeva la testa credendo di sentire sul collo il fiato infuocato di una locomotiva. Per due volte l'improvvisa certezza di essersi ingannata, che sarebbe stata ammazzata dal lato dove fuggiva, le aveva fatto invertire la direzione della corsa. E galoppava, galoppava, quando di fronte a lei, in lontananza, era apparsa una stella, un occhio tondo e fiammeggiante che si ingrandiva sempre più. S'era irrigidita contro l'irresistibile desiderio di ritornare ancora una volta sui suoi passi. L'occhio diventava un braciere, una gola di forno divoratore. Accecata, aveva spiccato un salto a sinistra, senza rendersene conto; e il treno saettò come un fulmine, schiaffeggiandola soltanto col suo vento tempestoso. Cinque minuti dopo usciva, sana e salva, dal lato di Malaunay.

Erano le nove, ancora qualche minuto e il direttissimo di Parigi sarebbe passato. Proseguì come se passeggiasse, per altri duecento metri, sino alla biforcazione di Dieppe, esaminando la linea, cercando un'idea, una circostanza che potesse esserle utile. Proprio sulla linea di Dieppe, in riparazione, era fermo un treno di ghiaia, che il suo amico Ozil stava facendo deviare; e in un lampo improvviso escogitò un piano: impedire semplicemente al deviatore di rimettere l'ago di scambio sulla linea di Le Havre in maniera che il direttissimo andasse a frantumarsi contro il treno di ghiaia. Dal giorno in cui le era saltato addosso, ebbro di desiderio, e lei gli aveva quasi spaccato la testa, con un bastone, serbava per questo Ozil dell'amicizia, e le piaceva rendergli, attraverso la galleria, improvvise visite, come una capra scappata dalla sua montagna. Ex militare, magrissimo e un po' chiacchierone, tutto dedito al servizio, non c'era una negligenza che gli si potesse rimproverare: teneva gli occhi aperti giorno e notte. Però quella selvaggia forte come un giovanotto, che l'aveva picchiato, gli rinfocolava la carne; foss'anche al richiamo di un ditino. Benché avesse quattordici anni più di lei, la voleva e aveva giurato di ottenerla con la pazienza e con l'amabilità, dato che con la violenza non c'era riuscito. Perciò quella sera, nel buio, quando lei s'era avvicinata al suo posto, chiamandolo dal di fuori, l'aveva raggiunta, dimentico di tutto. Lei lo stordì, inducendolo ad andare verso la campagna, raccontandogli delle storie complicate, che sua madre era ammalata, che non sarebbe restata alla Croix-de-Maufras se fosse morta. L'orecchio di lei era teso lontano, verso il brontolìo del direttissimo che, partendo da Malaunay, si avvicinava a tutta velocità. E quando lo sentì vicino, si voltò per vedere. Ma non aveva pensato ai nuovi dispositivi di blocco meccanico: la locomotiva, imboccando la direttrice di Dieppe, da sola aveva fatto scattare l'apparecchio di arresto; e il macchinista aveva fatto in tempo a fermare a qualche passo dal treno di ghiaia. Ozil, col grido di chi si sveglia sotto il crollo di una casa, correndo raggiunse il suo posto; mentre lei, irrigidita, immobile, seguiva dal fondo buio, la manovra richiesta dall'incidente. Due giorni dopo, il deviatore, sbalzato da quel posto, era andato a salutarla, nulla supponendo, per supplicarla di raggiungerlo appena morta la madre. Insomma, il colpo era fallito, occorreva trovare qualcos'altro.

Evocando quei ricordi, d'un tratto la bruma della fantasticheria che oscurava lo sguardo di Flore, si dissolse; e di nuovo scorse la morta, rischiarata dalla fiamma gialla della candela. La madre se n'era andata, doveva dunque partire, sposare Ozil, che la voleva, che l'avrebbe forse resa felice? Tutto il suo essere si ribellò. No, no! Se fosse stata così vile da lasciar vivere gli altri due, per vivere lei stessa, avrebbe preferito battere le strade, lavorare come serva, piuttosto di darsi ad un uomo che non amava. Un insolito rumore le aveva fatto tendere l'orecchio, e comprese che Misard, con una zappa, stava rimestando nel pavimento di terra battuta della cucina: si accaniva alla ricerca del malloppo, e avrebbe sventrato la casa. Del resto, non voleva restare neanche con lui. Che cosa doveva fare? Si abbatté una raffica, tremarono i muri, e sul viso bianco della morta passò un riflesso di fornace, insanguinando gli occhi aperti e il ghigno ironico delle labbra. Era l'ultimo omnibus di Parigi, con la sua pesante e lenta motrice.

Flore aveva voltato la testa e guardato le stelle che lucevano nella serenità della notte primaverile.

« Le tre e dieci. Ancora cinque ore, e passeranno. »

Avrebbe ricominciato, soffriva troppo. Vederli, vederli a quel modo ogni settimana andare a fare l'amore, era al di sopra delle sue forze. Adesso che era sicura di non poter avere mai più Jacques solo per lei, preferiva che scomparisse, che di lui non restasse più nulla. E quella lugubre camera dove vegliava l'avvolgeva nel lutto in un bisogno sempre più vivo di annientamento totale. Poiché non restava più alcuno che le volesse bene, gli altri potevano ben seguire sua madre. Di morti ce ne sarebbero stati ancora tanti, falciati in un sol colpo. Era morta la sorella, era morta la madre, era morto il suo amore: che fare? Restare sola o partire, sempre sola, mentre loro sarebbero stati in due. No, no! Piuttosto il crollo di tutto. Che la morte che era lì in quella camera fumosa soffiasse sulla ferrovia e spazzasse ogni cosa!

Dopo un lungo ragionamento, ormai risoluta, pensò al modo migliore per eseguire il suo progetto. E si soffermò di nuovo al proposito di divellere una rotaia. Era il mezzo più sicuro, più pratico, di più facile esecuzione: bastava far saltare i cuscinetti con un martello, e poi mettere la rotaia di traverso. Aveva gli attrezzi e nessuno in quella deserta contrada l'avrebbe vista. Il posto più adatto era senza dubbio, la curva che traversava la piccola valle dopo la trincea, su un terrapieno di sette od otto metri verso Barentin: il deragliamento sarebbe stato inevitabile, spaventoso. Ma il calcolo delle ore, cui subito pensò, la mise in ansia. Sul percorso ascendente, prima del direttissimo di Le Havre, che transitava alle otto e sedici, c'era soltanto un treno omnibus, alle sette e cinquantacinque. Aveva perciò venti minuti a disposizione per eseguire il lavoro, ed erano sufficienti. Però fra i treni previsti dall'orario, spesso immettevano altri convogli merci, specie nella stagione dei grandi arrivi. In questo caso, che inutile rischio! Come poter sapere in anticipo se sarebbe stato proprio il direttissimo che si sarebbe schiantato contro il suo ostacolo? Per un pezzo calcolò le probabilità. Era ancora buio, la candela, annegata nel sego continuava a bruciare con un alto lucignolo carbonizzato che non smoccolava più.

Proprio al passaggio di un treno merci proveniente da Rouen, Misard rientrò. Aveva le mani imbrattate di terra avendo frugato nella legnaia; aveva il fiato grosso, ed era desolato per le sue inutili ricerche, così preso da un'impotente rabbia, che si rimise a cercare sotto i mobili, nel camino, dappertutto. Il treno era interminabile, e il fracasso ritmato delle sue grosse ruote faceva agitare la morta nel letto. Misard, allungando le braccia, per togliere dal chiodo un quadretto appeso alla parete, incontrò ancora una volta gli occhi spalancati che lo seguivano, mentre le labbra si muovevano, con il loro sorriso.

Divenne livido, tremò, e in un accesso di spavento borbottò:

« Sì, sì, cerco! Cerco!... Va là, li troverò, perdio! Dovessi rimuovere ogni pietra della casa e ogni zolla di terra qui intorno! »

Il lugubre treno, con una lentezza opprimente, era passato nelle tenebre, e la morta, ora immobile, continuava a guardare il marito con tanta ironia, con tanta certezza di vincere, che lui, di nuovo, sparì, lasciando la porta aperta.

Flore, distolta dai suoi pensieri, s'era alzata. Andò a chiudere la porta affinché l'uomo non tornasse più a disturbare la madre. E fu sorpresa nel sentire la propria voce dire, spiegata:

« Dieci minuti prima, andrà bene. »

Infatti dieci minuti sarebbero stati sufficienti. Se dieci minuti prima del direttissimo non fosse stato segnalato alcun treno, poteva porsi all'opera. Adesso che tutto era stabilito, sentendosi sicura, le passò l'ansia e se ne stette calmissima.

Fece giorno verso le cinque, un'alba fresca e limpida. Nonostante il pungente frescolino, spalancò la finestra, e la deliziosa mattina entrò nella lugubre camera affumicata e odorante di morte. Il sole era ancora sotto l'orizzonte, dietro una collina sormontata da alberi; ma apparve vermiglio, ruscellante sui declivi, inondando le strade incassate, nella viva gaiezza della terra a ogni nuova primavera. Non s'era sbagliata, il giorno prima: avrebbe fatto bello quella mattina, una di quelle giornate di giovinezza e di radiosa salute, in cui si ha piacere di vivere. In quella contrada deserta, fra continui poggi intersecati da stretti valloncelli, come sarebbe stato bello andarsene liberamente lungo i sentieri selvaggi! E quando si volse e rientrò nella camera, fu sorpresa nel vedere la candela quasi spenta, che macchiava la gran luce del giorno soltanto con una pallida lacrima. Ora la morta pareva guardasse la ferrovia, dove i treni continuavano a incrociarsi, senza neppure notare la fiammella pallida del cero.

Flore riprendeva servizio solo a giorno fatto. Perciò non abbandonò la camera se non per l'omnibus di Parigi, alle sei e dodici. Anche Misard, alle sei, andava a rimpiazzare il collega, il casellante di notte. E fu al richiamo della sua tromba che lei andò a piantarsi davanti al passaggio a livello, con la bandiera in mano. Per un momento seguì il treno con lo sguardo.

« Ancora due ore » pensò a voce alta.

La madre non aveva più bisogno di nessuno. Ormai provava un'invincibile ripugnanza a rientrare nella camera. Era finita, l'aveva baciata, poteva disporre della propria esistenza e di quella degli altri. Di solito fra un treno e l'altro, andava via, spariva; ma quella mattina, pareva che un interesse la tenesse ferma al suo posto, presso il passaggio a livello, su una panca, una semplice tavola posta sull'orlo della ferrovia. Il sole saliva all'orizzonte, una tiepida pioggia d'oro cadeva nell'aria pura; lei se ne stava immobile, immersa in quella dolcezza, in mezzo alla vasta campagna tutta brividi per la linfa dell'aprile. Per un po' s'era interessata a Misard, nella sua capanna di legno, all'altro lato della linea, visibilmente agitato, non più sonnolento, come d'abitudine: usciva, rientrava, manovrava i dispositivi con fare nervoso, con continui sguardi verso la casa, come se con lo spirito fosse rimasto lì ancora a cercare. Poi, non se ne era più curata, non sapendo neppure se fosse lì. Era tutta protesa, intenta, il viso ammutolito e irrigidito, gli occhi puntati all'imbocco della ferrovia, dalla parte di Barentin. E laggiù, nella gaiezza del sole, doveva levarsi per lei una visione dove s'accaniva la pervicace efferatezza del suo sguardo.

Passavano i minuti. Flore non si muoveva. Ma, alla fine, quando alle sette e cinquantacinque, Misard con due colpi di tromba segnalò l'omnibus di Le Havre, sulla linea ascendente, si alzò, chiuse il passaggio e vi si piantò davanti, con la bandiera in pugno. Dopo aver fatto tremare il terreno, già il treno scompariva alla vista; e lo sentì inoltrarsi nella galleria che ne inghiottì anche il rumore. Non era tornata sulla panca, se ne stette in piedi a contare di nuovo i minuti. Se fra dieci minuti non fosse stato segnalato nessun treno merci, sarebbe corsa laggiù, al di là della trincea per far saltare una rotaia. Era molto calma, solo il petto oppresso, come sotto l'enorme peso del gesto. Tuttavia, in quell'ultimo momento, il pensiero che Jacques e Séverine si avvicinavano, che sarebbero ancora passati di là per andare verso l'amore, se non lì avesse bloccati, bastava a irrigidirla, cieca e sorda nella risoluzione, senza che in lei ricominciasse il contrasto: era l'irrevocabile, la zampata della lupa che, nel varco, fracassa le reni. Nel suo egoismo vendicativo vedeva soltanto i due corpi mutilati, e non si preoccupava della folla, del flusso di gente che le sfilava davanti, sconosciuta da sempre. E dai morti, dal sangue, il sole forse sarebbe stato nascosto, questo sole la cui tenera gaiezza l'irritava.

Due minuti ancora, ancora uno, e sarebbe andata; ecco, si mosse, ma fu fermata da sordi sobbalzi sulla strada di Bécourt. Una vettura, senza dubbio un carromatto. Le avrebbero chiesto di passare, e bisognava aprire la cancellata, parlare, restare lì: le sarebbe stato impossibile agire, il colpo sarebbe mancato. Si scosse rabbiosamente e prese a correre lasciando il posto, abbandonando vettura e conducente, che se la sbrogliassero. Ma uno schiocco di frusta risuonò nell'aria del mattino, e una voce gridò allegramente:

« Ehi, Flore! »

Era Cabuche. Lei rimase inchiodata al suolo, proprio davanti alla sbarra del passaggio a livello.

« Che c'è, dunque » continuò lui « dormi ancora con questo bel sole? Svelta, fammi passare prima del direttissimo! »

In Flore si determinò un crollo. Il colpo era mancato, gli altri due sarebbero andati verso la felicità, senza che lei avesse trovato nulla per schiacciarli. E mentre lentamente apriva il vecchio cancello mezzo marcio, con i supporti di ferro cigolanti per la ruggine, furiosamente cercava un ostacolo, qualcosa che potesse gettare di traverso ai binari, a tal punto disperata che si sarebbe allungata lei stessa se avesse ritenuto di avere ossa tanto dure da far saltare la locomotiva fuori dalle rotaie. Ma il suo sguardo si soffermò sul carromatto, così massiccio e basso, carico di due blocchi di pietra che cinque vigorosi cavalli riuscivano a stento a trascinare. Enormi, alti e larghi, di una massa gigantesca sì da sbarrare la linea, quei blocchi le si offrivano e svegliarono nei suoi occhi un'improvvisa bramosia, un folle desiderio di prenderli e di posarli lì. Il cancello era spalancato; le cinque bestie sudate e ansimanti, aspettavano.

« Che hai, stamattina? » riprese a dire Cabuche. « Hai un'aria molto strana. »

Allora Flore parlò:

« Mia madre è morta ieri sera. »

Cabuche emise un'esclamazione dolorosa. Posò la frusta, le strinse le mani.

« Oh, povera la mia Flore! Bisognava aspettarselo da tempo, ma ad ogni modo è duro!... Allora è lì, voglio vederla, perché se non fosse capitata la disgrazia, avremmo finito con l'intenderci. »

Piano piano si incamminò con lei sino alla casa. Sulla soglia, però, volse lo sguardo verso i cavalli. Ma Flore lo rassicurò.

« Non c'è pericolo che si muovano! E poi il direttissimo è lontano. »

Mentiva. Con l'orecchio esercitato, tra l'alito tiepido della campagna, aveva inteso partire il direttissimo dalla stazione di Barentin. Cinque minuti ancora e sarebbe stato lì, sarebbe sbucato dalla trincea a cento metri dal passaggio a livello. E mentre il cavapietre, in piedi, davanti alla camera della morta, dimenticava ogni cosa e pensava a Louisette, oltremodo commosso, Flore, rimasta fuori, davanti alla finestra continuava ad ascoltare, lontano, il soffio regolare della locomotiva, sempre più vicino. All'improvviso si sovvenne di Misard: lui certo la vedeva e glielo avrebbe impedito; ed ebbe un colpo al cuore, quando, voltandosi, non lo scorse al suo posto. Lo colse all'altro lato della casa che rimestava la terra sotto la pietra dell'orlo del pozzo non avendo potuto resistere alla pazzia della ricerca, colpito sicuramente dall'improvvisa certezza che il malloppo si trovasse in quel punto tutto preso dalla sua passione, cieco, sordo, scavava, scavava. E questo costituì per lei l'ultimo eccitamento. Le circostanze stesse lo volevano. Uno dei cavalli si mise a nitrire, mentre la locomotiva, al di là della trincea, sbuffava a tutto vapore, come chi ha fretta e corre.

« Vado a tenerli tranquilli » disse Flore a Cabuche. « Non aver paura. »

Si lanciò, afferrò per il morso il primo cavallo, tirò con tutta la sua decuplicata forza di lottatrice. I cavalli si irrigidirono; per un istante il carrettone, pesante del suo enorme carico, oscillò senza mettersi in moto; ma come se lei si fosse attaccata in qualità di bestia di rinforzo, si scosse, si avviò verso la ferrovia. Era proprio in mezzo alle rotaie, quando il direttissimo, a cento metri, sbucò dalla trincea. Allora, per immobilizzare il carrettone, per paura che riuscisse ad attraversare, lei trattenne l'attacco con una scossa brusca, uno sforzo sovrumano che fece scricchiolare le sue membra. C'era una leggenda su di lei, si raccontavano episodi di forza straordinaria, un vagone lanciato su un declivio, fermato in corsa, un carretto che avanzava, salvato al sopraggiungere di un treno, e ora col suo pugno di ferro tratteneva i cinque cavalli, impennati e nitrenti nell'istinto del pericolo.

Furono dieci secondi di terrore senza fine. I due massi giganteschi pareva sbarrassero l'orizzonte. Con gli ottoni chiari, gli acciai lucenti, la locomotiva scivolava, arrivava con la sua sciolta e folgorante andatura sotto la pioggia d'oro della bella mattinata. L'inevitabile era lì, nulla al mondo avrebbe potuto impedire lo scontro. E l'attesa si prolungava.

Misard, ritornato con un balzo al suo posto, urlava, agitando mani e braccia, in aria, nella folle pretesa di prevenire e fermare il treno. Era uscito di casa al fracasso delle ruote e al nitrito dei cavalli. Anche Cabuche s'era precipitato, urlando per fare avanzare i cavalli. Ma Flore, che s'era slanciata di fianco, lo trattenne, e ciò valse a salvarlo. Cabuche credeva che lei non avesse avuto la forza di dominare i cavalli e che fossero stati essi a trascinarla. E si accusava, piangeva in un rantolo di disperato terrore; mentre lei, immobile, ingigantita, guardava con gli occhi sbarrati e ardenti. Nello stesso momento in cui il fronte della locomotiva stava per toccare i blocchi di pietra, quando forse restava un metro da percorrere, durante quel tempo impercettibile, lei vide distintamente Jacques con la mano sul volante del cambio di marcia. Lui s'era voltato e i loro occhi si incontrarono in uno sguardo che a lei parve smisuratamente lungo.

Quella mattina, quando Séverine era discesa sulla banchina di Le Havre per montare sul direttissimo, come ogni settimana, Jacques le aveva sorriso. Perché avvelenarsi la vita con degli incubi? Perché non approfittare di quei giorni felici? Tutto forse sarebbe finito con l'andare a posto. E formulando progetti, pensando di far colazione con lei al ristorante, era deciso a gustare almeno la gioia di quella giornata. Perciò, quando lei gli aveva gettato uno sguardo desolato perché non essendoci un vagone di prima classe in testa, era costretta a prender posto lontano da lui, in coda, aveva voluto consolarla sorridendole allegramente. Sarebbero arrivati insieme, in ogni caso, e avrebbero recuperato laggiù quella separazione. Inoltre, dopo essersi chinato per vederla salire in uno scompartimento proprio in coda, aveva spinto la sua allegria sino a prendere in giro il capotreno, Henri Dauvergne, che sapeva innamorato di lei. La settimana precedente, aveva immaginato che questi si imbaldanzisse e che essa l'incoraggiasse, per un bisogno di distrazione. Volendo sfuggire alla dura esistenza che le era toccata. Roubaud lo diceva sempre, sarebbe finita con l'andare a letto con quel giovane, senza provarne piacere, con l'unico desiderio di cominciare un'altra cosa. E Jacques aveva domandato a Henri a chi erano diretti quei baci volanti che il giorno prima, nascosto dietro uno degli olmi dell'atrio delle partenze, aveva inviati all'aria; e Pecqueux, intento a caricare il camino della Lison, fumante e pronta a partire, era scoppiato in una risataccia.

Da Le Havre a Barentin il direttissimo aveva proceduto a velocità regolamentare, senza incidenti; e fu Henri che, per primo, dall'alto della cabina di segnalazione, all'uscita dalla trincea, segnalò il carro posto di traverso sulla ferrovia. Il furgone di testa era stipato di bagagli, perché il treno, eccessivamente carico, trasportava tutta una folla di viaggiatori sbarcati il giorno prima da un piroscafo. Nello spazio ristretto, in mezzo a quell'intasamento di bauli e di valigie che faceva aumentare la vibrazione, il capotreno principale era in piedi alla sua scrivania incasellando delle carte, mentre anche la boccetta dell'inchiostro, agganciata a un chiodo, con incessante movimento, oscillava. Dopo le stazioni in cui scaricava dei bagagli, per quattro o cinque minuti era occupato a scrivere. A Barentin erano scesi due viaggiatori, e lui, dopo aver messo ordine tra le carte, salì per sedersi nella sua cabina d'avvistamento, lanciando come di consueto un'occhiata avanti e una indietro della ferrovia. Restava lì seduto, in quella garritta a vetri tutte le ore libere. Il carro attrezzi gli nascondeva il macchinista, ma dal suo posto in alto spesso riusciva a vedere più lontano e più in fretta dell'altro. Perciò, quando il treno era ancora nella trincea, scorse l'ostacolo. E fu tale la sua sorpresa, che per un istante ne dubitò, spaventato, paralizzato. Fu la perdita di qualche secondo, il treno filava già fuori della trincea e un fischio acuto si effondeva dalla locomotiva, quando finalmente si decise a tirare la corda del campanello d'allarme, il cui capo pendeva davanti a lui.

In quel momento supremo, Jacques, con la mano sul volante del cambio di marcia, guardava senza vedere, in un momento di distrazione. Pensava a cose confuse e lontane, e anche l'immagine di Séverine era svanita. Il folle vibrare del campanello, l'urlo di Pecqueux dietro di lui, lo svegliarono. Pecqueux, che aveva alzato la barra del cenerario, scontento del tiraggio, nel chinarsi per assicurarsi della velocità, aveva visto. E Jacques, mortalmente pallido, vide tutto, comprese tutto, il carro di traverso, la locomotiva lanciata, lo spaventoso urto, tutto questo con una così acuta chiarezza, che riuscì a distinguere perfino la grana delle due pietre, mentre nelle ossa provava già la sensazione della scossa annientatrice. Era l'inevitabile. Con violenza aveva invertito il volante del cambio di marcia, fermato il regolatore, bloccati i freni. Ingranava la marcia indietro, e incoscientemente aveva premuto con la mano il bottone del fischio, nell'impotente e furiosa volontà di avvisare, di far rimuovere laggiù la gigantesca barricata. Ma tra quel terrificante fischio di disperazione che lacerava l'aria, la Lison non obbediva e aveva appena rallentato. Non era più docile come una volta, da quando nella neve aveva perduto l'efficiente vaporizzazione, e quel suo avviamento così agevole, divenuto ora convulso e asmatico, come di donna invecchiata con i polmoni distrutti da un colpo di freddo. All'azione dei freni ansava, si impuntava, andava avanti, continuava ad avanzare nell'appesantita caparbietà della sua massa. Pecqueux, folle di paura, saltò. Jacques, irrigidito al suo posto, la destra contratta sul cambio di marcia, l'altra attaccata sempre al dispositivo del fischio, senza rendersene ragione, aspettava. E la Lison fumante, sbuffante, nell'incessante acuto ruggito, andò a sbattere contro il carro, con l'enorme peso dei suoi tredici vagoni.

Alla distanza di venti metri, sull'orlo della ferrovia dove il terrore li inchiodava, Misard e Cabuche, con le braccia sollevate, e Flore, con gli occhi sbarrati, videro quella scena spaventosa: il treno drizzarsi in piedi, sette vagoni accatastarsi l'uno sull'altro per poi precipitare con un tremendo schianto, in un rovinìo informe di rottami. I primi tre erano ridotti in briciole, gli altri quattro formavano una montagna, un groviglio di tetti sfondati, di ruote spezzate, di sportelli, di catene, di tamponi, in mezzo a scaglie di vetro. E, soprattutto, s'era udito lo stritolamento della locomotiva contro le pietre, uno schianto sordo terminato con un grido di agonia. La Lison, sventrata, era ribaltata a sinistra al di sopra del carro; mentre le pietre, spaccate, volavano in schegge, come sotto l'azione di una mina, e dei cinque cavalli quattro investiti e trascinati, erano morti sul colpo. In coda al treno, sei vagoni, intatti, s'erano fermati senza neppure uscire dalle rotaie.

Si levarono delle grida, richiami le cui parole si perdevano in urla inarticolate e bestiali.

« Qui, aiuto!... Ah, Dio mio! aiuto, aiuto! »

Non si capiva più nulla, non ci si vedeva più. La Lison, riversa sulle reni, il ventre squarciato, perdeva vapore dai rubinetti strappati, dai tubi scoppiati, in un brontolio di soffi, simili ai rantoli furiosi di un gigante. Ne veniva fuori un fiato bianco, inesauribile, in uno spargimento di densi vortici rasoterra; mentre dalla camera di combustione, le braci cadute, rosse come il sangue stesso delle sue interiora, aggiungevano il loro fumo nero. Il fumaiolo, nella violenza dell'urto, s'era conficcato in terra; l'intelaiatura s'era rotta facendo storcere le due longarine; e con le ruote in aria, simile a una mostruosa cavalla sventrata da una terribile cornata, la Lison mostrava le sue bielle contorte, i cilindri rotti, i cassetti di distribuzione con le aste di comando frantumati, tutta una spaventosa piaga suppurata all'aria aperta, di dove l'anima continuava a effondersi con uno strepito di rabbiosa disperazione. E proprio accanto, il cavallo che non era morto, anch'esso giaceva con le zampe anteriori amputate, anch'esso perdendo da uno squarcio al ventre le interiora. Con la testa eretta, rigida, in uno spasimo di dolore atroce, lo si vedeva rantolare con un nitrito terribile, che non era neppure percettibile tra il rombo della locomotiva agonizzante.

Le grida divennero soffocate, inascoltate, perdute.

« Salvatemi! uccidetemi!... Soffro troppo, uccidetemi! uccidetemi, vi prego! »

In quel tumulto assordante, in quel fumo accecante, gli sportelli delle vetture rimaste intatte si aprirono e una torma di viaggiatori si avventò fuori. Caddero sulla massicciata, si raggomitolarono, dibattendosi a calci e a pugni. Poi, sentita la terra solida, vista davanti la campagna libera, fuggirono di corsa, saltarono siepi, attraversarono campi, cedendo all'unico istinto di porsi lontano dal pericolo, lontano, molto lontano. Alcune donne e alcuni uomini, urlanti, si persero nel folto dei boschi.

Pestando i piedi, i capelli disfatti, il vestito ridotto a un cencio, Séverine era riuscita infine a districarsi; ma non fuggiva, correva addirittura verso la locomotiva rombante, quando si trovò faccia a faccia con Pecqueux.

« Jacques, Jacques! s'è salvato, non è vero? »

Il fuochista, che per miracolo non aveva nulla di ammaccato, accorreva anche lui, il cuore stretto dai rimorsi al pensiero che il suo macchinista si trovava lì sotto. Avevano tanto viaggiato, tanto penato insieme nella continua fatica delle tempeste! E la loro locomotiva, la loro povera macchina, la buona amica tanto amata in quell'unione a tre, che se ne stava sul dorso a rendere tutto il respiro del suo petto dai polmoni scoppiati!

« Io sono saltato » balbettò « non so nulla, assolutamente nulla... Corriamo, corriamo in fretta! »

Sulla banchina incontrarono Flore, che li aveva visti arrivare. Non s'era ancora mossa nello stupore dell'atto compiuto, di quel massacro voluto da lei. Era finita, ed era un bene; e in lei non v'era che il sollievo da un peso, senza un barlume di pietà per il male degli altri, di cui non si accorgeva neppure. Ma, nel riconoscere Séverine, i suoi occhi si spalancarono smisuratamente, e un'ombra di atroce sofferenza oscurò il suo pallido viso. Dunque quella donna viveva, mentre lui certamente era morto! In quel dolore spasmodico per il suo amore ucciso, una coltellata che le si era inferta in pieno cuore, all'improvviso ebbe coscienza dell'orrore del suo crimine. Aveva fatto questo, l'aveva ucciso, aveva ucciso tutta quella gente! Un alto grido lacerò la sua gola, torse le braccia, si mise a correre follemente.

« Jacques, oh, Jacques!... È lì, è stato scagliato all'indietro, io l'ho visto... Jacques, Jacques! »

Il rantolo della Lison s'era attenuato, il rauco lamento si affievoliva, e ora si intendeva aumentare, sempre più straziante, il grido dei feriti. Il fumo era denso; l'enorme cumulo di rottami, dai quali si effondevano quelle voci di tortura e di terrore, pareva avviluppato in una polvere nera, immobile sotto il sole. Che fare? da dove cominciare? come arrivare a quegli sventurati?

« Jacques! » continuava a gridare Flore. « Vi dico che mi ha guardata, e che è stato scaraventato lì, sotto il carro attrezzi... Su svelti! aiutatemi! »

Già Cabuche e Misard avevano tirato su Henri, il capotreno che, all'ultimo momento aveva anche lui spiccato un salto. S'era slogato un piede, e lo fecero sedere per terra contro una siepe, di dove, inebetito, muto, stette a guardare l'opera di salvataggio, senza dar segni di sofferenza.

« Cabuche, vieni ad aiutarmi, ti assicuro che Jacques è qui sotto! »

Il cavapietre non sentì, e corse verso altri feriti, trasportò una giovane con le gambe ciondoloni, spezzate alle cosce.

Al richiamo di Flore fu Séverine che si precipitò.

« Jacques, Jacques!... dov'è? L'aiuterò io. »

« È qui, mi aiuti! »

Le loro mani si incontrarono, tiravano insieme una ruota andata in pezzi. Ma le dita delicate dell'una non ce la facevano, mentre l'altra, con la sua forte mano, eliminava gli ostacoli.

« Attenzione! » esclamò Pecqueux che s'era messo anche lui all'opera.

Con brusco movimento aveva fermata Séverine nel momento in cui stava per calpestare un braccio mozzato alla spalla, ancora avvolto in una manica di lana blu. Lei indietreggiò con orrore. Però non riconosceva la manica; si trattava del braccio di uno sconosciuto, ruzzolato lì da un corpo che sarebbe stato ritrovato senza dubbio in un altro posto. E rimase così tremante, che ne fu come paralizzata, in piedi, a piangere, a guardare lavorare gli altri, incapace persino di togliere le scaglie dei vetri nelle quali le mani potevano ferirsi.

Frattanto il salvataggio dei morenti e la ricerca dei morti fu angoscioso e pieno di pericoli, perché il fuoco della locomotiva s'era comunicato ad alcuni pezzi di legno, e fu necessario, per spegnere questo inizio di incendio, gettare palate di terra. Mentre qualcuno correva a Barentin in cerca di aiuti, e un telegramma veniva inoltrato a Rouen, si organizzava il più attivamente possibile l'opera di sterramento, e tutte le braccia, con grande coraggio, venivano impegnate. Molti di quelli che erano fuggiti, erano ritornati, vergognandosi di esser stati preda di tanto panico. Ma si procedeva con infinite precauzioni, per ogni rottame da togliere occorreva ogni cura, perché si aveva paura di dare il colpo di grazia agli sventurati sepolti, se si fosse prodotto un franamento. Dal cumulo emergevano alcuni feriti, impigliati fino al petto, rinserrati come in una morsa, e urlanti. Si lavorò un quarto d'ora per liberare uno che non si lamentava, pallido come un cencio e che diceva di non aver niente, che non soffriva affatto, e quando lo ebbero liberato, non aveva più le gambe, e spirò immediatamente, senza aver saputo né sentito nulla di quella orrenda mutilazione, annientato com'era dal terrore. Tutta una famiglia fu recuperata da un vagone di seconda classe dove s'era propagato il fuoco: il padre e la madre feriti alle ginocchia, la nonna un braccio stritolato; ma anch'essi non sentivano dolore, singhiozzavano, chiamavano la loro bambina sparita nello scossone, una biondina di appena tre anni, ritrovata poi sana e salva, l'aria divertita e sorridente, sotto un lembo di tettoia. Un'altra bambina, coperta di sangue, con le povere piccole mani stritolate, che in attesa di scoprire i suoi genitori, avevano collocata da parte, se ne stava solitaria e sconosciuta, oppressa, e non diceva una parola, il viso convulso in una maschera di indicibile terrore, se qualcuno le si avvicinava. Non era possibile aprire gli sportelli perché al colpo le guarnizioni in ferro erano rimaste contorte, occorreva quindi scendere negli scompartimenti attraverso i finestrini rotti. Già quattro cadaveri erano stati allineati fianco a fianco sull'orlo della ferrovia. Una decina di feriti, stesi per terra, accanto ai morti, attendevano, senza un medico per medicarli, senza un soccorso. E appena inziata l'opera di sterramento, sotto ogni maceria spuntava una nuova vittima, e il cumulo pareva non diminuisse, tutto ruscellante e palpitante di quella macelleria umana.

« Se vi assicuro che Jacques è lì sotto! » ripeteva Flore provando sollievo nell'emettere senza ragione quel grido ostinato, come il lamento stesso della sua disperazione. « È lui che chiama, eccolo, eccolo, ascoltate! »

Il carro attrezzi si trovava impigliato sotto i vagoni che, montati l'uno sull'altro, erano in seguito crollati su di lui; e infatti da quando la locomotiva rantolava con minore violenza, si percepiva un vocione di uomo ruggire in fondo alla frana. Mano mano che si avanzava, il clamore di quella voce di agonia diventava più forte, di un dolore così profondo, che gli sterratori non riuscivano più a sopportarla, e piangevano e gridavano anch'essi. Poi, alla fine, afferrato l'uomo e avendogli liberate le gambe trascinandolo verso di loro, il grido di dolore cessò. L'uomo era morto.

« No » disse Flore « non è lui. È più in fondo, è lì sotto. »

E con le sue braccia da guerriera, sollevò le ruote, le scagliò lontano, torse lo zinco delle tettoie, ruppe alcuni sportelli, strappò pezzi di catena. E quando si imbatteva in un morto o in un ferito, chiamava affinché lo liberassero, non volendo smettere neppure per un secondo la sua rabbiosa ricerca.

Dietro di lei Cabuche, Pecqueux e Misard erano intenti al lavoro, mentre Séverine, sfinita nel restare a quel modo in piedi, senza nulla poter fare, s'era seduta sul sedile sfondato di un vagone. Misard, però, ripreso dalla sua flemma, dolce e indifferente, evitava le fatiche pesanti, e aiutava soprattutto nell'opera del trasporto dei corpi. E tanto lui che Flore, guardavano i cadaveri come se sperassero di riconoscerli, in mezzo alla ressa di migliaia e migliaia di facce sfilate in dieci anni davanti a loro a tutta velocità, non lasciando che un confuso ricordo di una folla apparsa e scomparsa in un lampo. No! anche adesso si trattava di gente sconosciuta; la morte brutale, accidentale restava anonima come la vita precipitosa che transitava di là galoppando verso l'avvenire; ed essi non potevano apporre alcun nome, alcuna informazione precisa sulle teste di quegli infelici solcate dall'orrore, caduti sulla strada, calpestati, schiacciati, simili a quei soldati i cui corpi colmano i fossati davanti alla carica di un reggimento lanciato all'assalto. Però Flore credette di riconoscere uno al quale aveva rivolto la parola il giorno del treno bloccato dalla neve: quell'americano, di cui aveva finito col ricordare perfettamente il profilo, senza conoscerne né il nome né altro, di lui e dei suoi. Misard lo trasportò con gli altri morti, venuti non si sapeva da dove, fermati lì mentre si recavano non si sapeva in quale direzione.

Poi vi fu ancora una scena straziante. Nell'interno di uno scompartimento di prima classe, rovesciato, fu scoperta una giovane coppia, senza dubbio degli sposi, gettati l'uno contro l'altra, in maniera sciagurata, perché la donna schiacciava sotto di lei l'uomo, e non un solo movimento poteva fare per fargli riprender fiato. Lui soffocava e già rantolava; mentre lei, che aveva libera la bocca, perdutamente supplicava che si affrettassero, terrorizzata, il cuore straziato nel sentire che lo stava uccidendo. E quando riuscirono a liberarli sia l'uno che l'altra, fu lei che, di colpo, esalò l'ultimo respiro, avendo un fianco squarciato da un respingente. E l'uomo, rinvenuto, urlava di dolore, inginocchiato presso di lei che aveva ancora gli occhi inondati di lacrime.

Per ora c'erano dodici morti e più di trenta feriti. Ma si arrivò a svincolare il carro attrezzi; e Flore di tanto in tanto sostava, immergeva la testa tra le assi sventrate, i ferri contorti, frugando ardentemente con lo sguardo per vedere se per caso scorgesse il macchinista. All'improvviso lanciò un alto grido.

« Lo vedo, è lì sotto. Guardate, è il suo braccio con la casacca di lana blu... Non si muove, non respira neppure... »

S'era rimessa in piedi, bestemmiò come un uomo.

« Ma, perdio! affrettatevi, tiratelo fuori di lì sotto! »

Con le mani cercava di strappare il pavimento della vettura, che altri rottami le impedivano di tirar su. Allora corse e ritornò con una scure che in casa Misard serviva a rompere la legna; e, brandendola, così come un boscaiolo brandisce in una foresta di querce la sua accetta, si avventò contro il pavimento a ritmo furioso. Gli altri s'erano scostati, la lasciavano fare, gridandole di stare attenta. Ma, tranne il macchinista, non c'erano altri feriti, al riparo lui stesso sotto un groviglio di assi e di ruote. Flore non ascoltava nessuno, protesa in uno slancio, sicura di sé, irresistibile. Abbatteva il legno, a ogni colpo stroncava un ostacolo. Con i capelli biondi al vento, il corsetto strappato che metteva a nudo le braccia, era come una terribile mietitrice, e s'apriva un varco fra quella rovina che lei stessa aveva provocato. Un ultimo colpo assestato su un'asse spezzò in due l'acciaio della scure. E, aiutata dagli altri, smosse le ruote che avevan protetto il giovane da un sicuro stritolamento, e fu la prima ad afferrarlo, a raccoglierlo fra le braccia.

« Jacques, Jacques!... Respira, vive. Ah, Dio mio, vive... Ero sicura di averlo visto cadere. Sapevo che era qui! »

Séverine, sconvolta, la seguiva. E tutte e due lo deposero ai piedi della siepe, vicino a Henri, che, sbalordito, guardava senza aver l'aria di capire dove fosse e che cosa si facesse intorno a lui. Pecqueux, che s'era avvicinato, restò impalato davanti al suo macchinista, sconvolto nel vederlo in quello stato pietoso; mentre ora le due donne inginocchiate una a destra e l'altra a sinistra, sorreggevano la testa del poveretto, spiando angosciate i più piccoli segni di quel viso.

Infine Jacques aprì gli occhi. Il suo sguardo appannato si fermò su di loro, dall'una all'altra, senza dare a intendere che le avesse riconosciute. Non gli importava nulla di loro. Ma i suoi occhi, posatisi a qualche metro di distanza, sulla locomotiva che moriva, dapprima ne furono sgomenti, poi vi si fissarono vacillanti con crescente commozione. La riconosceva bene, era la Lison; e adesso si ricordava di tutto, le due pietre di traverso sui binari, la tremenda scossa, lo stritolamento che aveva sentito in lei e in se stesso, dal quale risuscitava, mentre essa, di sicuro ne sarebbe morta. Lei non era colpevole di essersi dimostrata riluttante; dopo la malattia contratta nella neve non era colpa sua se aveva mancato di prontezza; senza contare che arriva l'età in cui le membra si appesantiscono e le giunture si induriscono. Perciò la perdonava volentieri, invaso dalla profonda tristezza di vederla colpita a morte, in agonia. La povera Lison non ne aveva che per qualche minuto. Diventava fredda, le braci del suo camino ricadevano in cenere; il respiro, esalato con tanta violenza dai suoi fianchi squarciati, smoriva in un lieve lamento di bambino che piange. Insudiciata di terra e di bava, lei sempre così lucente, stravaccata sul dorso in un nero lago di carbone, finiva tragicamente come una bestia di lusso fulminata da un incidente in piena via. Per un istante era stato possibile, attraverso le interiora scoppiate, veder funzionare i suoi organi, il palpito dei pistoni come due cuori gemelli, il vapore circolare nei cassetti come il sangue nelle vene; ma simili a braccia convulse, le bielle erano scosse solo da trasalimenti, le ultime ribellioni della vita; e la sua anima svaniva con la forza che la rendeva viva, quell'immenso respiro col quale non riusciva a svuotarsi interamente. Il gigante sventrato si rabbonì ancora, a poco a poco si addormentò di un dolcissimo sonno, finì col tacere. Era morta. E il cumulo di ferro, di acciaio e di rame che questo colosso frantumato, col corpo spezzato, le membra sparse, gli organi dilaniati messi allo scoperto, lasciava lì, assumeva la terrificante tristezza di un cadavere umano, enorme, di tutto un mondo che aveva vissuto e dal quale la vita veniva sradicata con dolore.

Jacques, allora, avendo compreso che la Lison se n'era andata, chiuse gli occhi col desiderio di morire anche lui, che era del resto così debole da sentirsi trascinato nell'ultimo lieve respiro della locomotiva; dagli occhi chiusi, lente lacrime sgorgarono bagnando le guance. Era troppo per Pecqueux, rimasto lì immobile, con la gola serrata. La loro buona amica moriva, ed ecco che il suo macchinista voleva seguirla. Era dunque finita la loro unione a tre? Finiti i viaggi, durante i quali, su di lei percorrevano centinaia di leghe, senza scambiare parola, ma intendendosi però tanto bene tutti e tre da non aver bisogno neppure di fare un segno. Ah, povera Lison, così docile nella sua forza, così bella quando luccicava al sole! E Pecqueux, pur non avendo bevuto, scoppiò in violenti singhiozzi, e a ogni scatto, senza che potesse frenarsi, il suo corpaccione ne era scosso.

Anche Séverine e Flore, inquiete per quel nuovo svenimento di Jacques, si disperavano. Flore corse in casa e ritornò con dello spirito canforato che adoperò, tanto per fare qualche cosa, per frizionare. Ma le due donne, nella loro angoscia, erano ancora più esasperate per l'interminabile agonia del cavallo, che solo tra i cinque, sopravviveva, con le due zampe anteriori mozzate. Giaceva vicino a loro, ed emetteva di continuo un nitrito, un grido quasi umano, così vibrante, e di un così disperato dolore, che due feriti ne furono contagiati e si misero a urlare anch'essi come bestie. Mai grido di morte aveva lacerato l'aria con quel profondo indimenticabile lamento che agghiacciava il sangue. La tortura diventava atroce, voci tremanti di pietà e di collera si elevavano supplicando di farla finita con quel disgraziato cavallo che tanto soffriva e il cui interminabile rantolo, ora che la locomotiva taceva, costituiva come l'ultima lamentazione della catastrofe. Allora Pecqueux, ancora singhiozzante, afferrò la scure con l'acciaio incrinato e con un sol colpo in piena testa l'abbatté. E il silenzio piombò sul campo del massacro.

Dopo due ore di attesa, arrivarono infine i soccorsi. Nell'urto dello scontro, le vetture erano state rovesciate sulla sinistra, in maniera che occorsero alcune ore per i lavori di sgombero della linea discendente. Un treno con tre vagoni, guidato da una macchina-pilota, condusse da Rouen il capo-gabinetto del prefetto, il procuratore imperiale, ingegneri e medici della Compagnia, tutto un gruppo di personaggi attoniti e solleciti; mentre il capostazione di Barentin, Bessière, era già sul posto con una squadra di operai per liberare le rotaie dai rottami. In quell'angolo di contrada sperduta, di solito deserto e silenzioso, regnava un'agitazione e una straordinaria tensione nervosa. I viaggiatori illesi, nella frenesia del loro panico, erano colpiti da un febbrile bisogno di muoversi: gli uni andavano alla ricerca di carrozze, terrorizzati all'idea di risalire sui vagoni; gli altri, vedendo che non sarebbero riusciti a trovare neppure una carriola, già si innervosivano al pensiero di non sapere dove avrebbero mangiato e dormito; e tutti reclamavano un ufficio telegrafico, e molti si avviavano a piedi verso Barentin per inoltrare un telegramma. Mentre le autorità, in collaborazione con i funzionari dell'amministrazione, iniziavano un'inchiesta, i medici procedevano in fretta a medicare i feriti. Molti, fra laghi di sangue, avevano perso conoscenza. Altri, sotto le pinze e gli aghi, si lamentavano flebilmente. Vi erano, insomma, quindici morti e trentadue viaggiatori gravemente feriti. I morti erano in terra, disposti lungo la siepe, il viso in aria, in attesa che la loro identità potesse essere stabilita. Solo un piccolo sostituto, un giovane biondo e roseo, che si mostrava zelante, si occupava di loro, rovistando nelle tasche per vedere se dalle carte, dai documenti, dalle lettere non gli fosse dato di assegnare a ciascuno un nome e un recapito. Intanto intorno a lui, si era formato un largo cerchio; perché, nonostante che non vi fosse una casa a una lega di distanza, erano affluiti dei curiosi da chissà dove, una trentina fra uomini, donne e bambini, che davano fastidio senza essere affatto d'aiuto. Essendosi dissipati la polvere nera, il velo di fumo e di vapore che avvolgevano ogni cosa, sopra il campo del massacro trionfava la radiosa mattinata d'aprile, involgendo nella dolce e gaia luce del sole splendente i morenti e i morti, la Lison sventrata, il disastro dei rottami ammucchiati che la squadra degli operai, a somiglianza di insetti intenti a riparare il danno prodotto da una pedata di un distratto passante nel loro formicaio, stava sgomberando.

Jacques non era ancora rinvenuto, e Séverine aveva fermato, supplicandolo, un medico che passava. Questi esaminò il giovane senza riscontrargli alcuna apparente ferita, ma temeva lesioni interne, perché dalle labbra uscivano sottili rivoli di sangue. Non essendogli ancora possibile pronunciarsi, consigliò l'immediato trasporto del ferito, il quale, senza altre scosse, doveva essere messo a letto.

Sotto la mano che lo palpava, Jacques di nuovo aveva aperto gli occhi emettendo un leggero grido di dolore; questa volta riconobbe Séverine e, sconvolto, balbettò:

« Portami via, portami via! ».

Flore s'era chinata. Ma, avendo egli voltato la testa, riconobbe anche lei. Il suo sguardo esprimeva uno spavento infantile; si volse di nuovo verso Séverine, in una ripulsa piena di odio e di orrore.

« Portami via, subito, subito! »

Allora lei gli si rivolse dandogli ugualmente del tu, perché si sentiva sola con lui, non facendo affatto caso a Flore:

« Alla Croix-de-Maufras, vuoi?... Se la cosa non ti dispiace, è qui di fronte, saremo a casa nostra. »

E lui, sempre tremante, accettò, con lo sguardo rivolto all'altra.

« Dove vuoi, ma subito! »

Immobile, Flore era diventata livida sotto quello sguardo di terrificante esecrazione. Così, in quel carnaio di sconosciuti e di innocenti, lei non era riuscita a uccidere né l'uno né l'altra: la donna ne era uscita senza un graffio; lui, ora, forse se la sarebbe scampata; in tal modo era riuscita soltanto a riavvicinarli, a cacciarli insieme, da soli, in quella casa deserta. E se li immaginò insediati, l'amante guarito, convalescente, lei, piena di premure, ricompensata dagli affanni con continue carezze; tutti e due che prolungavano lontano dalla gente, in assoluta libertà, quella luna di miele dovuta alla catastrofe. Fu colta da un gran freddo, e guardò i morti: aveva ucciso per niente.

In quel momento, con l'occhiata gettata sulla strage, Flore scorse Misard e Cabuche che venivano interrogati da alcune persone, sicuramente magistrati. Infatti, il procuratore imperiale e il capogabinetto del prefetto cercavano di capire come mai quel carro del cavapietre si fosse trovato così di traverso sulla ferrovia. Misard sosteneva di non aver abbandonato il posto, ma di non poter dare alcuna precisa informazione: realmente non sapeva nulla; sosteneva che voltava le spalle, occupato com'era ai dispositivi. Quanto a Cabuche, ancora scombussolato, raccontava una lunga confusa storia, perché aveva avuto il torto di abbandonare i suoi cavalli, desideroso di vedere la morta, e in quale maniera i cavalli s'erano mossi da soli, e come la ragazza non avesse potuto frenarli. Si confondeva, ricominciava, senza riuscire a farsi capire.

Un selvaggio bisogno di libertà mise di nuovo in moto il sangue agghiacciato di Flore. Voleva poter disporre di se stessa, libera di riflettere e di adottare una decisione, non avendo mai avuto bisogno di alcuno che le indicasse la giusta via. A che scopo aspettare che le si desse fastidio con delle domande, e che forse la si arrestasse? Perché a prescindere dal disastro, la si sarebbe ritenuta responsabile di inadempienza al servizio. Però restava, trattenuta lì fin tanto che Jacques vi fosse rimasto.

Séverine aveva tanto pregato Pecqueux, che, infine, questi era riuscito a procurarsi una barella e riapparve con un collega per trasportare il ferito. Il medico aveva poi indotto la giovane ad accettare in casa sua il capotreno, Henri, che, i-nebetito, pareva soffrisse soltanto di una commozione cerebrale. Lo si sarebbe trasportato dopo l'altro.

E chinandosi per sbottonare il colletto di Jacques, che gli dava fastidio, Séverine lo baciò apertamente sugli occhi, volendo infondergli coraggio nel sopportare il trasporto.

« Non aver paura, saremo felici. »

Sorridente, anche lui la baciò. E questo per Flore fu lo strappo supremo, che la sradicò da lui per sempre. Le pareva che anche a lei, ora, il sangue colasse a fiotti da una inguaribile ferita. Quando lo portarono via, si allontanò di corsa. Ma, nel passare davanti la bassa casetta, attraverso i vetri della finestra scorse la camera della morta col pallido alone della candela accesa in pieno giorno, vicino al corpo della madre. Durante l'incidente, la morta era restata sola, la testa un po' voltata, gli occhi spalancati, le labbra storte come se avesse visto stritolare e morire tutta quella gente che non conosceva.

Flore corse, svoltò immediatamente per il gomito della strada di Doinville, poi si slanciò a sinistra, tra i cespugli. Conosceva ogni recesso della contrada, sfidava perciò i gendarmi a trovarla nell'eventualità che li avessero sguinzagliati al suo inseguimento. Così, all'improvviso smise di correre, continuando a piccoli passi verso un nascondiglio dove andava a rintanarsi nei giorni di malinconia, un fosso al di sopra della galleria. Alzò gli occhi, e dal sole si accorse che era mezzogiorno. Nel nascondiglio, si sdraiò sulla dura roccia vi rimase immobile a riflettere, le mani annodate dietro la nuca. Solo allora si produsse in lei un vuoto spaventoso; la sensazione di essere già morta le intorpidì a poco a poco il corpo. Non era il rimorso di aver ucciso inutilmente tutta quella gente, perché doveva fare uno sforzo per sentire rincrescimento e orrore. Ma adesso era certa di una cosa: Jacques l'aveva vista trattenere i cavalli; lo aveva capito da quel suo brusco movimento all'indietro; provava certo per lei la terrificante repulsione che si ha per i mostri. Mai lui avrebbe dimenticato. Perciò, quando non si riesce a uccidere, è necessario che non si fallisca contro se stessi. Fra poco si sarebbe uccisa. Non aveva alcun'altra speranza, anzi da quando era lì per calmarsi e ragionare, ne sentiva l'assoluta necessità. Solo la stanchezza e l'annientamento di tutto il suo essere le impedivano di rialzarsi per cercare un'arma e morire. E tuttavia dal fondo dell'invincibile sonnolenza che l'avvolgeva, saliva ancora l'amore per la vita, il bisogno di fortuna, un ultimo sogno di essere anche lei felice, poiché lasciava che gli altri due fossero felici di vivere liberi insieme. Perché non aspettava la notte per correre a raggiungere Ozil, che l'adorava, che di certo avrebbe saputo difenderla? I suoi pensieri diventavano dolci e confusi, si addormentò di un sonno nero, senza sogni.

Era notte profonda quando Flore si svegliò. Stordita, si mise a tastare intorno, e di colpo si sovvenne nel sentire la roccia nuda sulla quale era coricata. E fu come lo scoppio della folgore, l'implacabile necessità: bisognava morire. Pareva che con la stanchezza fosse scomparsa quella flaccida dolcezza, quella debolezza davanti alla possibilità ancora della vita. No, no! solo la morte era bella. Non poteva vivere in tutto quel sangue, con il cuore lacerato, odiata dall'unico uomo che aveva desiderato e che era di un'altra. Ora, ne aveva il coraggio, bisognava morire.

Si alzò e uscì dal nascondiglio roccioso. Non esitò un momento, perché d'istinto aveva deciso dove sarebbe andata. Guardando di nuovo il cielo, verso le stelle, calcolò che erano circa le nove. Nell'arrivare al limite della ferrovia, passò un treno a forte velocità sul lato discendente, e questo parve procurarle piacere: tutto sarebbe andato bene, evidentemente avevano sgomberato quel lato, mentre l'altro, di certo, era ancora ostruito, non sembrando ristabilita la circolazione. Da quel momento seguì la siepe naturale, nel profondo silenzio di quella selvaggia contrada. Nessuna fretta, prima del direttissimo di Parigi, che sarebbe stato lì solo alle nove e venticinque, non c'erano altri treni e continuava a seguire a piccoli passi la siepe, nell'ombra fitta, calmissima, come se facesse una delle abituali passeggiate per i sentieri deserti. Però, prima di arrivare alla galleria, abbandonò la siepe continuò ad avanzare sulla stessa massicciata, col suo passo vagabondo, procedendo verso il direttissimo. Dovette giocare d'astuzia per non essere vista dal guardiano, così come faceva di solito ogni volta che andava a trovare Ozil, laggiù all'altro capo. E nella galleria continuò a camminare e a camminare sempre avanti. Ma questa volta non era come la settimana scorsa; non aveva più paura, se si fosse voltata, di perdere l'esatta nozione del lato sul quale procedeva. La follia della galleria non le sconvolgeva affatto il cervello, quell'impeto di follia nel quale sprofondano le cose, il tempo e lo spazio, in mezzo al fracasso dei rumori e al crollo della volta. Che le importava! non ragionava, non pensava neppure, aveva solo una ferma risoluzione: andare, andare avanti fintanto che non avesse incontrato il treno, e continuare ancora diritta verso il fanale, appena l'avesse scorto fiammeggiare nel buio.

Flore tuttavia si meravigliò, perché credeva di procedere così da qualche ora. Com'era lontana quella morte che tanto cercava! Il pensiero che non l'avrebbe trovata, che camminerebbe per chilometri e chilometri senza urtare contro di lei, per un momento la fece disperare. I piedi erano stanchi, sarebbe stata dunque costretta a sedere, ad attendere coricata di traverso sulle rotaie? Questo le pareva indegno, doveva camminare sino alla fine, e morire, per un istinto di vergine guerriera, perfettamente diritta. E quando scorse in lontananza il fanale del direttissimo simile a una piccola stella, scintillante e sola in fondo al cielo di inchiostro, in lei si produsse un risveglio di energia, una nuova spinta in avanti. Il treno non era ancora sotto la volta, nessun rumore l'annunciava, non c'era che quel fuoco così vivo, così gaio, che a poco a poco diventava più grande. Raddrizzata nella sua slanciata statura di statua, dondolando sulle forti gambe, ora avanzava allungando il passo, senza correre, però, come all'avvicinarsi di un'amica cui volesse risparmiare un tratto di strada. Il treno era entrato sotto la galleria, lo spaventoso boato che scuoteva la terra in una ventata di tempesta si faceva più vicino, mentre la stella era diventata un occhio enorme, sempre più grande, come se sprizzasse dall'orbita delle tenebre. Allora, dominata da un inesplicabile sentimento, forse per essere sola a morire, vuotò le tasche, senza sostare nell'ostinata eroica marcia, posò tutto un involto sull'orlo della linea, un fazzoletto, alcune chiavi, una cordicella, due coltelli; si disfece perfino della sciarpa annodata al collo, abbandonò il corsetto slacciato e mezzo strappato. L'occhio si trasformava in braciere, in una gola di forno che vomitava fuoco, il fiato del mostro arrivava già umido e caldo in quel rombo di tuono sempre più assordante. E lei continuava a camminare, si dirigeva diritta verso quella fornace per non sottrarsi alla locomotiva, affascinata come un insetto notturno dalla fiamma. E nell'urto spaventoso, nell'abbraccio, si drizzò ancora, come se, sollevata da un'estrema rivolta di lottatrice, avesse voluto stringere e atterrare il colosso. La sua testa aveva raggiunto in pieno il fanale, che si spense.

Soltanto un'ora più tardi vennero a raccogliere il cadavere di Flore. Il macchinista aveva visto nettamente la grande figura pallida avanzare contro la locomotiva, con la spaventosa inverosimiglianza di un fantasma, sotto il violento fascio di luce che l'inondava; e quando bruscamente, con il fanale spento, il treno era piombato in una profonda oscurità rotolando col suo rintronamento di folgore, lui era stato colto da un fremito, sentendo passare la morte. Uscendo dalla galleria s'era sforzato di urlare al guardiano dell'incidente. Ma solo a Barentin aveva potuto raccontare che qualcuno s'era fatto accoppare laggiù: doveva trattarsi certamente di una donna; alcuni capelli impastati con frammenti del cranio, restavano ancora invischiati al vetro rotto del fanale. E quando gli uomini inviati alla ricerca, scoprirono il corpo, furono colpiti nel vederlo così bianco, di un candore marmoreo. Giaceva sulla linea ascendente, proiettato lì dalla violenza del colpo, la testa in poltiglia, il corpo senza un graffio, semisvestito di un'ammirevole bellezza nella purezza e nella forza. In silenzio, gli uomini lo ravvolsero. L'avevano riconosciuto. Sicuramente s'era fatta uccidere, pazza, per sfuggire alla terribile responsabilità che pesava su di lei.

Da mezzanotte il cadavere di Flore riposò nella casetta bassa accanto al cadavere della madre. Avevano collocato in terra un materasso, e fra le due avevano accesa una candela. Phasie, la testa sempre ripiegata, lo spaventoso riso della bocca storta, pareva che ora guardasse la figlia con quei grandi occhi fissi; mentre in quella solitudine, nel profondo silenzio, da ogni lato era percepibile il sordo lavorio, lo sforzo affannoso di Misard, rimessosi a scavare. E a intervalli regolari passavano i treni, si incrociavano sul doppio binario, essendo stata riattivata completamente la circolazione. Passavano inesorabili, con tutta la loro potenza meccanica, indifferenti, nell'ignoranza di quei drammi e di quei delitti. Che importanza avevano gli sconosciuti caduti lungo il percorso, stritolati dalle ruote! Avevano portato via i morti, lavato il sangue, e si ripartiva in direzione dell'avvenire.

XI

La grande camera da letto della Croix-de-Maufras, tappezzata di damasco rosso, aveva due alte finestre sporgenti a qualche metro di distanza dalla linea ferroviaria. Dal letto, un
vecchio letto con colonne, situato di fronte, si vedevano passare i treni. E da tanti anni non un oggetto era stato tolto,
non un mobile era stato smosso.

Séverine aveva fatto portare in quella stanza Jacques, ferito e svenuto mentre Henri Dauvergne era stato lasciato al
pianterreno in un'altra camera più piccola. Per lei aveva
scelto una camera vicina a quella di Jacques, separata soltanto dal pianerottolo. In due ore vi si sistemò abbastanza
confortevolmente perché la casa era rimasta completamente
arredata e in fondo agli armadi v'era perfino la biancheria.
Con un grembiule annodato sul vestito, Séverine s'era trasformata in infermiera, dopo aver semplicemente telegrafato
a Roubaud di non attenderla, perché certamente sarebbe
rimasta lì per qualche giorno a curare i feriti raccolti in
casa loro.

Il giorno dopo il medico aveva creduto di poter dare assi-
curazioni su Jacques; contava inoltre di rimetterlo in piedi
in otto giorni: un vero miracolo, appena qualche leggera
lesione interna. Ma raccomandava le cure più attente, l'immobilità assoluta. Così, quando l'ammalato aprì gli occhi
Séverine, che lo vegliava come un bambino, lo supplicò d
essere buono, di obbedirle in tutto. Lui, ancora molto debole
promise con un cenno del capo. Era lucidissimo, riconosceva
quella camera descritta da Séverine la notte delle confessio
ni: la camera rossa dove, dall'età di sedici anni e mezzo, le
aveva ceduto alla violenza del presidente Grandmorin. Era

proprio il letto che egli ora occupava, erano proprio quelle finestre attraverso le quali, senza neppure alzare la testa, guardava passare i treni, nella brusca vibrazione di tutta la casa. E quella casa se la sentiva tutta intorno, così come spesso l'aveva vista quando passava di là, trascinato dalla sua locomotiva. La rivedeva, piantata di sbieco, sull'orlo della ferrovia, nella miseria e nell'abbandono delle imposte chiuse, resa più tetra e torva da quando era stata messa in vendita con quel grande cartello, cui s'aggiungeva la malinconia del giardino ostruito dagli sterpi. Ricordava la terribile tristezza che ogni volta provava, il malessere che gli dava, come se essa sorgesse in quel posto a simboleggiare la sua sfortunata esistenza. Ora, coricato in quella camera, tanto debole, credeva di comprendere, e non poteva trattarsi che di questo: sicuramente stava per morire.

Da quando l'aveva visto riprendersi, Séverine s'era affrettata a rassicurarlo, dicendogli all'orecchio, nel rincalzare la coperta:

« Non agitarti, ho vuotato le tue tasche e ho preso l'orologio. »

Lui la guardò con occhi sgranati, facendo uno sforzo di memoria.

« L'orologio... Ah, sì, l'orologio. »

« Avrebbero potuto perquisirti. E l'ho nascosto fra le mie cose. Non aver paura. »

Lui la ringraziò con una stretta di mano. E volgendo il capo, aveva scorto sulla tavola il coltello, ugualmente trovato nelle sue tasche. Ma quello non era da nascondere, era un coltello come tutti gli altri.

Il giorno dopo Jacques si sentiva già meglio, e riprese a sperare che non sarebbe morto lì. Aveva provato un vivo piacere nel riconoscere accanto a lui Cabuche, che si dava da fare e che smorzava i suoi pesanti passi di colosso sull'impiantito di legno; dopo l'incidente, il cavapietre non aveva abbandonato Séverine, come trascinato anche lui da un ardente bisogno di devozione: abbandonava il lavoro, e ogni mattina veniva ad aiutarla nella pesante fatica delle faccende di casa, la serviva da cane fedele, con gli occhi fissi in quelli di lei. Era una donna forte, diceva lui, nonostante l'aspetto delicato. Si doveva pur fare qualche cosa per lei che faceva tanto per gli altri. E i due amanti si assuefecero a quella presenza, si davano del tu, si baciavano perfino, senza soggezione, quando lui, con discrezione, attraversava la camera, mettendo il meno possibile in mostra il suo corpaccio.

Jacques, intanto, si meravigliava delle frequenti assenze di Séverine. Questa, il primo giorno, in obbedienza al medico, gli aveva nascosto la presenza di Henri nella stessa casa, sapendo bene quanta riposante dolcezza gli avrebbe procurato l'assoluta solitudine.

« Siamo soli, non è vero? »

« Sì, amore, soli, assolutamente soli... Dormi tranquillo. »

Tuttavia lei spariva ogni momento, e fin dal giorno dopo lui aveva sentito a pianterreno rumori di passi e bisbigli. Poi, il giorno seguente ci fu tutta una repressa allegria, limpide risate, voci giovani e fresche che non la smettevano più.

« Chi c'è, chi c'è di sotto?... Ma non siamo soli? »

« Ebbene no, tesoro, giù, proprio sotto la tua camera c'è un altro ferito che ho dovuto ospitare. »

« Ah!... E chi è poi? »

« Henri, sai, il capotreno. »

« Henri... Ah! »

« E stamattina sono arrivate le sorelle. Quelle che senti sono loro, ridono di ogni cosa... Siccome lui va molto meglio, ripartiranno stasera perché il padre non può fare a meno di loro; Henri resterà ancora due o tre giorni per rimettersi completamente... Ha spiccato un salto, lui, e non ha niente di rotto; solo si sentiva come un idiota, ma adesso è tornato in sé. »

Jacques taceva, e fissò su di lei un così lungo sguardo, che lei aggiunse:

« Capisci? se non ci fosse lui, potrebbero spettegolare su noi due... Fintanto che non sono sola con te, mio marito non può dire nulla, ho un ottimo pretesto per restare qui... Capisci? »

« Sì, sì, benissimo. »

E fino a sera Jacques ascoltò le risate delle piccole Dauvergne, che ricordava di aver intese a Parigi salire a quel modo dal piano sottostante, nella camera dove Séverine s'era confessata fra le sue braccia. Poi tornò la pace, ed egli di stinse solo i passi leggeri dell'amante che faceva la spola fra lui e l'altro ferito. Giù la porta fu chiusa e la casa piombò in un profondo silenzio. Due volte, avendo molta sete, dovette dare dei colpi sull'impiantito con una sedia perché lei risalisse. E quando riapparve, era sorridente, premurosissima, e spiegava che non la finiva mai perché bisognava tenere sulla testa di Henri compresse di acqua gelata.

Fin dal quarto giorno Jacques poté alzarsi e trascorrere due ore in poltrona davanti alla finestra. E chinandosi un poco, scorgeva il piccolo giardino tagliato dalla ferrovia, circondato da un muretto invaso dai pallidi fiori di un roseto di macchia. Ricordava la notte in cui vi si era spinto per guardare al di là del muro, e rivedeva dall'altro lato della casa il terreno abbastanza vasto, recintato soltanto da una siepe naturale, quella siepe che aveva scavalcata, e dietro la quale s'era incontrato con Flore, seduta sulla soglia della piccola serra in rovina, intenta a rubare delle corde sbrogliate a colpi di forbici. Ah, l'orrenda notte, tutta piena dello spavento del suo male! E Flore, con l'alta e flessuosa figura di bionda guerriera, dagli occhi ardenti fissi nei suoi, l'ossessionava da quando il ricordo gli si ripresentava sempre più chiaro. Del resto, non aveva aperto bocca sull'incidente, e nessuno, per prudenza, ne parlava. Ma ogni particolare gli si ripresentava, e lui ricostruiva la scena; non pensava ad altro, con uno sforzo così persistente che, ora, alla finestra, l'unica sua occupazione era quella di ricercare le tracce, di spiare i protagonisti della catastrofe. Perché dunque non la vedeva più al suo posto di guardia al passaggio a livello, con la bandiera in mano? Non osava rivolgere la domanda, e ciò aggravava il malessere che gli causava quella lugubre casa che gli pareva tutta popolata di spettri.

Però una mattina che Cabuche era lì ad aiutare Séverine, finì col decidersi.

« E Flore, è malata? »

Il cavapietre, sorpreso, non capì un gesto della donna, credette che lei gli ordinasse di parlare.

« La povera Flore è morta! »

Jacques li guardò fremendo e allora bisognò dirgli ogni cosa. Tutti e due gli raccontarono il suicidio della ragazza e come s'era fatta ammazzare sotto la galleria. Avevano ritardato fino a sera il seppellimento della madre per trasportare nello stesso tempo la figlia; e dormivano fianco a fianco nel piccolo cimitero di Doinville dove avevano raggiunto colei che se n'era andata per prima, la minore, la dolce e sventurata Louisette, travolta anche lei con violenza, tutta imbrattata di sangue e di fango. Tre poverette, di quelle che cadono lungo la strada e che vengono schiacciate, che scompaiono come spazzate dal terribile vento dei treni di passaggio.

« Morta, Dio mio! » ripeté sottovoce Jacques « mia povera zia Phasie, e Flore, e Louisette! »

Al nome di quest'ultima, Cabuche, che aiutava Séverine a rifare il letto, istintivamente levò lo sguardo su di lei, turbato dal ricordo della sua tenerezza di un tempo, nella nascente passione dalla quale era invaso, senza difesa, da persona dolce e ottusa, da buon cane che si dà alla prima carezza. Ma la donna, al corrente di quei tragici amori, se ne stette cupa e assorta, poi lo guardò con simpatia; ed egli ne fu molto commosso; e avendo con la mano, senza volere, sfiorato la mano di lei, nel porgerle i guanciali, rimase senza fiato, e rispose con un balbettìo a Jacques che l'interrogava.

« L'accusavano dunque di aver provocato l'incidente? »

« Oh, no, no... Però la colpa era sua, e capirà... »

Con frasi mozze disse quel che sapeva. Non aveva visto nulla perché era nella casa quando i cavalli s'erano mossi, trascinando il carro di traverso sulla ferrovia. E qui stava il suo sordo rimorso, quei signori della giustizia glielo avevano duramente rimproverato: non si abbandonano le bestie, lo spaventoso disastro non si sarebbe verificato se fosse rimasto con i suoi cavalli. L'inchiesta quindi aveva assodato una semplice negligenza da parte di Flore; e poiché lei s'era atrocemente punita con le proprie mani, la cosa s'era fermata lì, e non avevano neppure trasferito Misard, che, con la sua aria umile e deferente s'era cavato dagli impicci scaricandosi sulla morta: Flore faceva sempre di testa sua, e a lui toccava uscire ogni momento dal suo posto per chiudere il passaggio. Perciò la Compagnia non aveva potuto stabilire se non il perfetto adempimento del suo servizio quella mattina; e in attesa che riprendesse moglie, era stato autorizzato ad assumere come sorvegliante del passaggio a livello una vecchia del vicinato, la Ducloux, già cameriera di albergo, che viveva sui loschi guadagni ammassati a suo tempo.

Andato via Cabuche, Jacques, con uno sguardo trattenne Séverine. Era pallidissimo.

« Sai bene che è stata Flore a spingere i cavalli e a sbarrare i binari con le pietre. »

Séverine, a sua volta, impallidì.

« Tesoro, cosa racconti!... Hai la febbre, devi rimetterti a letto. »

« No, no, non è un incubo... Capisci? l'ho vista come vedo te. Tratteneva i cavalli, con le sue forti mani impediva al carro di avanzare. »

Allora la giovane, con le gambe tremanti, si lasciò cadere su una sedia, di fronte a lui.

« Dio mio! Dio mio! tutto questo mi fa paura... È mostruoso, non riuscirò più a dormire, ripensandoci. »

« Diamine! » continuò lui « la cosa è chiara, ha tentato di farci fuori tutti e due nel mucchio... Da molto tempo voleva me, ed era gelosa. E inoltre, era un po' svitata, aveva idee così bislacche... Tanti delitti in un sol colpo, tutta una folla nel sangue! Ah, poveraccia! »

Gli occhi gli si erano sgranati, un tic scuoteva le sue labbra, e tacque, e tutti e due per un lungo minuto continuarono a guardarsi. Poi, respingendo le spaventose visioni che sorgevano fra loro, lui riprese sottovoce:

« Ah, è morta, e allora è lei che ritorna! Da quando ho ripreso conoscenza, mi pare che sia sempre qui. Anche stamattina, mi sono voltato credendola al capezzale del letto... Lei è morta e noi viviamo. Purché ora non si vendichi! »

Séverine rabbrividì.

« Taci, taci, per piacere! Mi farai impazzire. »

Uscì, e Jacques sentì che andava dall'altro ferito. Rimasto alla finestra, di nuovo si incantò nell'esaminare la linea ferroviaria, la casetta del casellante col grande pozzo, il posto del cantoniere, quella baracchetta di tavole dove Misard, nel suo regolare e monotono lavoro, pareva sonnecchiasse. Queste sue osservazioni lo assorbivano per delle ore, come se fosse alla ricerca di un problema che non poteva risolvere, e la cui soluzione pertanto interessasse la sua salvezza.

Non cessava di guardare Misard, quell'essere malaticcio,

mite e smorto, scosso di continuo da una tossetta stizzosa, che aveva avvelenato la moglie riuscendo ad avere il sopravvento su quel pezzo di donna come un insetto roditore, caparbio nella sua passione. Sicuramente da anni non aveva avuto altro pensiero, di giorno e di notte, durante le interminabili dodici ore di servizio. A ogni tintinnio del campanello elettrico che gli annunciava un treno, doveva suonare la tromba; passato poi il treno, chiuso il passaggio, doveva schiacciare un bottone per dare l'annuncio al posto seguente e schiacciarne un altro per rendere la via libera al posto precedente: movimenti soltanto meccanici diventati alla fine, nella sua esistenza vegetativa, come abitudini corporali. Ignorante, ottuso, non leggeva mai, e se ne stava con le mani ciondoloni, lo sguardo sperduto e vuoto, tra i segnali dei suoi dispositivi. Quasi sempre seduto nella garitta, unica sua distrazione era quella di far durare la colazione il più a lungo possibile. Ripiombava quindi nel suo stato di ebetudine, la testa vuota, senza un pensiero, assillato soprattutto da una terribile sonnolenza, tanto che a volte si addormentava ad occhi aperti. La notte, che voleva sottrarsi a quell'irresistibile torpore, bisognava che si alzasse, che caminasse, pur avendo le gambe molli come un ubriaco. Ed era stato così che la lotta con la moglie, quel sordo conflitto per i mille franchi nascosti, a chi li avrebbe avuti dopo la morte di uno dei due, doveva essere stata, per mesi e mesi, l'unico pensiero nel suo cervello intorpidito di uomo solitario. Quando suonava la tromba, quando manovrava i segnali, vegliando come un automa alla sicurezza di tante vite, egli pensava al veleno; e ancora ci pensava quando aspettava con le braccia inerti e gli occhi che gli si chiudevano dal sonno. Niente al di là di questo: l'avrebbe uccisa, avrebbe cercato, era lui che avrebbe avuto i quattrini.

Ora, Jacques si stupiva di trovarlo sempre lo stesso. Si poteva dunque uccidere senza scomporsi, e la vita continuava. Dopo la furia delle prime ricerche, Misard, infatti, era ripiombato nella sua flemma, nella placidezza sorniona dell'essere debole che teme le scosse. In fondo sì, se l'era divorata, ma in ogni caso sua moglie trionfava; era sconfitto, metteva a soqquadro la casa senza riuscire a scoprire nulla, non un centesimo; e solo il suo sguardo, uno sguardo inquieto, petulante esprimeva, nella faccia terrea, la preoccupazione. Continuamente rivedeva gli occhi spalancati della morta, il riso spaventoso delle sue labbra, che ripetevano: « Cerca! cerca! » E lui cercava, non riuscendo più a dare al cervello un minuto di tregua; lavorava senza sosta alla ricerca del posto dove il malloppo era stato nascosto, riprendeva a esaminare gli eventuali nascondigli, scartando quelli che aveva già esplorati, si accendeva di febbre quando ne immaginava uno nuovo, preso allora da tale fretta, che lasciava ogni cosa per corrervi inutilmente: insomma, a lungo andare, tutto ciò era diventato un intollerabile supplizio, una vindice tortura, una specie di insonnia cerebrale che lo teneva sveglio, istupidito, meditabondo, suo malgrado, sotto il tic-tac d'orologio dell'idea fissa. Quando soffiava nella tromba, una volta per i treni discendenti, due volte per i treni ascendenti, cercava; quando obbediva ai richiami delle suonerie, quando schiacciava i bottoni dei dispositivi, chiudendo o dando la via libera, cercava; cercava instancabilmente, cercava perdutamente: di giorno durante le lunghe attese, appesantito dall'ozio; di notte, tormentato dal sonno, come esiliato in capo al mondo, nel silenzio della sconfinata campagna buia. E la Ducloux, la donna che ora sorvegliava il passaggio a livello, spinta dal desiderio di farsi sposare, era piena di premure, inquieta nel non vederlo mai chiudere occhio.

Jacques, che cominciava a muovere qualche passo in camera, una notte, essendosi alzato e avvicinato alla finestra, vide una lanterna andare e venire nel recinto di Misard: certamente l'uomo cercava. Ma, la notte seguente, spiando di nuovo, il convalescente ebbe la sorpresa di riconoscere, in una grande forma scura, Cabuche, in piedi sulla strada, sotto la finestra della camera dove dormiva Séverine. E questo, senza sapersi spiegare il perché, invece di irritarlo, lo riempì di commiserazione e di tristezza: ecco un altro sfortunato, quel gran bruto, piantato lì come una bestia sconvolta e fedele. In verità, Séverine, così sottile, non bella nei particolari, aveva dunque un fascino straordinario, con quei capelli neri, i chiari occhi di pervinca, perché gli stessi slevaggi, i colossi dalla intelligenza limitata, ne bruciassero a quel modo nella carne, fino a passare le notti alla porta di lei come trementi ragazzini! Si sovvenne di alcuni fatti, la premura del cavapietre nell'aiutarla, gli sguardi sottomessi con i quali le si offriva. Sì, certamente Cabuche l'amava e la desiderava. E il giorno dopo, tenendolo d'occhio, vide che furtivamente raccoglieva una forcina che a lei era caduta dalla crocchia nel fare il letto, e che se la teneva stretta in pugno, non volendola restituire. Jacques pensava al proprio tormento, a tutto quello che aveva sofferto nel desiderarla, a tutto quello che, con la salute, riaffiorava in lui di torbido e di spaventoso.

Passarono ancora due giorni, finiva la settimana, e così come aveva previsto il medico, i feriti avrebbero potuto riprendere servizio. Stando alla finestra una mattina, il macchinista vide passare su una locomotiva nuovissima il suo fuochista Pecqueux, che lo salutò con un cenno della mano, come se lo chiamasse. Ma lui non aveva alcuna fretta, un risveglio di passione lo tratteneva lì, una specie di ansiosa attesa per quel che sarebbe avvenuto. Lo stesso giorno, giù, intese di nuovo le fresche e giovanili risate, una gaiezza spensierata, che riempiva la malinconica dimora del chiasso di un collegio in ricreazione. Aveva riconosciute le piccole Dauvergne. Non ne parlò affatto a Séverine, che, del resto, sparì per l'intera giornata, senza restare nemmeno cinque minuti accanto a lui. La sera, poi, la casa piombò in un silenzio mortale. E poiché, un po' pallida, con aria grave, lei si attardava nella sua camera, lui, guardandola fissa, domandò:

« Allora è partito? le sue sorelle se lo sono portato via? »

Lei rispose sostenuta:

« Sì. »

« Insomma, siamo soli, proprio soli? »

« Sì, proprio soli... Bisognerà lasciarci domani, ritornerò a Le Havre. L'accampamento in questo deserto è finito. »

Lui continuava a guardarla con aria sorridente e impacciata. Poi, decidendosi:

« Ti dispiace che sia partito, eh? »

E siccome lei trasalì con l'intenzione di protestare, lui la prevenne.

« Non cerco un litigio. Vedi bene che non sono geloso. Un giorno mi hai detto di uccidertì se fossi stata infedele, non è così? ma io non sono il tipo dell'amante che pensa di uccidere la donna amata... In verità, non ti muovevi più dal pianterreno. Impossibile averti per un minuto. Ho finito per ricordarmi quel che diceva tuo marito, che una bella sera saresti andata a letto, senza provarne piacere, con quel ragazzo, unicamente per ricominciare un'altra cosa. »

Lei aveva finito di agitarsi, e per due volte ripeté lentamente:

« Ricominciare, ricominciare... »

Poi, in uno slancio irresistibile di sincerità:

« Ebbene, ascolta, è vero... Possiamo dirci tutto, noialtri. Ci sono parecchie cose che ci legano... Da molti mesi quell'uomo mi perseguitava. Sapeva che ero tua, e pensava che essere sua non mi sarebbe costato di più. E quando l'ho ritrovato giù, mi ha ancora parlato, mi ha ripetuto che mi amava da morirne, con un'aria così piena di riconoscenza per le cure che gli ho prodigate, con tale dolce tenerezza, che, è vero, per un momento ho sognato di amarlo anch'io, di ricominciare un'altra cosa, qualcosa di meglio, di dolcissimo... Sì, qualcosa forse senza piacere, ma che mi avrebbe calmata... »

Si interruppe, esitò prima di proseguire.

« Perché dinanzi a noi due, ora, il cammino è sbarrato, non andremo più lontano... Il nostro sogno di partire, la speranza di essere ricchi e felici, laggiù, in America, tutta la fortuna che dipendeva da te non è possibile, perché tu non hai potuto... Oh, non ti rimprovero nulla, val meglio che la cosa non sia stata fatta, ma voglio farti comprendere che con te non ho più nulla da aspettarmi: domani sarà come ieri, le stesse noie, gli stessi tormenti. »

Lui la lasciava parlare, e le rivolse una domanda solo quando tacque.

« Ed è per questo che sei andata a letto con l'altro? »

Lei aveva mosso qualche passo nella camera, ritornò scrollando le spalle.

« No, non sono andata a letto con lui, te lo dico con tutta semplicità, e tu, sono sicura, mi credi, perché ormai non possiamo mentirci... No, non ho potuto, non più di te che non hai potuto per l'altra faccenda. Eh, ti sorprende che una donna non possa darsi a un uomo, anche quando ragionandoci si è accorta che ci guadagnerebbe? Io stessa non avevo secondi fini, non mi è mai costato essere gentile, voglio dire di procurare questo piacere a mio marito o a te, quando vedevo che mi amavate tanto. Ebbene, questa volta non ho potuto. Lui mi ha baciate le mani, non la bocca, te lo giuro. Mi aspetta a Parigi, quando vorrò raggiungerlo; non ho voluto farlo disperare perché lo vedevo così afflitto. »

Aveva ragione, Jacques non poteva non crederle, vedeva bene che non mentiva. Ed era ripreso da un'angoscia, e il terribile turbamento del desiderio si faceva più vivo pensando che ora, solo, era rinchiuso con lei, lontano dalla gente, nella riaccesa fiamma della loro passione. Volle sfogarsi, esclamò:

« Ma ce n'è anche un altro, quel Cabuche! »

Con brusco movimento lei si voltò nuovamente.

« Ah, te ne sei accorto, sai anche questo... Sì, è vero, c'è anche lui. Mi domando che cosa gli piglia a tutti... Questo non mi ha mai detto una parola. Ma vedo che quando ci baciamo si avvilisce. E piange di nascosto se sente che ti dò del tu. E poi mi rubacchia tutto, spariscono i miei oggetti, i guanti e perfino i fazzoletti, che poi si porta laggiù nella sua caverna come fossero tesori... Però tu non devi pensare che io sia capace di cedere a quel selvaggio. È troppo uno stangone, mi farebbe paura. Del resto, non chiede nulla... No, no, questi grossi bruti, se timidi, muoiono d'amore senza esigere nulla. Potresti lasciarmi per un mese in sua custodia, e non mi toccherebbe neppure con la punta delle dita, così come non toccò mai Louisette, oggi lo posso assicurare. »

A quel ricordo, i loro sguardi si incontrarono, e si stabilì un silenzio. Le cose del passato richiamavano il loro incontro dal giudice istruttore, a Rouen, poi il loro primo viaggio a Parigi, così dolce, e i loro amori a Le Havre e tutto quello che c'era stato poi di bello e di terribile. Lei gli si avvicinò e gli era così vicino che lui sentiva il tepore del suo fiato.

« No, no, ancora meno con questo che con l'altro. Con nessuno, capisci, perché mi sarebbe impossibile... E vuoi sapere la ragione? Va' là, ora lo sento e sono sicura di non sbagliarmi: perché mi hai presa interamente. Non si può adoperare un'altra parola: sì, presa, come si prende qualcosa con le mani e la si porta via e di cui si dispone in ogni momento, come di un proprio oggetto. Prima di te non sono stata di nessuno. Sono tua e resterò tua, anche se tu non lo volessi, anche se io stessa non lo volessi... È una cosa che non saprei spiegare. Ci siamo incontrati così. Con gli altri mi fa paura, mi ripugna; mentre con te, tu ne hai fatto un piacere meraviglioso, una vera felicità del cielo... Ah, non amo che te, non posso più amare altri se non te! »

Protese le braccia per attrarlo, per stringerlo, per posare la testa sulla spalla di lui, la bocca sulle sue labbra. Ma lui le a-veva afferrate le mani, la tratteneva, sconvolto, terrorizzato di sentire risalirgli da tutto il corpo l'antico brivido col sangue che gli pulsava nel cranio. Era il campanello d'allarme, il colpo di martello, il clamore della ridda delle sue acute crisi di una volta. Da qualche tempo non poteva più possederla in piena luce e neppure al chiarore di una candela, per paura, se l'avesse vista, di impazzire. E lì v'era un lume che illuminava vivamente tutti e due; e se tremava a quel modo, se ricominciava ad infuriarsi, doveva essere perché aveva scorto la bianca rotondità del seno attraverso il colletto slac-ciato della vestaglia.

Supplicante, ardente, lei continuò:

« La nostra esistenza ha un bell'essere sbarrata, tanto peg-gio! Se da te non mi aspetto niente di nuovo, se so che il domani riserberà per noi gli stessi guai, gli stessi tormenti, per me è lo stesso, non ho altro da fare che trascinare la vita e soffrire con te. Torneremo a Le Havre e tutto andrà come sarà possibile, purché ogni tanto ti abbia così per un'ora... Ed ecco che da tre notti non dormo più, tormentata nella mia camera, là dall'altra parte del pianerottolo, dal bisogno di venire da te. Tu eri tanto malato, mi sembravi così cupo che non ho assolutamente osato... Ma, tienimi, con te, stase-ra. Vedrai come sarà dolce, mi farò piccola piccola per non darti fastidio. E poi, pensa, è l'ultima notte... In questa casa si è in capo al mondo. Ascolta, non un respiro, non un'ani-ma. Nessuno può venire, siamo soli, così completamente soli che nessuno verrebbe a saperlo se morissimo l'uno nelle braccia dell'altra. »

Già nel furente desiderio di possesso, esaltato da quelle carezze, Jacques, non avendo nessun'arma, protendeva le dita per strangolare Séverine, allorché lei stessa, seguendo l'abitu-dine, si volse e spense il lume. Allora lui la trascinò e si co-ricarono. Fu per loro una delle più ardenti notti d'amore, la migliore, la sola che li fece sentire fusi, annullati l'uno nell'altra. Fiaccati da questa felicità, annientati al punto da non sentire più i loro corpi, non riuscirono pertanto ad addormentarsi, restando legati in un abbraccio. E come durante la notte delle confessioni a Parigi, nella camera di mamma Victoire, lui, in silenzio, l'ascoltava, mentre lei, con la bocca incollata al suo orecchio bisbigliava in un soffio parole senza fine. Forse quella sera, prima che spegnesse il lume, lei aveva sentito la morte aleggiare sul suo capo. Sino a quel momento, nella continua minaccia di essere uccisa, aveva sorriso incosciente tra le braccia dell'amante. Ma ora era stata colta da un lieve brivido di freddo, ed era per questo inesplicabile spavento che se ne stava, nel bisogno di protezione, allacciata strettamente al petto di quell'uomo. Il suo leggero respiro era come l'offerta stessa della sua persona.

« Oh, tesoro, se avessi potuto, come saremmo stati felici laggiù!... No, no, non ti chiedo più di fare ciò che non puoi fare; solo rimpiango tanti nostri sogni!... Poco fa ho avuto paura. Non so, mi sembra che qualcosa mi minacci. Senza dubbio una puerilità: ogni momento mi volto come se qualcuno fosse lì, pronto a colpirmi... E io non ho che te, tesoro, per difendermi. Tutta la mia gioia dipende da te, adesso sei l'unica ragione della mia vita.»

Senza rispondere lui se la strinse ancora più forte, infondendo in quell'abbraccio quel che non diceva: la sua emozione, il sincero desiderio di essere buono con lei, il violento amore che lei non aveva cessato di ispirargli. E proprio quella sera aveva voluto ucciderla; perché se lei non si fosse voltata a spegnere il lume, sicuramente l'avrebbe strangolata. Mai sarebbe guarito, le crisi lo riassalivano secondo il capriccio dei fatti, senza che potesse neppure scoprirne e analizzarne le cause. Così, perché proprio quella sera di riconfermata fedeltà e di più grande e confidente passione? Era dunque perché quanto più essa l'amava, tanto più lui voleva possederla sino a sopprimerla, in quelle spaventose latebre dell'egoismo del male? Averla come la terra, morta!

« Dimmi, tesoro, perché ho paura? Sai che qualche cosa mi minaccia? »

« No, no, stai tranquilla, nessuno ti minaccia. »

« È che di tanto in tanto tremo in tutto il corpo. Alle mie

spalle c'è un continuo pericolo, che non vedo, ma che sento perfettamente... Perché allora ho paura? »

« No, no, non aver paura... Ti amo e non permetterei che qualcuno potesse farti del male... Vedi come è bello, essere così l'uno nell'altra! »

Vi fu un delizioso silenzio.

« Ah, tesoro » continuò a dire lei col suo lieve respiro carezzevole « notti e ancora notti tutte simili a questa, notti senza fine in cui, come adesso, non saremo che una persona... Ma sì, venderemo questa casa e partiremo con i soldi per raggiungere in America il tuo amico che aspetta ancora... Non una volta vado a letto senza organizzare la nostra vita laggiù... E tutte le sere saranno come questa sera. Tu mi prenderai, sarò tua, fino ad addormentarci l'uno nelle braccia dell'altra... Ma tu non puoi, lo so. Se te ne parlo non è per infliggerti una pena, ma perché è una cosa che mi trabocca spontaneamente dal cuore. »

Una subitanea decisione che aveva già presa molte volte, scosse Jacques: uccidere Roubaud per non uccidere lei. Questa volta, come le altre, credette di averne l'assoluta e incrollabile volontà.

« Non ho potuto » mormorò a sua volta « ma potrei. Non te l'ho promesso? »

Lei protestò debolmente.

« No, non promettere, te ne prego... Siamo stati così male, quando il coraggio ti è venuto a mancare... E poi, è spaventoso, non bisogna, no, no! non bisogna. »

« Sì, lo sai bene, bisogna, invece. È appunto perché bisogna che troverò la forza... Volevo parlartene, e parliamone, poiché siamo qui soli, tranquilli nel non vedere il colore delle nostre stesse parole. »

Già lei si rassegnava sospirando, e il cuore gonfio le batteva con così grandi colpi, che lui lo sentì palpitare contro il proprio cuore.

« Oh, Dio mio! fin quando la cosa non poteva esser fatta, la desideravo... Ma ora che diventa attuabile, non vivrò più. »

Tacquero, e sotto il pesante fardello di quella decisione, vi fu un nuovo silenzio. Intorno sentivano il deserto, la desolazione di quella selvaggia contrada. Avevano molto caldo, i corpi sudati, allacciati, fusi insieme.

Poi, mentre con una vaga carezza lui la baciava sul collo e sotto il mento, fu lei che riprese il leggero bisbiglìo.

« Bisognerebbe che venisse qui... Sì, potrei chiamarlo con un pretesto. Non so ancora quale. Cercheremo più tardi... Allora, tu lo aspetteresti, ti nasconderesti e andrebbe tutto liscio, perché qui si è sicuri di non essere disturbati... Che ne dici? è questo che bisogna fare. »

Docile, mentre le sue labbra scendevano dal mento alla gola, lui si limitò a rispondere:

« Sì, sì. »

Ma lei, con molta ponderazione soppesava ogni particolare; e mano mano che il piano si sviluppava nella sua testa, lo discuteva, lo correggeva.

« Però, tesoro, sarebbe troppo sciocco non prendere le nostre precauzioni. Se dovessimo farci arrestare il giorno dopo, preferirei restare così come siamo... Vedi, non mi ricordo più dove, di sicuro in un romanzo, ho letto questo: la cosa migliore è quella di far credere in un suicidio... Da qualche tempo è tanto strano, tanto squilibrato e cupo, che non sorprenderebbe nessuno l'improvvisa notizia che sia venuto qui per uccidersi... Ma ecco, si tratterebbe di disporre le cose in modo che l'idea del suicidio fosse accettabile... Non è così? »

« Sì, certo. »

Un po' soffocata perché lui le serrava la gola sotto le labbra, per baciarla tutta, lei almanaccava.

« Non è così? qualcosa che ne svii le tracce... Di', non è un'idea? Se, per esempio venisse ferito al collo, non dovremmo fare altro che afferrarlo e portarlo, in due, lì di traverso sulla ferrovia. Capisci? lo metteremmo col collo su una rotaia, in maniera che il primo treno lo decapitasse. Avrebbero un bel cercare in seguito, con tutta quella parte maciullata: niente ferita, niente di niente!... Di', non va bene? »

« Sì, va benissimo. »

Si accalorarono entrambi; lei era quasi allegra e fiera di possedere tanta immaginazione. A una più viva carezza fu percorsa da un fremito.

« No, lasciami, aspetta un po'... Perché, caro, penso che non vada ancora bene. Se tu resti qui con me, il suicidio, perlomeno, sembrerà ambiguo. Occorre che tu vada via. Capisci? domani partirai, ma in maniera palese, davanti a

Cabuche, davanti a Misard, affinché la tua partenza sia ben assodata. Prenderai il treno a Barentin e scenderai a Rouen con un pretesto qualsiasi; poi, di sera, ritornerai, ti farò entrare dalla porta posteriore. Vi sono solo quattro leghe, puoi essere di ritorno in meno di tre ore... Questa volta sì, tutto è in regola. È cosa fatta, se tu lo vuoi. »

« Sì, lo voglio, è cosa fatta. »

Inerte, senza più baciarla, anche lui ora rifletteva. E di nuovo fu silenzio, mentre se ne stavano così, senza muoversi, abbracciati, come annientati nell'atto futuro, deciso, ormai certo. Poi, lentamente, la sensazione dei loro corpi li riaccese, e si affannavano in una stretta sempre più spasmodica, allorché lei, sciolte le braccia, si placò.

« Ma già, e il pretesto per farlo venire qui? Lui non potrà che prendere il treno delle otto di sera, dopo il suo turno di servizio, e non arriverebbe prima delle dieci: è meglio... Ma sì, quel tale che vuol comprare la casa, ha detto Misard, deve venirla a visitare proprio dopodomani mattina! Ecco, appena alzata, vado a telegrafare a mio marito dicendogli che la sua presenza è assolutamente necessaria. Sarà qui domani sera. Quanto a te, partirai nel pomeriggio e potrai essere di ritorno prima che egli arrivi. Farà buio, niente luna, niente che ci dia fastidio... Tutto sistemato perfettamente. »

« Sì, perfettamente. »

E questa volta, trascinati fino al deliquio, si amarono. Quando infine nel grande silenzio si addormentarono tenendosi ancora strettamente abbracciati, non era ancora giorno; un barlume dell'alba cominciava a schiarire quelle tenebre che li aveva celati l'uno all'altra, come ravvolti in un nero mantello. Lui dormì di un sonno pesante senza sogni, fino alle dieci; e quando aprì gli occhi, era solo; lei, nella sua camera all'altro lato del pianerottolo, si stava vestendo. Una cascata sfolgorante di sole entrava dalla finestra, accendendo le tende rosse del letto, la tappezzeria rossa delle pareti, tutto quel rosso che fiammeggiava nella camera; mentre la casa vibrava per il rombo di un treno che stava passando. Doveva essere stato quel treno a risvegliarlo. Abbagliato, guardò il sole, il rosso sfavillìo che invadeva tutto; poi ricordò; era stato deciso; la notte seguente avrebbe ucciso, appena quel gran sole si fosse spento.

Quel giorno le cose si svolsero così come avevano stabilito Séverine e Jacques. Prima di colazione, lei pregò Misard di inoltrare da Doinville il telegramma per il marito; e verso le tre, trovandosi lì Cabuche, lui fece apertamente i preparativi per la partenza. Inoltre, mentre andava via per prendere il treno delle quattro e quattordici a Barentin, il cavapietre, non avendo nulla da fare e per il segreto bisogno di stare accanto a lui, felice di ritrovare nell'amante di lei un po' della donna desiderata, lo accompagnò. A Rouen, dove giunse alle cinque meno venti, Jacques prese alloggio vicino alla stazione, in un albergo gestito da una delle sue parti. Disse che il giorno dopo, prima di recarsi a Parigi per riprendere servizio, avrebbe dovuto incontrarsi con dei compagni. Aggiunse di essere molto stanco, avendo troppo preteso dalle proprie forze; e sin dalle sei si ritirò per dormire in una camera che s'era fatta dare, a pianterreno, con una finestra che sporgeva in un vicolo deserto. Dieci minuti dopo era già in cammino per la Croix-de-Maufras, dopo aver scavalcato la finestra senza esser visto, e avendo riaccostato con cura le imposte in maniera da poter rientrare in segreto per la stessa via.

Si ritrovò dinanzi alla casa solitaria, piantata di sbieco, nello squallore dell'abbandono, sull'orlo della ferrovia, soltanto alle nove e un quarto. La notte era scurissima, non un barlume rischiarava la facciata ermeticamente chiusa. E lui, ancora una volta, avvertì un doloroso colpo al cuore, quella spaventosa profonda tristezza che lo afferrava al presentimento dell'inevitabile scadenza del male che era lì ad attenderlo. Come era stato convenuto con Séverine, lanciò tre sassolini contro le imposte della camera rossa; poi si recò sul retro della casa, dove una porta si aprì silenziosamente. Dopo averlo richiuso, seguì i passi leggeri che salivano le scale a tentoni. Ma in alto, alla luce della grossa lampada accesa su un angolo della tavola, avendo scorto il letto già disfatto e i vestiti della donna gettati di traverso su una sedia, e lei stessa in camicia, a gambe nude, pettinata per la notte, con quei suoi pesanti capelli annodati in alto, che scoprivano il collo, lui restò immobile dalla sorpresa.

« Come, sei a letto? »

« Certo, va molto meglio... È un'idea che mi è venuta. Capisci, quando arriverà e io discenderò ad aprirgli così svestita, diffiderà ancora di meno. Gli racconterò di essere stata colpita da un'emicrania. E già Misard crede che sia sofferente. Questo mi permetterà di dire che non ho abbandonata la camera quando domattina lo ritroveranno giù sulla ferrovia. »

Ma Jacques fremeva, si infuriava.

« No, no, vestiti... Non puoi restare così. »

Meravigliata, lei s'era messa a sorridere.

« Ma perché, tesoro? Non darti pensiero, ti assicuro che non ho affatto freddo... Ecco, vedi, ho caldo! »

Con moto carezzevole gli si accostò, per serrarlo tra le braccia nude, sollevando il petto scoperto dalla camicia scivolata su una spalla. E siccome lui, in una crescente agitazione, indietreggiava, lei si fece docile.

« Non arrabbiarti, vado a rificcarmi in letto. Così non avrai più paura che mi ammali. »

Quando fu coricata, con le coperte fino al mento, in effetti lui parve calmarsi. Frattanto lei continuava a parlare tranquillamente, spiegandogli come immaginava lo svolgersi delle cose.

« Appena busserà, scenderò ad aprirgli. Dapprima avevo pensato di lasciarlo salire fin qui, dove tu l'avresti atteso. Ma per trasportarlo giù sarebbe stato complicato; e poi, in questa camera c'è l'impiantito di legno, mentre nel vestibolo ci sono i mattoni, il che mi permetterà di lavare agevolmente se vi saranno delle macchie... Proprio poco fa, nello svestirmi, pensavo a un romanzo nel quale l'autore racconta che un uomo, per ammazzarne un altro, s'era completamente denudato. Capisci? dopo ci si lava, e sui vestiti non c'è un solo schizzo... Che ne dici, se anche tu ti spogliassi, se ci togliessimo le camicie? »

La guardò sgomento. Lei aveva il suo dolce viso, gli occhi chiari di ragazzina, ed era semplicemente preoccupata della buona organizzazione del colpo, ma lui, al pensiero delle loro due nudità, sotto il balenìo dell'omicidio, era ripreso, scosso sin nelle ossa, dal terribile brivido.

« No, no!... Proprio come dei selvaggi, allora. Perché non mangiargli il cuore? Lo aborri a tal punto? »

All'improvviso il viso di Séverine s'era incupito. Quella domanda la spingeva verso l'orrore del gesto. Le lacrime velarono i suoi occhi.

« Ho sofferto troppo da qualche mese, proprio non posso più amarlo. Tante volte ti ho detto: tutto piuttosto che restare ancora una settimana con quell'uomo. Ma tu hai ragione, è spaventoso giungere fino a questo punto, e occorre che si abbia veramente il desiderio di essere soli e felici insieme... Insomma, scenderemo senza lampada. Tu ti apposterai dietro la porta, e quando io l'aprirò e lui sarà entrato, farai come vorrai... Se me ne occupo è per aiutarti, perché non abbia a preoccupartene da solo. Cerco di fare le cose come meglio posso. »

Lui, davanti al tavolo, s'era fermato nel vedere il coltello, l'arma che era servita al suo stesso marito, e che lei aveva messo lì in evidenza perché egli, a sua volta, lo colpisse. Completamente aperto, il coltello luccicava sotto la lampada. Lo prese, lo esaminò. Lei taceva e a sua volta guardava. Poiché l'aveva afferrato, era inutile parlargliene. E solo quando lo ebbe riposto sul tavolo continuò a parlare.

« Vero tesoro? non sono io che ti spingo. C'è ancora tempo, puoi andar via se proprio non puoi. »

Ma con un gesto violento lui s'impuntò.

« Ma mi prendi proprio per un vigliacco? Questa volta è fatta, c'è il giuramento! »

In quel momento la casa fu scossa dal rombo di un treno che passava come un fulmine, così vicino alla camera che pareva attraversarla col suo boato. Lui soggiunse:

« Ecco il suo treno, il diretto di Parigi. È sceso a Barentin, sarà qui fra mezz'ora. »

Né Jacques né Séverine parlarono più; vi fu un lungo silenzio. Vedevano l'uomo che avanzava nella notte buia attraverso angusti sentieri. Anche Jacques, come un automa, s'era messo a camminare nella camera come se stesse contando i passi dell'altro, che a ogni mossa un poco si avvicinava. Ancora uno, ancora un altro; e, all'ultimo, lui si sarebbe nascosto dietro la porta del vestibolo, gli avrebbe piantato il coltello nel collo, appena entrato. Lei, sempre con le coperte sino al mento, supina, lo guardava con quei suoi grandi occhi intenti andare in su e in giù, la mente cullata dalla cadenza di quel camminare che le giungeva come un'eco di passi lontani, laggiù. Senza sosta uno dopo l'altro, nulla li avrebbe più fermati. Al momento giusto, sarebbe saltata dal letto, sarebbe andata ad aprire, a piedi nudi senza lume. «Sei, tu, caro, entra, io sono andata a letto». E lui non avrebbe neppure risposto, sarebbe caduto nel buio, la gola squarciata.

Passò un altro treno, discendente questo, l'omnibus che incrociava il diretto davanti alla Croix-de-Maufras, a cinque minuti di distanza. Jacques s'era fermato, attonito. Soltanto cinque minuti! Come sarebbe stata lunga l'attesa di mezz'ora! Fu spinto da un bisogno di muoversi, ricominciò ad andare da un punto all'altro della camera. Inquieto, come quei maschi che un male nervoso colpisce nella virilità, già cominciava a interrogarsi: avrebbe potuto? Era consapevole dello sviluppo del fenomeno per averlo seguito in molte riprese: dapprima una certezza, un'assoluta risoluzione di uccidere; poi un'oppressione nel cavo del petto, il raffreddamento dei piedi e delle mani; e, di colpo, l'improvvisa debolezza: inutile la volontà sui muscoli diventati inerti. Per eccitarsi con i ragionamenti, ripeteva quello che s'era detto tante volte: il suo interesse a sopprimere quell'uomo, la fortuna che l'aspettava in America, il possesso della donna amata. Il guaio era che, poco prima, nel trovarla seminuda, aveva fermamente creduto ancora una volta nel fallimento della cosa; perché cessava di controllarsi appena gli ripiombava il brivido di una volta. Per un momento aveva tremato di fronte alla troppo intensa tentazione; lei che si offriva e quel coltello aperto che era lì. Ma ora restava fermo, teso verso lo sforzo. Avrebbe potuto. E continuava ad aspettare l'uomo, percorrendo la camera, dalla porta alla finestra, rasentando a ogni giravolta il letto che non voleva affatto guardare.

Séverine, in quel letto dove la notte precedente, per tante ore ardenti, nel buio, s'erano amati, continuava a non muoversi. Il capo immobile sul guanciale, lo seguiva con lo sguardo nel suo andare e venire anche lei ansiosa, agitata dalla paura che anche quella notte lui non avrebbe osato. Finirla, ricominciare, non voleva che questo in fondo alla sua incoscienza di donna innamorata, compiacente solo per il suo uomo, tutta presa da quello che la possedeva, senza cuore per l'altro che non aveva mai desiderato. Ci si sbarazzava di lui perché dava fastidio, niente di più naturale; e doveva riflettere perché potesse turbarsi dell'efferatezza del delitto: ma quando la visione del sangue e delle tremende complicazioni di nuovo sbiadiva, ritornava calma e sorridente, col viso innocente, tenero e dolce. Tuttavia, lei che credeva di conoscere molto bene Jacques, si meravigliava. Aveva la testa tonda di bel ragazzo, capelli ricci, baffi nerissimi, occhi scuri luccicanti d'oro; ma la mandibola si protendeva talmente, come se cacciasse un urlo, che ne era sfigurato. Passando davanti a lei l'aveva guardata, come suo malgrado, e il lampo dei suoi occhi s'era appannato di rossa foschia, mentre si irrigidiva indietreggiando con tutto il corpo. Che cosa aveva dunque per evitarla? Era forse perché ancora una volta il coraggio l'abbandonava? Da qualche tempo, nell'inconsapevolezza del continuo pericolo di morte che accanto a lui la minacciava, spiegava la paura senza alcun motivo, istintiva, col presentimento di una prossima rottura. All'improvviso si convinse che se fra poco non avesse potuto colpire, sarebbe fuggito per non ritornare mai più. Allora decise che egli avrebbe ucciso, che sarebbe stata lei a infondergli il coraggio, se ce ne fosse stato bisogno. In quel momento passava un altro treno, un interminabile treno merci, con una coda di vagoni che, nel pesante silenzio della camera, sembrava corressero da un'eternità. E, sollevata su un gomito, aspettava che quella ventata di uragano si fosse spenta lontano, in fondo alla campagna addormentata:

« Ancora un quarto d'ora » disse Jacques ad alta voce. « Ha oltrepassato il bosco di Bécourt, è a mezza strada. Ah, come è lunga! »

Ma, nell'andare verso la finestra, davanti al letto, in piedi, c'era Séverine, in camicia.

« Se scendessimo giù col lume » spiegò « vedresti il posto dove ti apposterai e io ti farei vedere come aprirò la porta e quale movimento dovrai fare. »

Lui, tremante, indietreggiò.

« No, no! il lume no! »

« Stai a sentire, poi lo nasconderemo. Ma intanto occorre rendersi conto. »

« No, no! ritorna a letto! »

Non gli obbedì, e invece, con l'invincibile e dispotico sorriso della donna che sa di suscitare al massimo il desiderio, gli andò incontro. Una volta tra le sue braccia, lui avrebbe ceduto ai sensi, avrebbe fatto quello che lei voleva. E, per vincerlo, continuava a parlare con tono carezzevole.

« Insomma, tesoro, che hai? Si direbbe che hai paura di me. Se mi avvicino pare che mi scansi. Se sapessi che bisogno ho in questo momento di appoggiarmi a te, di sentire che sei qui, che siamo perfettamente d'accordo per sempre, per sempre, capisci? »

Aveva finito per spingerlo verso il tavolo, e lui non poteva più sfuggirle, e la guardava nella viva luce della lampada. Mai l'aveva vista a quel modo, la camicia slacciata, con l'alta pettinatura che la rendeva tutta nuda, il collo nudo, i seni nudi. Già travolto, stordito dal fiotto di sangue, nello spaventoso brivido, soffocava lottando. E ricordò che sul tavolo, alle sue spalle, c'era il coltello: lo sentiva, non doveva fare altro che allungare la mano.

« Con uno sforzo riuscì ancora a farfugliare:

« Ti supplico, ritorna a letto. »

No, lei non si ingannava: era il desiderio troppo vivo di lei che lo faceva tremare a quel modo. E lei stessa ne provava una specie di orgoglio. Perché avrebbe dovuto obbedirgli dato che voleva essere amata, lì, quella sera, fin tanto che poteva amarla sino alla follia? Con graziosa agilità, gli si avvicinava sempre più, gli era addosso.

« Di', baciami... baciami forte forte come quando mi ami. Questo ci darà coraggio... Ah, sì, di coraggio ne abbiamo bisogno! Bisogna amarsi diversamente dagli altri, più di tutti gli altri per fare ciò che stiamo per fare... Baciami con tutto il cuore, con tutta la tua anima. »

Soffocato, lui non respirava più. Nella testa un clamore di folla gli impediva di capire; mentre morsi di fuoco dietro gli orecchi gli bucavano la testa, propagandosi alle braccia e alle gambe, svuotandolo del proprio corpo, sotto il galoppo dell'altro, della bestia invadente. Le mani non gli appartenevano più, nell'ebbrezza troppo viva di quella nudità femminile. I seni nudi si schiacciavano contro il suo vestito, il collo nudo si tendeva, tanto bianco, tanto delicato, con irresistibile tentazione; e il caldo e aspro odore, sovrastante, finiva col precipitarlo in una furiosa vertigine, un dondolìo senza fine dove la sua volontà affondava, sradicata, annientata.

« Baciami, tesoro, fin quando abbiamo ancora a disposizione un minuto... Sai che sta per essere qui. Ora, se ha camminato svelto, da un momento all'altro può bussare... Poiché non vuoi che scendiamo, ricordati bene: io aprirò; tu sarai dietro la porta; e non aspettare; immediatamente, oh, immediatamente, per finirla... T'amo tanto, saremo tanto felici! Lui è solo un uomo malvagio che mi ha fatto soffrire, lui è l'unico ostacolo alla nostra felicità... Baciami, oh! forte forte! baciami come se dovessi mangiarmi, perché fuori di te, non resti più nulla di me! »

Jacques, senza voltarsi, con la mano destra, tastando indietro, aveva afferrato il coltello. E per un momento restò così, serrandolo in pugno. Gli era ritornata la sete di vendicare le antichissime offese delle quali aveva perduto la precisa memoria, quella ruggine accumulata di maschio in maschio, dopo il primo inganno in fondo alle caverne? Fissava su Séverine i suoi occhi folli, non aveva altro bisogno che di stenderla morta, come una preda che si strappa agli altri. Si spalancava la spaventosa porta su quel nero baratro del sesso, l'amore fin nella morte, distrutto per un più forte possesso.

« Baciami, baciami... »

Lei arrovesciava, sottomessa, il viso, con supplicante tenerezza, scopriva il collo nudo, alla voluttuosa attaccatura del seno. E lui, alla vista di quella carne bianca, come in un bagliore di incendio, levò la mano armata del coltello. Ma lei aveva scorto il lampo della lama, e si gettò all'indietro, a bocca aperta per la sorpresa e il terrore.

« Jacques, Jacques... A me, mio Dio! Perché? perché? »

A denti serrati, lui non parlava, l'inseguiva. Una breve lotta, la ricondusse vicino al letto. Lei indietreggiava, stravolta, senza difesa, con la camicia strappata.

« Perché? mio Dio! perché? »

Ma lui abbassò la mano e il coltello le strozzò la domanda nella gola. Colpendo aveva rigirata l'arma per una mostruosa esigenza della mano che non voleva andare oltre; lo stesso colpo dato al presidente Grandmorin, allo stesso punto, con la stessa furia. Lei aveva gridato? non lo seppe mai. In quel secondo passava il direttissimo di Parigi, con tale violenza, con tale rapidità che l'impiantito ne tremò; e lei era morta, come fulminata in quella tempesta.

Immobile, Jacques ora la guardava, stesa ai suoi piedi, davanti al letto. Il treno si perdeva in lontananza, e lui, nel pesante silenzio della camera rossa, la guardava. Tra quella rossa tappezzeria, tra quelle tende rosse, lei, per terra, versava molto sangue; un fiotto rosso le ruscellava tra i seni, si spandeva sul ventre, sino a una coscia, di dove ricadeva in grosse gocce sull'impiantito. La camicia, mezzo lacerata, ne era imbevuta. Mai avrebbe creduto che avesse tanto sangue. E a trattenerlo, a ossessionarlo era la spaventosa maschera di terrore che nella morte assumeva quel viso di donna graziosa, dolce, dall'aria così mansueta. I capelli neri s'erano irrigiditi in un casco terribile, scuro come la notte. Gli occhi di pervinca, smisuratamente slargati, interrogavano ancora, desolati, atterriti dal mistero. Perché, perché l'aveva uccisa? Lei era stata stritolata, ghermita dalla fatalità dell'assassinio, ignara che la vita era rotolata dal fango nel sangue, e tuttavia tenera e innocente, senza che mai l'avesse compreso.

Jacques si stupì. Sentiva in sé un ansimare di bestia, un grugnito di cinghiale, un ruggito di leone; ma si calmò, finalmente riprendeva fiato. Finalmente, finalmente! era pago, aveva ucciso! Sì, lo aveva fatto. Era sollevato da una sfrenata gioia, da un grandissimo godimento, nella completa soddisfazione dell'eterno desiderio. Ne provava un orgoglio sorprendente, un accrescimento della sua sovranità di maschio. Aveva ucciso la donna, ora la possedeva come da tanto tempo desiderava possederla, interamente, sino all'annientamento. Lei non era più, non sarebbe stata mai più di nessuno. E un acuto ricordo gli si riaffacciava, quello dell'altro assassinato, il cadavere del presidente Grandmorin, che aveva visto nella terribile notte, cinquecento metri più in là. Questo corpo delicato, così bianco, rigato di rosso, era lo stesso brandello umano, il fantoccio stritolato, la stoffa gualcita di una creatura resa così da una coltellata. Sì, era questo. Egli aveva ucciso e per terra c'era questo. Come l'altro, era rotolata, ma sul dorso, le gambe divaricate, il braccio sinistro ripiegato sul fianco, il destro, storto, mezzo strappato dalla spalla. Era stato proprio quella notte che, col cuore in tumulto, aveva giurato di osare anche lui, in un esasperato desiderio omicida, come una concupiscenza, di fronte allo spettacolo dell'uomo sgozzato! Ah, non essere vigliacchi, saziarsi, affondare il coltello! Oscuramente quello spettacolo era germinato, s'era ingigantito in lui; da un anno non un'ora senza che avesse proceduto verso l'inevitabile; anche avvinghiato al collo di quella donna, sotto i suoi baci, il sordo lavorio veniva completato; e i due delitti s'erano congiunti, l'uno non era che la logica conseguenza dell'altro!

Un fracasso di crollo, una vibrazione nell'impiantito, distrassero Jacques dall'incantata contemplazione che aveva assunto davanti alla morta. Le porte volavano in pezzi? Erano già venuti per arrestarlo? Si guardò attorno e non trovò che sorda e muta solitudine. Ah, sì, ancora un treno! E quell'uomo che stava per bussare, giù, quell'uomo che aveva voluto uccidere? L'aveva completamente dimenticato. Se non rimpiangeva nulla, di già si giudicava un imbecille. Che cosa? che cosa era successo? La donna amata, dalla quale era riamato appassionatamente, giaceva sul pavimento, con la gola squarciata; mentre il marito, l'ostacolo alla sua felicità, viveva ancora, continuava a camminare nel buio, passo dopo passo. Da mesi, lesinando sugli scrupoli dell'educazione e sulle idee di umanità lentamente acquisite e trasmesse, non era riuscito ad aspettare quell'uomo; e in dispregio del proprio interesse era stato trascinato dalla violenza ereditaria, da quel bisogno di uccidere che nelle primitive foreste gettava la bestia contro la bestia. Si uccide forse ragionando? Si uccide solo sotto l'impulso del sangue e dei nervi, un avanzo delle antiche lotte, la necessità di vivere e la gioia di essere forte. Non aveva che una stanchezza sazia, si smarriva, cercava di comprendere, senza riuscire a trovare altro, nel fondo stesso della soddisfatta passione, che lo stupore e l'amara tristezza dell'irreparabile. Atroce gli diveniva la presenza della poveretta che continuava a guardarlo con quella sua terrificante domanda. Volle distogliere gli occhi, ed ebbe l'improvvisa sensazione che un'altra bianca figura sorgesse ai piedi del letto. Si trattava dunque di uno sdoppiamento della morta! Poi, riconobbe Flore. Era ritornata mentre lui aveva la febbre, dopo lo scontro. Sicuramente lei trionfava, vendicata, ormai. Sbigottito, divenne di gelo, e si chiese perché indugiasse a quel modo, in quella camera. Aveva ucciso, era saturo, sazio, ebbro dell'orrendo vino del delitto. E inciampò nel coltello lasciato in terra, e fuggì, scese a precipizio le scale, aprì la porta principale della rampa esterna, come se la porticina non fosse sufficientemente larga, si lanciò fuori, nella notte di inchiostro, dove il suo ansimare si perdé, furioso. Non s'era voltato; la torva casa, piantata di sbieco sull'orlo della ferrovia, restò, dietro di lui, aperta e desolata, nel suo abbandono di morte.

Quella notte, come le altre, Cabuche, aveva scavalcato la siepe posta intorno al terreno, vagando sotto la finestra di Séverine. Sapeva perfettamente che Roubaud, era atteso, e non si meravigliò della luce che filtrava dalla fessura di un'imposta. Ma quell'uomo balzato dalla scala, quella corsa furiosa di bestia che s'allontana per la campagna, lo immobilizzavano lì, stupito. E non facendo più in tempo a inseguire il fuggitivo, il cavapietre ne fu sgomento, inquieto, ed esitava davanti alla porta aperta, spalancata sul grande cono nero del vestibolo. Insomma, che cosa accadeva? doveva entrare? Di fronte al pesante silenzio, all'assoluta immobilità, e alla persistente luce di quella lampada lassù, sentiva che il cuore gli si serrava in una crescente angoscia.

Alla fine Cabuche decise, salì a tentoni. Davanti alla porta della camera, anch'essa lasciata aperta, di nuovo si fermò. Nel tranquillo chiarore gli parve di vedere di lontano un mucchio di gonne davanti al letto. Di certo Séverine era svestita. Sottovoce chiamò, assalito dalla paura, con le vene che gli pulsavano impetuose. Poi, scorse il sangue, comprese, si lanciò con un terribile grido che eruppe dal cuore trafitto. Mio Dio! era lei, assassinata, gettata lì in una pietosa nudità. Credette che ancora rantolasse, e tale era la sua disperazione, la dolorosa vergogna nel vederla agonizzare completamente nuda, che in uno slancio fraterno, la sollevò, la posò sul letto e la coprì col lenzuolo. Ma, nel serrarla, unica tenerezza fra loro due, s'era imbrattato di sangue le mani e il petto. Grondava del sangue di lei. E in quel preciso momento vide che Roubaud e Misard erano lì. Anch'essi avevano deciso di salire trovando tutte le porte aperte. Il marito arrivava in ritardo per essersi fermato a parlare col casellante che, poi, continuando la conversazione, l'aveva accompagnato. Tutti e due, istupiditi, guardavano Cabuche che aveva le mani insanguinate come quelle di un macellaio.

« Lo stesso colpo dato al presidente » finì col dire Misard esaminando la ferita.

Roubaud scosse il capo senza rispondere, senza poter staccare lo sguardo da Séverine, da quella maschera di indicibile terrore, i capelli neri irti sulla fronte, gli occhi azzurri smisuratamente spalancati che chiedevan perché.

XII

In una tepida notte di giugno, tre mesi dopo, Jacques guidava il direttissimo di Le Havre, partito da Parigi alle sei e
trenta. La nuova locomotiva, la 608, ancora vergine, come
diceva lui, e che cominciava a conoscere bene, non era compiacente, bensì riluttante, capricciosa, come le puledre che
bisogna domare stancandole prima che si rassegnino ai
finimenti. Spesso imprecava contro di lei, rimpiangendo la
Lison; doveva sorvegliarla dappresso, la mano in continuazione sul volante del cambio di velocità. Ma, quella notte, il
cielo era di tale deliziosa dolcezza, che si sentiva portato al-
l'indulgenza, lasciandola correre un po' a suo capriccio, felice
lui stesso di poter profondamente respirare. Mai era stato
così bene, senza rimorsi, sollevato persino nell'aspetto, in
una grande, felice pace.

Lui, che durante il percorso non parlava mai, prendeva in
giro Pecqueux, che gli avevano lasciato come fuochista.

« Cos'è successo? Oggi tieni gli occhi aperti come se non
avessi bevuto che acqua. »

Infatti, Pecqueux, contrariamente alle abitudini, pareva che fosse all'asciutto, ed era cupo in volto. Rispose con
voce dura:

« Occorre aprirli, gli occhi, quando si vuol veder chiaro. »

Jacques lo guardò con diffidenza come chi non ha la coscienza del tutto pulita. La settimana prima, si era lasciato
andare tra le braccia dell'amante dell'amico, la terribile Philomène che da molto tempo gli si strofinava come una gatta
magra in amore. Non aveva avuto un sol attimo di curiosità
sensuale; soprattutto aveva ceduto al desiderio di fare un'e-
sperienza: era guarito definitivamente ora che aveva appa-

gato la sua spaventosa brama, poteva possedere questa donna senza piantarle un coltello in gola? Già due volte era stata sua, e non un malessere, non un brivido. La grande gioia, l'aria soddisfatta e ridente doveva provenirgli, anche se a sua insaputa, dalla contentezza di essere un uomo come gli altri.

Pecqueux aveva aperto il camino della locomotiva per introdurre il carbone, ma lui glielo impedì.

« No, non bisogna spingerla troppo forte, va bene così. » Allora il fuochista borbottò delle insolenze.

« Ma figurati! Certo... È una buffonata, una porcheria!... Quando penso che si dava addosso all'altra, la vecchia, che era così obbediente!... Questa baldracca non vale nemmeno un calcio nel sedere. »

Per non arrabbiarsi, Jacques evitò di rispondere. Ma sentiva perfettamente che l'unione a tre di una volta non esisteva più; perché, con la morte della Lison, la buona amicizia tra lui, il camerata e la locomotiva era sparita. Ora, per un nulla litigavano: per un dado di collegamento troppo stretto, per una palettata di carbone collocata di traverso. Si riprometteva di essere prudente con Philomène, non volendo arrivare a un'aperta contesa su quella piccola piattaforma instabile che trascinava lui e il suo fuochista. Fino a quando Pecqueux, per riconoscenza di non essere maltrattato, di poter fare un pisolino e di poter ripulire i panierini delle provviste, era stato il suo cane fedele, devoto sino a farsi ammazzare, tutti e due erano vissuti fraternamente, in silenzio nel quotidiano pericolo, non avendo bisogno di parole per intendersi. Ma la vita poteva divenire un inferno se, in continuazione uno a fianco dell'altro, insieme sballottati, non fossero andati più d'accordo, fino a scannarsi. E proprio la settimana precedente la Compagnia aveva dovuto separare il macchinista e il fuochista del direttissimo di Cherbourg, perché rivali a causa di una donna; il primo maltrattava l'altro che non obbediva più: erano arrivati a darsi addosso, a vere e proprie lotte durante il percorso, completamente dimentichi della coda di viaggiatori che si trasportavano dietro a tutta velocità.

Ancora per due volte Pecqueux aprì il camino gettandovi carbone, per atto di disobbedienza, cercando senza dubbio di attaccar lite, e Jacques finse di non accorgersene, con l'aria di essere tutto preso dalla manovra, e con l'unica precauzio ne ogni volta di girare il volante dell'iniettore per diminuire la pressione. L'aria era molto dolce e il fresco venticello della corsa era così delizioso nella calda notte. Alle undici e cinque, quando il direttissimo giunse a Le Havre, i due uomini ripulirono la locomotiva con aria di completo accordo, come ai vecchi tempi.

Ma, nel momento di lasciare il deposito per andarsene a letto in rue François-Mazeline, una voce li chiamò.

« Ehi, che fretta avete? Entrate un minuto! »

Era Philomène che, dalla soglia della casa del fratello, doveva aver avvistato Jacques. E aveva fatto un gesto di viva contrarietà nello scorgere Pecqueux, ma poi si era decisa a chiamare tutti e due per procurarsi almeno il piacere di parlare col nuovo amante, a costo di subire la presenza del vecchio.

« Lasciaci in pace, eh! » brontolò Pecqueux. « Ci scocci, abbiamo sonno. »

« Che gentilezza! » riprese a dire allegramente Philomène. « Ma il signor Jacques non è come te, lui forse un bicchierino lo gradirebbe lo stesso... Non è così, signor Jacques? »

Il macchinista, per prudenza, era sul punto di rifiutare, se non che il fuochista bruscamente accettò, cedendo al desiderio di sorvegliarli e di ricavarne una certezza. Entrarono nella cucina, sedettero davanti al tavolo; la donna, disponendo i bicchieri e una bottiglia d'acquavite, continuò a dire a bassa voce:

« Bisogna cercare di non fare troppo chiasso, perché mio fratello dorme lassù, e non gli piace che riceva gente. »

Poi, mentre serviva, subito aggiunse:

« A proposito, sapete, la vecchia Lebleu, stamattina, è crepata... Oh! l'avevo ben detto io: se la si spedisce nell'alloggio posteriore, una vera prigione, ne morirà. È durata ancora quattro mesi a mangiarsi il fegato per non poter vedere altro che quello zinco... E quel che le ha dato il colpo di grazia, da quando le era diventato impossibile potersi muovere dalla poltrona, è stato sicuramente il non poter più spiare la signorina Guichon e il signor Dabadie. Sì, s'era infuriata di non aver mai potuto sorprendere nulla fra i due, e ne è morta ».

Philomène tacque, ingollò una sorsata d'acquavite e ridendo continuò:

« Certo, che vanno a letto insieme. Però sono molto furbi. Mai visto né conosciuto, e tanti saluti!... Credo, però, che la piccola signora Moulin li abbia visti una sera. Ma non c'è pericolo che quella lì parli: è troppo stupida, e, d'altro canto, suo marito, il sottocapo... »

Di nuovo si interruppe per esclamare:

« Sapete, la prossima settimana a Rouen comincia il processo Roubaud ».

Fino a quel momento Jacques e Pecqueux l'avevano ascoltata senza interromperla. Quest'ultimo la trovava soltanto molto chiacchierona; con lui mai faceva tanto sfoggio di conversazione; e con lo sguardo non l'abbandonava, a poco a poco scaldato dalla gelosia nel vederla eccitarsi a quel modo davanti al suo capo.

« Sì » rispose il macchinista con un fare assolutamente tranquillo « ho ricevuto la citazione. »

Philomène gli si accostò, felice di sfiorargli il gomito.

« Anch'io sono testimone... Ah, signor Jacques, quando mi hanno interrogata su di lei, perché, sa, hanno voluto conoscere l'autentica verità sui suoi rapporti con quella povera signora; sì, quando mi hanno interrogata, ho detto al giudice: "Ma, signore, lui l'adorava, è impossibile che le abbia fatto del male!". Non è così? vi avevo visti insieme, ero la più informata. »

« Oh, non ero preoccupato » disse il giovane con un gesto di indifferenza « ero in grado di render conto, ora per ora dell'impiego del mio tempo... Se la Compagnia mi ha tenuto è perché non c'è stato il più piccolo rimprovero da addebitarmi. »

Subentrò il silenzio, tutti e tre bevvero lentamente.

« È una cosa che fa fremere » riprese a dire Philomène « Quella bestia feroce, quel Cabuche, che hanno arrestato tutto imbrattato ancora del sangue della povera signora Possibile che vi siano uomini tanto idioti! uccidere una donna solo perché la si desidera, come se questo li avvantaggiasse in qualche maniera, quando la donna è morta!... E quel che non dimenticherò mai in vita mia, vedete, è il signor Cauche, quando è venuto laggiù sulla banchina per arrestar anche Roubaud. Ero presente. Ricordate che erano trascorsi solo otto giorni da quando Roubaud il giorno dopo il seppellimento della moglie, aveva ripreso servizio, tranquillo. Allora, dunque, Cauche gli ha dato un colpetto sulla spalla, dicendogli di avere l'ordine di condurlo in carcere. Pensate! non si lasciavano mai, notti intere giocavano insieme! Ma quando si è commissari, uno accompagnerebbe il padre e la madre alla ghigliottina, non è vero? perché il mestiere lo esige. Lui se ne infischia altamente, Cauche! L'ho ancora visto poco fa al café du Commerce, mentre mescolava le carte, senza preoccuparsi né del suo amico né di qualsiasi altro! »

Pecqueux, digrignando i denti, batté un pugno sulla tavola.

« Perdio! se fossi stato al posto di quel cornuto di Roubaud!... Tu andavi a letto con sua moglie, tu. Un altro gliel'ha uccisa. Ed ecco che lo spediscono alle assise... No, c'è da scoppiare dalla rabbia! »

« Ma, stupidone » esclamò Philomène « è perché lo si accusa di aver spinto l'altro a liberarlo della moglie; sì, per questioni di soldi, o che so io! Pare che abbiano trovato da Cabuche l'orologio del presidente Grandmorin: vi ricordate di quel signore ucciso nel vagone diciotto mesi fa? Allora hanno collegato quel fattaccio con questo, tutta una storia, un vero rompicapo. Non so spiegarvelo, ma ci sono sul giornale, almeno due colonne. »

Distratto, Jacques pareva che non ascoltasse neppure. Mormorò:

« A che scopo lambiccarsi il cervello; è forse una cosa che ci riguarda?... Se la giustizia non sa quel che fa, non saremo noi a saperlo. »

Poi, con lo sguardo perduto in lontananza, le guance diventate pallide, aggiunse:

« In tutto questo non c'è che quella povera donna... Ah, poveretta, povera donna! »

« Io » concluse Pecqueux con violenza « che di moglie ne ho una, se qualcuno si azzardasse a toccarla, comincerei con lo strangolarli tutti e due. In seguito potrebbero tagliarmi il collo, e va bene, non me ne importerebbe nulla. »

Un nuovo silenzio. Philomène, che per una seconda volta riempiva i bicchierini, dette a vedere di scrollare le spalle sghignazzando. Ma, in fondo era sconvolta, e lo squadrava con uno sguardo furtivo. Pecqueux era molto trascurato, sporchissimo, coperto di stracci da quando mamma Victoire, divenuta inabile in seguito alla frattura, aveva dovuto lasciare il posto dei gabinetti igienici e farsi ricoverare in un ospizio. Non era più lì, tollerante e materna a fargli scivolare in tasca monete d'argento, a rattopparlo, non volendo che l'altra, quella di Le Havre l'accusasse di non accudire il loro uomo. E Philomène, affascinata dall'aspetto gentile e lindo di Jacques, ora affettava disgusto.

« È la tua moglie di Parigi che strangoleresti? » domandò per dire una battuta. « Non c'è pericolo che te la soffino, quella lì! »

« Quella o un'altra! » brontolò lui.

Ma già lei trincava con aria di presa in giro.

« Alla tua salute, ecco! E portami la tua biancheria perché la faccia lavare e rammendare, giacché, in verità, non fai onore né all'una né all'altra... Alla sua salute, signor Jacques! »

Come svegliato da un sogno, Jacques trasalì. Completamente senza rimorsi, nel senso di sollievo, nel benessere fisico che sentiva dopo l'omicidio, qualche volta gli appariva Séverine commuovendo fino alle lacrime l'essere mansueto che era in lui. E, per scacciare il turbamento, trincò dicendo precipitosamente:

« Sapete che avremo la guerra? »

« Non è possibile! » esclamò Philomène. « E contro chi poi? »

« Contro i prussiani... Sì, per un loro principe che vuol essere re di Spagna. Ieri alla Camera hanno parlato soltanto di questa storia. »

Lei, allora, si dimostrò desolata.

« Ma bene! sarà divertente! Ci hanno già parecchio seccati con le loro elezioni, il loro plebiscito e le loro sommosse a Parigi!... Se si andrà in guerra, dite, prenderanno tutti gli uomini? »

« Oh, noialtri siamo esclusi, non si possono disorganizzare le ferrovie... Ci faranno sgobbare però, per il trasporto delle truppe e degli approvvigionamenti! Insomma, se scoppia bisognerà che ognuno faccia il proprio dovere. »

E, dopo aver pronunciato quelle parole si alzò, sentendo

che lei aveva finito col far scivolare una gamba sotto le sue; Pecqueux se ne era accorto e un flusso di sangue gli era salito al viso, i suoi pugni erano già serrati.

« Andiamo a letto, è ora. »

« Sì, sarà meglio » balbettò il fuochista, che aveva afferrato il braccio di Philomène e lo stringeva sino a spezzarglielo. Lei trattenne un grido di dolore, accontentandosi di bisbigliare all'orecchio del macchinista, mentre l'altro, furiosamente, finiva di scolarsi il bicchierino:

« Stai attento con lui, quando ha bevuto è un autentico bruto. »

Ma nelle scale si udì un passo pesante che scendeva, e lei si spaventò.

« Mio fratello!... Filate in fretta, in fretta, andate! »

I due uomini non erano giunti neppure a venti passi dalla casa quando udirono uno schioccare di schiaffi e le urla della donna. Philomène riceveva la solita dura lezione come si trattasse di una ragazzina colta in fallo, col naso sul barattolo della marmellata. Il macchinista s'era fermato, pronto ad andare a soccorrerla. Ma fu trattenuto dal fuochista.

« Che c'è? è cosa che ti riguarda, forse?... Ah, razza di puttane! potesse accopparla! »

In rue François-Mazeline, Jacques e Pecqueux si coricarono senza scambiarsi una parola. I due letti quasi si toccavano nella cameretta; e per molto tempo rimasero svegli, a occhi aperti, ciascuno ad ascoltare il respiro dell'altro.

Il processo del caso Roubaud doveva avere inizio a Rouen il lunedì. Era un trionfo per il giudice istruttore Denizet, e nell'ambiente giudiziario non si cessava di lodare il metodo col quale egli aveva saputo sbrogliare la complicata e oscura faccenda: un capolavoro di sottile analisi, dicevano, una logica ricostruzione della verità, in una parola, una vera creazione.

Per prima cosa, dopo essersi recato alla Croix-de-Maufras, qualche ora dopo l'assassinio di Séverine, Denizet aveva fatto arrestare Cabuche. Apertamente tutto lo accusava: il sangue del quale era intriso, le deposizioni schiaccianti di Roubaud e di Misard, che raccontavano come l'avessero sorpreso col cadavere, solo e smarrito. Interrogato, torchiato a confessare perché e come si trovasse in quella camera, il cavapietre biascicò una storiella che il giudice accolse con una scrollata di spalle, tanto gli parve melensa e consueta. Se l'aspettava quella storiella, sempre la stessa, dell'assassino immaginario, del colpevole inventato, di cui l'autentico colpevole asseriva aver colto la fuga attraverso la buia campagna. Quel lupo mannaro era lontano, vero? se continuava a correre. Ma quando gli chiese cosa facesse nella casa a quell'ora, Cabuche si turbò, rifiutò di rispondere, finì col dichiarare che passeggiava. Era una puerilità; come credere a quel misterioso sconosciuto che aveva commesso il delitto e che correva lasciando tutte le porte aperte, senza aver rovistato neanche un mobile né portato via un fazzoletto? Di dove sarebbe spuntato? e perché avrebbe ucciso? Il giudice, pertanto, dall'inizio dell'inchiesta, essendo venuto a conoscenza della relazione tra la vittima e Jacques, si era preoccupato del come quest'ultimo avesse trascorso il tempo; ma oltre lo stesso accusato che riconosceva di aver accompagnato Jacques a Barentin per il treno delle quattro e quattordici, l'albergatore di Rouen, giurava su tutti i santi che il giovane era andato a letto subito dopo aver cenato ed era uscito dalla camera l'indomani verso le sette. E poi, un amante non sgozza senza ragione una donna che adora e con la quale non c'è mai stata l'ombra di un litigio. Sarebbe assurdo. No! no! non c'era che un possibile assassino, un assassino evidente, il pregiudicato trovato lì, con le mani insanguinate e il coltello ai suoi piedi, quell'immonda bestia che sciorinava alla giustizia racconti che non stavano né in cielo né in terra.

Ma, a questo punto, nonostante la sua convinzione, nonostante il suo fiuto, che, diceva, meglio delle prove, gli forniva il filone informativo, Denizet ebbe un momento di perplessità. In una prima perquisizione, eseguita nella tana dell'indiziato, in piena foresta Bécourt, non era stato scoperto assolutamente nulla. Non essendo stato accertato il furto bisognava ricercare un altro movente del delitto. All'improvviso, per caso, durante un interrogatorio, Misard gli indicò la via, raccontando che una notte aveva visto Cabuche scavalcare il muro di cinta della proprietà per guardare attraverso la finestra della camera, la signora Roubaud che andava a letto. A sua volta Jacques, interrogato, disse tranquillamente ciò che sapeva, la muta adorazione del cavapie tre, l'ardente desiderio col quale seguiva la donna, sempre attaccato alle sue gonnelle per servirla. Quindi non era più consentito alcun dubbio: solo una bestiale passione l'aveva spinto; e tutto si ricostruiva a meraviglia: l'uomo che ritornava dalla porta, della quale poteva possedere una chiave, e, nel turbamento, la lasciava aperta; poi la lotta che aveva determinato l'assassinio; infine la profanazione, interrotta soltanto per l'arrivo del marito. Frattanto si affacciava un'ultima obiezione, perché era strano che l'uomo, pur sapendo di quell'imminente arrivo, avesse scelto proprio l'ora in cui il marito avrebbe potuto sorprenderlo; ma, a pensarci bene, ciò si ritorceva contro l'accusato, finiva per schiacciarlo, stabilendo che lui aveva dovuto agire dominato da una crisi di violentissimo desiderio, sconvolto dal pensiero che, se non avesse approfittato del minuto in cui Séverine era ancora sola in quella casa isolata, mai più l'avrebbe avuta, perché il giorno dopo partiva. Da quel momento la convinzione del giudice fu completa, incrollabile.

Assillato dagli interrogatori, iniziati e ripresi nell'abile matassa delle domande, incurante delle trappole che gli venivano tese, Cabuche si ostinava nella sua prima versione. Passava per la strada, respirando l'aria fresca della notte, quando un individuo, di corsa, l'aveva sfiorato, e con tale velocità nel buio, che non poteva neppure dire in quale direzione corresse. Allora, assalito da inquietudine, avendo gettato uno sguardo sulla casa, s'era accorto che la porta era rimasta spalancata. E aveva finito col decidersi a salire, e aveva trovato la morta ancor calda, che lo guardava con i suoi occhi sgranati, e allora, per deporla sul letto, credendola ancora viva, s'era tutto imbrattato di sangue. Sapeva solo questo, ripeteva solo questo, senza mai variare un particolare, con l'aria di rinchiudersi in una storia stabilita in anticipo. Quando si cercava di trarlo fuori, sbigottiva, non parlava più, da persona ottusa che non comprende più nulla. La prima volta che Denizet l'aveva interrogato sull'ardente passione per la vittima, s'era imporporato, come un ragazzino cui si rimprovera il primo amore; e aveva negato, s'era difeso dall'aver sognato di andare a letto con quella signora, come di cosa spregevole, inconfessabile, una cosa delicata e anche misteriosa, nascosta nel più profondo del cuore, di cui non doveva dar conto a nessuno. No, no! non l'amava, non la desiderava, non sarebbero mai riusciti a farlo parlare di ciò che a lui sembrava essere una profanazione, ora che lei era morta. Ma quella ostinazione a non ammettere un fatto che molti testimoni affermavano, si ritorceva ancora di più contro di lui. Naturalmente dopo la versione dell'accusa, era suo interesse nascondere il furioso desiderio per quella poveretta, che aveva dovuto sgozzare per saziarsene. E quando il giudice, riunendo tutte le prove, volendo strappargli la verità, gli assestò il colpo decisivo scaraventandogli sul viso il delitto e la violazione, aveva reagito con una pazzesca serie di furiose proteste. Lui, ucciderla per averla! lui, che la rispettava come una santa! I poliziotti, richiamati, avevano dovuto trattenerlo, mentre lui diceva di voler strangolare tutta la maledetta compagnia. Insomma un briccone dei più pericolosi, ipocrita, ma la cui violenza esplodeva ugualmente, denunciando il delitto che negava.

L'istruttoria era a quel punto, l'accusato si infuriava, gridava che era l'altro, il misterioso fuggiasco, ogni volta che si tornava a parlare dell'assassinio, allorché Denizet, a un tratto, ebbe una trovata che trasformò il processo e ne decuplicò di colpo l'importanza. Come amava dire, lui fiutava la verità; così volle, per una sorta di presentimento, procedere di persona a una nuova perquisizione nello stambugio di Cabuche; e scoprì, nientemeno, dietro una trave, un nascondiglio dove c'erano fazzoletti, guanti da donna, sotto i quali si trovava un orologio d'oro, che riconobbe immediatamente con un vivo impeto di gioia: era l'orologio del presidente Grandmorin, ricercato da lui quella volta affannosamente, un grosso orologio con le due iniziali intrecciate, con all'interno della cassa il numero di fabbricazione 2516. Fu per lui come un colpo di fulmine, tutto si chiariva, il passato si collegava al presente; era incantato dalla logica dei fatti che lui riannodava. Ma le conseguenze dovevano portarlo così lontano, che senza parlare per il momento dell'orologio, interrogò Cabuche sui guanti e sui fazzoletti. A questi, in un istante, salì alle labbra la confessione: sì, l'adorava, sì, la desiderava, sino a baciare le cose che aveva indossato, sino a raccogliere, a sottrarle tutto quello che le cadeva di dosso, pezzetti di stringhe, ganci, spilli. Poi, per la vergogna e per un invincibile pudore, tacque. E quando il giudice, decidendosi, gli mise sotto gli occhi l'orologio, lo guardò con aria stupita. Ricordava bene: aveva avuto la sorpresa di trovare quell'orologio avvolto in un lembo di un fazzoletto sotto una traversa e lo aveva portato a casa come una preda; in seguito era restato lì mentre si scervellava cercando un'occasione per restituirlo. Però a che scopo raccontare tutto questo? Avrebbe dovuto confessare le altre sue sottrazioni, i pezzi di stoffa, la biancheria che emanava un odore tanto buono, cose di cui si vergognava terribilmente. Ma già, non credevano nulla di quel che diceva. Del resto lui stesso cominciava a non capire più niente, tutto si confondeva nella sua testa di uomo semplice, piombava in pieno incubo. E neppure si infuriava più all'accusa d'assassinio; restava inebetito, a ogni domanda ripeteva di non saper nulla. Dei guanti e i fazzoletti non sapeva nulla. Dell'orologio non sapeva nulla. Lo seccavano; dovevano solo lasciarlo tranquillo e ghigliottinarlo subito.

Il giorno dopo Denizet fece arrestare Roubaud. Forte del suo alto potere, in uno di quei momenti di ispirazione in cui credeva al genio della sua perspicacia, aveva spiccato il mandato di cattura prima di possedere contro il sottocapo prove sufficienti. Nonostante numerosi lati oscuri, lui subodorava in quell'uomo il cardine, la fonte del doppio delitto; e il trionfo fu immediato quando fece sequestrare l'atto di donazione a quello dei due che fosse sopravvissuto, che Roubaud e Séverine avevano stipulato davanti al notaio Colin di Le Havre, otto giorni dopo essere entrati in possesso della Croix-de-Maufras. E allora ricostruì nella sua testa tutta la storia, con una certezza di ragionamento, con una forza di evidenza che impresse alla sua impalcatura d'accusa una solidità talmente indistruttibile che la verità stessa avrebbe potuto apparire meno vera, inficiata di maggiore fantasia e illogicità. Roubaud era un vile, e per due volte, non osando uccidere con le proprie mani, s'era avvalso della mano di Cabuche, di quella belva. La prima volta, avendo fretta di ereditare dal presidente Grandmorin, del quale conosceva il testamento, e inoltre, conoscendo il rancore del cavapietre contro costui, lo aveva spinto a Rouen nel coupé, dopo avergli armata la mano di coltello. Poi, spartiti i diecimila franchi, i due complici non si sarebbero forse mai più rivisti, se il delitto non avesse generato un altro delitto. Ed era su questo punto che il giudice aveva dimostrato quella sapienza di psicologia criminale, tanto ammirata; perché, ora lo dichiarava, mai aveva cessato di sorvegliare Cabuche, essendo convinto che il primo omicidio matematicamente avrebbe prodotto il secondo. Erano bastati diciotto mesi: i rapporti tra i Roubaud s'erano incrinati, il marito s'era mangiati i cinquemila franchi al gioco, per distrarsi, la moglie aveva finito col prendersi un amante. Certamente lei si opponeva alla vendita della Croix-de-Maufras temendo che il marito dissipasse il danaro; poteva darsi che nei loro continui litigi lei lo minacciasse di denunciarlo alla giustizia. In ogni caso numerosi testimoni confermavano l'assoluta disunione della coppia; ed ecco che s'era prodotta infine la lontana conseguenza del primo delitto: riappariva Cabuche con i suoi appetiti di bruto, e Roubaud, per assicurarsi definitivamente la proprietà di quella casa maledetta, già costata una vita umana, nell'ombra gli rimetteva in mano il coltello. Questa la verità, la lampante verità, tutto vi confluiva: il ritrovamento dell'orologio in casa del cavapietre, ma, soprattutto, i due cadaveri, lo stesso colpo alla gola, con la stessa mano, con la stessa arma, il coltello raccolto nella camera. Però su quest'ultimo punto l'accusa affacciava un dubbio: la ferita del presidente pareva fosse stata prodotta da una lama più piccola e più tagliente.

Roubaud, sulle prime rispose con dei sì e dei no, con quell'aria sonnolenta e appesantita che aveva assunto negli ultimi tempi. Non sembrava sorpreso del suo arresto, tutto gli era diventato indifferente nel lento disfacimento del suo essere. Per farlo parlare gli avevano assegnato un guardiano fisso col quale da mattina a sera giocava a carte; ed era affatto contento. Tuttavia era pur sempre convinto della colpevolezza di Cabuche: soltanto lui poteva essere l'assassino. Interrogato su Jacques, ridendo aveva scrollato le spalle, mostrando in tal modo di essere al corrente dei rapporti fra il macchinista e Séverine. Ma quando Denizet, dopo averlo tastato, finì per sviluppare il suo sistema, investendolo, fulminandolo con la complicità, sforzandosi di strappargli una confessione, nella profonda emozione di vedersi scoperto, divenne molto guardingo. Che cosa gli veniva a raccontare?

Che non era stato lui, ma il cavapietre a uccidere il presidente, come poi aveva ucciso Séverine; e per tutte e due le volte il colpevole era lui, perché l'altro colpiva dietro suo ordine e al suo posto. Questa complicata vicenda lo riempiva di stupore, di diffidenza: sicuramente gli si tendeva una trappola, mentivano per forzarlo a confessare la parte da lui avuta nel primo delitto. Da quando l'avevano arrestato aveva avuto seri dubbi che la vecchia storia rispuntasse. Messo a confronto con Cabuche, dichiarò di non conoscerlo. Però, mentre ripeteva di averlo trovato lordo di sangue sul punto di violare la vittima, il cavapietre si infuriò e una violenta scena di indescrivibile confusione venne a ingarbugliare maggiormente le cose. Passarono tre giorni, e il giudice moltiplicava gli interrogatori, sicuro che i due complici se la intendessero nel recitargli la commedia della loro ostilità. Roubaud, molto stanco, aveva adottato il sistema di non rispondere più, allorché di colpo, in un impeto di impazienza, volendo finirla, cedendo a un sordo bisogno che da mesi lo tormentava, spifferò la verità, nient'altro che la verità, tutta la verità.

Proprio quel giorno Denizet, seduto dietro la scrivania, nascondendo gli occhi sotto le pesanti palpebre, mentre le labbra gli si assottigliavano in uno sforzo di avvedutezza, giocava d'astuzia. Da un'ora si affaticava in accorte furberie, con quell'accusato appesantito, coperto di un ributtante grasso giallino, che lui giudicava, sotto quello spesso involucro, di una sagacia soprafina. E credette di averlo braccato passo a passo, legato da ogni parte, preso infine in trappola, quando l'altro, con un gesto di chi esce dai gangheri, gridò che ne aveva abbastanza, che preferiva confessare, purché non lo tormentassero maggiormente. Poiché ad ogni modo lo si voleva colpevole, che almeno lo fosse di cose vere che aveva commesse. Ma, a mano a mano che raccontava la storia, la moglie insozzata ancora ragazzina da Grandmorin, il suo impeto di gelosia nell'apprendere quelle sozzure, e come avesse ucciso, e per qual ragione avesse presi i diecimila franchi, le palpebre del giudice si rialzavano in un'increspatura di dubbio, mentre un'irresistibile incredulità, l'incredulità professionale, smuoveva la sua bocca in una smorfia di canzonatura. E quando l'accusato tacque, lui apertamente sorrideva.

Quel pezzo d'uomo era anche più forte di quel che pensasse: assumersi personalmente il primo assassinio e trasformarlo in delitto esclusivamente passionale, scaricarsi in tal modo di ogni premeditazione di rapina, soprattutto di qualsiasi complicità nell'assassinio di Séverine, certo era un'ardita manovra che denotava un'intelligenza, una non comune volontà. Però tutto questo non stava in piedi.

« Ma via, Roubaud, non creda di aver a che fare con dei bambini... Lei pretenderebbe di essere stato geloso e di aver ucciso in un impeto di gelosia? »

« Appunto. »

« E se dovessimo ammettere ciò che lei racconta, avrebbe sposato sua moglie all'oscuro dei suoi rapporti col presidente... È verosimile questo? Al contrario, nel suo caso ciò proverebbe la speculazione offerta, discussa, accettata. Le si offre una ragazza allevata come una signorina, le si dà la dote, il protettore di lei diventa il suo, non ignora che nel testamento lui le lascia una casa di campagna, e pretende di non aver dubitato di nulla, assolutamente di nulla! Ma, andiamo, lei sapeva tutto, altrimenti il matrimonio non ha più una spiegazione... D'altra parte, la constatazione di un semplice fatto basta a confonderla. Non è geloso, osa dire ancora di essere geloso? »

« Dico la verità, ho ucciso in un impeto di gelosia. »

« Allora, dopo aver ucciso il presidente per vecchi e vaghi rapporti, inventati da lei, del resto, mi spieghi come poi abbia potuto tollerare l'amante di sua moglie, sì, quel Jacques Lantier, un uomo piuttosto in gamba, quello! Tutti mi hanno parlato di questa relazione, lei stesso non mi ha nascosto di esserne a conoscenza... Perché li lasciava liberi di andare insieme, perché? »

Accasciato, con lo sguardo torbido, Roubaud guardava fisso nel vuoto, senza riuscire a trovare una spiegazione. Finì col balbettare:

« Non so... Ho ucciso l'altro, non ho ucciso questo ».

« Non stia più a raccontarmi di essere un geloso che si vendica, e non le consiglio di ripetere ai giurati questo romanzetto, perché essi alzerebbero le spalle... Mi creda, cambi sistema, solo la verità può salvarla. »

Da quel momento, quanto più Roubaud si ostinò a dirla,

la verità, tanto più lo si ritenne mentitore. Tutto, del resto, si ritorceva contro di lui, fino al punto che il suo vecchio interrogatorio, durante la prima inchiesta, che avrebbe dovuto confermare la nuova versione, dato che aveva denunciato Cabuche, divenne, al contrario, la prova di un'intesa straordinariamente abile fra loro due. Il giudice perfezionava la psicologia del delitto con un vero amore del mestiere. Mai, diceva, era riuscito a scandagliare così nel fondo della natura umana; ed era la divinazione più che l'osservazione perché si vantava di essere della scuola dei giudici onniveggenti e incantatori, quelli che, con uno sguardo, smontano un uomo. Del resto le prove non mancavano più, ce n'erano una quantità schiacciante. Ormai l'istruttoria aveva una solida base, la certezza sprizzava abbagliante come la luce del sole.

Quel che accrebbe ancor di più la celebrità di Denizet, fu che egli presentò in un sol blocco il doppio assassinio, dopo averlo pazientemente ricostruito nel più profondo segreto. Dopo lo strepitoso successo del plebiscito, la febbre non cessava di agitare il paese, simile a quella vertigine che precede e annuncia le grandi catastrofi. In quella società di fine Impero, nella politica, ma soprattutto nella stampa, serpeggiava una continua inquietudine, un'esaltazione in cui la stessa gioia assumeva una violenza morbosa. Perciò, quando dopo l'assassinio di una donna in fondo a quella casa isolata della Croix-de-Maufras, si seppe con quale colpo di genio il giudice istruttore di Rouen aveva esumato il vecchio caso Grandmorin collegandolo col nuovo delitto, tra i giornali ufficiali vi fu un'esplosione di trionfo. Di tanto in tanto, infatti, nei giornali di opposizione riapparivano ancora le facezie intorno al leggendario assassino, introvabile, quella frottola della polizia lanciata per mascherare le turpitudini di certi grandi personaggi compromessi. E la risposta era decisiva, l'assassino e il suo complice erano stati arrestati e la memoria del presidente Grandmorin sarebbe uscita intatta dal fattaccio. Ricominciarono le polemiche, più viva di giorno in giorno l'emozione a Rouen e a Parigi. E, al di fuori di quell'atroce romanzo che ossessionava le immaginazioni, ci si appassionava, come se la verità venuta infine a galla, irrefutabile, dovesse consolidare lo Stato. Durante tutta una settimana la stampa abbondò in particolari.

Chiamato a Parigi, Denizet si presentò in rue du Rocher, personale domicilio del segretario generale Camy-Lamotte. Lo trovò in piedi in mezzo all'austero studio, il viso smagrito e ancor più stanco; nel suo scetticismo, invaso da tristezza, declinava, come se avesse presentito sotto lo splendore dell'apoteosi, il prossimo crollo del regime che serviva. Da due giorni si dibatteva in una lotta interiore, non sapendo ancora quale uso avrebbe fatto della lettera di Séverine che aveva conservata, quella lettera che avrebbe sfasciato tutta la teoria dell'accusa e sostenuto la versione di Roubaud con una prova inconfutabile. Nessuno la conosceva, lui poteva distruggerla. Ma il giorno prima l'imperatore gli aveva detto di esigere questa volta che la giustizia seguisse il suo corso al di fuori di tutte le influenze, anche se il suo governo avesse dovuto scapitarne: un semplice grido di onestà e la superstizione forse che un solo atto di ingiustizia, dopo il plauso del paese, potesse cambiare il destino. E se il segretario generale per conto proprio non aveva scrupoli di coscienza avendo ridotto le cose del mondo a una semplice questione meccanica, era turbato dall'ordine ricevuto e si chiedeva se dovesse amare il suo padrone fino al punto di disobbedirgli.

Denizet non esitò a dimostrarsi trionfante.

« Ebbene, il mio fiuto non mi aveva ingannato, era stato quel Cabuche a colpire il presidente... Però, ne convengo, anche l'altra pista prospettava un po' di verità, e io stesso sentivo che il caso di Roubaud restava incerto... Alla fine, sono dentro tutti e due. »

Camy-Lamotte, con i suoi occhi sbiaditi, lo guardò fisso.

« Allora, tutte le circostanze dell'incartamento che mi è stato trasmesso sono comprovate, ed è assoluta la sua convinzione? »

« Assoluta, senza alcuna possibile esitazione... Tutto è concatenato, non mi ricordo di altro caso in cui, nonostante le complicazioni, il delitto abbia seguito un più logico cammino, più agevole da determinare in anticipo. »

« Ma Roubaud protesta, si assume la responsabilità del primo delitto, racconta una storia, sua moglie deflorata, lui, furioso di gelosia, che uccide in una crisi di cieca rabbia. I giornali di opposizione raccontano tutto questo. »

« Oh, lo raccontano come un pettegolezzo, essi stessi non osando crederlo. Geloso quel Roubaud che facilitava gli incontri della moglie con l'amante! Ma sì, in piena assise può ben ripetere la sua storia, non riuscirà mai a sollevare lo scandalo che cerca!... Se almeno recasse qualche prova! ma non ne produce alcuna. Parla, sì, della lettera che pretende di aver fatto scrivere alla moglie, e che si sarebbe dovuta trovare tra le carte della vittima... Lei, signor segretario generale, che ha ordinato quelle carte, avrebbe dovuto trovarla, non è così? »

Camy-Lamotte non rispose. Era vero, con la teoria del giudice lo scandalo sarebbe stato infine sotterrato: nessuno avrebbe creduto a Roubaud, la memoria del presidente sarebbe uscita indenne dalle sporche supposizioni, l'Impero avrebbe beneficiato di questa sbandierata riabilitazione di una delle sue creature. E d'altro canto, poiché questo Roubaud si riconosceva colpevole, che importava al principio di giustizia che fosse condannato per una versione o per l'altra! C'era, sì, Cabuche, ma se questi non s'era immischiato nel primo delitto, sembrava che realmente fosse l'autore del secondo. Poi, Dio mio! la giustizia, quale ultima illusione! Voler essere giusto non è un'illusione quando la verità è tanto ostruita dai rovi? Meglio starsene tranquilli, puntellare con una spallata quella società in declino che minacciava di cadere in rovina.

« Non è vero, forse » ripeté Denizet « che lei non l'ha trovata quella lettera? »

Di nuovo Camy-Lamotte levò gli occhi su di lui; e, tranquillamente, unico padrone della situazione, addebitando sulla propria coscienza i rimorsi che avevano preoccupato l'imperatore, rispose:

« Non ho trovato assolutamente nulla. »

Sorridendo, molto gentile, colmò quindi di elogi il giudice. Appena una sottile piega sulle labbra stava a denotare un'invincibile ironia. Mai un'istruttoria era stata condotta con tanta penetrazione; ed era cosa decisa in alto loco, lo avrebbero chiamato a Parigi, dopo le ferie, come consigliere. Con queste parole lo riaccompagnò fino alla soglia.

« Lei solo ha visto chiaro, ed è veramente ammirevole... E dal momento che la verità parla, non c'è nulla che possa fermarla, né interessi personali e neppure la ragion di Stato... Vada avanti, che il processo segua il suo corso, a prescindere dalle conseguenze. »

« Il dovere della magistratura è racchiuso tutto qui » concluse Denizet, che, dopo aver salutato, andò via raggiante.

Appena solo, Camy-Lamotte, dapprima accese una candela; poi andò a prendere da un cassetto, dove l'aveva archiviata, la lettera di Séverine. La fiamma della candela era molto alta, lui aprì la lettera, volle rileggere le due righe, e gli si presentò il ricordo di quella gentile criminale, dagli occhi di pervinca, che una volta l'aveva commosso con tenera simpatia. Ora che era morta, la rivedeva in una luce tragica. Chi poteva sapere il segreto che s'era trascinato? Certo, sì, una illusione, la verità, la giustizia! Lui, di quella donna sconosciuta e graziosa non serbava che il desiderio di un attimo da cui era stato sfiorato, e che era rimasto insoddisfatto. E, mentre avvicinava la lettera alla candela, bruciandola, fu assalito da una profonda tristezza, da un presentimento di disgrazia: perché distruggere quella prova, gravare la propria coscienza di quell'atto, se era destino che l'Impero fosse spazzato così come il pizzico di cenere caduto dalle sue dita?

In meno di una settimana Denizet completò l'istruttoria. Nella Compagnia dell'Ovest riscontrò un'estrema buona volontà, tutti i documenti che desiderava, tutte le testimonianze utili; perché anch'essa si augurava vivamente di finirla con quella deplorevole storia di uno dei suoi impiegati che, risalendo attraverso gli ingranaggi complicati dell'organismo, poco era mancato non avesse fatto vacillare perfino il consiglio di amministrazione. Occorreva nel più breve tempo tagliare l'arto incancrenito. Perciò di nuovo sfilarono nel gabinetto del giudice il personale della stazione di Le Havre, Dabadie, Moulin e gli altri, che fornirono disastrosi particolari sulla pessima condotta di Roubaud; poi il capostazione di Barentin, Bessière, come molti altri impiegati di Rouen, le cui deposizioni acquistarono un'importanza decisiva in relazione al primo delitto; poi, Vandorp, capostazione di Parigi, il casellante Misard e il capotreno principale Henri Dauvergne, questi ultimi due recisi nell'affermare le coniugali compiacenze del prevenuto. Henri, curato da Séverine alla Croix-de-Maufras, raccontò perfino che una sera, ancora debole, credette di aver sentito le voci di Roubaud e di Cabuche che, davanti alla finestra, si mettevano d'accordo; e ciò spiegava molte cose e la pretesa dei due accusati di non conoscersi veniva capovolta. In tutto il personale della Compagnia s'era levato un grido di indignazione, e si compiangevano le sfortunate vittime: la povera giovane donna il cui errore poteva essere ampiamente scusato, e quel vegliardo così degno di stima, oggi purificato dalle sporche storielle che correvano sul suo conto.

Ma il nuovo processo aveva svegliato soprattutto le vive passioni della famiglia Grandmorin, e se da quella parte Denizet trovava ancora un valido aiuto, dovette lottare per salvaguardare l'integrità della sua istruttoria. I Lachesnaye, esasperati per il legato della Croix-de-Maufras, tormentati dall'avarizia, cantavano vittoria, avendo sempre sostenuto la colpevolezza di Roubaud. Perciò, nella ripresa delle indagini non vedevano altro se non un'occasione di invalidare il testamento; e poiché non esisteva che un mezzo per ottenere la revoca del legato, colpire Séverine dichiarando decaduto il suo diritto per ingratitudine, essi, in parte, accettavano la versione di Roubaud, sulla complicità della moglie, nell'aiutarlo a uccidere, e non già per vendicarsi di un'infamia immaginaria, ma per rapinare; e così il giudice si mise in urto con loro, con Berthe soprattutto, accanitissima contro la vittima, sua vecchia amica, cui attribuiva le più abominevoli colpe, e che lui, invece difendeva, scalmanandosi, infuriandosi appena si intaccava il suo capolavoro, quell'edificio della logica, costruito così alla perfezione, come lui stesso dichiarava con orgoglio, ma che, spostando un solo pezzo, crollava. A tal proposito si svolse nel suo gabinetto una scena vivacissima tra i Lachesnaye e la signora Bonnehon. Questa, già favorevole ai Roubaud, aveva dovuto sacrificare il marito; ma continuava a sostenere la moglie, per una specie di tenera complicità, molto tollerante di fronte alla bellezza e all'amore, completamente sconvolta da quell'avventurosa tragedia imbrattata di sangue. Fu molto recisa, piena di sprezzo per il danaro. La nipote non aveva vergogna di rivangare la questione dell'eredità? Qualora Séverine fosse risultata colpevole, non si dovevano accettare interamente le pretese confessioni di Roubaud e così infangare di nuovo la memoria del presidente? La verità, se l'istruttoria non l'avesse tanto to ingegnosamente stabilita, avrebbe dovuto essere inventata per l'onòre della famiglia. E parlava con un po' di amarezza della società di Rouen per il chiasso che faceva sul processo, quella società sulla quale lei non regnava più, ora che, avanzando nell'età, perdeva perfino l'opulenta bionda bellezza di dea invecchiata. Sì, anche il giorno prima in casa della signora Leboucq, la moglie del consigliere, quel bel tocco bruno ed elegante, che la detronizzava, si erano sussurrati gli aneddoti più salaci, l'avventura di Louisette, tutto quel che la pubblica malignità inventava. Intervenendo su quel punto, Denizet dichiarò che il signor Leboucq avrebbe preso posto, durante la prossima tornata delle assise, come giudice a latere; dopo di che i Lachesnaye tacquero, con l'aria di cedere, assaliti da inquietudine. Ma la signora Bonnehon li rassicurò, certa che la giustizia avrebbe fatto il suo dovere; le assise sarebbero state presiedute dal suo vecchio amico Desbazeilles al quale i reumatismi permettevano solo il ricordo, e il secondo giudice a latere sarebbe stato Chaumette, il padre del giovane sostituto che lei proteggeva. Era perciò tranquilla, benché fosse affiorato sulla sua bocca un malinconico sorriso, nel nominare quest'ultimo, il cui figlio da qualche tempo lo si vedeva in casa della signora Leboucq, spintovi da lei stessa, per non intralciargli l'avvenire.

Infine, quando il famoso processo ebbe inizio, le voci di una prossima guerra, il propagarsi per tutta la Francia dell'agitazione nocquero molto alla risonanza dei dibattimenti. Però a Rouen per tre giorni la febbre salì, e la gente si pigiava alle porte dall'aula, i posti riservati erano invasi dalle signore della città. Nai si era verificata una simile affluenza nell'antico palazzo dei duchi di Normandia, dopo la sua sistemazione in palazzo di giustizia. Si era agli ultimi giorni di giugno, pomeriggi caldi e assolati, e una luce violenta accendeva le vetrate di dieci finestre, riverberandosi sui rivestimenti di quercia, sul calvario di pietra bianca che spiccava in fondo contro la tappezzeria rossa disseminata di api, sul famoso soffitto dell'epoca di Luigi XII, a cassettoni di legno scolpiti e dorati, un oro vecchio molto smorzato. Prima che l'udienza fosse aperta già si soffocava. Alcune donne si alzavano per vedere sulla tavola i corpi del reato, l'orologio di

Grandmorin, la camicia di Séverine chiazzata di sangue, coltello che era servito per i due omicidi. Anche il difensore di Cabuche, un avvocato venuto da Parigi, era oggetto di grande curiosità; sul banco dei giurati si allineavano dodici cittadini di Rouen, stretti nelle palandrane nere, corpulenti e gravi. E quando entrò la corte, si produsse fra il pubblico in piedi un tale rimescolìo, che il presidente dovette immediatamente minacciare di far sgomberare l'aula.

Infine fu aperto il dibattimento, i giurati prestarono giuramento, e di nuovo la folla si agitò con un fremito di curiosità all'appello dei testimoni: ai nomi della signora Bonnehon e di Lachesnaye vi fu un ondeggiare di teste; ma soprattutto Jacques appassionò le signore, che lo seguirono con gli sguardi. Del resto, dal momento in cui erano apparsi gli accusati, ciascuno fra due gendarmi, molti sguardi erano sempre rimasti fissi su di loro, tra uno scambio di apprezzamenti. Secondo il pubblico, avevano l'aria feroce e abietta, due banditi. Roubaud, in giacca scura e cravatta annodata con trascuratezza, suscitava sorpresa per il suo aspetto invecchiato, la faccia ebete e imbottita di grasso. Quanto a Cabuche, era proprio come se l'erano figurato, vestito con una lunga casacca blu, il prototipo dell'assassino, mani enormi, mascelle animalesche, insomma uno di quei pezzi d'uomini che non si vorrebbe incontrare in mezzo a un bosco. E gli interrogatori confermarono quella pessima impressione, alcune risposte sollevarono violenti mormorii. A tutte le domande del presidente, Cabuche rispondeva di non saperne nulla: non sapeva perché avesse lasciato scappare il vero assassino; si atteneva alla storia di quel misterioso sconosciuto, del quale diceva di aver inteso nel buio il passo rapido. Poi, interrogato sulla bestiale passione per la sua disgraziata vittima, s'era messo a tartagliare in una improvvisa e violenta collera, tanto che i due gendarmi lo afferrarono per le braccia: no, no! Non l'aveva amata affatto, non l'aveva desiderata affatto, erano menzogne, avrebbe creduto di insozzarla solo col desiderarla, lei, una dama, mentre lui era stato in carcere e viveva da selvaggio! In seguito, calmatosi, era piombato in un cupo silenzio, non pronunciando altro che monosillabi, indifferente alla condanna che l'avrebbe colpito. Anche Roubaud si attenne a quel che l'accusa definiva il suo sistema:

raccontò come e perché aveva ucciso Grandmorin, negò qualsiasi partecipazione all'assassinio della moglie; ma lo faceva con frasi smozzicate, quasi incoerenti, con lacune improvvise di memoria, gli occhi così torbidi, la voce così impastata, che ogni tanto sembrava cercasse di inventare i particolari. E siccome il presidente lo pungolava, dimostrandogli le assurdità di quella deposizione, finì per scrollare le spalle, e rifiutò di rispondere: a quale scopo dire la verità dato che la logica era nella menzogna? Quell'atteggiamento aggressivo nei confronti della giustizia, gli nocque moltissimo. Fu anche notato il profondo disinteresse degli accusati l'uno per l'altro, come una prova di intesa prestabilita, tutto un abile piano, eseguito con straordinaria forza di volontà. Pretendevano di non conoscersi, si accusavano perfino, unicamente per disorientare la corte. Esauriti gli interrogatori, la causa era già giudicata, tanta era l'abilità con cui il presidente li aveva condotti, in modo che Roubaud e Cabuche, cadendo nelle trappole tese, sembrassero essersi denunciati da soli. Quel giorno furono inoltre ascoltati alcuni testimoni senza importanza. Verso le cinque il caldo era diventato proprio insopportabile, e due signore svennero.

Ma, il giorno dopo, la più forte emozione fu determinata dalle dichiarazioni di alcuni testimoni. La signora Bonnehon conseguì un autentico successo di distinzione e di tatto. Con interesse furono ascoltati gli impiegati della Compagnia, Vandorpe, Bessière, Dabadie, soprattutto Cauche, molto prolisso, che raccontò come conoscesse bene Roubaud, avendo spesso giocato con lui una partita al café du Commerce. Henri Dauvergne ripeté la sua schiacciante testimonianza, la quasi certezza di aver udito, nella sonnolenza della febbre, le voci sommesse degli accusati che stabilivano l'accordo; e, interrogato su Séverine, si mostrò molto discreto, fece capire che l'aveva amata, ma sapendola di un altro, lealmente s'era tirato indietro. In tal modo, quando quest'altro, Jacques Lantier, fu infine introdotto, tra la folla si levò un mormorio, alcuni si alzarono per veder meglio, e perfino fra i giurati si determinò un appassionato movimento di attenzione. Tranquillissimo, Jacques s'era appoggiato con le mani alla transenna dei testimoni col gesto professionale e abituale di quando conduceva la locomotiva. Questa comparizione, che avrebbe dovuto profondamente turbarlo, lo lasciava in una completa lucidità di spirito, come se il fatto non lo riguardasse assolutamente. Deponeva da estraneo, da innocente; dopo il delitto neppure un brivido l'aveva percorso, e neppure pensava a quelle cose, annullate nella memoria, ormai che aveva recuperato uno stato di equilibrio e di perfetta sanità; adesso, a quella transenna, non sentiva né rimorsi né scrupoli, rimaneva del tutto incosciente. Con quei suoi occhi lucenti, subito aveva guardato Roubaud e Cabuche. Al primo, che sapeva colpevole, rivolse un leggero segno del capo, un discreto saluto, senza pensare che, apertamente, lui oggi era l'amante di sua moglie. Poi, al secondo, l'innocente, del quale avrebbe dovuto occupare il posto su quel banco, sorrise: in fondo c'era un buon diavolo sotto quell'aria di bandito, in quel pezzo d'uomo che aveva visto al lavoro e al quale aveva stretta la mano. E, con perfetta disinvoltura, depose, rispondendo con frasi concise ma chiare alle domande del presidente, che, dopo averlo interrogato a lungo sui rapporti con la vittima, gli fece raccontare la partenza dalla Croix-de-Maufras qualche ora prima del delitto, come era riuscito a prendere il treno a Barentin, e come avesse dormito a Rouen. Cabuche e Roubaud, nell'ascoltarlo, confermarono con il loro atteggiamento quelle risposte; e in quel minuto fra i tre uomini aleggiò un'indicibile tristezza. Nell'aula s'era fatto un silenzio mortale; una commozione derivante da chissà dove, per un istante serrò la gola dei giurati: era la verità che passava, muta. Alla domanda del presidente desideroso di conoscere che cosa pensasse dello sconosciuto svanito nelle tenebre, così come diceva il cavapietre, Jacques si limitò a scuotere la testa, come se non volesse infierire contro un accusato. E si produsse allora un fatto, che finì per turbare completamente l'uditorio. Alcune lacrime spuntarono negli occhi di Jacques, e sgorgando, si sparsero sulle sue guance. Così come l'aveva già rivista, gli riapparve Séverine, la povera uccisa della quale s'era portata via l'immagine, con quegli occhi azzurri sgranati smisuratamente, i capelli neri drizzati sulla fronte come uno spaventoso casco. Ancora l'adorava, era preso da una grandissima pietà e la piangeva con fitte lacrime, incosciente del proprio delitto, dimentico di trovarsi in mezzo a quella folla. Alcune signore, vinte dalla commozione, singhiozzavano. Si giudicava estremamente compassionevole il dolore dell'amante, mentre il marito si ne stava con gli occhi asciutti. Il presidente chiese alla difesa se non avesse da porre delle domande al testimone; gli avvocati lo ringraziarono, mentre gli accusati, inebetiti, seguivano con lo sguardo Jacques che, tra la simpatia generale, tornava a sedersi.

La terza udienza fu interamente occupata dalla requisitoria del procuratore imperiale e dalle arringhe degli avvocati. Prima di tutto il presidente aveva esposto un riassunto dei fatti, dove, sotto un'assoluta imparzialità, le imputazioni dell'accusa erano aggravate. In seguito il procuratore imperiale parve che non si avvalesse di tutti i suoi mezzi: di solito riusciva più convincente e possedeva un'eloquenza meno vuota. Si attribuì la cosa al caldo, veramente soffocante. Al contrario, il difensore di Cabuche, l'avvocato parigino, suscitò grande diletto, senza però convincere. Il difensore di Roubaud, membro ragguardevole del foro di Rouen, si appigliò ugualmente a tutte le alternative fornitegli dalla pessima causa. Affaticato, il pubblico ministero non replicò neppure. E quando i giurati furono introdotti nella camera di consiglio, erano appena le sei, la luce piena penetrava ancora dalle dieci finestre, un ultimo raggio illuminava gli stemmi delle città normanne che decoravano le imposte. Un intenso brusio di voci si effondeva sotto l'antico soffitto dorato; spinte di impazienza fecero vibrare la cancellata di ferro che separava i posti riservati al pubblico in piedi. Ma il silenzio si rifece religioso al riapparire dei giurati e della corte. Il verdetto ammetteva alcune circostanze attenuanti, la corte condannò i due imputati ai lavori forzati a vita. E ciò suscitò una viva sorpresa, la folla si disperse protestando e si udirono come a teatro alcuni fischi.

La sera stessa in tutta Rouen non si parlava che di quella condanna con infiniti commenti. Secondo il generale parere essa risultava uno smacco per la signora Bonnehon e per i Lachesnaye. Solo una condanna a morte pareva potesse soddisfare la famiglia; e, sicuramente, influenze contrarie avevano dovuto agire. Già, sottovoce, si faceva il nome della signora Leboucq che, tra i giurati, annoverava tre o quattro dei suoi fedeli. L'atteggiamento di suo marito, come giudice a latere, senza dubbio non poteva essere giudicato per nulla scorretto; tuttavia si presumeva che ci si fosse accorti che né l'altro giudice, Chaumette, né lo stesso presidente, Desbazeilles, si fossero sentiti padroni del dibattimento come avrebbero voluto. Semplicemente, però, poteva darsi che i giurati, tormentati da scrupoli, avessero accordato le circostanze attenuanti, cedendo all'inquietudine di quel dubbio che per un momento aveva attraversato l'aula col silenzioso volo della malinconica verità. Del resto, la causa costituiva il trionfo del giudice istruttore Denizet, e nulla aveva potuto intaccare il suo capolavoro; perché la stessa famiglia non fu più seguita con simpatia quando corse voce che, per riavere la Croix-de-Maufras il signor di Lachesnaye, contrariamente alla giurisprudenza, parlava di voler intentare azione di revoca, nonostante la morte del donatorio, cosa che stupiva da parte di un magistrato.

Nell'uscire dal Palazzo di giustizia, Jacques fu raggiunto da Philomène, che era stata lì come testimone; e lei non lo mollò più, trattenendolo, cercando di trascorrere quella notte con lui, a Rouen. Il macchinista doveva riprendere servizio solo il giorno dopo, e certamente avrebbe voluto invitarla a cena nell'albergo dove pretendeva di aver dormito la notte del delitto, vicino alla stazione; ma non sarebbe andato a letto, era assolutamente costretto a rientrare a Parigi col treno di mezzanotte e cinquanta.

« Non sai » diceva lei dirigendosi al suo braccio all'albergo « giurerei di aver visto poco fa qualcuno di nostra conoscenza... Sì, Pecqueux, che anche l'altro giorno mi ripeteva che non avrebbe messo piede a Rouen durante il processo... A un certo momento nel voltarmi, un uomo, che ho visto solo di spalle, se l'è svignata tra la folla... »

Il macchinista l'interruppe con una scrollata di spalle.

« Pecqueux è a Parigi a gozzovigliare, troppo contento delle vacanze procurategli dal mio congedo. »

« È possibile... Ma non importa, bisogna diffidare di lui, perché quando si arrabbia è la più sporca carogna che possa esistere. »

Lei si strinse a lui, e, lanciando un'occhiata alle spalle, aggiunse:

« E quello che ci segue lo conosci? »

« Sì, non allarmarti... Può darsi benissimo che abbia qualche cosa da chiedermi. »

Infatti era Misard che, dopo rue des Juifs, li seguiva a distanza. Anche lui, con aria assonnata, aveva deposto; ed era rimasto ad aggirarsi intorno a Jacques senza decidersi di rivolgergli una domanda che, visibilmente, aveva sulla punta della lingua. Quando la coppia sparì nell'albergo, a sua volta vi entrò e si fece servire un bicchiere di vino.

« Ah, è lei Misard! » esclamò il macchinista. « E con la nuova moglie, tutto bene? »

« Sì, sì » borbottò il casellante. « Quella poco di buono mi ha fregato. Eh! ma gliel'ho già raccontato durante l'altro viaggio qui. »

Jacques si divertiva molto a quella storia. La Ducloux, la vecchia losca serva che Misard aveva ingaggiata per la vigilanza del passaggio a livello, s'era subito accorta, nel vederlo rovistare negli angoli, che era alla ricerca di un gruzzolo nascosto dalla defunta; e, per farsi sposare, le era spuntata un'idea geniale, quella di lasciargli intendere, con delle reticenze, con dei sorrisetti, di aver trovato. Dapprima poco era mancato che lui non la strangolasse; poi, pensando che i mille franchi gli sarebbero sfuggiti ancora una volta, se l'avesse uccisa come aveva fatto con l'altra, prima di averli, era diventato molto tenero, gentilissimo; ma lei l'aveva respinto, non permetteva neppure che la toccasse: no, no, diventando sua moglie, avrebbe ottenuto tutto, lei e in più i quattrini. Ed egli l'aveva sposata, preso in giro, trattato da cretino che prestava fede a tutto quel che gli si diceva. Ma il bello era che, messa al corrente della cosa, contagiata dalla febbre, s'era accesa e cercava ormai con lui e come lui ci si arrabbiava. Ah, quegli introvabili mille franchi, li avrebbero pur scovati un giorno, ora che erano in due! Cercavano, cercavano.

« E allora, ancora niente? » domandò Jacques ironico. « La Ducloux dunque non l'aiuta? »

Misard lo guardò fisso; e infine parlò.

« Lei sa dove sono, me lo dica. »

Il macchinista si adombrò.

« Non so assolutamente nulla, zia Phasie non m'ha dato nulla, non vorrà mica accusarmi di furto! »

« Lei non le ha dato nulla, questo è sicuro... Vede che sono esasperato. Se sa dove sono, me lo dica. »

« Insomma, vada a farsi benedire! Stia attento che io non parli troppo... Guardi un po' se sono nel barattolo del sale! »

Livido, con gli occhi ardenti, Misard continuava a guardarlo. Ed ebbe come un'improvvisa ispirazione.

« Nel barattolo del sale, ma sì, è vero. Sotto il cassetto vi è un nascondiglio dove non ho ancora cercato. »

E si affrettò a pagare il suo bicchiere di vino, e corse alla ferrovia nel tentativo di riuscire ancora a prendere il treno delle sette e dieci. Laggiù, nella casetta bassa, egli avrebbe cercato per sempre.

La sera, dopo cena, in attesa del treno di mezzanotte e cinquanta, Philomène volle condurre Jacques per oscuri viottoli sino alla vicina campagna. C'era un'aria pesante, una notte di luglio, afosa e senza luna, che le riempiva il petto, quasi appesa alla spalla di lui, di grossi sospiri. Per due volte, avendo creduto di sentire dietro di loro dei passi, s'era fermata senza riuscire a scorgere nessuno, tanto fonda era l'oscurità. Lui soffriva non poco in quella notte temporalesca. Poco prima, a tavola, nel suo tranquillo equilibrio, in quello stato di perfetta salute di cui godeva dopo il delitto, aveva sentito, ogni volta che quella donna l'aveva sfiorato con le sue mani vaganti, il ritorno di un lontano malessere. Certo, era la stanchezza, la tensione nervosa determinata dalla pesantezza dell'aria. Ora in lui rispuntava più viva l'angoscia del desiderio, soffusa di un sordo terrore nel sentirsi la donna così aderente al corpo. Tuttavia era completamente guarito, aveva fatto l'esperimento, l'aveva già posseduta per rendersene conto, con la carne calma. L'eccitazione raggiunse un tale grado che per paura di una crisi si sarebbe sciolto dalle braccia di lei, se il buio che la nascondeva non l'avesse rassicurato; perché mai, neppure nei giorni peggiori del male, avrebbe colpito senza vedere. E, all'improvviso, nel passare nelle vicinanze di una sponda erbosa, in un viottolo deserto, trascinato da lei, che s'era sdraiata, fu ripreso dal mostruoso bisogno, travolto da una furia, e cercò tra l'erba un'arma, una pietra, per fracassarle la testa. Con uno scossone, s'era rialzato, e già fuggiva, smarrito, quando intese una voce d'uomo, alcune bestemmie, tutta una filippica.

« Ah, carogna, ho aspettato fino all'ultimo, ho voluto essere sicuro! »

« Non è vero, lasciami! »

« Ah, non è vero! Può correre quanto vuole, l'altro! So chi è, e lo riacciufferò di sicuro!... To', guarda, carogna, di' ancora che non è vero! »

Jacques fuggiva nella notte, non per sottrarsi a Pecqueux, che aveva riconosciuto; ma fuggiva da se stesso, impazzito dal dolore.

E, insomma, non era bastato un assassinio, non s'era saziato del sangue di Séverine come aveva creduto fino a quella mattina. Ecco che ricominciava. Un'altra, e poi un'altra, e poi sempre un'altra ancora! Una volta saziato, dopo qualche settimana di torpore, la spaventosa fame si sarebbe risvegliata e, senza soste, gli sarebbe occorsa della carne di donna per soddisfarla. Inoltre, adesso, non aveva bisogno di vederla quella carne della seduzione: bastava sentirsela tiepida tra le braccia ed ecco che cedeva alla bramosia del crimine, da maschio feroce che sventra le femmine. Era la fine della vita, davanti a lui non c'era che quella notte profonda di una disperazione senza limiti verso la quale fuggiva.

Passarono alcuni giorni. Jacques aveva ripreso servizio, ed evitava i compagni, ricaduto nell'ansiosa selvatichezza di una volta. Era stata dichiarata la guerra dopo una tempestosa seduta alla Camera; e s'era già svolto un piccolo combattimento fra avamposti, vittorioso, dicevano. Da una settimana il trasporto delle truppe schiantava dalla fatica il personale ferroviario. Sconvolti i servizi ordinari, continui treni imprevisti determinavano considerevoli ritardi; senza contare che avevano richiamato i migliori macchinisti per affrettare la concentrazione dei corpi d'armata. E fu perciò che una sera a Le Havre, al posto del suo abituale direttissimo, Jacques dovette condurre un treno lunghissimo, diciotto vagoni, gremito di soldati.

Quella sera Pecqueux arrivò al deposito ubriaco fradicio. Il giorno dopo aver sorpreso Philomène e Jacques, era risalito con lui sulla locomotiva 608, come fuochista; e da quel momento non aveva fatto alcuna allusione, incupito, con l'aria di non osare guardare il capo. Ma questi lo sentiva sempre più ribelle, rifiutava di obbedire e quando gli si dava un ordine l'accoglieva con un sordo brontolio. Avevano finito col non parlarsi del tutto. Quella lamiera semovente, quel ponticello che una volta, tanto uniti, li portava via, ora non era più se non una stretta e pericolosa passerella sulla quale si scontrava la loro rivalità. Sempre più vivo si faceva l'odio, e a tutta velocità, erano lì a divorarsi in quei pochi centimetri quadrati, potendo precipitare alla più piccola scossa. E quella sera, nel vedere Pecqueux ubriaco, Jacques si insospettì; perché lo conosceva troppo subdolo per arrabbiarsi a digiuno: solo il vino scatenava in lui il bruto.

Il treno doveva partire verso le sei, ma fu ritardato. Era già scuro quando, come pecoroni, caricarono i soldati nei carri bestiame. Avevano inchiodato soltanto delle assi a guisa di panchette, e li accatastavano lì dentro per drappelli, imbottendo le vetture fino all'impossibile; tanto che si trovavano sedùti gli uni sugli altri, e alcuni in piedi, stretti da non poter muovere le braccia. Arrivando a Parigi, li attendeva un altro treno per trasportarli sul Reno. Erano già stremati dalla stanchezza nello stordimento della partenza. Ma avendo distribuito loro dell'acquavite e molti di essi essendosi aggirati tra gli spacci del vicinato, avevano un'allegria congestionata e brutale, erano paonazzi, gli occhi fuori della testa. E quando il treno si mise in moto, e uscì dalla stazione, cominciarono a cantare.

Jacques per prima cosa guardò il cielo con le stelle nascoste da una foschia di tempesta. Sarebbe stata una notte scurissima, non un alito agitava l'aria arroventata; e il vento della corsa, di solito molto fresco, pareva tiepido. All'orizzonte fosco, non si scorgevano altre luci se non le vive scintille dei segnali. Fece aumentare la pressione per superare la grande rampa di Harfleur a Saint-Romain. Nonostante gli studi che faceva da settimane, non era ancora padrone della 608, troppo nuova, con capricci e scarti giovanili che lo sorprendevano. Quella notte, specialmente, la sentiva restia e lunatica, pronta a imbizzarrirsi per qualche pezzo in più di carbone. Perciò, con la mano sul volante del cambio di velocità, sorvegliava, sempre più inquieto per il comportamento del fuochista, la camera di combustione. La lampadina che rischiarava il livello dell'acqua, avvolgeva la piattaforma in una penombra resa violacea dalla porta di caricamento ar-

roventata. Distingueva appena Pecqueux, e per due volte a-
veva avuto la sensazione di un frullio alle gambe, come se
delle mani si fossero esercitate ad afferrarlo in quel punto.
Senza dubbio doveva trattarsi di una disattenzione da ubriaco, perché, nel fracasso, lo sentiva sghignazzare ad alta voce,
pestare con colpi esagerati di martello il carbone, battagliare
con la pala. Di continuo spalancava la porta gettando sulla
griglia una quantità esagerata di combustibile.

« Basta! » gridò Jacques.

L'altro finse di non capire e continuò a introdurre palette-
te di carbone l'una sull'altra; e avendogli il macchinista afferrato il braccio, lui si volse minaccioso cogliendo infine
il pretesto al litigio che cercava nel furore crescente dell'u-
briachezza.

« Giù le mani, altrimenti pesto!... Mi diverte che si vada di furia. »

Ora il treno correva a tutta velocità sull'altopiano che va
da Bolbec a Motteville. Doveva filare fino a Parigi senza alcuna fermata, tranne nei posti indicati per il rifornimento
dell'acqua. La massa enorme, i diciotto vagoni carichi, stivati
di bestiame umano, attraversavano la scura campagna tra un
continuo boato. E quegli uomini, trascinati al massacro, cantavano, cantavano a squarcia gola con così alto clamore da
dominare il fragore delle ruote.

Jacques aveva chiuso la porta col piede. Poi, manovrando
l'iniettore, e contenendosi ancora:

« C'è troppo fuoco... Se sei ubriaco, dormi. »

Immediatamente Pecqueux riaprì la porta e si accanì a
caricare carbone, come se avesse voluto far saltare la locomotiva. Era proprio la ribellione, gli ordini misconosciuti, la
passione esasperata che non teneva più conto di tutte quelle
vite umane. E Jacques, essendosi chinato per abbassare la
barra del cenerario, in modo di diminuire almeno il tiraggio,
fu aggantato bruscamente per la vita, dal fuochista che tentò di spingerlo, di scagliarlo con una scossa violenta sulla
massicciata.

« Carogna, siamo dunque a questo!... Eh? Poi dirai che sono caduto, vero? Dannato ipocrita! »

S'era aggrappato a uno degli spigoli del carro attrezzi, e
tutti e due scivolarono, e la lotta continuò sul ponticello di

lamiera che traballava violentemente. Non parlavano più; a denti stretti ognuno si sforzava di far precipitare l'altro dalla stretta apertura protetta soltanto da una sbarra di ferro. La locomotiva, insaziabile, correva, correva sempre; fu oltrepassato Barentin e il treno si riversò nella galleria di Malaunay, ed essi erano ancora avvinghiati, avvoltolati nel carbone, sbattendo la testa contro le pareti della camera d'acqua, evitando la porta arroventata del camino dove si abbrustolivano le gambe ogni volta che le allungavano.

Per un istante Jacques pensò che se avesse potuto rialzarsi, avrebbe chiuso il regolatore, avrebbe chiamato aiuto affinché lo liberassero da quel pazzo furioso, scatenato dall'ubriachezza e dalla gelosia. Più mingherlino, si indeboliva, e ormai disperava di riprendere forza per spingerlo nel precipizio, già vinto, sentendo aleggiare tra i capelli il terrore della caduta. Nel compiere un supremo sforzo, a tentoni con la mano, l'altro capì, si raddrizzò sulla schiena e lo sollevò come fosse un bambino.

« Ah, tu vuoi fermare... Hai preso la mia donna... Va', va', è ora che tu scompaia! »

La locomotiva correva, correva, il treno era uscito dalla galleria con grande fracasso, e continuava la corsa attraverso la desolata e buia campagna. La stazione di Malaunay fu superata con tale furiosa ventata, che il sottocapo, in piedi sulla banchina, non si accorse neppure di quei due uomini in procinto di divorarsi, mentre la folgore li trascinava.

Pecqueux, con un ultimo sforzo fece precipitare Jacques; e questi, sentendo il vuoto, perduto, si aggrappò al collo di lui così fortemente da trascinarselo. Echeggiarono due spaventosi gridi, che si confusero, si spersero. I due uomini, caduti insieme, scaraventati sotto le ruote dalla reazione della velocità, furono squartati, tritati nella loro stretta, in quel terribile abbraccio, essi che avevano vissuto per tanto tempo da fratelli. E li ritrovarono decapitati, senza piedi, due sanguinanti tronconi, ancora stretti, come per soffocarsi.

E la locomotiva, liberata da qualsiasi guida, correva, correva sempre. Ribelle, lunatica com'era poteva infine cedere alla foga della giovinezza, come una cavalla ancora non domata, sfuggita dalle mani del guardiano, galoppante per la campagna brulla. La caldaia era fornita di acqua, il carbone ammassato nel camino s'era acceso; e, durante la prima mezz'ora, la pressione salì vorticosamente, e la velocità divenne paurosa. Certamente il capotreno, cedendo alla stanchezza, s'era addormentato. E i soldati, il cui stato di ubriachezza era aumentato nello starsene così accatastati, si rallegrarono subito di quella corsa forsennata, e si misero a cantare più forte. Maromme fu attraversata in un fulmine. E non ci furono i soliti fischi in prossimità dei segnali e al passaggio delle stazioni. Era un galoppo sfrenato, la bestia che si avventava a testa bassa e cieca attraverso gli ostacoli. Correva, correva senza fine, come sempre più sconvolta dall'ansito stridente del proprio respiro.

A Rouen doveva fare provvista d'acqua; e lo spavento agghiacciò il personale della stazione quando si vide passare in una vertigine di fumo e di fiamme quel treno folle, quella locomotiva senza macchinista e senza fuochista, con quei carri bestiame zeppi di soldati che cantavano a squarciagola ritornelli patriottici. Andavano alla guerra, ed era perché arrivassero più velocemente laggiù, sulle sponde del Reno. Gli impiegati erano restati a bocca aperta, agitando le braccia. Immediatamente risuonò un grido generale: mai quel treno senza briglia, abbandonato a se stesso sarebbe riuscito ad attraversare indenne la stazione di Sotteville, di continuo sbarrata dalle manovre, ostruita di vetture e di locomotive, come tutti i grossi depositi. E si precipitarono a prevenire per telegrafo. E appena in tempo, un treno merci che occupava la linea poté essere inoltrato in un binario morto. Già di lontano si percepiva il rotolio del mostro in fuga. S'era scagliato nelle due gallerie nelle vicinanze di Rouen, e arrivava col suo furioso galoppo, come una forza prodigiosa e irresistibile che nessuno poteva più fermare. La stazione di Sotteville fu oltrepassata, il treno filò in mezzo agli ostacoli senza impigliarsi, ripiombò nel buio, e il suo rombo a poco a poco si spense.

Ma ora, alla notizia di un treno fantasma visto passare a Rouen e a Sotteville, tutti gli apparecchi telegrafici della linea trillavano e tutti i cuori battevano. Si tremava di paura: un direttissimo, che lo precedeva, sicuramente sarebbe stato raggiunto. Simile a un cinghiale in una foresta, quel treno continuava a correre senza tener conto né dei segnali rossi né dei petardi. A Oissel stava per fracassarsi contro una locomotiva; a Pont-de-l'Arche sparse il terrore perché la velocità pareva non rallentasse. Di nuovo sparito, correva, correva nella notte scura, non si sapeva dove.

E che importava delle vittime che la locomotiva stritolava nel suo cammino! Non si dirigeva essa ugualmente verso l'avvenire, incurante del sangue sparso? Fra le tenebre, senza conducente, da bestia cieca e sorda, abbandonata alla morte, correva, correva sovraccarica di quella carne da cannone, di quei soldati già inebetiti di stanchezza e ubriachi, che cantavano.

SOMMARIO

Finito di stampare nel mese di giugno 1995
presso lo stabilimento Allestimenti Grafici Sud
Via Cancelliera 46, Ariccia RM

Printed in Italy

BUR
Periodico settimanale: 21 giugno 1995
Direttore responsabile: Evaldo Violo
Registr. Trib. di Milano n. 68 del 1°-3-74
Spedizione abbonamento postale TR edit.
Aut. n. 51804 del 30-7-46 della Direzione PP.TT. di Milano

L. 14.000